Nous les filles de nulle part

Amy Reed

Nous les filles de nulle part

Traduit de l'anglais (États-Unis)
par Valérie Le Plouhinec

Albin Michel

Titre original :
THE NOWHERE GIRLS
(Première publication : Simon Pulse, an imprint of Simon & Schuster
Children's Publishing Division, New York, 2017)

À nous

« On s'en sort par ses propres moyens, ou on y reste. »

– Alice Sebold, *Lucky*
(trad. Odile Demange)

Nous.

Prescott (Oregon).

Population : 17 549 hab. Altitude : 176 m au-dessus du niveau de la mer.

32 km à l'est d'Eugene et de l'université de l'Oregon. 209 km au sud-est de Portland. À mi-chemin entre un bourg agricole et une zone résidentielle. Totem du lycée : les Spartiates (Allez les Spartiates !)

Et tant de filles qui vivent là. Tant de presque-femmes, qui attendent que leur peau s'ajuste sur elles.

*

Le camion de déménagement ouvre sa porte coulissante pour la première fois depuis le départ d'Adeline (Kentucky), relâchant l'air ranci du petit bled sudiste où vivait Grace Salter, quand sa mère était encore une dévouée animatrice d'église baptiste. Pas officiellement « pasteure », car, dans la Convention des baptistes du Sud, une femme ne pouvait prétendre ni au titre ni à la rémunération nettement supérieure, malgré un doctorat en théologie et une décennie passée au service de la paroisse. Tout a changé dans la vie de Grace le jour où sa mère s'est cogné la tête en tombant de cheval : la commotion cérébrale a déclenché une expérience spirituelle libératrice qui l'a aidée à entendre la vraie voix du Seigneur (selon sa mère), a fichu leur vie en l'air et les a fait expulser d'Adeline (selon la fille).

Canapés, lits et commodes sont à leur place approximative dans la nouvelle maison. La mère de Grace commence à déballer ce qui ira dans la cuisine. Son père cherche un livreur de pizza sur son téléphone. Grace monte un escalier raide et grinçant pour rejoindre la chambre qu'elle n'a jamais visitée avant aujourd'hui, la chambre que ses parents n'ont vue que sur les photos envoyées par l'agent immobilier, la chambre qui lui est destinée, elle le comprend à la peinture jaune des murs et aux décalcomanies de fleurs violettes.

Elle s'assoit sur son vieux matelas une place, avec une seule envie : se rouler en boule et dormir, mais elle ne sait pas où sont ses draps. Après cinq journées de route non-stop, de fast-foods et de chambres de motel partagées avec ses parents, elle voudrait fermer sa porte et ne pas ressortir avant longtemps. S'asseoir sur des cartons de vaisselle pour manger de la pizza sur une serviette en papier, très peu pour elle.

Couchée sur son lit, elle regarde le plafond nu. Elle étudie une tache faite par une fuite d'eau dans un angle. On est début septembre, donc officiellement c'est encore l'été, mais l'Oregon est connu pour être humide en toute saison, une particularité que Grace a découverte au cours de ses décevantes recherches sur Internet. Elle se demande si elle devrait essayer de dégoter un seau à poser par terre en cas de fuite. « Toujours prêt », n'est-ce pas la devise des boy scouts ? Elle n'en sait rien : elle était chez les guides. Dans sa troupe, on apprenait plutôt à tricoter ou à faire de la pâte d'amande.

Grace tourne la tête pour regarder par la fenêtre, mais son regard accroche la texture du mur, sous le rebord blanc. Quelques mots gravés, comme ceux d'un prisonnier dans une cellule, qui traversent les couches de jaune écaillé, puis de bleu, puis de blanc : des mots tout frais, tranchant à travers des décennies de peinture.

Qu'on me tue tout de suite,
Je suis déjà morte.

Son souffle se bloque dans sa gorge tandis qu'elle fixe l'inscription, qu'elle lit la douleur d'une inconnue qui a dû vivre, respirer et dormir dans cette chambre. Son lit était-il exactement au même endroit que celui-ci ? Son corps occupait-il cette position dans l'espace, là où se trouve maintenant celui de Grace ?

Comme ils sont intimes, ces mots minuscules. Comme il doit falloir se sentir seule pour envoyer cet appel à quelqu'un qu'on ne voit même pas.

*

À l'autre bout de la ville, Erin DeLillo regarde l'épisode 11, saison 5, de *Star Trek : La Nouvelle Génération.* Le titre de l'épisode est *Le Culte du héros*. C'est l'histoire d'un jeune orphelin traumatisé qui se prend d'affection pour le lieutenant-commandeur Data, un androïde. Le garçon l'admire pour son intelligence supérieure et pour sa rapidité, mais, peut-être par-dessus tout, il lui envie son incapacité à éprouver les émotions humaines. S'il était un androïde, il ne culpabiliserait pas pour son erreur, une négligence qui a entraîné la destruction de son vaisseau et la mort de ses parents.

Data est un androïde qui voudrait être humain. Il les observe de l'extérieur. Comme lui, Erin est souvent mystifiée par les comportements de l'humanité. Mais contrairement à Data, elle est plus que capable de ressentir. Elle ressent trop, même. Elle a les nerfs à vif, et le monde s'obstine à la toucher.

Sa mère lui dit : « Il fait un temps splendide ! Tu devrais sortir ! » Elle ne s'exprime qu'avec des points d'exclamation. Mais la peau d'Erin est presque aussi blanche que celle de Data, et brûle facilement. Elle n'aime pas avoir chaud, transpirer, ou toute autre sensation inconfortable lui rappelant qu'elle occupe son corps imparfaitement humain, c'est pourquoi elle prend au minimum deux bains par jour (mais surtout pas des douches – elles lui poignardent la peau). Sa mère sait tout cela, et pourtant elle s'entête à répéter ce que disent, selon elle, les mères normales d'enfants normaux. Comme si Erin était capable d'être normale, comme si c'était une chose à laquelle elle pouvait même aspirer. Elle qui voudrait être comme Data.

Si elle habitait encore au bord de la mer, elle ne répugnerait peut-être pas autant à sortir. Peut-être même consentirait-elle à soumettre sa peau au contact poisseux de l'écran total, si c'était le prix à payer pour passer ses journées à retourner des pierres et faire l'inventaire de ses trouvailles, principalement des invertébrés tels que mollusques, cnidaires et vers polychètes – des créatures largement sous-estimées, à son avis. Là où elle vivait avant, près d'Alki Beach, du côté ouest de Seattle, il lui suffisait de passer la porte pour s'en aller chercher diverses formes de vie. Mais ça, c'était l'époque de Seattle, avant les événements qui lui ont fait conclure qu'essayer d'être « normale », c'était bien trop de travail pour en valoir la peine. Une conclusion que sa mère n'a toujours pas acceptée.

Le problème des humains, c'est qu'ils ont une trop haute opinion d'eux-mêmes, et des mammifères en général. Comme si un gros cerveau et une reproduction vivipare étaient nécessairement des signes de supériorité. Comme si le monde des créatures velues respirant de l'air était le seul qui comptait. Il y a encore tout un univers sous-marin à explorer. Il y a des ingénieurs qui construisent des vaisseaux capables de descendre à des kilomètres sous la surface. Un jour, Erin compte concevoir et piloter un de ces engins, bardée de doctorats en biologie marine et en sciences de l'ingénieur. Elle découvrira des créatures jamais observées, en dressera le catalogue et les nommera, elle reconstituera l'histoire qui a amené chacune à l'existence, à sa place dans le réseau parfaitement orchestré de la vie.

Erin est une fondue de science, et elle n'en a pas honte. Elle sait que c'est un stéréotype du syndrome d'Asperger, comme tant d'autres choses chez elle – la difficulté à exprimer des émotions, la maladresse dans les rapports sociaux, les comportements parfois déplacés. Mais que peut-elle y faire ? Cela fait partie d'elle. C'est le reste du monde qui a décidé d'en faire un stéréotype.

Ce qu'elle sait, en tout cas, c'est que, quoi qu'on fasse, les gens trouvent un moyen de vous coller une étiquette. Nous sommes ainsi programmés. Notre mode par défaut est la paresse. Nous classons les choses pour qu'elles nous paraissent plus faciles à comprendre. C'est ce qui rend la science si satisfaisante : un corps de savoir immense et complexe, mais bien rangé, bien organisé. Ce qu'Erin aime le plus dans la science, c'est l'ordre, la logique, la manière dont la moindre information s'insère dans un système, même si on ne le voit pas encore. Elle a foi dans ce système comme d'autres ont foi en Dieu. L'évolution et la taxinomie, c'est réconfortant. C'est stable, c'est juste.

Reste l'épineux problème du hasard, qui ne manque jamais de la troubler, au point qu'elle a décidé de consacrer sa vie à le comprendre. La cause de l'existence des humains, la raison pour laquelle il existe autre chose que les tout premiers organismes monocellulaires, c'est la mutation. Un événement imprévisible, surprenant, impossible à anticiper : précisément tout ce qu'elle déteste. C'est ce qui fait que les chimistes, les physiciens et les mathématiciens prennent de haut les biologistes, considérés comme des chercheurs de second ordre. Trop de choses dépendent de puissances échappant à notre contrôle, indépendantes des lois de la raison, de la logique et du prévisible. C'est ce qui fait de la biologie une science fondée sur les histoires, et non sur les équations.

La caractéristique de l'évolution qu'Erin a besoin d'élucider, c'est que parfois, c'est justement l'inattendu, le non planifié, qui est le plus nécessaire. Ce sont les accidents de la nature qui rendent possible l'évolution, qui ont fait qu'un poisson a commencé à respirer de l'air, que les nageoires de ses descendants sont devenues des pattes. Bien souvent, la clé de la survie, c'est la mutation, le changement. Et la plupart du temps, ce changement n'est rien de plus qu'un accident.

Parfois, ce sont les anomalies de la nature qui se révèlent les plus fortes.

*

Dans le quartier mexicain, petit mais en expansion régulière, vit une famille étendue qui se compose de six adultes, deux ados, sept enfants de moins de quatorze ans et une matriarche toute ridée, atteinte de démence sénile galopante et nantie d'une carte de séjour plus que douteuse. Cela sans compter les cousins, petits-cousins et arrière-petits-cousins éparpillés dans Prescott et dans plusieurs localités environnantes. Rosina Suarez est l'enfant unique d'une mère seule, veuve, dont le mari est mort seulement cinq mois après son mariage, six mois avant la naissance de la petite Rosina. En lieu et place de père, Rosina a une abondante flopée d'oncles, de tantes et de cousins qui entrent et sortent de sa maison comme s'ils étaient chez eux. Les deux belles-sœurs de sa mère, qui vivent dans les deux appartements identiques à droite et à gauche du sien dans une grande maison de ville, ont la chance de vivre avec mari et famille nombreuse. Leurs enfants, eux, ne geignent pas, ne répondent pas, ne s'habillent pas tout en noir, ne se peignent pas la figure avec un maquillage sinistre, ne se rasent pas le côté du crâne, n'écoutent pas à fond de la musique des années 1990 principalement faite de hurlements de filles.

La famille de Rosina vient des montagnes d'Oaxaca et a de profondes racines indiennes zapotèques, d'où leurs corps petits et ramassés, leur peau lisse brun foncé, leurs visages ronds, leurs nez aplatis. Son père à elle était un *mestizo* de Mexico, plus européen qu'indien, et elle est grande et mince comme lui, ce qui fait qu'elle dépasse les autres d'une bonne tête : une étrangère parmi les siens, de plus d'une manière.

En tant qu'aînée et seule fille de sa fratrie, c'est à la mère de Rosina qu'il revient de loger et de veiller sur la grand-mère, l'*abuelita*, qui a tendance à s'échapper quand on ne la surveille pas. Et comme Rosina est l'aînée des filles de sa génération, c'est aussi à elle qu'il revient de garder toute la portée des cousins, en plus de son job dans le restaurant de son oncle José, La Cocina, meilleure table mexicaine de Prescott (certains diraient, de toute l'agglomération urbaine d'Eugene) et point central de l'économie familiale. Rosina passe les deux heures et demie qui séparent la fin des cours du début de son service chez son autre oncle, à garder ses sept jeunes cousins pendant que sa grand-mère parvient à faire la sieste sur une chaise dans le coin malgré la horde de gamins hurlants. De son côté, l'aîné des cousins, Erwin, en terminale au lycée de Prescott et – de l'avis de Rosina – le plus grand gaspillage d'espace de tout l'Oregon, traîne à jouer avec sa console et à s'éclater les boutons, en s'éclipsant régulièrement dans la salle de bains pour ce que Rosina suspecte d'être des pauses branlette. La plus grande cousine de Rosina est une nunuche qui ne s'intéresse à rien. À presque quatorze ans, elle est parfaitement qualifiée pour la remplacer comme baby-sitter principale. Mais Rosina est et sera toujours l'aînée, et par conséquent c'est et ce sera toujours sa responsabilité d'être l'assistante de sa mère et de prendre soin de la famille.

Comment va-t-elle pouvoir former un groupe de rock si elle est occupée tous les après-midi à changer des couches et à empêcher les petits d'enfoncer des couteaux pointus dans les prises électriques ? Elle devrait être en train de gratter sa guitare, de s'égosiller dans un micro sur scène, pas de chanter des berceuses à ses crétins de petits cousins ingrats qui en profitent pour essuyer leur morve sur son jean noir préféré, qu'elle doit faire sécher dehors parce que le séchoir est encore en panne, sur un fil où il va se délaver et absorber l'odeur de friture de toutes les tortillas des voisins.

Quelqu'un arrive. L'un des bébés pousse un cri de joie strident en voyant apparaître sa mère, qui rentre de son service au restaurant. « Il faut que je file, *tía* », dit Rosina, qui bondit du canapé avant même que sa tante ait refermé la porte. Rosina enjambe les cochonneries en plastique qui font office de jouets, saute sur son vélo d'occasion et se tire en vitesse, sans remarquer le vomi de bébé sur sa jambe ni la tache marron sur son haut, qui est soit de la banane écrasée soit du résidu de couche-culotte.

*

À un peu plus d'un kilomètre et demi vers l'est se trouve un quartier sans nom officiel, mais que la plupart des habitants de Prescott appellent ouvertement « la zone des mobile homes ». Il se compose en effet de mobile homes plus ou moins vastes et de petites maisons penchées, sur des terrains vagues négligés depuis si longtemps que les mauvaises herbes y sont hautes comme de petits arbres. Dans un de ces mobile homes, un garçon très populaire embrasse le cou salé d'une fille qui a l'habitude d'être embrassée dans le cou. Ils ne sont pas ensemble pour autant. Elle a l'habitude de n'être en couple avec personne.

Le petit ventilateur électrique est poussé à fond, mais la chaleur de leurs deux corps dans cette boîte métallique endort la fille et lui donne un peu mal au cœur. Elle se demande si elle avait quelque chose à faire aujourd'hui. Elle se demande si elle peut piquer un petit roupillon sans que le garçon s'en aperçoive. Résignée à la réponse, elle ferme les yeux et attend qu'il ait terminé. Ils ne mettent jamais très longtemps, ces garçons.

Il fut un temps où, comme tant de petites filles, elle était obsédée par les princesses, un temps où elle croyait au pouvoir de la beauté, de la grâce et de la gentillesse. Où elle croyait au prince charmant. Où elle croyait qu'il la sauverait.

À présent, elle n'est plus sûre de croire en quoi que ce soit.

*

Dans un quartier très différent, une fille très différente ferme les yeux et s'abandonne, elle sent la tête du garçon entre ses jambes, qui peint le plaisir sur son corps avec sa langue, comme elle le lui a appris. Elle sourit, rit presque de la joie qui surgit, qui la prend par surprise, qui monte comme des bulles et la rend légère, en apesanteur.

Elle n'a jamais douté d'y avoir pleinement droit. Elle n'a jamais douté du pouvoir de son corps. Elle n'a jamais douté de son droit au plaisir.

*

Il y a une colline, une seule, à Prescott, et la présidente deux fois élue du Bureau des élèves du lycée, un élément brillant, admissible en prépa médecine (croisons les doigts !) à Stanford, vit au sommet. En ce moment, elle fait entrer la Ford, un modèle milieu de gamme de l'an dernier (son père est le concessionnaire – « Ford Prescott : record du plus gros vendeur à l'échelle régionale ! ») dans le garage trois places familial, après avoir achevé son service bénévole à la maison de vieux (qu'elle n'appellerait jamais ainsi tout haut, bien sûr). « Maison de retraite » est moins offensant, et c'est important : elle ne veut offenser personne. Jamais au grand jamais elle n'avouerait à quiconque que les personnes âgées la dégoûtent en fait un peu, qu'elle doit se retenir de vomir pendant l'essentiel de son service, qu'après il lui arrive de pleurer de soulagement en prenant une douche brûlante pour se débarrasser de leur odeur, mélange de naphtaline et de petit pot pour bébés. Elle a choisi ce programme de bénévolat parce qu'elle savait que ce serait le plus difficile de tous, car elle sait que c'est ça, la clé de la réussite : relever les défis.

Dans sa tête, elle compte ses heures. Elle range le total avec ses autres décomptes favoris : ses résultats aux tests d'aptitude nationaux (4,2, plus qu'excellent), le nombre de ses certificats niveau avancé (dix jusqu'à présent, et ce n'est pas fini), et le nombre de jours de cours avant la remise du diplôme d'études secondaires (cent quatre-vingts. Pfff.) Elle s'est juré il y a longtemps de ne pas finir comme sa mère, une native de Prescott qui a failli s'en sortir, mais qui a renoncé à la fac pour épouser son petit copain du lycée. D'accord, elle est devenue riche, mais elle avait une chance de faire mieux. Elle aurait pu devenir quelqu'un, pas juste une épouse de marchand de bagnoles, présidente du club de lecture local. Elle a eu une chance de se tirer de là, mais elle l'a lâchée au moment où elle l'effleurait du bout des doigts, juste une seconde avant de pouvoir la saisir et s'enfuir sans demander son reste.

*

À trois kilomètres à l'ouest, une fille cherche sur Internet comment perdre dix kilos.

*

À quatre cents mètres à l'est, quelqu'un vérifie pour la troisième fois que la porte de la salle de bains est bien fermée à clé. Ce quelqu'un se regarde dans la glace et tâche de ne pas faire la grimace en appliquant avec soin le rouge à lèvres volé dans le sac de sa mère, puis bourre de papier toilette le soutien-gorge volé au supermarché, louche un peu pour se voir flou et devenir quelqu'un d'autre. «Je suis une fille, souffle-t-il. Je ne m'appelle pas Adam.»

*

De l'autre côté de l'autoroute, une fille couche avec son copain pour la seconde fois de sa vie. Cette fois, ça ne fait pas mal. Cette fois, elle remue les hanches. Cette fois, elle commence à comprendre pourquoi on en fait toute une histoire.

*

Dans la ville d'à côté, deux amies inséparables s'embrassent. L'une dit tu dois me promettre de ne le dire à personne. L'autre pense j'ai envie de le crier sur les toits.

*

Une fille regarde la télévision. Une autre est sur un jeu vidéo. D'autres encore ont des jobs à mi-temps ou tâchent de se rattraper dans leur liste de lectures d'été. Quelques-unes traînent au centre commercial d'Eugene, en espérant qu'on va les remarquer.

*

Une fille regarde le ciel, imagine qu'elle chevauche les nuages vers un monde nouveau. Une autre creuse la terre, imagine un tunnel large comme une autoroute.

*

Dans un autre État, une fille invisible appelée Lucy Moynihan s'efforce d'oublier une histoire qui la définira pour le restant de ses jours, une histoire à laquelle personne n'a voulu croire.

Grace.

Le problème, c'est que même lorsqu'elle vous pourrit la vie, ce n'est pas facile de haïr sa mère quand elle est parfaite. Et pas « parfaite » prononcé sur un ton d'ado ironique, en faisant des guillemets avec les doigts. Parfaite dans le sens de « pratiquement une sainte », au sens propre. Sauf qu'en réalité il faut être catholique pour être canonisé, et la famille de Grace ne l'est pas. Mais que sont-ils, d'ailleurs, au juste ? Certainement plus baptistes. Sont-ils devenus *congrégationalistes* ? Est-ce que ça existe, au moins ?

Le père de Grace disait que Prescott (Oregon) serait plus en accord avec leurs valeurs familiales qu'Adeline (Kentucky). Il a un don particulier pour positiver quand c'est en fait la *lose* totale : on voit bien qu'il travaille dans le marketing. Par exemple, il sait voir un avantage à déménager du seul endroit que Grace ait jamais connu parce que leur (ancienne) église les a plus ou moins virés de la ville. Ça, son père l'a interprété comme une chance de faire preuve de force d'âme et de résilience. Et aussi comme une grande motivation pour s'améliorer dans l'art de collectionner les bons de réduction, limiter la consommation de PQ et jouer sur toute la gamme des variétés de riz et de haricots secs, tandis que sa mère cherchait un nouveau boulot et que Grace tâchait de passer une journée au lycée sans pleurer en public. Pendant que ses parents s'entraînaient à la force d'âme et à la résilience, elle s'entraînait à faire semblant de ne pas se vexer alors que toutes ses amies, dont la plupart l'étaient depuis la maternelle, la rejetaient sous prétexte que sa mère s'était cogné la tête en tombant de cheval et avait redécouvert Dieu comme un type bien plus tolérant que ne le voulaient les membres de leur église.

La première erreur de sa mère, dans cette église, était déjà d'être une femme, ce qui datait de bien avant sa chute sur la tête. La plupart des vieux Blancs (dans une congrégation qui ne comptait presque que des vieux Blancs) croisaient les bras et se renfrognaient pendant ses sermons, en attendant que le vrai pasteur vienne reprendre les choses en main et assurer un prêche digne de ce nom. Même avant le choc à la tête, elle était un peu trop pimpante à leur goût, un peu trop intéressée par l'amour et toutes ces choses-là. Ils étaient donc mûrs à point, prêts à mettre le feu aux poudres quand elle a marié les deux homos qui tenaient le salon de toilettage pour chiens. Dans son dernier sermon avant de se faire expulser, en plus de contrarier tout le monde en rappelant que Jésus aimait et acceptait chacun sans jugement, elle a osé le décrire comme un socialiste à faciès basané. La rumeur courait même qu'on l'aurait entendue s'exclamer : « Et merde au Lévitique ! » en taillant ses rosiers dans son jardin.

Et donc, comme ça, après des années de bons et loyaux services, la mère de Grace s'est retrouvée privée de son poste de directrice des activités des femmes et d'oratrice invitée à la méga-église du Premier baptiste grand rédempteur. Reniée et haïe du jour au lendemain par presque sept mille paroissiens d'Adeline et des trois comtés limitrophes. Son père venait de lancer son affaire de marketing en ligne et ne se payait pas encore. Mais ce qui était pire que la pauvreté soudaine, c'était de se retrouver soudain sans amis dans une petite ville où les gens étaient tous amis. Plus personne ne mangeait avec Grace à la cantine. Des graffitis ont commencé à apparaître sur son casier, le plus étonnant étant « Pute », puisqu'elle était, et est toujours, tout à fait vierge. C'est juste une injure qu'on lance aux filles quand on veut leur faire honte. Grace a donc passé le restant de l'année scolaire à déjeuner toute seule dans les toilettes du gymnase, sans personne à qui parler toute la journée hormis un prof de temps en temps, et ses parents n'ont rien vu. Sa mère était trop occupée à chercher un nouvel emploi et son père à chercher des clients : Grace se rendait bien compte qu'ils n'avaient pas besoin de parler de sa souffrance en plus.

Elle ne saurait pas bien définir ce qu'elle ressent en ce moment, mais au moins elle sait que ce n'est pas la tristesse d'être partie. La ville d'Adeline a très clairement exprimé qu'elle n'avait plus rien à offrir à Grace et à ses parents en termes d'amitié ou d'accueil. Et même avant cela, à l'époque où Grace était confortablement nichée à sa place subalterne mais stable dans la hiérarchie sociale, avec une solide bande d'amis et de connaissances, avec des règles de comportement et d'expression bien définies, même là, avec tout cet ordre, elle se doutait déjà que quelque chose clochait. Elle connaissait son rôle par cœur et l'endossait brillamment, mais ce n'était que cela : un rôle. Au fond, elle avait en permanence l'impression de mentir.

Peut-être a-t-elle toujours haï en secret la musique chrétienne et les films édifiants, ringards, horriblement mal joués, qu'on leur passait au Foyer de la jeunesse le vendredi soir. Peut-être haïssait-elle en secret sa vie sociale qui tournait autour du Foyer de la jeunesse. Peut-être détestait-elle manger tous les jours à la même table, avec les mêmes filles ternes qu'elle n'avait pas vraiment choisies et jamais particulièrement aimées, qui pouvaient être à la fois timides et insupportablement hostiles à quiconque ne faisait pas partie de leur cercle, et dont les ragots se drapaient de prétendue vertu chrétienne. Peut-être désirait-elle secrètement un garçon à embrasser. Peut-être avait-elle de la curiosité pour toutes sortes de choses auxquelles elle n'était pas censée s'intéresser.

Grace a toujours eu envie d'autre chose. D'une autre ville, d'un autre lycée, d'autres gens. Et maintenant qu'elle a enfin la chance d'obtenir tout cela, elle se rend compte qu'elle est terrifiée. Elle prend conscience qu'elle ne sait absolument pas ce qu'elle veut.

Qu'est-ce qui est pire : mentir sur ce qu'on est, ou ne pas savoir du tout qui on est ?

En ce moment, confrontée à l'incertitude de cette année qui va commencer dans un nouveau lycée, dans une nouvelle ville, elle donnerait tout pour retrouver la simplicité de sa vie d'avant. Celle-ci n'avait peut-être pas grand-chose de satisfaisant, elle était peut-être hypocrite, mais au moins elle était sans danger. Prévisible. Grace y était chez elle. Et en ce moment, c'est très enviable.

Seulement voilà, elle est ici. Dans ce lieu bizarre qui hésite entre petite ville et faubourg résidentiel, coincée dans ce purgatoire entre un passé décevant et un avenir inconnu. La rentrée est pour demain, dimanche prochain sa mère donnera son premier sermon dans la nouvelle église, et rien n'est familier, rien ne va. Ici, elle ne se sent pas du tout chez elle.

Elle se doute qu'elle devrait prier, ou quelque chose dans le genre. Chercher conseil. Faire de la place à Dieu. Mais pour le moment, elle a des soucis plus pressants que Dieu, comme par exemple survivre à l'année de première.

Elle comprend que ce qu'elle éprouve, c'est le mal du pays. Mais comment avoir le mal d'un pays qui n'existe plus ?

Et comment débuter une nouvelle vie quand on ne sait même pas qui on est ?

Rosina.

Merde au cousin Erwin et à son existence de mec inutile, merde à tous les oncles du monde, merde à Mami et à *tía* Blanca et *tía* Mariela qui la prennent pour leur esclave, merde à la tradition vieux jeu qui leur donne raison, merde à ce vélo et à sa chambre à air qui a une hernie, merde à cette ville pour ses nids-de-poule et ses trottoirs craquelés, merde à l'Oregon, merde à la pluie, aux bouseux, aux joueurs de football américain et aux clients de La Cocina, qui ne laissent pas de pourboire et qui jettent leurs serviettes sales par terre pour que Rosina les ramasse.

Mais Abuelita, ça va. Rosina aime *et* apprécie sa grand-mère, et ce n'est pas rien pour une fille comme elle. Même si Abuelita la prend pour sa fille morte, Alicia, qui n'est jamais sortie de leur village au Mexique. Même si Abuelita s'est barrée mardi soir, échappant à la surveillance, et a réussi à marcher jusqu'au quartier légèrement plus beau et bien plus blanc qui se trouve à près de deux kilomètres, et si la jolie pom-pom girl appelée

Melissa, sur qui Rosina craque depuis la sixième, l'a ramenée à la maison. Après avoir pleuré pendant une heure, après l'avoir cherchée partout à vélo, Rosina a entendu un coup à la porte. La figure bouffie, les cheveux en pétard, le nez trempé de larmes et de morve, elle a ouvert à une véritable apparition, un ange de beauté et de gentillesse : Melissa la pom-pom girl tenant Abuelita par la main, un chaleureux sourire aux lèvres, les yeux ensoleillés. « Regarde qui j'ai trouvé ! » a dit la pom-pom girl, et Abuelita l'a embrassée sur la joue, lui a dit *eres un ángel* avant d'entrer, et Rosina était tellement gênée qu'elle a refermé la porte au nez de la belle Melissa après avoir à peine bredouillé un merci.

Rosina se crispe rien qu'à s'en souvenir. Jamais une fille ne l'a fait se sentir si peu Rosina. Jamais elle n'a été si godiche devant quelqu'un. Elle pense à l'expression stupide « se sentir défaillir », elle a toujours cru que c'était de la guimauve romantique à deux balles, mais maintenant elle se rend compte que c'est une affection physique réelle, elle en a la preuve scientifique, et elle se déteste d'être un tel cliché ambulant, de se mettre dans un tel état, d'être tellement *fille* de ce côté-là.

Elle pédale à fond, en espérant que la brûlure dans ses jambes va effacer cette sensation troublante de vouloir quelque chose, de vouloir quelqu'un qui, à l'évidence, n'est pas pour elle. Même sur son vélo, en roulant le plus vite possible, elle se sent encore en cage, prise au piège. Elle ne peut pas pédaler jusqu'à Eugene. Et encore moins jusqu'à Portland. Tout ce qu'elle peut faire, c'est errer dans les rues de cette petite ville usée, en cherchant du nouveau. Parfois, après la pluie, il y a sur les trottoirs des vers de terre à demi noyés. Parfois du courrier perdu. Les bouteilles vides, reçus et papiers de bonbons habituels, deux ou trois listes de courses chiffonnées. Un animal écrasé sur la route. Les seules nouveautés, ici, ce sont des déchets.

Rosina file dans les rues de Prescott, éternelle solitaire, la seule fille basanée de la ville qui ne traîne pas avec les autres basanées, comme si elle cherchait à se distinguer exprès, avec ses cheveux noirs en pétard. Les écouteurs enfoncés dans les oreilles, elle écoute ces femmes déchaînées qui faisaient de la musique dans des petites et grandes villes toutes proches d'ici, mais il y a presque une génération, des filles courageuses avec des bottes et des guitares électriques, chantant avec leurs voix de mousse et de roche et d'orage. Des reliques, des vestiges archéologiques. Tout ce qui valait un peu la peine s'est passé il y a longtemps, quand la nouveauté était vraiment nouvelle.

Pourquoi se retrouve-t-elle toujours dans cette rue ? Il n'y a rien ici, à part des maisons toutes identiques qui étaient neuves dans les années 1950, quelques arbres rachitiques, des petites pelouses qui jaunissent. Cette rue ne mène nulle part où Rosina a envie d'aller. Elle ne mène nulle part, point.

Mais la voici. La maison. La maison de Lucy Moynihan. Peinture blanche fanée qui s'écaille, comme sur toutes les autres maisons. Vu de dehors, rien de particulier.

Elle abritait une fille que Rosina a à peine connue. Elle est restée vide tout l'été. Ça ne devrait pas avoir d'importance. Ça n'en a pas. Alors, pourquoi y revient-elle sans cesse? Comme si cette maison l'appelait. Comme si Lucy, bien qu'elle soit partie depuis longtemps, n'en avait pas encore terminé avec cette ville.

Mais la maison n'est pas vide, là. Elle ne l'est plus.

Si Rosina n'avait pas déjà été en train de regarder, elle n'aurait sans doute pas vu la fille blanche, banale, en surpoids, qui lit sur le porche de devant. Il n'y a pas grand-chose pour la distinguer de la maison : elle est blanc cassé sur fond blanc cassé. Le genre de visage mou, indéfini, qui ne laisse aucun souvenir. Mais elle est nouvelle, et c'est déjà quelque chose. Plus que cela, même.

– Salut! lance Rosina en arrêtant brutalement son vélo.

La fille sursaute. Rosina croit entendre un couinement de souris.

– T'es qui? enchaîne-t-elle en dépliant sa béquille d'un coup de pied. Tu viens d'emménager? C'est toi qui habites ici, maintenant?

Elle s'avance sur le trottoir fendillé.

– Euh, bonjour? fait la fille en posant son livre – un roman de *fantasy* médiocre.

Elle repousse sa vague frange blond cendré, qui lui retombe aussitôt dans les yeux.

– Je m'appelle Rosina, dit Rosina en lui tendant la main.

– Grace.

La main de Grace est molle et légèrement moite dans la poigne ferme de Rosina.

– Tu entres en quelle année ? En seconde, j'imagine ?

– En première.

– Moi aussi.

– Au lycée de Prescott ?

– Oui, il n'y a pas trop le choix par ici. (Rosina toise ouvertement la petite nouvelle.) Ton accent est hilarant. On dirait un personnage de dessin animé.

Grace ouvre la bouche, mais rien n'en sort.

– Pardon, ce n'était pas très poli, hein ?

– Euh, non, pas trop.

– Mais en fait, c'était un compliment de ma part. Au moins, tu n'es pas comme tout le monde. J'aime bien. Tu viens d'où ?

– D'Adeline, une petite ville dans le Kentucky.

– Ah. Bah, il y a des tas de péquenots par ici, tu ne seras pas dépaysée. Tu sais chez qui tu as emménagé, pas vrai ? (Rosina n'attend pas la réponse.) Tu sais ce que ça veut dire, « paria » ? La fille qui habitait ici, c'était la paria de la ville. Tu as lu *La Lettre écarlate* ? Elle était un peu comme ça, sauf que non.

– Je n'ai jamais lu ce livre. Il était interdit au CDI de mon lycée.

– Wouah ! Même nous, on n'est pas arriérés à ce point.

Rosina se tait un instant. Elle donne des coups de pied dans une touffe d'herbe qui dépasse d'une fissure dans le ciment du trottoir.

– Elle doit être en seconde, cette année. Là où elle est partie.

– Qui ? dit Grace. Qu'est-ce qu'elle a fait ?

Rosina hausse les épaules.

– Elle n'a rien fait, *elle*. Mais ce qui s'est passé, ce n'est pas vraiment l'important. Ce qui compte, c'est qu'elle en ait parlé.

Le regard de Rosina circule sans s'arrêter sur rien. Elle voudrait s'appuyer sur quelque chose. Elle est du genre à aimer s'appuyer.

– Et qu'est-ce qui s'est passé, d'après les gens ? s'enquiert Grace.

Rosina hausse les épaules. Elle essaie de la jouer cool, de faire comme s'il n'y avait pas des sentiments courant loin sous la surface. Mais c'est difficile de la jouer cool quand on ne s'appuie pas sur quelque chose, quand on était déjà en colère avant que cette conversation inattendue ait commencé, quand on a le soleil de fin d'après-midi dans les yeux et qu'on se tient dans l'ombre de la maison de cette pauvre fille qui méritait mieux et pour qui on aurait dû faire quelque chose tant qu'il était encore temps.

– Ce qu'il y a, c'est que les gens ne veulent pas entendre une chose qui va leur rendre la vie encore plus difficile, même si c'est la vérité. Les gens détestent devoir changer de point de vue. Alors au lieu d'admettre que le monde est moche, ils chient sur le messager qui vient le leur dire.

Elle crache sur le trottoir, écœurée par la chaleur qui monte lentement du creux de son estomac et menace de la consumer. Qu'est-ce qu'elle a de particulier, cette fille silencieuse sur le porche, pour lui faire ouvrir la bouche et en faire surgir des flammes comme ça ? Est-ce simplement parce qu'elle pose des questions ? Qu'elle semble réellement s'intéresser ?

– Qu'est-ce que ça peut foutre, qu'une fille ait été violée ? ajoute Rosina, amère et sarcastique. Elle ne comptait pas. Aucune de nous ne compte. Elle est partie. On n'a plus qu'à l'oublier, c'est tout.

Elle regarde Grace comme si elle venait de remarquer sa présence.

– T'es pas bavarde, hein ?

– Il faut dire que tu parles beaucoup.

Rosina sourit.

– Bon alors, la nouvelle, tu as quelque chose d'intéressant à dire ?

– Ah. Euh...

– Votre temps est écoulé. Je m'arrache. À bientôt au lycée, je suppose.

– Contente de te connaître ? dit Grace.

Rosina porte ses doigts à un chapeau imaginaire, puis tourne les talons et commence à enfourcher son vélo.

– Attends !

Grace semble aussi surprise que Rosina par le volume soudain de sa voix.

– Elle s'appelait comment ?

Rosina soupire.

– C'est important, tu crois ?

– Euh, oui ? souffle Grace à mi-voix. Puis, un peu plus fort : Oui, je crois que c'est important.

Rosina refuse de la croire. Cela reviendrait à se soucier d'une chose à laquelle elle ne peut rien. Elle ne veut pas prononcer le nom de la fille à haute voix, car cela la rendrait réelle, et quel intérêt, franchement ?

– Lucy, dit-elle en sautant en selle. Lucy Moynihan.

Puis elle s'éloigne, aussi vite que ses longues jambes peuvent la propulser.

Erin.

– J'ai répété mon programme pour demain matin, dit Erin à sa mère. J'en ai pour environ une heure et quart, du lever à mon arrivée au lycée. Marge d'erreur : plus ou moins trois minutes. Ce programme suppose que je choisisse et sorte ma tenue la veille au soir.

– C'est bien, chérie. Mais tu n'as peut-être pas besoin de sortir tes vêtements la veille étant donné que tu t'habilles de la même manière tous les jours.

Sa mère essaie chaque fois de la convaincre de s'y prendre autrement. Il y a toujours une meilleure manière de faire que celle d'Erin.

– Mais ça va me prendre une ou deux minutes de sortir chaque vêtement de son tiroir.

Sa garde-robe se compose de trois chemises à carreaux, quatre tee-shirts blancs, deux tee-shirts gris, trois jeans larges, deux pantalons larges en velours côtelé, une paire de Converse noires et une paire de Converse bleues, le tout débarrassé de ses étiquettes.

– Pourquoi tu ne portes pas ces chemises neuves que je t'ai achetées ? s'enquiert sa mère.

– Elles grattent.

– Je les relaverai deux ou trois fois. Ça les adoucira.

– J'aime bien les vieilles.

– Tes vieilles chemises sont pleines de trous. Et de taches.

– Et alors ?

– Tu te fiches peut-être de ce genre de détails, mais les gens les remarquent. Ils vont te juger là-dessus.

– C'est leur problème.

Erin sait que sa mère croit bien faire, qu'elle pense que là est la clé du bonheur : trouver sa place, s'intégrer. Mais elle a déjà essayé. Elle a passé son enfance à observer les autres, à essayer de comprendre comment être « une fille normale ». Elle est devenue un perroquet, une actrice jouant des rôles multiples – elle avait les cheveux longs, elle mettait des habits que sa mère trouvait mignons, elle s'est même maquillée pendant une courte période, en quatrième. Elle s'asseyait sur ses mains pour se retenir de les frotter quand elle était nerveuse. Elle se mordait les joues jusqu'au sang pour ne pas se balancer d'avant en arrière en public. Erin était un caméléon, qui changeait pour s'adapter à tout groupe dans lequel elle se retrouvait, interrogeant constamment sa base de données mentale pour savoir quels vêtements porter ou pas ; quoi dire ou pas ; quoi ressentir ou pas. Mais elle avait beau faire des efforts, elle ne tombait jamais juste. Elle parlait toujours un peu trop tôt ou un peu trop tard, un peu trop haut ou un peu trop bas. Plus elle faisait d'efforts, plus elle se sentait mal.

Les gens savent à quoi s'attendre avec un garçon atteint d'Asperger, du moins ils croient le savoir. Un garçon, ça s'énerve, ça cogne, ça hurle. Ça se bat et ça se roule par terre. Ça punit le monde de le faire souffrir.

Alors que pour les filles dites « Aspies », c'est différent. Invisible. Non diagnostiqué. Car à la différence des garçons, elles se tournent vers l'intérieur. Se cachent. S'adaptent, quitte à se faire mal. Comme elles ne crient pas, on suppose qu'elles ne souffrent pas. Une fille qui s'endort tous les soirs en pleurant ne dérange pas grand monde.

Jusqu'au jour où elle parle. Jusqu'au jour où sa douleur déborde. Jusqu'au jour où elle n'a plus le choix, où elle sort d'un silence de presque deux semaines pour dire la vérité sur ce qu'elle a fait avec le garçon appelé Casper Pennington – son ultime tentative, et la plus radicale, pour faire comme tout le monde, du moins c'est ce qu'elle croyait. L'incident qui l'a menée ici.

Erin s'est rasé la tête peu après. Elle s'est juré de ne plus jamais se soucier de ce qu'on penserait d'elle. Elle s'est juré de ne plus se soucier des autres, point barre.

Sa mère soupire.

– Je veux juste te faciliter la vie.

– Ce sont mes vieilles chemises qui me facilitent la vie.

Si elle ne s'habillait pas de la même manière tous les jours, elle devrait décider de sa tenue chaque matin.

Comment font les gens? Comment arrivent-ils seulement à sortir de chez eux?

– D'accord, dit sa mère. Tu as gagné.

Comme si c'était une guerre. Comme si c'était Erin contre maman et la police de la normalité.

Sa mère lui sert un déjeuner composé d'une salade avocat-pamplemousse avec du beurre d'amandes crues et du céleri en garniture. Cela ressemble plus à de l'art moderne qu'à un repas – un art bizarre pour écureuils. Elle a mis Erin au régime « aliments crus » depuis l'an dernier, après avoir lu quelque part que c'était censé être bon pour la stabilisation de l'humeur et de la digestion chez les gens souffrant de troubles du spectre de l'autisme. Et même si Erin déteste l'admettre, cela semble fonctionner. Sauf que désormais, elle peut manger tant qu'elle veut, elle se retrouve affamée une heure après.

Sa mère est à sa place habituelle, assise devant son ordi posé sur l'îlot central de la cuisine. C'est là que se déroule son existence en ligne dans l'univers des parents d'enfants Asperger : envoi de mails au groupe de soutien qu'elle dirige, modération de son groupe Facebook, tweets contenant des conseils et des articles utiles, ajout de recettes crues, végétaliennes et sans gluten sur sa page Pinterest. Elle fait tout cela, de plus en plus d'amis virtuels la considèrent comme une experte du syndrome, et pourtant elle ne comprend toujours pas sa propre fille.

Le chien d'Erin, Spot, se tient comme d'habitude à ses pieds sous la table. Il porte le même nom que le chat de

Data, qui apparaît dans plusieurs épisodes de *Star Trek : La Nouvelle Génération*. Erin n'a pas pu prendre de chat car elle est allergique. Ce Spot-ci est son second Spot. Spot n° 1 était un cochon d'Inde. Spot n'a pas de taches, bien que *spot* signifie « tache » en anglais : c'est un golden retriever. Mais comme le Spot de Data n'a pas de taches non plus, cela ne perturbe pas trop Erin.

– Tu as hâte de commencer ton job à l'administration du lycée ? lui demande sa mère.

Elle essaie de lui enseigner l'art du papotage. Elles s'entraînent pendant les repas.

– Ce n'est pas un job, maman. On ne me paie pas. En gros, c'est de l'esclavage. D'une certaine manière, papa et toi payez, vous, puisque les établissements publics sont financés par l'impôt, et je suppose que vous payez tous les deux des impôts. Du moins, papa. Toi, tu ne travailles pas.

– Je travaille, chérie. Simplement, je ne suis pas rétribuée en argent.

– Tu pourrais mettre de la pub sur ton blog. Tu pourrais donner des conférences rémunérées, ce genre de choses.

– Merci de tes conseils, mais je suis très bien comme ça.

– Faux.

Sa mère envoie à Erin le regard qui signifie qu'elle a dit exactement ce qu'il ne fallait pas, mais elle continue quand même.

– Si tu gagnais de l'argent, tu pourrais être indépendante financièrement.

– Et pourquoi est-ce que je voudrais ça?

Elle ne le dit pas. Elle peut être méchante avec sa mère, elle peut lui balancer bien des horreurs, mais il y a une chose qu'elle ne dit jamais : *Pour ne pas rester coincée avec papa.*

Elle hausse les épaules.

– Un singe serait surqualifié pour mon job. Ils avaient juste besoin de me caser quelque part pendant les heures d'EPS.

Erin a un certificat médical disant qu'elle rencontre des problèmes avec les sports collectifs et le contact physique. Le certificat ne parle pas de son dégoût pour la sueur, qui est aussi un problème.

– La formation s'est bien passée ce matin?

– J'ai accès à la base de données du lycée. Je peux voir les notes de tout le monde, si je veux.

– Mais tu ne ferais pas ça, hein?

– C'est interdit par le règlement.

Tout le monde connaît l'attitude d'Erin envers les règlements. C'est pour ça qu'on lui a confié ce travail, qui donne accès à des informations sensibles.

– Et qu'est-ce que tu comptes faire cet après-midi?

– Je vais lire pendant une heure. Puis j'irai ramasser les crottes de Spot dans le jardin et je les jetterai. Ensuite, je me laverai les mains pendant une minute. Après, je mangerai une pomme et des bâtonnets de carotte parce que ce repas-ci ne va me rassasier que pendant environ quatre-vingt-dix minutes. Enfin, je regarderai mon épisode car j'aurai accompli toutes mes tâches de la journée.

Son ancien ergothérapeute, à Seattle, lui a enseigné la gratification différée, lui disant que c'était la clé de la réussite. Erin est devenue très forte pour cela. Elle fait ce qui la rebute avant ce qui lui fait envie. De la sorte, elle est toujours motivée pour continuer, et tout est toujours fait. Elle a en permanence au moins une liste de tâches à accomplir, dans un ordre précis déterminé par une combinaison de critères : importance, urgence, agrément (ou non). Dresser ces listes lui demande parfois autant de travail que les tâches elles-mêmes. Mais ce que les gens ne comprennent pas, c'est que c'est nécessaire ; il en va de sa survie. Sans ses listes et ses emplois du temps compliqués, elle n'accomplirait jamais rien. Elle oublierait. Tout se mélangerait et se brouillerait dans sa tête, la submergeant d'anxiété. Sans ses listes, sans son organisation obsessionnelle, plus de règles, plus d'ordre. Le monde n'aurait plus de sens. Il se disperserait aux quatre vents et menacerait de l'emporter avec lui.

– Ça m'a l'air d'être un bon plan, commente sa mère.

– J'ai toujours un plan.

– Oui, chérie. Je sais.

Erin n'arrive peut-être pas toujours à saisir les nuances, mais là elle est à peu près sûre que la voix de sa mère indique l'exaspération. Elle ressent un tiraillement dans la zone de sa poitrine où commence toujours la douleur, l'endroit depuis lequel l'angoisse irradie dans son corps entier. En ce moment, le point douloureux lui dit que sa mère devrait être fière qu'elle se débrouille si bien avec ses listes, et non contrariée et honteuse qu'elle en ait besoin.

Spot touche la jambe d'Erin avec sa patte car il sent qu'elle est agitée. Sa mère l'a eu pour pas cher parce qu'il a échoué dans sa formation de chien d'assistance pour handicapés, mais il est très doué quand même.

– Il y a une nouvelle famille dans mon groupe de soutien du mardi soir, dit sa mère alors qu'elle sait qu'Erin déteste parler en mangeant.

– C'est bien.

Ce qu'elle voudrait, c'est ne rien répondre du tout, mais malheureusement ce n'est pas ainsi que les conversations fonctionnent.

– Ils ont une fille de dix ans qui vient d'être diagnostiquée. De haut niveau, comme toi. Très intelligente.

Haut niveau, bas niveau de fonctionnement. Comme si c'était si simple. Comme si ces désignations avaient un lien quelconque avec la réalité.

Erin ne répond rien. Son excuse : elle mâche du céleri.

– Je me disais que ce serait sympa si vous vous voyiez pour jouer ensemble, un de ces jours.

– Maman, j'ai seize ans. Je ne joue plus.

– Je sais qu'elle serait heureuse de te connaître.

– M'en fiche.

– Erin, regarde-moi.

Erin s'exécute, mais elle vise juste en dessous des yeux, une astuce qu'elle a trouvée pour faire croire aux gens qu'elle les regarde en face alors que ce n'est pas le cas.

– Tu te rappelles, quand on a parlé d'empathie ? Essaie d'imaginer ce que ressent cette petite, et combien ce serait rassurant pour elle de rencontrer une Aspie plus âgée qui va bien.

Erin se frotte les mains pour apaiser son anxiété, pour rassembler ses pensées. Elle songe à l'empathie, au fait que les gens croient à tort que les Aspies n'en ont pas et qu'il faut la leur enseigner. Mais elle en a, de l'empathie, elle en a en abondance, au point que ça lui fait mal, parfois, au point que la douleur des autres devient sa douleur à elle et la rend incapable d'aider qui que ce soit. C'est pourquoi il lui est plus facile de l'éviter que de s'y confronter. Il lui est plus facile d'essayer de l'ignorer que de vouloir consoler quelqu'un qui souffre, car la plupart du temps cela lui retombe dessus et le résultat est pire. Ce qu'elle veut faire avec la douleur, c'est l'effacer, la chasser, et parfois ce n'est pas ce que veulent les autres. Et pour Erin, cela n'a absolument aucun sens.

Ce qui a un sens, c'est la logique. En cas de doute, elle se demande : « Que ferait Data à ma place ? » Elle fait de son mieux pour raisonner comme un androïde. Elle met donc à profit son excellent sens logique pour déterminer si la rencontrer serait bénéfique à la petite de dix ans.

– Mais, maman, dit-elle une fois qu'elle a tiré ses conclusions. Je ne vais *pas* bien.

En dépit de ses listes, en dépit de son adaptation, chaque journée est une lutte qui la laisse épuisée d'une manière que sa mère ne comprendra jamais.

Elle sait ce que signifie l'expression de cette dernière au moment où elle dit cela. On appelle ça « se décomposer », même si le visage reste en un seul morceau. Cela signifie que la personne est très triste et déçue. Dans le cas de sa mère, cela signifie aussi qu'on vient de formuler une évidence, mais qu'elle se donne un mal fou pour se persuader du contraire.

– Pourquoi est-ce que tu dis ça? Tes bulletins sont excellents, tu as un QI exceptionnel, tu t'épanouis dans un lycée normal.

Erin réfléchit à cela.

– J'ai une amie, une. Tous les autres me traitent de cinglée. Même elle, parfois, me traite de cinglée. Et mon unique tentative pour sortir avec un garçon nous a obligés à changer d'État.

– Erin, on en a déjà parlé. Ce n'est pas pour ça qu'on a déménagé. Ton père a eu une offre d'emploi ici.

Mais Erin n'a pas besoin d'être surdouée (même si elle l'est) pour connaître la vraie raison de leur déménagement. Que ses parents l'admettent ou non, elle sait que personne ne quitte volontairement un poste de titulaire à la prestigieuse université de Washington pour un job moins payé à l'université de l'Oregon.

– Maman. Il faut que tu te trouves un autre passe-temps.

Elle identifie l'expression de sa mère. C'est un peu comme la décomposition de tout à l'heure, mais en pire.

– L'empathie, Erin, lui dit-elle doucement.

Ses yeux sont humides.

Erin sent quelque chose saisir et pincer l'endroit douloureux de sa poitrine. Cela signifie qu'elle devrait s'excuser.

Mais elle n'en fait rien.

– J'ai besoin d'air. Je monte dans ma chambre.

Sa mère l'épuise plus que n'importe qui. Ce n'est pas forcément la compagnie des autres qui la vide de ses forces. C'est la compagnie de ceux qui voudraient la voir se comporter comme ce qu'elle n'est pas.

– Allez viens, Spot !

Le chien la suit, fidèle même quand elle attriste sa mère. Erin ignore s'il arrive à cette dernière de quitter sa place devant l'îlot de la cuisine en son absence, car chaque fois qu'elle revient elle la trouve toujours là.

Grace.

Grace garde la tête baissée pour slalomer entre les divers groupes agglutinés sur les marches du lycée. À travers sa frange, elle entrevoit des fragments de visages, de coiffures et de vêtements, et elle réfléchit à toute vitesse pour cataloguer ceux qu'elle doit s'efforcer d'éviter. Quelqu'un de différent chercherait peut-être des camarades avec qui sympathiser activement ; sa stratégie à elle s'appuie au contraire sur un processus d'élimination. Elle a intensément réfléchi à son plan : elle va commencer par éliminer les populaires de premier niveau (et, voyons les choses en face : de deuxième niveau aussi), les losers du bas de l'échelle, les camés, les super-athlètes, tous les marginaux un peu louches, et elle prendra ce qui reste. Dans son ancien lycée, ses amis étaient par défaut les enfants des intégristes religieux de l'église de sa mère, ceux avec qui elle avait partagé des années d'École du dimanche et de Foyer de la jeunesse. Elle a mis tous ses œufs dans le mauvais panier. Elle les a tous perdus lorsqu'ils ont décidé à l'unanimité de lui retirer leur amitié, leurs parents ayant décrété que sa mère était, grosso modo, possédée par Satan.

Grace inspire à fond lorsqu'elle localise le bureau de l'administration. Elle a accompli sa première tâche : franchir la porte. Maintenant, elle doit aller chercher son emploi du temps. Si elle fractionne la journée en petits morceaux, ce sera moins terrifiant.

Seigneur, prie-t-elle en silence, *donnez-moi la force. Guidez-moi dans cette épreuve.*

Elle attend devant le comptoir de l'accueil pendant un moment qui lui semble très long. Une fille au physique androgyne et au crâne rasé est assise de l'autre côté, les yeux collés à l'écran d'un ordinateur antédiluvien. Grace sait que la fille la voit, même si elle fait semblant du contraire.

– Euh, bonjour? dit-elle.

La fille la dévisage un instant, puis retourne à son écran.

– Je ne suis pas censée être à l'accueil, lâche-t-elle froidement. L'ordi dont je devais me servir est au fond, mais il est HS.

– Ah, OK.

La tondue se tortille sur sa chaise, l'air mal à l'aise, sans rien dire.

– Hum, continue Grace. Je viens chercher mon emploi du temps?

– Tu aurais dû le recevoir par courrier il y a deux semaines.

– Euh, je viens d'arriver ? Je n'avais pas d'adresse il y a deux semaines ? Du coup, on m'a dit de venir le prendre à l'accueil.

La fille lève enfin la tête.

– Qui ça, « on » ?

Une femme replète sort en hâte d'un bureau dans le fond.

– Désolée, ma belle, dit-elle. J'ai dû m'éclipser une seconde.

Elle regarde la fille sans cheveux d'un air inquiet, puis retourne à Grace.

– Erin s'occupe de toi ?

– Euh, plus ou moins ?

– Ta manière de parler, ça s'appelle l'*up-speak*, déclare la dénommée Erin. Tout ce que tu dis sonne comme une question, même quand ça n'en est pas une.

– Erin, soupire la femme. Veux-tu bien te concentrer sur ton travail et me laisser faire avec cette jeune fille ?

– Je voulais juste être aimable, marmonne Erin, qui inspire profondément et se frotte les mains comme si elle essayait d'y faire pénétrer de la lotion.

– D'accord, Erin. Du calme.

– Jamais, dans l'histoire de l'humanité, le fait de dire « du calme » n'a calmé qui que ce soit.

– Qu'est-ce que je peux faire pour toi, ma grande ? demande la femme à Grace, avec un regard fait pour indiquer qu'elles partagent quelque chose – probablement une exaspération commune envers Erin, suppose-t-elle.

Mais en fait, ce que pense Grace, c'est qu'Erin paraît stressée, donc cette femme ne devrait-elle pas plutôt l'aider? Quand vous travaillez dans un lycée, n'est-ce pas votre boulot d'aider les élèves?

– Je m'appelle Grace Salter. Je suis nouvelle. Je devais passer prendre mon emploi du temps.

– Bien sûr, répond la femme avec bien plus d'amabilité que quand elle s'adressait à Erin. Bienvenue à Prescott! Je suis Mme Poole. Je dirige l'administration. Que penses-tu de la ville, jusqu'à présent?

– Ça va, j'imagine?

– On est exactement à 131,5 kilomètres de la plage la plus proche, intervient Erin. Ça ne va pas du tout.

Mme Poole ne relève pas. Elle feuillette un dossier sur le comptoir et en sort une feuille.

– Tiens. «Emploi du temps de Grace Salter.» Tu commences la journée avec M. Baxter, Arts du langage.

– M. Baxter est coach de football américain, pas prof d'anglais, commente Erin. C'est à peine s'il sait lire.

– Erin, ça suffit! s'impatiente Mme Poole avant de se tourner vers Grace d'un air désolé. Elle sera là tous les jours en première heure, jusqu'à la fin du trimestre.

– Je vous entends, dit Erin.

– Vous savez quoi? Ça va sonner. Erin, tu peux accompagner Grace jusqu'à sa classe? Il ne faudrait pas qu'elle soit en retard pour son premier jour.

Erin se lève et, malgré sa chemise trop grande portée sur un tee-shirt blanc informe et son jean mal coupé, Grace voit bien qu'elle a un corps de mannequin, et se demande pourquoi elle se donne tant de mal pour le dissimuler. Si elle était aussi bien fichue, se dit-elle, elle voudrait que tout le monde le sache.

– C'est parti, lâche Erin.

Et elle s'en va sans vérifier si Grace la suit.

Grace voudrait lui demander pourquoi Mme Poole pensait que ce n'était pas grave d'être si méchante avec elle, pourquoi elle avait l'air de croire que ça ne lui ferait pas mal, mais à la place elle dit tout à fait autre chose.

Elle s'adresse à la nuque d'Erin.

– Ça fait longtemps que tu habites ici ?

– Un peu plus de deux ans.

– Et avant, tu vivais où ?

– Seattle.

– Oh, c'était bien, là-bas ? Il paraît que c'est super.

– T'as un accent.

– Je viens du Kentucky.

– Voilà, la salle de Baxter.

Erin, les yeux rivés au sol, s'arrête devant une porte ouverte. Grace prend conscience que, excepté le bref instant où elle a levé le nez de l'ordinateur à son arrivée, Erin ne l'a pas regardée en face une seule fois.

– Merci.

Les yeux d'Erin filent sur le lino. Après un long silence, elle dit enfin :

– De rien.

Sur ce, elle repart.

Grace entre dans la salle bruyante et trouve une place au fond. Elle garde la tête baissée et ignore si on la regarde. Elle ne sait pas ce qui serait pire : qu'on l'observe ou qu'on ne la remarque pas du tout. La sonnerie retentit. Pas de professeur à l'horizon.

– Il paraît que Lucy Moynihan a complètement craqué après son départ du lycée, dit une fille brune à côté de Grace. Genre, elle a perdu la boule. Elle est en HP dans l'Idaho ou je ne sais quoi.

– C'est faux, réplique son amie, une blonde. Ses parents ont simplement déménagé à Portland parce qu'ils étaient trop gênés pour rester ici.

– Bien fait pour elle, conclut la première. Vu toutes les histoires qu'elle faisait... elle n'aurait pas pu trouver autre chose pour faire l'intéressante ?

Les deux filles pouffent de rire. Grace voudrait qu'elles arrêtent. Elle n'a jamais vu Lucy, ne connaît pas toute l'histoire, mais elle sait au fond de son cœur que celle qui a gravé cette inscription dans sa chambre ne cherchait pas simplement à se distinguer.

Malgré sa contrariété, elle a quand même un petit espoir que ces filles soient de possibles candidates à l'amitié. Elle voit bien que ce ne sont pas les stars de la classe, mais qu'elles ne sont pas non plus tout en bas de l'échelle. Elles sont comme elle : le genre que personne ne remarque. Elles échangent des ragots ? Bah, Grace devra peut-être passer là-dessus. Elle n'a pas beaucoup de choix.

Elle ferme les yeux. *Dis-leur bonjour*, s'encourage-t-elle. Elle prie pour trouver la force. Elle ouvre la bouche, mais à ce moment-là un homme pataud, en mauvaise forme physique, fait irruption dans la salle, une pile de livres cornés dans les bras.

– Yo, coach Baxter ! lance un grand baraqué au premier rang.

– Aaron ! Prêt à gagner vendredi ?

– À fond.

Deux ou trois autres garçons en maillot de football américain se tapent dans les mains et lancent des cris de guerre.

– Tiens, McCoy, lance le prof à l'un de ces sportifs en laissant tomber les livres sur son bureau. Fais circuler.

– Ça marche, coach.

– Bon, dit M. Baxter en feuilletant des papiers. L'appel. L'appel. Où est ma feuille d'appel ?

À ce moment-là, le haut-parleur se met à grésiller. « Bonjour, lycée de Prescott, et bonne rentrée des classes ! clame une voix de femme. Je suis votre proviseure, Mme Slatterly. » La moitié de la classe pousse des gémissements. « Je m'exprime au nom de toute l'équipe enseignante et de l'administration pour vous dire que nous sommes heureux de vous revoir. Nous espérons que vous rentrez de vacances bien reposés et prêts à faire du bon travail. »

La voix de la proviseure devient plus sérieuse. « Je tiens à insister sur le fait qu'au-delà du programme scolaire, la mission du lycée de Prescott est d'inculquer à ses élèves le respect de l'autorité, le sens de la discipline et de l'ordre. Sans cela, votre lycée, votre ville et la société dans son ensemble s'effondrent. Notre but est de faire de vous des membres constructifs de la société, de jeunes hommes et femmes décidés à encourager, et non perturber et détruire, l'esprit communautaire du lycée.» Elle se racle la gorge, et sa voix redevient enjouée. «Notre équipe de football est plus forte que jamais cette année, et nous nous faisons une joie à l'avance de l'encourager lors du rassemblement festif de vendredi après-midi. N'oubliez pas, vous seuls pouvez prendre votre avenir en main. Allez les Spartiates!»

La moitié de la classe lance des acclamations tandis que les autres regardent par la fenêtre. La pipelette blonde sourit à Grace. Celle-ci lui retourne un sourire en s'inquiétant qu'il soit tordu.

– Tu es nouvelle? lui demande la fille.

– Oui. Bonjour. Je m'appelle Grace.

– Allison. Enchantée.

– Et moi, c'est Connie, ajoute son amie.

Grace ressent un frémissement d'espoir dans sa poitrine. Toutes les filles aiment les potins, non? Même les gentilles peuvent être un peu méchantes, de temps en temps.

– Bon, dit Baxter depuis son estrade. Vous êtes ici en cours de littérature américaine. Deux ou trois choses avant qu'on commence: avec moi, on apprend les classiques. Je suis pour la lecture des grandes œuvres littéraires qui ont traversé les époques parce qu'elles explorent des thèmes universels. Nous n'allons pas perdre notre temps avec des bouquins que tout le monde lit à cause d'une mode passagère et du politiquement correct. Mon travail, c'est de vous inculquer des bases solides, et c'est exactement ce que je vais faire. On va commencer par des passages d'Edgar Poe, de Ralph Waldo Emerson et d'Henry David Thoreau. Ensuite, on passera à *Moby Dick* d'Herman Melville.

– C'est pas une histoire de baleine, ça? fait un type au premier rang.

– C'est un livre qui parle d'une obsession et de la lutte éternelle de l'homme contre lui-même et contre Dieu, dit M. Baxter. Entre autres choses. Mais oui, il y a une baleine. Ça vous va, Clemons?

– Oui, m'sieur.

– Tant mieux. Après *Moby Dick*, on passera aux géants tels que Mark Twain, Henry James, Faulkner, Hemingway, et Steinbeck. Ensuite on se régalera avec *Gatsby le magnifique*, de F. Scott Fitzgerald, que la plupart des gens intelligents considèrent comme le plus grand roman américain. S'il nous reste du temps en fin de trimestre, j'espère pouvoir vous faire lire des extraits de quelques grands auteurs vivants, notamment mon préféré, Jonathan Franzen. Et maintenant, ouvrez vos livres au début et vous allez lire à tour de rôle. Page 4 : «Qu'est-ce qu'un roman?» Qui veut commencer?

Grace ouvre le livre sur son bureau, et tombe sur un gribouillis représentant un pénis avec des lunettes noires.

Grace perd du temps à chercher son casier, si bien que lorsqu'elle arrive au self il n'y a déjà presque plus de places assises. Elle cherche des yeux Connie et Allison, les filles de sa classe, mais celles-ci déjeunent sans doute à une autre heure. Elle observe alors la salle dans l'espoir de repérer d'autres amies potentielles : pas trop jolies mais pas trop moches, quelque part entre « personne » et « quelqu'un », le genre de camarades parmi lesquelles elle pourrait se fondre. Un instant, elle envisage de faire demi-tour et d'aller se cacher sous un escalier pour déjeuner.

C'est alors qu'une table attire son regard. Dans un coin du réfectoire, près du couloir qui mène à la bibliothèque, il y a comme une île dans l'océan de la hiérarchie du lycée. Une table où sont assises Erin – la chauve du bureau de l'accueil – et Rosina, la fille qui lui a parlé hier devant chez elle, tout aussi étrange mais d'une manière différente, plus stridente. Les deux filles ne semblent pas avoir conscience du monde qui les entoure, même pas se rendre compte qu'elles sont assises dans un réfectoire de lycée. Comme ce serait bon d'être aussi libre, aussi indépendante des caprices et des faiblesses des autres !

Rosina, justement, lève les yeux et croise son regard. Erin tourne la tête pour voir ce qui l'intéresse. Les deux filles l'observent maintenant, pas tout à fait en souriant, mais avec une curiosité non dénuée de douceur.

Est-ce vrai que cette décision – avec qui déjeuner – risque de cataloguer Grace pour le restant de sa vie de lycéenne, et peut-être même pour le restant de ses jours ?

La vie est-elle absurde et dénuée de sens à ce point? À en croire ses expériences passées, la réponse est oui.

Elle avait un plan, mais il était peut-être erroné. Les choix ne devraient peut-être pas être conduits par la peur. Le but n'est peut-être pas de se fondre dans le décor. Elle s'est peut-être complètement trompée dans son approche de ce sport : le but n'est peut-être pas de jouer la sécurité et de tâcher de rester en milieu de terrain. Peut-être qu'il n'y a même pas besoin de jouer.

– Bonjour, dit-elle en arrivant devant la table, le cœur battant. Je peux manger avec vous?

Erin incline la tête sur le côté, d'une manière qui rappelle un chat ou un robot.

– Pourquoi?

– Erin, dit Rosina. Tu te rappelles que tu n'es pas censée dire systématiquement la première chose qui te passe par la tête?

– Mais je veux savoir pourquoi elle voudrait déjeuner avec nous, proteste Erin, sans cruauté toutefois. Personne ne veut jamais déjeuner avec nous.

– C'est pas faux, convient Rosina. Pourquoi tu veux dej avec nous, la nouvelle?

– Je, euh... je ne sais pas? Sans doute parce que je vous ai déjà vues, et que je vous ai trouvées sympa, et puis, je suis nouvelle et je ne connais encore personne, et...

– C'est bon, je blaguais, la coupe Rosina. Bien sûr que tu peux manger avec nous.

– On n'est pas sympa, précise Erin.

– Parle pour toi! dit Rosina. Moi, je suis sympa.

– Pas du tout.

– Je suis sympa avec toi.

– Uniquement avec moi.

– Eh bien, peut-être que je vais avoir envie d'être sympa aussi avec la nouvelle. Jusqu'à maintenant, elle l'a été avec moi, alors j'y pense sérieusement.

Erin hausse les épaules.

– T'as de la chance, dit-elle à Grace. C'est la meilleure table.

– Pourquoi ? s'enquiert Grace en s'asseyant.

– C'est la plus peinarde. Et la plus proche du CDI, au cas où il faudrait se replier en urgence.

Grace remarque le repas d'Erin, rangé dans une petite boîte en fer-blanc à trois compartiments. Ce n'est pas le casse-croûte d'ado type : pas de sandwich ni de frites, ni rien qui ressemble à quoi que ce soit de cuit. Erin voit son regard.

– Ça s'appelle un bento. C'est japonais. Ma mère me l'a acheté parce que je n'aime pas que mes aliments se touchent.

– Tu es au régime ?

– Pas volontairement.

– La mère d'Erin la nourrit de feuilles et de bouts de bois pour qu'elle ne se tape plus sur la tête, explique Rosina.

– Le ton de Rosina indique l'ironie, analyse Erin d'une voix égale. Mais son propos est proche de la vérité. Sauf que ce ne sont pas des feuilles et des bouts de bois.

– Bref, passons. Comment tu t'appelles, la nouvelle ?

– Grace. On s'est vues hier, tu te rappelles ?

– Oui, je me rappelle. Tu habites dans l'ancienne maison de Lucy Moynihan. Merde ! lance Rosina en faisant semblant de se gifler. Je m'étais promis de ne plus jamais prononcer son nom.

– Pourquoi ?

– Je ne veux pas alimenter l'obsession malsaine de la ville pour cette fille. Tout un été s'est écoulé, et les gens en parlent encore. Tu ne crois pas qu'ils auraient mieux à faire ?

– C'était une amie à toi ?

– Ma seule amie, tu l'as sous les yeux. Ce crâne d'œuf qui mange comme un lapin.

Erin relève le nez de son hachis de crudités.

– Les gens parleront d'elle jusqu'à ce qu'ils arrêtent de culpabiliser, déclare-t-elle. Ils n'arrivent pas à tourner la page parce que ça pèse encore sur leur conscience. Ça s'écrit comment, conscience ? Avec deux *s* ou *sc* ? Je devrais le savoir.

– Très finement observé, souligne Rosina.

– Merci.

– De rien.

– Qu'est-ce qui lui est arrivé, au juste, à Lucy ? s'enquiert Grace. Elle a raconté qu'elle avait été violée ? Par qui ?

Rosina et Erin ne répondent pas. Elles prennent une bouchée de leur déjeuner à l'unisson.

– Vous l'avez crue ? insiste Grace.

Rosina soupire.

– Bien sûr qu'on l'a crue. Les autres aussi, pour la plupart, mais ils ne l'avoueront jamais. La moitié des filles de ce bahut ont eu des problèmes avec au moins un de ces enfoirés. (Elle relève les yeux de son sandwich, auquel elle a à peine touché.) Mais ça ne change rien.

– Pourquoi ? Bien sûr que si !

– Sur quelle planète ?

Grace ne voit pas du tout comment répondre à cela.

– Maintenant, j'aimerais parler des nudibranches, annonce Erin en se frottant les mains avec anxiété.

– Vas-y, l'encourage Rosina.

Grace l'interroge du regard, mais la fille mord dans son sandwich comme si c'était un prolongement tout à fait naturel de la conversation.

– Les nudibranches sont des limaces de mer. Une appellation trompeuse, car ils comptent en fait parmi les créatures marines les plus belles et les plus gracieuses. *Nudibranche* vient d'un terme latin qui signifie « branchies nues », car leurs branchies sont à l'extérieur de leur corps – elles ressemblent à des plumes. Les nudibranches sont des mollusques gastéropodes, comme les escargots. *Gastéropode* signifie « ventre-pied ».

– Les Gastéropodes, répète Rosina en retirant la croûte de son sandwich. Super nom pour un groupe.

Alors, Grace entend non loin un rire qu'elle reconnaît, le genre de rire dont elle avait l'habitude à la fin, à Adeline. Le genre de rire qui vise une cible, une victime. Un rire de méchantes prêtes à exercer leur cruauté.

– Attention, c'est la table des tarées, souffle une fille à ses copines en passant, assez fort pour être entendue.

Le bras de Rosina se dresse aussitôt en l'air, son long majeur tendu.

– Barrez-vous, les clones, dit-elle calmement. Je veux pas attraper ce que vous avez.

Les filles lèvent les yeux au ciel et s'éloignent en riant, et Grace sent quelque chose s'effondrer en elle. Une douleur qu'elle connaît bien refait surface, ainsi que la peur d'avoir choisi la pire table possible.

– Foutues pom-pom girls, grommelle Rosina. Des clichés ambulants.

– C'est bon, je me casse, annonce Erin en se levant brusquement, l'air peiné.

Oscillant légèrement sur ses pieds, elle jette ses affaires dans son sac.

– À plus, lui lance Rosina tandis qu'elle tourne les talons et s'éloigne d'un pas vif.

– Attends, dit Grace. Elle va où ?

– Au CDI, sans doute.

– Pourquoi ?

– Foutues pom-pom girls, lâche Rosina en secouant la tête.

Mais Grace ne comprend pas si c'est une réponse à sa question ou un commentaire sur l'état du monde. Quoi qu'il en soit, elle ne se sent pas très optimiste.

Nous.

Cette fille s'est inscrite dans l'équipe des pom-pom girls parce qu'elle adorait la danse et le football américain. Elle ignorait que ce n'est pas pour ça que les filles s'enrôlent habituellement. Elle n'a pas beaucoup songé à l'uniforme, elle n'a pas pensé aux vendredis où elle devrait obligatoirement le porter en cours, au fait que la prestation se prolongerait bien au-delà des matchs, que cela ferait partie de son boulot de s'obséder pour la culotte de cheval dont aucune séance de gym ne peut venir à bout, et que le lycée entier s'arrogerait le droit de jauger ses fesses en gros plan.

Elle parcourt le couloir la tête haute. C'est son travail d'être gaie et sûre d'elle. Les gens commencent à se demander pourquoi elle n'a jamais de mec, et alors ? Une jolie fille comme elle devrait avoir un mec, disent-ils.

Elle sourit pour que personne ne devine ce qu'elle pense : *Et si ce n'était pas ma vie, tout ça ? Si je n'avais pas à penser tout le temps à mon corps, si je n'avais pas à me mettre en vitrine ? Quel effet ça ferait, d'être un autre genre de fille ?*

*

La présidente du Bureau des élèves du lycée de Prescott se demande si à Stanford les filles ont le droit d'être plus d'une chose à la fois. Puisque là-bas tout le monde est intelligent par défaut, c'est peut-être une chose que l'on n'a plus besoin de prouver en permanence, si bien que l'on peut essayer d'autres choses. Par exemple, elle pourra peut-être essayer de porter des jupes un peu plus courtes, des hauts un peu plus décolletés. Peut-être même pourra-t-elle mettre un peu de ce maquillage que sa mère lui achète tout le temps mais qu'elle refuse d'utiliser, de peur qu'on cesse de la prendre au sérieux. Et avec ses cheveux, elle pourra peut-être essayer autre chose que la sévère queue-de-cheval qu'elle s'impose tous les jours.

Qu'est-ce que ça fait, d'être remarquée ? D'être regardée ? D'être désirée autrement que comme binôme de labo ? De ne pas avoir à choisir entre être jolie et intelligente ?

*

Quel mec voudrait d'une athlète ? Quel mec rêverait de sortir avec la star de softball du lycée, avec ses bras et jambes musclés, sa queue-de-cheval orange et molle, ses cils transparents et son nez perpétuellement brûlé par le soleil ? Ils ne la voient même pas dans le vestiaire, pendant qu'elle ramasse les serviettes sales de l'entraînement de football – une *fille*, dans le vestiaire ! Elle pensait que se porter volontaire pour être assistante de l'équipe l'aiderait à rencontrer des mecs, mais ils ne lui adressent la parole que pour lui demander où est le coach ou si elle peut leur commander du Gatorade au raisin pour le prochain entraînement.

Et donc, ils ne la remarquent certainement pas dans le coin, en train de stériliser les protège-dents pendant qu'ils se sèchent après la douche. Ils ne savent certainement pas qu'elle écoute leur conversation sur les filles qu'ils se sont tapées pendant l'été. Bien sûr, il y a fort à parier qu'ils mentent comme des arracheurs de dents. C'est primal, chez eux, ce sens de la compétition, ce besoin de se disputer un territoire.

– Prenons les paris sur qui va en niquer le plus cette année, lance Eric Jordan.

Rien de surprenant. Même s'il n'était pas un des garçons que Lucy a accusés de viol, tout le monde serait d'accord pour estimer qu'il en est capable.

– Les vierges comptent double, précise-t-il.

Cela fait rire la plupart des autres. Ceux qui ne rient pas détournent les yeux ou les lèvent au ciel mais ne disent rien.

– Faut commencer par des troisièmes. C'est les plus faciles.

– Eh, oh, proteste l'un des mecs. Ma sœur est en troisième, je te signale.

– Et elle est bonne ? demande Eric Jordan.

L'autre grommelle un « ...culé » peu convaincu, mais il est à peine entendu parmi les rires. Tous ne participent peut-être pas à la conversation, mais en tout cas personne n'y met fin.

Elle sait que c'est une mauvaise pensée aussitôt que celle-ci lui vient en tête, mais elle aimerait bien, rien qu'une fois, qu'un mec ait envie d'elle.

*

Si Erin DeLillo tolérait les clichés, elle dirait qu'elle fait ses devoirs les yeux fermés. Pas au pied de la lettre, évidemment, mais elle s'en acquitte rapidement et facilement, même les devoirs de maths et de chimie niveau avancé. Sa mère ne perd pas une occasion de lui rappeler la chance qu'elle a d'être si brillante ; rares sont les Aspies qui sont si exceptionnelles, si *spéciales*. Comme si elles avaient besoin de l'être. Comme si c'était le seul moyen de se faire pardonner le reste.

Elle s'installe dans le canapé avec Spot et un goûter composé de bâtonnets de carottes et de pâte à tartiner à base de noix de cajou. Elle a bien mérité son épisode de *Star Trek : La Nouvelle Génération*. Celui d'aujourd'hui, l'épisode 118, « Causes et effets », commence par une partie de poker entre les membres seniors de l'équipage. Data est particulièrement doué pour ce jeu, car son visage ne révèle aucune émotion. Impassible, il ne se trahit jamais.

Erin a travaillé son impassibilité. Elle ne pleure plus autant qu'avant en public. Quand on la blesse, elle sait mieux le cacher. Les pires tyrans du lycée ont fini par se lasser d'elle et par passer à d'autres malheureuses victimes. Mais il y a encore les regards de travers quand elle dit quelque chose de bizarre, les ricanements quand elle trébuche ou qu'elle a un geste maladroit, l'indifférence, l'exclusion, les gens qui lui parlent comme si elle était une enfant ou une sourde... et ça, encore, ce sont les plus gentils.

C'est l'épisode de *Star Trek* où l'*Enterprise* se coince dans une boucle temporelle et répète sans cesse la même journée, sans que personne ne sache comment arrêter cela.

Grace.

– Chers habitants de Prescott, c'est un honneur pour moi de faire votre connaissance ! lance la mère de Grace depuis la chaire, les bras grands ouverts, comme si elle voulait embrasser la congrégation tout entière.

Elle arbore son sourire magique, celui qui lui plisse les paupières et vous donne l'impression d'un câlin même si vous vous trouvez à l'autre bout de la salle. En regardant discrètement autour d'elle, Grace voit des gens souriants, qui absorbent la chaleur de sa mère. Ils ressentent tout ce qu'elle projette : sa sincérité, sa passion, son amour. Elle n'a prononcé qu'une phrase, et c'est déjà la gloire.

Grace se rappelle quand on regardait sa mère ainsi dans leur ancienne église, avant qu'elle se mette à aborder des sujets sensibles comme la justice sociale et l'hypocrisie dans l'Église. Elle était une prêcheuse du genre réconfortant, le genre qui passe beaucoup de temps sur les Proverbes, le Cantique des Cantiques et les plus jolis passages des Psaumes, et qui parle d'amour de

Dieu, de bonheur et de grâce. Le pasteur, de son côté, se chargeait des sermons pleins de soufre et de flammes de l'enfer ; c'était lui qui évoquait le péché. Sa mère réchauffait les foules avec les bonnes nouvelles, pour les préparer aux mauvaises.

En ce moment, elle est là-haut en train de plaisanter. À l'ancienne église, on ne donnait pas dans la plaisanterie.

– Un professeur demande à ses élèves d'apporter en classe un objet qui représente sa foi religieuse, dit-elle avec son accent traînant du Kentucky. Une élève catholique apporte un crucifix. Une juive, une ménorah. Une musulmane, un tapis de prière. (Elle marque une pause pour renforcer l'effet comique avant de livrer la chute.) Et la baptiste du Sud... une casserole de ragoût !

Tout le monde éclate de rire.

– Eh oui, cher fidèles, je viens d'un milieu baptiste du Sud. Ma foi a évolué, et j'ai fait mon chemin. Mais je ne crache toujours pas sur un bon ragoût !

Encore des rires.

– Nous devons être capables de rires de nous-mêmes. Nous devons nous remettre en question, jusqu'à nos convictions les plus fermes. Nous devons évoluer, changer et nous améliorer. Le seul *fait* de Jésus, son existence même, nous montre que le changement est nécessaire, que le changement est l'œuvre de Dieu. Jésus est venu pour changer le monde. Pour le rendre meilleur. Nous ne pouvons pas l'insulter en refusant de prolonger Son œuvre.

Elle n'aurait jamais pu tenir de tels propos dans l'autre église. «Changement» était un gros mot, un péché. Leur ancien Jésus blanc était entièrement différent de celui dont elle parle aujourd'hui.

Jamais Grace n'avait entendu sa mère s'exprimer avec tant de passion, tant d'allégresse. Elle sent que la congrégation est électrisée. Les gens l'entendent, la comprennent. Elle va vers eux et touche en eux les zones où réside un petit fragment de Dieu. Le père de Grace est assis à côté d'elle, son téléphone posé sur le banc : il enregistre le sermon. L'église réalise sa propre captation pour la poster sur le site web, mais ce ne sera fait que demain au plus tôt, or il voudra le réécouter tout de suite pour prendre des notes, trouver des citations, analyser le texte afin de chercher des angles nouveaux et augmenter la renommée de sa mère. Ce soir, pendant que Grace terminera ses devoirs, ils vont s'installer à la table de la salle à manger et discuter jusque tard dans la nuit de leurs deux sujets favoris : Dieu et les affaires.

Grace a beau être au premier rang, sa mère lui semble à des kilomètres. La jeune fille n'est qu'une personne parmi tant d'autres, rien qu'un membre du public, du troupeau. Son cœur est déchiré par le manque. *Regarde-moi*, songe-t-elle. *Distingue-moi*. Mais rien ne se passe. Sa mère appartient à tout le monde, pas seulement à elle.

Elle marche de long en large, abandonnant le périmètre confiné de la chaire, occupant le plus possible l'espace, savourant cette liberté qu'elle n'a jamais connue avant. Cette église-ci n'est pas aussi gigantesque

que l'ancienne, mais tout de même assez grande pour qu'elle doive porter un micro sur le col de son aube. Et la congrégation lui appartient comme jamais auparavant. Elle lui mange dans la main.

Alors que tout le monde se lève pour chanter, non pas dans le livre de cantiques mais en lisant des photocopies d'une vieille chanson contestataire des années soixante, Grace se rend compte que ses joues sont humides. Elle s'essuie les yeux et articule les paroles sans émettre un son. Il y a tant de place en elle, tant d'espace à remplir. Tant de vide. Même ici, elle le sent. Même ici, où Dieu est censé la combler.

Après la messe, sa mère est comme une rock-star distribuant des autographes à ses fans, debout devant la grande fresque colorée peinte par les enfants de l'École du dimanche qui proclame : «Jésus ne rejetait personne – nous non plus.» La moitié des fidèles font la queue pour venir lui parler, lui serrer la main et obtenir une accolade, pour lui dire combien son sermon a été apprécié, et comme ils sont heureux et honorés qu'elle ait choisi cette église pour son nouveau départ. Grace ne comprend toujours pas bien comment le fait d'être virée d'une méga-église rurale alors qu'elle y était subalterne l'a propulsée jusqu'au statut de vedette, mais elle en est bien là, à amasser les groupies. Son père, à côté d'elle, joue comme toujours les assistants dévoués. Grace, pour sa part, reste dans un coin, entre le mur et les tables pliantes garnies de la collation d'après-messe. Elle se gave de cookies.

– Salut ! lance un très gros adolescent qui vient vers elle, le seul Noir dans un océan de Blancs. C'est pas toi, la fille de la nouvelle prêcheuse ?

– Euh, si ? bredouille Grace en recrachant des miettes.

– Tu ne vas pas recevoir les poignées de main avec elle ?

Elle s'essuie la bouche. Avant qu'elle ait trouvé une réponse, le garçon lui tend sa grosse patte.

– Je m'appelle Jesse.

Grace n'a pas rencontré dans sa vie beaucoup de gens devant qui elle se sentait menue, mais il en fait nettement partie.

– Grace.

– Tu vas en cours à Prescott ?

– Bah oui.

– Moi aussi. Je suis en terminale. Elle est cool, ta mère.

– Merci.

– Ça doit te changer de là d'où tu viens, hein ?

– Je ne sais pas. On n'est ici que depuis une semaine.

– Le lycée, c'est un peu pareil partout, j'imagine, pas vrai ? Les mêmes bandes. Les mêmes carabistouilles.

– Carabistouilles ? répète Grace, avec peut-être son premier sourire de la journée.

– J'ai pensé que le mot que je voulais utiliser, et qui commence aussi par un « c », serait déplacé dans la maison de Dieu.

– Ouais, lâche Grace. Les mêmes carabistouilles.

– Cool.

Jesse prend un cookie. Grace fait de même. Ils restent silencieux quelques instants, la bouche pleine. Ce n'est pas un silence gênant. Le garçon rappelle un peu un gros nounours : pas particulièrement beau, mais attachant.

– Mes parents fréquentaient une église plus traditionnelle quand j'étais petit, dit-il. L'AME Prescott, tu vois ? À l'autre bout de la ville ? Celle où vont tous les Noirs. Tous les dix ! (Il rit de sa blague.) Ma mère dirigeait les cercles de prière et tout. Mais ensuite ma sœur – enfin je veux dire, mon frère – nous a annoncé qu'il était transgenre il y a deux ans, et du coup ma mère a dû complètement revoir ses points de chute. Ça ne lui a pas trop plu que tout le monde traite son enfant d'abomination, tu vois ?

Grace fait oui de la tête. Elle voit tout à fait. Les églises qui rejettent quelqu'un, elle connaît. Mais pourquoi est-ce que ce type lui raconte ça devant le buffet ?

– Tu as mangé combien de cookies ? demande Jesse.

– Euh, je ne sais pas ?

– Moi non plus. Ils ne sont même pas si bons que ça, mais je ne peux pas m'arrêter. C'est la seule chose qui m'attire à la messe.

Grace éclate de rire.

– Moi aussi.

– Mais à partir de maintenant, il y aura peut-être autre chose que j'aurai hâte de retrouver, ajoute-t-il avec un sourire.

Grace s'étrangle sur son cookie.

– Ça va ?

Il lui tape dans le dos avec sa grosse patte d'ours.

– Tu veux de l'eau ? Tiens, bois.

Grace boit une gorgée de citronnade diluée.

– Ça va, dit-elle quand sa quinte de toux commence à passer.

– Tu es sûre ?

– Oui, affirme-t-elle alors que ce n'est qu'à moitié vrai.

Elle n'est peut-être plus en passe de mourir par suffocation, mais de gêne, peut-être encore.

– Parle-moi de ta sœur, dit-elle, convaincue que changer de sujet est toujours une bonne idée. Je veux dire… ton frère ?

– Il a commencé à prendre de la testostérone, et maintenant il a plus de moustache que moi. (Jesse avale encore un cookie.) La seule chose qui me pose vraiment problème, avec lui, c'est le prénom qu'il s'est choisi : Hector. C'est quand même dingue : quand on peut choisir le prénom qu'on veut, pourquoi aller en chercher un aussi moisi ?

Grace se dit qu'elle est peut-être censée rire, mais le visage de Jesse reste sérieux.

– Ah ? fait-elle.

Elle ressent à la fois le besoin de fuir cette conversation et l'envie qu'elle ne s'arrête jamais.

– Je suis sûr que ce serait complètement différent si c'était dans l'autre sens, continue Jesse. Si moi je décidais de devenir une fille ? Jamais mes parents n'auraient changé d'église pour me soutenir et ne m'auraient appelé par mon nouveau prénom. Mon père me botterait le train. Ça lui a pris un peu de temps, mais maintenant ça lui va totalement d'avoir un nouveau fils. C'est vrai, quoi, les filles peuvent mettre des pantalons, mais un mec en robe, c'est trop la honte. Il y a totalement deux poids deux mesures, tu vois ? Non pas que je veuille me mettre en robe, hein.

– D'accord.

Jesse rit.

– Ça te fait bizarre que je te raconte tout ça ?

Grace observe son gros visage mou, ses yeux marron chaleureux.

– Un peu. Mais ça me fait plaisir quand même.

– C'est sorti tout seul.

– Pas de problème.

– Je suis un peu gêné, maintenant.

– Mais non.

– Les gens te racontent beaucoup de trucs ? Parce que tu es fille de pasteure ? Ils pensent que tu peux donner de bons conseils, ce genre de choses ?

Grace ne peut pas s'empêcher de pouffer. À Adeline, personne ne lui a jamais demandé conseil sur quoi que ce soit. Elle n'est pas comme sa mère, et son avis ne compte pas.

– Non, répond-elle. Non, pas du tout.

– Ah. Eh bien, ils ont tort. C'est bien de te parler. Tu as, je sais pas... une sorte d'énergie totalement calme, c'est agréable.

– Merci.

Une femme qui doit être la mère de Jesse l'appelle depuis l'autre bout de la salle, où elle est en deuxième place dans la file d'attente pour parler à la mère de Grace.

– On dirait que ça va être à nous, remarque le garçon. Content de te connaître. Tu t'appelles comment, déjà ?

– Grace.

– Grace. On se revoit au lycée, alors. Merci pour les conseils.

Il tourne les talons, et son large dos empêche Grace de voir ses parents. C'est étrange, ce remerciement, alors qu'elle n'a fait que l'écouter.

Grace et son père rentrent à pied tandis que sa mère reste pour faire connaissance avec un comité de ceci ou de cela. C'est un point commun à toutes les églises, qu'elles soient conservatives ou libérales : elles ont des tonnes de comités.

– Tu ne trouves pas qu'elle a été formidable? commente son père, qui n'a pas cessé de sourire d'une oreille à l'autre.

– Si, elle s'en est très bien tirée.

– Il faut que je me mette à retranscrire son sermon. Il y avait des choses là-dedans qui méritent vraiment de figurer dans son livre.

– Mmmh.

– Ça ne t'embête pas de rester seule un moment? Maman va rentrer d'ici deux heures et on dînera tous ensemble. Je pense même que je vais cuisiner ce soir, plutôt que d'acheter un plat à emporter. Tu te rends compte ?

– Oui, dit Grace. Dingue.

Elle monte dans sa chambre et s'allonge. Depuis leur arrivée à Prescott, au cours de la semaine, Grace a suffisamment déballé ses affaires pour garnir son lit d'une paire de draps et d'une couverture, mais à part ça elle survit encore en piochant dans sa valise. Et sa chambre est encombrée de cartons non ouverts.

Elle se tourne sur le côté, vers le mur sans fenêtre. Un miroir, grossièrement enveloppé dans des serviettes et du gros scotch, est posé sur sa commode. Elle ne voit aucune raison de le déballer. Le mur n'est pas droit, il forme une bosse dans le coin. Et là, tout en bas, juste au-dessus de la plinthe ébréchée qui a été blanche un jour, il y a des petits gribouillis, minuscules, comme des graffitis faits par une souris.

Grace se laisse tomber du lit et s'agenouille dans le coin pour mieux voir.

Écoutez-moi, est-il griffonné.

Aidez-moi.

Elle reste à genoux, en position de prière, pour lire et relire ces quelques mots.

Rosina.

Il y a tellement de choses merdiques quand on travaille à La Cocina que c'est difficile de savoir par où commencer. Peut-être le fait de rentrer en sentant la friture et le piment fumé, cette odeur qui s'incruste si profondément dans ses vêtements qu'elle n'arrive pas à s'en débarrasser, la manière dont ses pores l'absorbent, cette impression qu'elle a, en sortant, de se sentir elle-même passée à la friture, couverte de fils de fromage, avec du guacamole séché plein les narines, les oreilles, et jusque entre les doigts de pied.

Le pire, c'est peut-être le patron (*tío* José) qui lui crie dessus toute la soirée pour une assiette cassée, même si c'était un accident, même si elle a proposé de la rembourser. Parfois il a juste besoin de gueuler, et parfois Rosina doit juste l'endurer. Elle ne peut quand même pas se mettre en grève. Ce n'est pas comme s'il y avait un syndicat pour les mineures au noir employées dans une affaire de famille gérée comme s'ils étaient encore dans un village du Mexique où les enfants arrêtent l'école en sixième. Ou comme si sa mère allait défendre Rosina ou prendre son parti face à la famille.

Le pire du pire, c'est peut-être de la regarder s'épuiser en cuisine, de la voir penchée dans le coin avec son mal de dos, en silence. Ou de trouver des souris mortes derrière les sacs de vingt kilos de farine de maïs. Ou de regarnir les pots de sauce piquante, qui font pleurer Rosina bien qu'elle ait appris à le faire en fermant les yeux. Ou le fait que *tío* José soit le patron alors que c'est Mami qui fait tout le boulot. Ou le fait qu'il traite tout le monde comme de la merde et que personne ne lui dise rien. Ou le fait scientifiquement prouvé que les gens de couleur reçoivent moins de pourboires. Peut-être que c'est un peu tout.

Rosina rentre vite à vélo et imagine que la crasse du travail s'envole, absorbée par l'éponge noire de la nuit. Elle est particulièrement crado depuis que le dernier sac poubelle s'est déchiré au moment où elle le soulevait pour le jeter à la benne, déversant du jus de poulet cru partout sur ses jambes. Elle aurait peut-être mieux fait de simplement lécher cette horreur putride, attraper une salmonellose, mourir d'intoxication et mettre fin illico à cette vaste blague qu'est la vie.

Arrête ça tout de suite, se dit-elle. Les blagues sur le suicide, c'est tellement cliché !

Ce qu'elle aimerait savoir, c'est si tout le monde traverse l'existence dans un perpétuel état de fureur humiliée, ou si c'est un état qui lui est propre.

Enfin bref. Un jour, ce sera terminé. Un jour, elle obtiendra son diplôme d'études secondaires, s'extirpera en rampant de cette couche de graisse et s'enfuira à Portland pour monter son groupe punk féminin, et plus jamais de sa vie elle ne remettra les pieds à Prescott ni dans un restaurant mexicain.

Elle trouve au moins une petite consolation en arrivant chez elle. Abuelita est là, endormie sur le canapé devant la télévision, son visage doux illuminé par le flux constant de *telenovelas*. Rosina remonte le plaid sous son menton, puis se dirige vers la douche où elle retire ses vêtements de travail poisseux, règle la température sur le plus chaud possible et se récure la peau, se lave les cheveux pour les débarrasser de la soirée, regardant l'ennui et les clients mal embouchés disparaître dans la bonde en volutes savonneuses. Sa peau lui appartient à nouveau. Elle retrouve son odeur à elle.

Elle s'assoit sur son lit, drapée dans une serviette. Au moins, elle est contente d'avoir une chambre à elle alors que ses cousins doivent partager les leurs. Elle peut la décorer comme elle veut, peindre les murs en bleu nuit et accrocher des affiches de ses groupes préférés, jouer de la guitare et écrire ses chansons à l'abri des oreilles indiscrètes. Mais elle éprouve un tiraillement de honte parce qu'elle bénéficie du fait que sa mère n'a pas eu l'occasion de faire d'autres enfants. Pour ce qu'elle en sait, Mami n'a pas fait l'amour depuis dix-sept ans que son père est mort. C'est peut-être pour ça qu'elle est toujours si ronchon.

Le silence règne dans la maison. Mami est encore au restaurant, en train de nettoyer la cuisine, de tout préparer pour demain. Les oncles sont sans doute dans le jardin d'un voisin, un de ces hommes rentrés du travail dans les restaurants et dans les champs, assis sur des chaises en plastique à boire des *cervezas* pendant que leurs femmes s'occupent des enfants, des maisons et de tout le reste. La solitude est un changement bienvenu après les pleurnicheries de ses cousins et les exigences des clients, mais... elle se sent seule. Elle soupçonne pourtant qu'il existe un juste milieu entre ces deux extrêmes, quelque chose d'autre que l'isolement ou la haine pour tous ceux qui vous entourent. Elle enfile un legging et un vieux tee-shirt, et fourre son téléphone dans son sac banane – même si elle se doute bien que personne ne va l'appeler, et qu'elle n'appellera personne. Mais il y a toujours de l'espoir, pas vrai ?

Peut-être que cette fille va appeler, celle qu'elle a rencontrée au concert à Eugene pour lequel elle a fait le mur le week-end dernier. Dans un univers parallèle, un qui ne serait pas si étriqué et tordu, elle ne penserait même pas à cette fille. Elle n'était même pas son type, et n'était pas spécialement sympa, mignonne ou intéressante. Mais c'était une fille. Une fille qui aime les filles. Et Rosina n'est sortie avec personne depuis Gerte, sa première et unique véritable amoureuse, l'Allemande en programme d'échange qui est partie en juin. Avant elle, il y a eu quelques pelotages alcoolisés en troisième avec des filles hétéros curieuses, mais tout cela s'évaporait aussitôt qu'elles avaient dessoûlé. Ces filles étaient capables d'en rire avec un haussement d'épaules, d'engranger une histoire à raconter plus tard et d'être fières de leur ouverture d'esprit et de leur sens de l'aventure, mais tout ce que récoltait Rosina, c'était des bleus au cœur. Au bout de la troisième fois, elle a arrêté définitivement les fêtes du lycée – et les filles hétéros par la même occasion.

Rosina descend s'asseoir à côté de sa grand-mère sur le canapé. Même si elle dort, la seule proximité de son corps est une consolation. Elle est la seule personne au monde contre qui Rosina n'ait pas besoin de se battre.

– Alicia, dit-elle dans son sommeil, appelant Rosina par le prénom de sa fille morte depuis longtemps.

Rosina presse sa main osseuse, inhale la tiédeur aigre de son souffle.

– *¿Sí, abuelita? Estoy aquí.*

La grand-mère marmonne quelque chose que Rosina ne comprend pas, mais dont elle espère que cela veut dire « je t'aime ».

Son téléphone sonne. Erin appelle rarement, mais quand elle le fait c'est pour s'emporter contre quelque chose, pour lui raconter une anecdote qu'elle a lue à propos d'une créature marine, ou pour lui narrer un épisode de *Star Trek* qu'elle vient de regarder. Avec la chance qui caractérise Rosina, c'est sans doute sa mère qui veut qu'elle revienne au restaurant. Certainement pas la fille du concert, qui lui a dit qu'elle était trop jeune et n'a accepté qu'avec réticence le bout de papier que Rosina lui glissait, avec son numéro de téléphone écrit au rouge à lèvres rouge sang.

– Rosina ? fait une voix de fille, appelant d'un numéro inconnu.

Son cœur s'entrouvre, juste un peu. Le monde est soudain un endroit qui pourrait peut-être l'inclure.

– C'est Grace ? Du lycée ? Tu m'as donné ton numéro pendant le déjeuner, l'autre jour ?

Ah, c'est juste la fille qui s'exprime par questions, leur nouvelle et étrange camarade de repas. Dans sa poitrine, le mécanisme rouillé se referme.

– Oui, dit-elle en passant les doigts dans ses cheveux encore mouillés.

Elle devrait peut-être les couper, se raser la tête comme Erin et repartir de zéro.

Un silence, puis :

– J'ai besoin que tu me dises ce qui est arrivé à Lucy Moynihan.

La voix : ferme et décidée. Soudain exigeante, elle ne demande pas la permission.

Rosina soupire. Si elle pouvait oublier l'histoire de Lucy Moynihan, elle le ferait, sans hésiter. Pourquoi cette fille tient tellement à savoir, voilà une chose qui la dépasse.

Très bien, se dit-elle. Elle va raconter à Grace l'histoire de la fille qui a disparu. L'histoire que personne ne dit croire.

Lucy.

Elle n'était pas belle. Elle était petite et terne. Ses cheveux frisottaient et ses vêtements étaient toujours mal assortis. Elle était en troisième, dans une fête de premières et de terminales, accompagnée des copines qu'elle avait depuis la maternelle, des enfants de Prescott comme elle. Elles n'avaient rien de spécial. Agrippées à leurs gobelets rouges comme si leur vie en dépendait, elles se blottissaient dans un coin où elles passaient inaperçues.

Mais ensuite. Ses copines n'étaient plus avec elle, elle ne les voyait plus. La pièce était sombre, bruyante et penchée. Il l'a trouvée. Spencer Klimpt. Il l'a regardée depuis l'autre côté et soudain elle a été quelqu'un : une fille, désirée.

Il a rempli son gobelet rouge. Une fois. Deux fois. Encore. Il la regardait au fond des yeux en souriant pendant que ses lèvres humides à elle formaient des mots timides. La musique était si forte qu'elle n'entendait pas sa propre voix, mais elle savait qu'elle était en train de flirter. C'était grisant.

Elle était une souris mécanique et il attendait que son ressort soit détendu. Il était patient, si patient. Tellement à l'écoute, tellement chevaleresque, tellement empressé à lui apporter à boire, tellement prêt à regarder ses paupières s'alourdir, son énergie baisser, lentement, lentement, jusqu'au moment où elle a cessé de parler, où elle a été une argile molle, parfaitement malléable.

Il l'a prise par la main et l'a entraînée à l'étage. Il a dit des choses qu'elle n'entendait pas à quelqu'un qu'elle ne voyait pas. Y avait-il quelqu'un d'autre dans la chambre ? Elle riait les yeux fermés. Le monde a tremblé, avec elle à l'intérieur. Des bras forts l'ont empêchée de tomber. Elle a pensé : *C'est maintenant.*

Quand il l'a déposée sur le lit, elle était quelque part, à regarder, narrant les événements qui se déroulaient dans l'ombre :

C'est vraiment en train d'arriver. J'ai quinze ans et je suis sur le point de sortir avec un des mecs de terminale les plus populaires du lycée. Je devrais être folle de joie. Je devrais être fière. Un peu d'appréhension, c'est sans doute normal. Ça va ça va tout va bien. Même si le lit tourne même si je n'arrive pas à garder les yeux ouverts même si je ne suis même pas sûre qu'il connaisse mon prénom même si même si même si son corps est trop lourd sur le mien et je n'arrive pas à bouger je n'arrive pas à respirer je ne peux plus respirer je ne veux pas je ne veux plus je veux le repousser mais mes poignets sont immobilisés et je n'ai plus ma culotte et c'est trop tard c'est trop tard c'est trop tard pour dire non.

Son dernier souvenir fiable, c'est la douleur.

Puis le noir. Puis plus rien. Puis son cerveau s'éteint et brouille les souvenirs, les déchire, les déchiquette. Il y a eu tant de gobelets rouges. Tant de noir dans l'eau bourbeuse, sa tête submergée. Son corps mis en pièces par des eaux violentes. Elle n'est nulle part. Elle n'est rien. Elle disparaît.

Puis de brèves goulées d'air, des instants minuscules, des éclairs de lumière dans les ténèbres. Les souvenirs remontent comme des bulles serrées.

Des mains. Un lit. La douleur. La peur. Une inévitabilité cuisante. Une vie volée et redéfinie.

Une pensée : *C'est ma faute.*

Une pensée : *Ce sera bientôt terminé.*

Plus rien ne bouge. Une lourde couverture de chair, immobile. Elle s'autorise à espérer que c'est fini.

Puis un mouvement. Sa voix à lui : « T'as fermé à clé ? »

Une autre voix : « Ouais. Personne ne vient. »

Sa voix. « Prêt, Ennis ? Ou tu vas te dégonfler ? »

Une autre voix. Une qu'elle connaît. Tout le monde connaît la voix d'Eric Jordan. « Ennis, on l'emmerde. C'est mon tour. »

Une comptine d'enfance : *Un, deux, trois, combien est-ce qu'il y en a ?*

Une pensée : *Je vais mourir.*

Remuée, secouée, une mer démontée. Puis encore. Encore plus. Tellement plus. Plus qu'on ne peut l'imaginer.

Une voix : « Allume, mec. Je veux la voir. »

Une main sur sa bouche, repoussant sa voix à l'intérieur.

Elle ne voit rien. Elle est mourante. Elle est morte. Elle est une carcasse de baleine déchiquetée par des anguilles au fond de la mer.

Une voix : « Merde, elle est en train de gerber. »

Une voix : « Bah, tourne-la sur le côté. »

Puis un lieu plus noir encore que les ténèbres. Puis du temps découpé, retiré de l'histoire. Puis son esprit n'est plus là, ses souvenirs sont partis. Elle est entraînée au fond de l'eau. Ils prennent son corps, son souffle. Ils la plient, la brisent et l'utilisent jusqu'à ce qu'elle ne soit plus qu'un souvenir dont personne ne se souvient.

Parfois, la seule chose qui soit pire que la mort, c'est la survie.

C'est le matin, elle a pratiquement disparu, mais pas tout à fait. Ses cheveux sont encroûtés de vomi. Elle a mal partout. Elle a mal à l'intérieur. Ses vêtements chiffonnés jonchent le sol, ainsi qu'une demi-douzaine de préservatifs. Comme il est infâme, ce minuscule éclair de gratitude : ils n'ont fait que détruire, ils n'ont rien planté de vivant en elle.

Les créatures de la vase ont dépouillé son squelette de toute sa chair. Elle est échouée sur le rivage, emmêlée dans les algues, puant la charogne. Elle traverse en rampant la plage secouée par la tempête, passe sur les rochers et les ordures, sur les bouteilles de bière, les mégots et les corps inertes. Sur tant de gobelets rouges.

Des corps partout, des corps dans tous les coins, des gens qui ne sont pas rentrés chez eux hier soir. Tous ces gens qui étaient là, en bas, pendant qu'elle se noyait.

Des corps remuent. Des yeux s'ouvrent et la regardent marcher comme un fantôme vers la porte.

Un rire comme du verre qui se brise.

Une voix dans la pénombre, qui la baptise d'un nouveau nom.

Pute.

Erin.

– T’as pas mieux à faire ? Genre vivre ta vie ? dit Erin à Grace au déjeuner, parce que celle-ci n’arrête pas de parler de Lucy Moynihan.

– Sois polie, un peu, la rabroue Rosina.

– Être honnête, c’est plus intéressant qu’être polie, déclare Erin. Je suis honnête, c’est tout.

Grace est casse-pieds, là. Erin ne comprend pas pourquoi les gens tiennent tellement à laisser les autres jouer les casse-pieds. Si elle-même devient pénible, elle veut que quelqu’un le lui dise, comme le fait Rosina.

– Tu comprends, Grace n’a pas eu le temps de devenir totalement apathique comme nous, dit cette dernière. Elle en a encore quelque chose à foutre. Nous aussi, on en avait quelque chose à foutre, avant, tu te rappelles ?

– J’en ai jamais rien eu à cirer, s’entête Erin.

C’est ce qu’elle voudrait croire, mais elle n’est pas certaine que ce soit vrai. Un tiraillement de gêne se propage en elle, le vague soupçon qu’il y a peut-être une autre vérité sous la surface bourbeuse et opaque.

D'habitude, elle est à fond pour la vérité, mais ces vérités-là, sournoises, ne sont carrément pas ses préférées.

– Eh ben moi, j'en avais quelque chose à cirer, continue Rosina. J'étais furax.

Erin se rappelle Rosina allant voir ce joueur de football, Eric Jordan, pour lui cracher au visage, le crachat coulant de son nez au ralenti, le couloir entier plongé dans le silence pendant les quelques instants qu'il a fallu au mollard pour tomber au sol, et la manière dont il lui a ri au nez, l'a traitée de goudou chicano et s'en est allé.

Ensuite, comme tout le monde, Rosina s'est rendu compte qu'en avoir quelque chose à cirer était une perte de temps. Comme Erin, elle a pris conscience que cela faisait mal.

Rosina n'a jamais adressé la parole à Lucy, la fille dont elle avait supposément assez à foutre pour la défendre en crachant au visage de quelqu'un. Mais Erin sait qu'il y a une différence entre les idées et les personnes, et que c'est bien plus simple de se soucier d'une chose qui ne respire pas. Les idées n'ont pas de besoins. Elles n'exigent rien d'autre que quelques brèves pensées. Elles ne souffrent pas, ne ressentent pas la douleur. Pour ce qu'en sait Erin, elles ne sont pas contagieuses.

– Montrez-les-moi, ces mecs, dit Grace. Ils sont ici ?

– Eric déjeune après nous, je crois, dit Rosina. Mais Ennis est ici. Là-bas, à la table des trolls.

Elle indique du menton le centre du réfectoire, là où mangent les pires élèves. Les filles qui se moquent d'Erin depuis qu'elle est arrivée en troisième, les types qui ne prennent même pas la peine de baisser la voix pour se demander comment ce serait de niquer « quelqu'un comme elle ». Comparativement, Ennis est calme, voire presque doux : c'est celui qu'on soupçonnerait le moins d'être un monstre.

– Ennis Calhoun, c'est celui avec la barbiche poildecutesque, dit Rosina. Et tu as sûrement déjà croisé Eric. Il est toujours suivi par une bande de trolls. Il y en avait un troisième, le meneur, Spencer Klimpt, mais il a fini le lycée. Il bosse à la supérette QuickStop, au bord de l'autoroute. Des vrais winners, ces mecs.

– Je ne crois pas que « poildecutesque » soit dans le dico, souligne Erin.

– Ennis, c'est celui qui est assis à côté de Jesse? demande Grace.

Erin reconnaît son expression : c'est de la déception, comme si elle s'attendait à ce que le gros crétin appelé Jesse soit quelqu'un d'autre, quelqu'un qui ne déjeune pas avec Ennis Calhoun.

– Tu le connais? s'enquiert Rosina.

– Il fréquente la même église que moi.

– Il te fait signe, constate Erin. On dirait un ours en peluche.

– Il te plaît, ce mec? demande Rosina.

– Non ! Ça va pas?

Tout le monde croit qu'Erin ne sait pas deviner les pensées des gens. C'est ce qu'on lui a seriné toute sa vie. Pourtant, elle n'a aucune difficulté à reconnaître les émotions évidentes. Elle sait ce que pleurer signifie. Elle sait comment sonnent des cris de colère. Elle comprend la taquinerie. Elle connaît les regards qu'échangent les autres quand elle se prend un mur sans le faire exprès, quand des réflexions déplacées lui échappent en classe, quand elle se frotte les mains si fort que celles-ci font du bruit. Ce sont les nuances plus subtiles qui peuvent lui échapper. Les choses comme l'ironie, les tentatives pour masquer des sentiments, le mensonge. Pour cela, elle a passé des heures à apprendre, à se faire enseigner le déchiffrage des expressions faciales et l'interprétation du langage corporel. On l'a entraînée à être attentive, à étudier les émotions et les relations humaines avec une intensité égale à celle des psychologues et des romanciers. Et justement parce que ce n'est pas intuitif, parce qu'elle est extérieure, il lui arrive de voir des choses que les autres ne remarquent pas.

Par exemple, elle soupçonne que Grace ait pu envisager de s'attacher à ce Jesse. S'il ne lui plaisait pas, elle n'aurait pas de raison d'avoir l'air si déçue qu'il ne soit peut-être pas sympa. Erin remarque aussi que le visage de joyeux nounours de Jesse s'attriste aussitôt qu'il voit comment Grace le regarde. Peut-être que lui aussi envisageait une amitié avec elle.

– Ils ont l'air tellement normaux, dit Grace. Ces mecs. On ne devinerait pas qu'ils...

– Tu sais que les loutres violent les bébés phoques? la coupe Erin, pleinement consciente de ce que sa question peut avoir de déplacé, mais impatiente de changer de sujet – parfois, choquer est encore la meilleure manière d'attirer l'attention. Les gens les trouvent trop mignonnes, mais ce sont quand même des bêtes sauvages.

– Bon Dieu, Erin ! souffle Rosina.

– Elles ne peuvent pas s'en empêcher. C'est dans leur nature.

– Il faut faire quelque chose, déclare Grace.

– Pour les loutres ? s'étonne Rosina. Genre des stages de sensibilisation ?

– Pour Lucy. Et ces mecs. Ils ne peuvent pas s'en tirer comme ça. On ne peut pas les laisser déjeuner tranquilles comme si de rien n'était.

– Tu as vu le site web, bien sûr ? fait Rosina.

– Quel site web ?

– Crois-moi, mieux vaut ne pas savoir.

Grace tourne les yeux vers Erin pour solliciter son avis, mais celle-ci hausse les épaules sans rien dire.

– Quel site ? Je veux savoir.

– C'est plutôt un blog, en fait. Ça s'appelle *Les Vrais Mecs de Prescott*. Erin, file ton téléphone.

– Tu en as un, proteste Erin.

– J'ai un téléphone merdique. Passe-moi le tien.

– Et qui l'écrit, ce blog ? demande Grace.

– Personne ne sait vraiment, dit Rosina en tapant quelque chose dans le téléphone d'Erin. Mais la plupart des gens pensent que Spencer Klimpt en est le principal auteur. Il a fait surface à peu près au moment où Lucy et ses parents ont quitté la ville. Il était suivi par environ deux cents personnes la dernière fois que j'ai regardé. (Rosina fait défiler l'écran.) Merde ! Plus de trois mille, maintenant !

Elle fourre le téléphone dans les mains de Grace comme si elle ne supportait plus de le toucher.

– Tiens. Regarde toi-même.

Les filles gardent le silence pendant que Grace fait défiler les textes. Erin n'a pas regardé le blog depuis qu'elle en a entendu parler pour la première fois, à la fin de la dernière année scolaire, mais elle n'imagine que trop bien ce que Grace doit être en train de lire. Des conseils pour choper les filles. Des tirades contre le féminisme, accusé de détruire le monde. Des descriptions dégradantes de femmes avec lesquelles l'auteur prétend avoir couché.

– Oh là là, fait Grace à mi-voix. C'est horrible.

– Et il y a des tas de liens vers d'autres sites du même genre, dont certains sont bien plus gros, précise Rosina avec dégoût. Ça s'appelle la « machosphère ». Tous ces mecs en ligne, un réseau entier de salopards qui croient à ces conneries. Des soi-disant don Juan partageant des astuces pour manipuler les filles. Ils parlent de « mouvement des droits des hommes », mais en réalité ils haïssent les femmes, c'est tout.

Il y a tant de choses qu'Erin s'est efforcée d'oublier. Pas seulement ça. Pas seulement Lucy. Le tort va bien plus loin que Lucy, que leur lycée et leur ville, bien plus loin qu'eux tous. Mais il est, aussi, réduit à l'échelle de ses propres souvenirs intimes. Une boîte minuscule dans laquelle elle les a enfermés et qu'elle a laissée à Seattle.

– Je ne veux plus parler de ça, déclare-t-elle en reprenant son téléphone dans les mains de Grace.

Elle commence à se dire qu'une excursion au CDI va être nécessaire.

– J'apprécie ta passion, Grace, ajoute Rosina. Mais Lucy n'est plus là. Personne ne sait où elle est partie. Personne ne peut plus rien pour elle.

– Nous, on pourrait peut-être. On pourrait l'aider.

Rosina rit. Erin hausse les épaules.

– Même si on le voulait – et on ne veut pas –, qui nous écouterait ? Erin et moi, on est les bêtes de foire du bahut, toi tu es nouvelle et, sans vouloir te vexer, tu es en train de saboter ton capital sympathie en traînant avec nous.

Grace a quelque chose de changé aujourd'hui, se dit Erin. Jusqu'à présent, elle se fondait dans l'ensemble, silencieuse, les épaules un peu voûtées, comme si elle n'était pas sûre d'avoir la permission de parler. Mais là, on ne l'arrête plus. Erin se dit qu'elle préférait l'ancienne Grace. La nouvelle est bien trop épuisante. La nouvelle Grace aborde des sujets auxquels Erin n'a pas envie de penser, et dont elle a encore moins envie de se soucier.

– Bah, dit Rosina, restons positives. Au moins, on n'a pas été mariées de force à des vieux à l'âge de neuf ans, et personne ne nous a coupé le clito.

– Berk ! lance Erin. On se passera des détails, merci.

En regardant son hachis de noix et de légumes dans son bento, elle se félicite que sa mère l'ait rendue végétarienne.

– Pourquoi est-ce que ça t'obsède autant? questionne Rosina. Tu ne connaissais même pas Lucy.

– Je ne sais pas. C'est bizarre. J'y pense tout le temps.

– Peut-être que ta maison est hantée. Et que tu es possédée par son fantôme. Sauf qu'elle est encore en vie. (Rosina pâlit.) Du moins, j'espère.

Grace ouvre la bouche comme pour dire quelque chose, mais la referme et se mordille un ongle. Elle croit peut-être vraiment que sa maison est hantée.

– Trouve-toi un hobby, conclut Erin. Il te faut un hobby.

– Ou un job, renchérit Rosina. Je te laisse le mien, si tu veux. Tu veux gagner moins que le salaire minimum et te faire pourrir à longueur de soirée par mon oncle?

– Pourquoi pas, lâche Grace qui visiblement n'écoute pas.

Elle regarde vers la table des trolls comme s'il lui venait le genre de pensées qui peuvent vous attirer des ennuis.

– Tu ne peux pas changer la nature, souligne Erin.

Mais elle sait que Grace ne l'entend pas, si bien qu'elle omet de dire le reste de ce qu'elle avait en tête, et c'est sans doute mieux car Rosina l'engueulerait. Elles ont déjà eu cette conversation, et cela s'est soldé par Rosina lui jetant une bouteille d'eau et lui disant qu'elle était pire qu'Hitler.

Ce qu'Erin allait dire mais a préféré taire, c'est que les garçons sont des animaux, et qu'ils se comportent comme tels parce que c'est dans leur nature, même ceux qui ont l'air mignon et tout doux comme des loutres. Mais à l'instar des loutres, ils peuvent devenir impitoyables en un instant si certains de leurs instincts sont titillés. Ils vont oublier ce que vous attendez d'eux. Ils vont même oublier qui ils veulent être. Chercher à les changer ne donnera jamais de résultat. Le seul moyen de ne pas se mettre en danger est de les éviter entièrement.

Erin sait que nous ne valons guère mieux que des animaux. Nous ne sommes rien de plus que notre structure biologique, notre programmation génétique. La nature est dure et cruelle, elle ne fait pas de sentiment. Au fond, les garçons sont des prédateurs et les filles des proies, et ce que les gens appellent l'amour ou même une simple attraction n'est que l'effet psychotrope des hormones, qui ont évolué de manière à rendre la perpétuation de notre espèce légèrement moins pénible.

Erin a de la chance de l'avoir compris si jeune. Alors que tous les autres se gâchent la vie et courent dans tous les sens à la poursuite de l'« amour », elle peut se concentrer sur ce qui compte vraiment et se préserver entièrement de ce gâchis.

Nous.

Une fille, assise au fond d'une salle de classe, regarde les nuques des autres en s'efforçant de respirer profondément et de regarder passer sans jugement les sentiments rageurs qui bouillonnent en elle. Elle tâche de se remémorer les techniques de pleine conscience apprises pendant l'été. *Le seul moyen d'en sortir est de passer au milieu*, se répète-t-elle en silence. Elle attend que les sentiments se dissipent comme des nuages.

Comme c'est étrange, la manière dont on peut être une personne un jour, puis se retrouver transformé en l'espace de quelques mois, puis revenir à sa vie d'avant totalement différent à l'intérieur mais exactement pareil aux yeux des autres. Bien sûr, elle n'a jamais imaginé qu'au retour de sa cure de désintox elle mènerait soudain une existence normale de lycéenne, mais peut-être espérait-elle quand même trouver un petit espace pour se réinventer. Elle pense qu'elle devrait peut-être changer quelque chose à ses cheveux, les teindre d'une couleur radicale. Mais tout ce que verraient les gens, ce serait la même fille avec des cheveux différents. Sa place a déjà été façonnée pour elle. Elle n'a nul autre endroit où s'insérer.

Elle regarde un couple flirter à côté d'elle. Elle remarque que sa rage se remet à bouillonner, mais elle a beau se concentrer sur son souffle, rien n'y fait. Elle les hait avec une fureur qui l'effraie. Comment osent-ils exhiber ainsi ce qu'elle n'aura jamais, elle le sait : cette innocence, ces sentiments amoureux, cet avenir devant eux? Ses seules chances d'avoir quelque chose comme cela ont été extirpées d'elle il y a longtemps, avant même qu'elle puisse se rendre compte qu'elle pouvait en vouloir.

*

À quelques places de là, au bureau attribué à Adam Kowalski, se trouve une autre élève, sans nom. L'élève observe le couple de tourtereaux avec envie, avec une tristesse lourde, épaisse, qui l'empêche de respirer.

Plus qu'un an à tirer, pense l'élève. *Plus qu'un an et je pourrai quitter ce lycée et cette ville, et ne plus avoir à me cacher.*

Mais même à ce moment-là, pense-t-elle. *Existe-t-il quelqu'un qui pourrait vouloir d'un monstre comme moi? Existe-t-il quelqu'un qui puisse aimer une personne dont l'extérieur ne correspondra jamais complètement à l'intérieur?*

*

À l'autre bout du lycée se trouve un groupe d'élèves différents, essentiellement séparés des autres. Erin, assise au fond de la classe d'histoire américaine niveau avancé de M. Trilling, s'efforce de ne pas tourner les yeux dans la direction d'Otis Goldberg, de peur qu'il se retourne comme il semble le faire, chaque fois, au moment précis où elle le regarde, et ses pupilles croisent alors les siennes tels des lasers d'une précision exaspérante. Ce n'est pas qu'elle le regarde souvent, ni volontairement. Elle regarde toutes sortes de choses. C'est comme ça, les yeux. Il se trouve que ceux d'Erin tombent sur lui de temps en temps.

C'est plus fort qu'elle. Il n'arrête pas de lever la main et de dire des choses étonnamment intelligentes. Il est toujours assis là-bas avec son cou bronzé et juste un peu musclé à cause du cross-country, avec des petits poils blonds dans la nuque, qui attrapent la faible lumière passant par la fenêtre. Parfois, même, il la salue, et elle ne trouve jamais la bonne réponse à temps. Tout, chez lui, la rend perplexe. Comment un type qui a toutes les caractéristiques d'un intello peut-il être si incongrûment mignon ? Il ne semble entrer dans aucune case, et ça, c'est épuisant pour Erin. On dirait presque qu'il a *choisi* d'être un intello au lieu de se retrouver dans cette catégorie par obligation, comme les autres.

Otis Goldberg est très problématique.

*

La fille rentre à pied après les cours, en essayant de rester sèche sous son minable parapluie. Il n'y a même pas tellement de vent, et pourtant le parapluie n'arrête pas de se retourner, comme s'il voulait l'emporter sur une bourrasque, ce qui ne serait pas plus mal, quand elle y pense. Peut-être qu'alors elle pourrait quitter ce monde, cette vie, et qu'elle n'aurait pas besoin de se détester pour avoir encore couché, hier soir, avec un type qui ne voudra jamais d'elle autre chose que cela – elle l'a compris aussitôt qu'il s'est laissé retomber sur le côté.

Elle ne veut pas recommencer à compter combien de fois cela lui est arrivé, combien de fois elle s'est persuadée que ce coup-là serait peut-être différent, que ces instants où leurs corps se touchaient indiquaient peut-être une vraie connexion, que ces brefs instants où il la regardait dans les yeux signifiaient qu'il la voyait vraiment.

Elle ne veut pas se demander pourquoi cela lui arrive encore et toujours, pourquoi elle semble condamnée à répéter sans cesse les mêmes erreurs. On dirait que dès qu'un mec la touche elle passe en pilote automatique. Son corps bouge avec le sien, mais elle-même n'est plus là. Comme si elle n'était qu'à moitié éveillée. Comme si elle était à moitié morte.

*

Une autre fille est en route pour Eugene, pour le campus de l'université de l'Oregon, et elle conduit bien trop vite sur l'autoroute mouillée de pluie. Elle sent déjà presque le goût de ses lèvres, et l'attente lui réchauffe le bas-ventre. C'est une torture qu'il vive si loin, et qu'ils doivent coordonner leurs ébats avec son coloc à lui. Mais c'est toujours mieux que se contenter d'une banquette arrière de voiture ou craindre que les parents rentrent en avance, comme quand on sort avec un garçon qui est encore au lycée.

Elle ne pense pas l'aimer d'amour, mais c'est peut-être une possibilité à terme. Pour l'instant, ce n'est pas important. Elle ne pense qu'à une chose : lui arracher ses vêtements et sentir son ventre ferme contre le sien, ses mains à lui cherchant les parties les plus chaudes de son corps jusqu'à trouver ses seins, ses fesses. Elle arque le dos et appuie sur l'accélérateur en pensant à lui en elle, à cette sensation que tout s'emboîte à la perfection.

On dirait que dès qu'il la touche, elle passe en pilote automatique. Son corps bouge avec le sien, et c'est une chose tellement naturelle, tellement primale, tellement juste ! C'est dans ces instants qu'elle se sent le plus vivante, pleinement dans son corps, pleinement elle-même, et elle voudrait pouvoir rester ainsi à jamais.

LES VRAIS MECS DE PRESCOTT

À la demande générale : c'est parti pour l'inventaire détaillé de tous mes coups, du plus récent au plus ancien. Je tiens à préciser que cette liste ne comprend que les conquêtes complètes. Si j'y mettais toutes les pipes et les branlettes, j'en aurais pour des semaines. Mais assez de préliminaires, passons aux choses sérieuses :

ANALYSE DE MES COUPS

1. Mère de famille, la trentaine bien tassée. Cliente régulière là où je bosse, venait acheter du vin à deux balles presque tous les jours. Super corps pour son âge, doit faire beaucoup de yoga. Clairement la plus vieille que j'ai niquée. L'ai prise en levrette dans son sous-sol pendant que ses gosses jouaient sur la console en haut. Elle est passée à mon boulot deux-trois fois après, mais je lui ai clairement fait comprendre que je ne la calculais plus. A dû se trouver un autre endroit pour acheter sa piquette.
2. Étudiante dans petite fac locale, la vingtaine. L'ai ramassée dans un bar où elle traînait avec une bande de meufs. Clairement la plus bandante du lot. L'ai pécho en draguant d'abord sa copine pour la rendre jalouse. Trop bourrée, du coup elle était en mode planche à repasser. Est tombée dans les pommes dans mon lit, a gerbé dans mes chiottes, j'ai dû la reconduire chez elle le lendemain matin.
3. Hippie, vingt-cinq ans, gros nichons. Ai compris trop tard qu'elle avait du poil sous les bras. Déchaînée au pieu, heureusement, ça a rattrapé le coup. Pourrais envisager de l'inclure dans mon harem

à long terme si elle acceptait de s'épiler et de se laver plus souvent les cheveux.

4. Salope de dix-sept ans que je connaissais du lycée. Corps de ouf, mais trop compliquée pour être intéressante. Les meufs trop faciles, ça soûle. Sans conquête, pas d'excitation.

5. Déchet de mobile home, âge indéterminé, entre 25 et 35. Aussi bien, aurait pu être la mère de la nº 4. À fond sur moi dans le bar, n'ai rien eu à faire. OK au pieu, mais cherchait un peu trop à plaire. Encore assez bonne, mais bien partie pour être une épave à 50 balais.

6. Dix-neuf ans, maigre, feignasse fumeuse de pétards. Adorait niquer toute la nuit. Dans mon harem pendant 2 mois. A fini quelques jours à l'hosto avec une infection ou je ne sais quoi, m'a demandé d'aller la voir. L'ai tringlée dans les chiottes pendant qu'elle était défoncée aux médocs. Trop stone pour dire grand-chose, mais bref.

7. Blonde, dix-huit ans, pas d'ici, rencontrée en ligne. Conne comme une valise. Rien de spécial à dire. L'ai fourrée à l'arrière de ma caisse, jamais rappelée.

8. Dix-sept, dix-huit ans. Ai commis l'erreur d'être le « copain » de celle-là pendant une année de lycée, sauf que bien sûr j'avais des coups à droite à gauche. Super chaude au début, catégorie supérieure, mais est devenue de plus en plus casse-couilles avec le temps. M'en suis enfin débarrassé juste après le diplôme. Bon débarras maintenant que je l'ai décapsulée.

9. Dix-sept ans, une petite grosse du bahut. J'avais une meuf et elle avait un mec, mais elle a trop picolé dans une soirée hors de la ville et m'a dit qu'elle craquait pour moi depuis la sixième. Les grosses, c'est trop facile. L'ai niquée surtout par pitié. Elle en revenait pas.

10. Rousse de seize ans (une vraie rousse, au fait). Groupie de football qui parlait trop, prête à tout pour s'éclater avec les grands. Les pucelles, c'est trop fun. C'est mignon comme elles manquent de confiance en elles, elles sont prêtes à faire tout ce qu'on leur dit. On a automatiquement un pouvoir de ouf, et elles adorent ça.

11. Quinze ans, en troisième, autant dire personne, l'ai tellement fait picoler qu'elle n'a pas pu dire non. Un peu n'importe quoi, elle est restée sans bouger, mais faire sauter le bouchon c'est toujours faire sauter le bouchon.

12. Meuf de seize ans qui m'a suivi dans tout le bahut comme un caniche pendant des semaines. Trop heureuse quand je lui ai enfin roulé une pelle en soirée. Pas mis longtemps pour l'emmener en haut et la foutre à poil. Chiante et demandeuse. Il paraît qu'elle est devenue chef des pom-pom girls.

13. Chaudasse de seize ans d'un autre lycée. L'ai fait boire, ça l'a transformée illico en chatte en chaleur. Me la suis cognée pendant quelques semaines jusqu'à ce qu'elle devienne collante et me demande de m'engager, l'ai virée à coups de latte.

14. Quatorze ans. Ma première. À force de mater du porno depuis plusieurs années, m'attendais à mieux. Seins trop petits, déjà, et sa touffe aurait eu besoin d'un coup de rasoir. Au début elle ne savait pas du tout quoi faire, mais avec le temps je lui ai montré comment donner du plaisir. Son futur mec peut me remercier.

– MâleAlpha541

Grace.

Grace n'est pas d'humeur à écouter l'office aujourd'hui. Déjà, elle n'a quasiment pas dormi de la nuit. Après avoir lu *Les Vrais Mecs de Prescott*, elle a enchaîné sur presque trois heures de torture à cliquer sur des liens jusqu'à se retrouver dans les tréfonds de la machosphère, sur des forums où des types échangent des tuyaux pour violer sans peine et des sites suggérant aux hommes de se rendre dans des pays pauvres où les femmes ne se défendent pas et où il n'y a pas de lois pour les protéger.

Le monde est tordu, songe-t-elle, si c'est un endroit où on peut poster des choses pareilles, disséminer la haine et l'obscurantisme sans que personne ne vous demande de comptes. Un endroit où il est trop facile de faire mal, et trop difficile d'aider. Un endroit où c'est la nuit qui gagne, où elle gagnera toujours.

Et maman, là-haut, en train de prêcher, de faire son boulot, de s'efforcer de convaincre cette église pleine à craquer qu'il y a encore de la lumière dans le monde, que cette lumière est à portée de main, qu'elle est en nous. Grace ne sait plus si elle y croit. Elle ne sait plus à quoi elle croit.

– Jean l'évangéliste fut témoin de la lumière, proclame sa mère. Il est venu pour témoigner. Il est venu dire la vérité de Jésus dans un monde qui ne voulait pas l'entendre.

Elle marque une pause et observe la congrégation muette, pendue à ses lèvres. Elle sourit comme si elle allait livrer la chute d'une blague.

– Et c'était la Bonne Nouvelle, dit-elle, incrédule. C'était même une fantastique nouvelle. La nouvelle de la grâce, de l'amour et du pardon de Dieu !

Elle lance les mains en l'air, comme si elle était exaspérée.

– Mais ils n'ont pas voulu l'entendre. Ils ont dit : « Merci, on s'en passera. » Ils ont dit : « On va continuer comme on a toujours fait, même si ça ne marche plus tellement pour nous. » Ces gens-là étaient la définition même du conservatisme !

On l'aurait décapitée pour une telle déclaration dans leur ancienne église. Ici, elle provoque quelques rires, mais Grace n'a pas l'énergie de rigoler.

– La nouvelle de Jean ne les intéressait pas, poursuit sa mère. Parce qu'elle était neuve et étrange, et parce qu'ils savaient qu'elle apporterait du changement. Parce qu'elle sortait de leur conception de la tradition, et de ce que les choses avaient toujours été, et de ce qu'elles devaient être. Le changement leur faisait peur.

Mieux valait l'éviter. Pour qui se prenait-il, ce type-là, à emmener les gens à la rivière pour les laver de leurs péchés, à prétendre que tout le monde était digne du salut ? Pour qui se prenait-il, à prêcher la justice, à dire aux soldats de ne pas tuer, aux collecteurs d'impôts de ne pas voler ? Qui était-il, à prêcher la charité, comme il est dit dans l'évangile de Luc, chapitre 3, verset 11 : « Celui qui a deux chemises doit en donner une à celui qui n'en a pas et celui qui a de quoi manger doit partager » ? Qui était cet hurluberlu clamant que quelqu'un d'encore plus grand que lui, quelqu'un d'encore plus révolutionnaire, allait arriver, un certain Jésus qui avait le pouvoir de les laver, pas seulement dans l'eau mais dans le feu, dans la lumière même du Seigneur ? Le peuple a répondu à Jean : « Mais tu es qui, toi ? »

Quelques petits rires accueillent sa réécriture créative de l'Évangile. Elle se tait pour laisser ses paroles s'incruster, pour donner aux gens le temps de passer aux choses sérieuses. Son expression est sincère ; son regard, bon et implorant. Elle est survoltée. Son sourire est alimenté par un amour assez grand pour toute la congrégation, pour tout Prescott, pour le monde entier. Mais le cœur de Grace souffre égoïstement, d'une souffrance qui lui fait honte, car elle voudrait que ce sourire ne s'adresse qu'à elle, et pas à tous ces inconnus.

– Jean, 1:23 : « Je suis la voix qui crie dans le désert : aplanissez le chemin du Seigneur. »

Tout le monde retient son souffle.

– Il prêchait dans le désert. (Un silence.) Une voix solitaire dans le désert. (Ses yeux étincellent.) Une voix solitaire disant la vérité dans un monde bruyant, tonitruant, qui ne veut pas entendre. Mais Jean parle quand même. Parce que c'est nécessaire. Parce qu'il connaît la vérité. Parce que son Dieu lui en donne le courage. Et maintenant, mes amis, le monde a besoin de notre courage. Nous vivons dans un monde empli de souffrance, de haine, de peur et de cupidité, empli d'injustice, tout comme a vécu Jean. Tout comme a vécu Jésus. Ce serait facile de hausser les épaules et de dire : « À quoi bon ? C'est comme ça. Ni moi ni personne ne pouvons rien y changer. » Et moi je vous répondrais : oui, le monde marche mal. Oui, nos dirigeants sont souvent corrompus et il est difficile de se fier à eux. Oui, nous avons du mal à joindre les deux bouts tandis que quelques très riches monopolisent ce qu'il faudrait de richesses pour loger et nourrir tous les indigents de la Terre. On dirait bien que ce sont encore les brutes qui font la loi. La planète est de plus en plus malade. C'est dur, très dur de vivre dans ce monde. Oui à tout cela.

Elle s'interrompt le temps de laisser le public respirer.

– Je veux que vous vous demandiez une chose : notre monde brisé, vaut-il la peine d'être sauvé ?

Elle leur laisse un moment pour réfléchir à la question. Grace ignore si elle peut y répondre. Elle ignore si elle le souhaite.

– Jésus pensait que oui. Jean aussi. Moi aussi, je le pense. Je pense que nous sommes tous dignes d'être sauvés.

– Amen, lance quelqu'un dans le public.

– Les grands espaces sont vastes, continue-t-elle, prenant de l'élan, de la vitesse. Ils sont bruyants et implacables. Effrayants et immenses. Mais nos voix, elles, sont plus fortes que nous ne l'imaginons. Même nos chuchotements peuvent créer des vaguelettes qui se propageront plus loin que nous ne pouvons le concevoir. Un petit acte de bonté dans un océan de cruauté, un mot de vérité parmi les mensonges, voilà les graines qui, une fois semées, pourront changer le monde. Luc, 3:8 : « Faites donc des fruits convenables à la repentance. »

– Alléluia ! lance quelqu'un.

– Nous nous devons d'aller vers ce qui nous fait peur, continue la mère de Grace, la voix éraillée par la passion. Nous nous devons de faire ce que nous savons juste, même quand tous les autres nous semblent faire le mal. Nous devons écouter cette petite voix en nous, la voix claire de Dieu dans les espaces sauvages de notre âme, même quand le monde est tonitruant et fait tout pour la noyer, cette voix. Comme Jean, nous devons être la voix de celui qui prêche dans le désert. Nous devons nous faire entendre. Jean, 1:5 : « Et la lumière luit dans les ténèbres, et les ténèbres ne l'ont point reçue. » Mes amis, nous devons être la lumière.

Grace perçoit dans la salle une poussée d'énergie, qui la soulève et l'écrase en même temps. Elle sent que tout le monde boit les paroles de sa mère, et elle sait que tout dans son message est bon et juste, mais il y a quelque chose de trop dur à entendre dans ce sermon. Cela lui pique la peau sous le tissu de sa robe, lui donne des suées. Alors que tout le monde se sent inspiré, elle se sent jugée. Réprimandée. Condamnée.

Elle chuchote à son père qu'elle ne se sent pas bien. Il sourit et hoche la tête, mais ne quitte pas sa mère des yeux. Au milieu de tout ce qu'elle éprouve, Grace est frappée par une nouvelle tristesse, presque de la jalousie, un manque. Elle sait que l'amour de ses parents est unique, surtout l'adoration de son père pour sa mère, son admiration si profonde, entière, dénuée de doute. Grace, ayant toujours soupçonné qu'aucune idylle de lycée ne pourrait rivaliser avec ce lien, ne s'est jamais embêtée avec des petits copains, n'a ouvert la porte à personne. A-t-elle été conditionnée pour une vie entière de déception ? Est-elle condamnée à rester seule ? Comment pourrait-elle seulement rêver de vivre un jour le conte de fées de ses parents ? Ils vivent dans un monde magique où c'est la reine qui a le pouvoir, et où le roi la suit en tout et partout. Une belle histoire. Mais un royaume, c'est bien plus grand qu'une famille. C'est un endroit où une princesse peut se perdre. Un endroit où elle peut être oubliée.

Grace se lève et traverse l'église pour rejoindre la porte du fond. Elle n'est suivie par aucun regard réprobateur, aucune réprimande marmottée par des vieilles dames aux cheveux clairsemés. Quand la lourde porte de bois se referme derrière elle, elle s'attend à ce que le poids qu'elle a dans la poitrine se soulève, mais non, il reste là, lourd, obstiné. Pourquoi ne peut-elle pas simplement se réjouir pour sa mère ? Pourquoi n'arrive-t-elle pas à croire en elle comme le fait son père ? Pourquoi ne parvient-elle pas à s'intégrer à leur rêve ?

Le couloir est désert et silencieux. Grace s'adosse au mur, et comprend soudain qu'elle n'a nulle part où aller. Nulle part où trouver le réconfort, nul refuge, nul foyer. Sa maison est encore en bazar, encombrée de cartons à demi vidés. Sa chambre contient les cris d'une fille perdue.

La porte des toilettes s'ouvre au bout du couloir, et laisse apparaître l'énorme silhouette de Jesse Camp, qui s'essuie les mains sur son pantalon.

– Tiens, salut ! lance-t-il, le visage fendu par un chaleureux sourire.

Grace se frotte les paupières. Se durcit.

– Ça ne va pas ? Tu pleures ?

– Mais non, dit-elle en reniflant.

– Dis, est-ce que j'ai fait quelque chose ? Tu m'as envoyé un regard qui tue au self, l'autre jour.

Elle lève vers lui des yeux furieux. L'expression de Jesse est si trompeuse dans sa douceur !

– Comment peux-tu être pote avec ces mecs-là ?

– Quels mecs ?

– Tu déjeunais avec Ennis Calhoun. Et après, dans le couloir, je t'ai vu avec Eric Jordan.

Les yeux du garçon s'écarquillent de surprise, mais ensuite il les détourne et pousse un soupir – de remords, suppose Grace.

– On joue au football ensemble, lâche-t-il faiblement. Quand on est de la même équipe, on est automatiquement potes, tu vois ? Et comme Ennis traîne tout le temps avec lui, on est plus ou moins copains par défaut, je suppose.

– Tu es « plus ou moins copain par défaut » avec des violeurs ? Parce que tu n'as pas le choix, peut-être ?

– Il n'y a pas de preuves, lance-t-il d'une voix plus aiguë, soudain sur la défensive. C'est ce que tout le monde a dit. Apparemment, cette fille a menti.

– Elle a un nom, cette fille.

Grace s'efforce de l'assassiner du regard. Comme rien ne se passe, elle tourne les talons et s'en va d'un pas furibond.

– Attends, Grace !

Elle cesse de marcher, mais garde le dos tourné.

– Tu ne comprends pas. Tu n'étais pas là. C'est devenu le bordel, quand Lucy a raconté tout ça. Toute l'école, toute la ville a pété un câble.

Grace fait volte-face pour le regarder dans les yeux.

– Ah oui ? La *ville* a pété un câble ? Et elle, à ton avis ?

Elle a soudain la conscience aiguë d'un sentiment nouveau qui flambe en elle. C'est un changement par rapport à la lourde immobilité de la tristesse. Quelque chose de plus vif, de plus chaud, auquel elle n'a jamais eu accès jusque-là.

La colère. La fureur. La rage. Il faut avoir au moins un peu de force pour ressentir cela.

Jesse reste muet pendant que Grace regagne la chapelle qu'elle fuyait encore il y a quelques instants. Personne n'a l'air de la voir remonter l'allée centrale et se rasseoir à côté de son père, juste à temps pour entendre le grand final du sermon de sa mère. L'énergie de la salle l'enveloppe et elle se laisse emporter avec le reste de la congrégation. Sa colère, sa tristesse et les autres sentiments pour lesquels elle n'a pas de nom sont balayés dans cette salle pleine d'autres vies, d'autres passions et déceptions, d'autres secrets, d'autres amours, d'autres mensonges. Elle ferme les yeux et s'imagine dans la multitude – sans nom, sans visage, pas la fille de sa mère. Elle écoute la voix puissante décrire Jésus défendant les faibles et les humbles, embrassant les marginaux, aimant les mal-aimés, parlant au nom de ceux qui n'ont pas de voix. Mourant pour ses péchés à elle. Mourant en se battant pour nous tous. Et à présent, c'est à nous de nous battre.

La parole de la prêcheuse résonne dans la chapelle :

– Qu'allons-nous faire de notre liberté, de notre pouvoir ? Que faire de toute cette grâce ? Que faire de ces vies bénies ? Que ferons-nous pour les mériter ? Comment faire pour que nos vies témoignent de notre repentance ?

Grace a besoin de partir, de se retrouver seule. Elle sort pendant que les autres se lèvent pour le dernier cantique, le regard embrumé par l'inspiration. Elle perçoit leur espérance tout en fuyant la chapelle, elle sent le feu de leurs bonnes résolutions, leur désir vague et abstrait de changer le monde troublé qui les entoure. Peut-être qu'en rentrant chez eux ils iront sur Internet donner cent dollars à quelque bonne œuvre. Les meilleurs d'entre eux offriront un dollar et un sourire à cet ancien combattant SDF qui se tient toujours à côté de la bretelle d'autoroute, avec son petit carton sur lequel est marqué « aidez-moi ». Mais que feront-ils pour une fille qui a fait partie de leur communauté, et qui a été rejetée alors qu'elle avait besoin d'une main tendue ?

Grace parcourt à pied les quelques rues qui la séparent de chez elle et monte droit dans sa chambre, ne connaissant pas d'autre endroit qui soit censé la protéger. Mais elle se sent épiée, comme si la chambre, vivante, retenait son souffle en attendant qu'elle fasse quelque chose. Peut-être que dans la penderie ce sera assez noir, assez exigu. Peut-être que là-dedans elle échappera à la surveillance.

Elle s'accroupit par terre dans le petit placard, et les ourlets de ses jupes et robes du dimanche lui effleurent le front. Quand elle tire la porte pour la refermer, le jour passe encore en dessous. Il fait presque noir. Elle est presque cachée.

Mais il y a encore de la lumière. Encore assez pour lui rappeler qu'elle n'est pas seule. Assez pour éclairer les mots gravés dans les quelques centimètres de mur oubliés entre la porte et le coin, un endroit hors de vue, si sombre qu'il n'a pu être remarqué que par quelqu'un qui essayait de se faire tout petit – par terre, porte fermée.

À L'AIDE, est-il écrit en creux. Les lettres ont la texture d'un hurlement, on dirait qu'elles ont été gravées par des ongles.

Erin.

Parfois, les papas s'en vont et personne ne vous dit pourquoi. Et puis parfois ils reviennent, et personne ne vous dit pourquoi non plus. Du coup, vous vous retrouvez seule à essayer de comprendre. C'est là que la logique se révèle particulièrement utile. Sans logique ni pensée rationnelle, on risque de se retrouver aux prises avec les émotions, bien moins utiles, qui peuvent provoquer toutes sortes de problèmes si elles ne sont pas tenues en laisse par la raison.

Voici un exemple : 1) Un papa s'en va, 2) Pendant son absence, sa fille adolescente fait une expérience que tout le monde qualifie de traumatisante, 3) Le papa revient, 4) Les parents ne se parlent toujours pas, 5) Les parents font chambre à part, 6) Les parents sourient trop fort chaque fois que la fille est là et font comme si tout allait bien.

Puis la famille se retrouve à Prescott (Oregon), loin de la mer, à 131,5 kilomètres pour être précis, dans une ville qui ne plaît particulièrement à aucun d'entre eux, et la fille n'a absolument pas son mot à dire. Sa famille est encore intacte, officiellement. Même si le père passe bien plus de temps au travail qu'à la maison, les 45 kilomètres de trajet jusqu'à la fac constituant une excuse bien pratique pour ses absences et un outil bien pratique pour éviter la famille dont il n'a pas spécialement envie de faire partie. Et même si la mère n'a de contacts qu'avec très peu de vrais gens, préférant administrer son vaste empire virtuel, fait de parents du groupe de soutien, depuis son ordinateur portable posé sur l'îlot central de la cuisine, à côté de la coupe de fruits privée de bananes depuis qu'elle les a déclarées trop sucrées pour l'organisme fragile de sa fille.

Erin pourrait mal le prendre. Elle pourrait se montrer anxieuse, stressée et troublée. Elle pourrait culpabiliser, s'en vouloir pour le retour malheureux de son père, se considérer comme la colle toxique qui maintient sa famille en un seul morceau. Mais elle refuse de laisser les émotions la dominer. Elle sait qu'elle se porte mieux sans, sans la douleur, sans les pensées et les souvenirs qui ne servent qu'à lui faire mal. Elle crée donc, dans sa tête, un monde où tout cela ne l'embête pas, un lieu où c'est la logique qui règne en maître, un endroit qu'elle peut contrôler. Elle repousse les souvenirs et les sentiments assez loin pour qu'ils ne la touchent plus.

Souhaiter une famille différente ne servirait à rien. Les souhaits n'accomplissent rien. De même, soupirer ou penser au passé n'est pas une manière efficace de passer le temps.

Et ainsi, Erin refuse de songer aux événements qui ont suivi le départ de son père, à la poignée de visites dans cette chambre d'hôtel qu'il appelait absurdement son appartement, parmi les meubles couverts de robuste tissu beige que ni les repas à emporter ni les crises de larmes nocturnes ne pouvaient tacher. Elle refuse de penser aux soirées à la maison, seule avec les pleurs sans fin de sa mère qui rendaient les révisions ou la lecture presque impossibles et qui épaississaient tellement l'atmosphère qu'Erin avait du mal à respirer. Bien sûr, elle savait que c'était impossible, que les émotions de sa mère ne pouvaient pas concrètement affecter l'épaisseur de l'air, mais cela ne changeait rien : elle évitait quand même la maison le plus possible. Elle parcourait toute la longueur de la plage d'Alki autant de fois qu'il le fallait pour se remplir les poches de coquillages dont elle s'entraînait à reconnaître l'espèce au toucher, à l'aveugle, le temps qu'il fallait pour trouver sa mère endormie à son retour. Elle consultait l'horaire des marées tous les matins afin de savoir à quoi s'attendre. Le rythme de la mer était constant, prévisible et réconfortant, tandis que tout le reste changeait dans la vie de cette jeune fille qui abhorrait le changement.

Erin refuse de penser à l'année de quatrième. Et il est hors de question qu'elle songe à Casper Pennington. Au regard fixe qu'il posait sur elle depuis la zone réservée aux lycéens dans le petit auditorium de leur collège-lycée privé, tous les jours pendant l'assemblée du matin. À l'agréable chaleur qui se répandait dans son corps à elle, accompagnée d'une pointe d'appréhension. Au fait que cela lui faisait oublier la crise à la maison. Au jour où, en la croisant dans un couloir, il lui a dit qu'elle était belle. Et où elle a simultanément eu envie qu'il se tienne moins près d'elle, mais aussi qu'il se rapproche. À la longueur de ses cils. À la blondeur de ses cheveux. À son assurance et à ses attentions, qui la poussaient à se demander s'il pourrait lui apprendre à être forte et à se ficher du monde qui change.

Elle n'avait que treize ans, et alors? Il avait trois ans de plus qu'elle, et alors? Elle n'arrivait pas à regarder les gens dans les yeux, n'aimait pas qu'on la touche et avait besoin d'une armée de spécialistes pour savoir se comporter normalement, et alors? Son père était parti et ce mec, Casper, se pointait pour lui dire qu'elle était belle, et alors? On peut toujours faire entrer la mauvaise pièce dans un puzzle, à condition d'appuyer assez fort.

Non, Erin ne veut pas penser à tout cela. Le genre de souvenirs qui ne remplissent aucune fonction logique; qui ne contiennent aucun savoir, aucune compétence utile. Erin soutient l'hypothèse que la tristesse et les regrets sont de mauvaises adaptations du cerveau humain, des traits que l'évolution finira par éliminer. Que nous finirons par fusionner avec les ordinateurs et que nous n'aurons plus jamais à ressentir quoi que ce soit.

Ressasser le passé, ça ne fait pas partie de son emploi du temps. Cela ne figure pas non plus sur ses listes. Si elle ouvre la porte aux souvenirs, ils vont bouleverser le bel ordonnancement qu'elle a créé au prix d'un travail acharné ; ils vont la rejeter dans le chaos. Mieux vaut s'en tenir à ce qui est prévisible, stable, simple. Paisible.

C'est la seule chose qu'elle désire : la paix.

Il y a quelque chose d'apaisant à faire ses devoirs tous les jours exactement à la même heure et à dîner tous les soirs à 19 heures précises (la table étant toujours mise juste pour deux). Mais l'avant-dîner est le meilleur moment de la journée : le moment de son épisode quotidien de *Star Trek : La Nouvelle Génération*, où elle peut s'en aller à des années-lumière explorer les grands espaces inconnus de l'Univers en compagnie du capitaine Jean-Luc Picard, figure paternelle de tout l'équipage (surtout pour Data, dont le propre père/inventeur, le Dr Noonien Soong, a été tué par nul autre que le frère de Data, Lore, qui s'est révélé défectueux et dangereux après avoir été équipé de la puce d'émotion prévue au départ pour Data).

Sauf que l'épisode d'aujourd'hui n'est pas parmi les préférés d'Erin. Non seulement l'équipage entier de l'*Enterprise* s'enivre et fait n'importe quoi à cause du virus Tsiolkovsky, mais en plus c'est l'épisode dans lequel Data couche avec Tasha Yar. Sa condition d'androïde ne l'a pas empêché d'attraper ce virus à base carbonée (une incohérence de scénario qui n'a jamais été complètement éclaircie, au grand dam d'Erin, obligée de concéder que sa série bien-aimée présente quelques imperfections). Malgré l'ordre formel d'emmener Yar à l'infirmerie, il tombe sous le charme de sa séduction.

Data commet une erreur. Data n'est pas censé commettre d'erreurs. Sa cervelle logique d'androïde le trahit et il devient trop humain, trop animal.

Quand Tasha Yar lui demande s'il est «pleinement fonctionnel», il répond par l'affirmative. Même Erin a compris ce qu'elle entendait par «pleinement fonctionnel».

Casper Pennington, lui, ne lui a jamais demandé si elle était pleinement fonctionnelle. S'il avait posé la question, elle aurait peut-être eu une chance d'y réfléchir. Et elle se serait peut-être rendu compte que la réponse était non.

Après l'idylle de Data (que le spectateur, bien heureusement, n'est pas contraint de regarder), une fois que le Dr Crusher a administré un antidote à l'équipage et que tout le monde a retrouvé ses esprits, Tasha Yar est gênée. Elle dit à Data qu'il ne s'est rien passé, puis se remet au travail. Est-ce la réaction normale quand on a couché avec un androïde? Ne plus jamais vouloir lui reparler? L'ignorer dès le lendemain? Et encore, Tasha Yar, elle, ne va pas s'en vanter auprès de tous ses amis, tout en faisant comme si Data n'existait pas. Lui, au moins, n'endure pas la douleur d'être rejeté. Il peut intégrer l'incident à ses recherches anthropologiques sur le comportement de l'espèce humaine. Il peut ranger le dossier dans son cerveau d'androïde et passer à autre chose.

On ne sait jamais clairement s'il y a pris du plaisir. Il a dit à Tasha Yar qu'il était programmé pour exécuter de nombreuses « techniques ». De naissance, il sait donner du plaisir. Mais sait-il en ressentir ?

A-t-il été programmé pour ressentir la peur ? Pour percevoir la fusion progressive de ces deux émotions opposées jusqu'à ce que le plaisir disparaisse, jusqu'à ce qu'il ne reste qu'un corps sur le sien, l'immobilisant, lui grognant dans l'oreille, poussant et s'enfonçant, encore et encore et encore pendant qu'il attend la fin, en priant un Dieu en qui il ne croit même pas, pitié faites que Casper s'arrête, ce n'est pas ce que je voulais, je ne sais pas ce que je voulais mais ce n'était pas ça, je sais que ce n'était pas ça.

Le silence ne veut pas dire oui. Un non peut être pensé et ressenti sans être jamais prononcé. Il peut être hurlé en silence à l'intérieur. Il peut se trouver dans la pierre muette d'un poing serré, les ongles s'enfonçant dans la paume. Les lèvres scellées. Les yeux fermés. Son corps à lui ne faisant que prendre, sans jamais demander, n'ayant jamais appris à interroger le silence.

L'esprit de Data est un ordinateur. Il peut effacer des souvenirs entiers s'il le souhaite. Ses erreurs ne le poursuivent pas, ne vont pas se loger dans ses synapses pour le suivre partout. Ses erreurs n'impliquent pas des parents, un collège, des tribunaux. Ses erreurs ne l'empêchent pas de parler pendant deux semaines. Elles ne vivent pas dans son corps. Personne n'a besoin de qualifier Data de victime. Personne n'a à désigner un coupable. Tout cela n'a pas à faire partie de son histoire.

En revanche, cela fait partie de celle d'Erin. Avant qu'elle persuade finalement ses parents d'abandonner les poursuites contre Casper, les tribunaux étaient prêts à officialiser les étiquettes, à la proclamer, elle, passive, victime ; à la définir comme impuissante, incapable de consentement. En raison de son âge. En raison de son Asperger. Bien qu'elle soit un être doué de sensibilité. Bien qu'elle ait désiré quelque chose, allez savoir quoi, à un moment donné. Bien qu'elle n'arrive pas à se rappeler quand elle a cessé de le vouloir. Bien qu'elle n'arrive pas à se revoir lui disant oui ou non. C'est vrai, il n'a jamais posé la question. Mais est-ce vraiment son rôle ? Ou le sien, à elle ? Et si un tribunal déclare qu'elle est incapable de dire non, qu'est-ce que cela dit de sa capacité à dire oui ? Qui prend ces décisions ? Qui écrit ces règles et définit des mots comme « consentement » ? Qui décide de ce qui constitue un « viol » ?

Elle ne se résout pas à prononcer le mot : *viol*.

Ce mot ne sonne pas juste. Ce n'était pas un viol, mais c'était quelque chose.

Contrairement à Data, Erin n'est pas privée de la puce d'émotion. Parfois, on dirait au contraire qu'on lui en a implanté dix par mégarde, et qu'elles sont toutes constamment en surrégime.

Il n'existe pas de mot pour ce qui s'est passé avec Casper Pennington. Ce savoir-là, Erin n'a pas été programmée avec. Elle ignore quel mot désigne ce qu'elle est censée ressentir.

Rosina.

– Erwin me dit que tu as une nouvelle copine au lycée, lui glisse sa mère en versant un verre d'huile dans une immense poêle. Il paraît que c'est une *gordita* blanche.

Des petites bulles crépitent dans l'huile.

– Parce que tu me fais espionner par Erwin, maintenant ? s'offusque Rosina.

Même au lycée, Mami la tient entre ses griffes. Rosina a l'impression que sa famille la tient attachée par des chaînes ; aussitôt qu'elle parvient à en briser une, une nouvelle apparaît.

– Cette nouvelle, est-ce qu'elle est bizarre comme ton amie toute maigre ?

Mami prend une poignée de poulet cru rose et gélatineux dans un seau en plastique et le jette dans la poêle.

– Tu ne connais même pas Erin.

– J'en sais assez pour savoir qu'elle est bizarre.

Rosina cherche une contre-attaque spirituelle, mais Mami interrompt ses pensées.

– Empile ces verres, lui ordonne-t-elle.

– La mère de Grace est prêtre. Ça devrait te plaire, non ? Elle a une bonne influence sur moi et tu peux arrêter de me faire espionner par Erwin.

– Les femmes ne peuvent pas être prêtres.

– Pasteure, je ne sais pas. Comme tu veux. Sa famille est chrétienne, quoi.

– Chrétienne, ce n'est pas la même chose que catholique. (Mami plisse les paupières pour regarder Rosina, les yeux pleins de soupçons et de fumée grasse.) C'est quoi, son église ?

– La grosse en brique d'Oak Street. La mère de Grace en est la cheffe ou je ne sais quoi.

– L'Église congrégationaliste ?

Le rire de sa mère blesse les oreilles de Rosina presque autant que la musique aigrelette qui résonne dans tout son quartier sur des radios à deux sous.

– Ce n'est même pas une vraie église, affirme sa mère. C'est plein de communistes et de pédérastes.

– Plus personne ne dit « pédéraste », maman.

– *Whatever*, lâche Mami – son expression américaine favorite. *Ven acá*, il faut que tu apprennes à cuisiner. Une femme doit savoir faire la cuisine.

– Tu me l'as déjà dit très clairement un million de fois. Mais moi, je t'ai déjà dit cinq millions de fois que ça me soûle.

– Mais un jour tu auras une famille à toi. Il faudra bien la nourrir. Personne ne va t'épouser si tu ne sais pas cuisiner.

– Tu comprends au moins à quel point c'est horrible, ce que tu dis ? Tu es complètement opprimée, dit Rosina, élevant la voix pour se faire entendre dans les grésillements du poulet en train de frire. Je n'aime même pas la cuisine mexicaine.

– Oh, tu te crois tellement au-dessus de moi ? Tellement mieux que la famille ? (Les yeux de Mami rétrécissent, comme ils le font avant qu'elle explose.) Si tu en as tellement marre de nous, pourquoi tu ne t'en vas pas ? Ça fera une bouche de moins à nourrir.

– Et tu devras payer quelqu'un pour faire ce que je me tape pour pas un rond.

Mami fait un pas, mais elle laisse tomber sa pince en inox par terre. En se baissant pour la ramasser, elle frissonne et pousse un petit cri étranglé. Rosina se précipite auprès d'elle.

– *¡Chinga!* jure Mami, les dents serrées, en se tenant les reins tandis que sa fille l'aide lentement à se relever.

– C'est encore ton dos ? demande Rosina, un bras passé autour de ses épaules.

– Ce n'est rien, fait-elle avec une grimace.

– Il faut que tu voies un médecin.

– C'est ce que j'ai fait, dit Mami en se retournant vers les fourneaux pour prendre une nouvelle pince sur un plateau d'ustensiles propres. Tout ce qu'il a fait, c'est me donner une ordonnance pour des cachets. Il veut faire de moi une droguée.

Rosina soupire. *Comment est-ce possible d'aimer et de détester autant quelqu'un en même temps ?*

La porte du restaurant carillonne. Le poulet fume dans l'huile. Mami se retourne, les lèvres serrées, en ravalant des larmes de douleur.

– Tu as un client, dit-elle sans relever les yeux de la poêle.

– Tu es sûre que ça va ?

– Fiche-moi le camp.

Et si je partais, comme ça ? se demande Rosina. *Si je rendais mon tablier et que je prenais la porte ?*

Mais pour aller où ? Avec quel argent ? Avec quelles compétences ?

La surprise n'est pas le mot idéal pour décrire le sentiment de Rosina quand Eric Jordan et sa famille entrent dans le restaurant. Le choc non plus. Plutôt un sentiment d'irréalité incrédule. Si elle était n'importe qui d'autre, elle ressentirait peut-être même un peu de crainte. Est-il possible que cette soirée empire encore ?

– Ho, on peut se faire servir, oui ? lance le père pendant que les autres se tassent sur des banquettes sans attendre qu'on les place.

Eric n'a pas encore vu Rosina. Il a le nez dans son téléphone, sans écouter sa mère qui l'implore de « poser ça pour qu'on passe une soirée agréable en famille ». Difficile de l'entendre parmi les hurlements des petits frères : des jumeaux, qui se bourrent mutuellement l'épaule de coups de poing. Les hommes et les garçons ont les cheveux coupés en brosse ; la tignasse de la mère est un fouillis de vieille permanente et de découragement.

Rosina respire à fond, empoigne une pile de cartes plastifiées sur le comptoir, et se répète que personne ne peut la déstabiliser.

– Bonsoir, dit-elle en s'approchant de la table pour leur tendre les cartes. Je peux vous apporter quelque chose à boire pendant que vous faites votre choix ?

– T'es pas censée nous dire *hola* ou un truc du genre, toi ? lance Eric, adossé à la banquette comme le font les jeunes hommes quand ils se sentent le droit de prendre toute la place.

– *Hola*, répond Rosina sans se démonter.

– Salut, lâche Eric.

Il la regarde comme si elle était déjà nue, déjà capturée.

– Ah, vous êtes amis au lycée ? s'enquiert la mère.

– Plus ou moins, dit Rosina.

– J'aimerais bien, dit Eric. Je peux être un très bon ami, quand je veux.

Sa mère, hagarde et usée, ne comprend rien. Père et fils ont le même regard animal, comme si tout était un repas potentiel. Tous deux fixent Rosina, en bons partenaires de chasse. Plus elle reste debout devant eux, plus elle se sent petite. Plus elle a l'impression d'être un morceau de viande.

– C'est quoi, tout ça ? demande le père en regardant la carte.

Combien de fois Rosina a-t-elle dû expliquer ça ?

– De la cuisine traditionnelle d'Oaxaca. C'est notre spécialité. Nous avons sept sortes de *mole*.

– Je croyais que c'était un restau mexicain. Je veux juste des tacos.

– Les spécialités mexicaines les plus connues sont sur la page suivante.

– Moi je veux une pizza ! lance un des petits.

Pour une fois, Rosina regrette qu'ils ne servent pas de *chapulines*. Des sauterelles. Elle les leur recommanderait.

– Vous voulez quelque chose à boire ?

– Une bière pour moi, dit le père.

– Les garçons, vous voulez un Coca ? demande la mère.

Ils ne l'écoutent pas.

– Les garçons ? Vous voulez un Sprite ? Un Ice Tea ?

– Commande-leur n'importe quoi, bougonne le père.

– Deux Sprite.

– Je vais prendre un Coca, déclare Eric. À la mexicaine, dans une bouteille en verre.

Rosina note les commandes sans relever la tête, mais elle sent ses yeux s'enfoncer comme des crocs dans ses seins.

En s'éloignant, elle entend le père dire à son fils :

– Pas mal, celle-là, hein ?

– Ouais, répond Eric. Dommage qu'elle préfère les filles.

– C'est juste qu'elle n'a pas rencontré l'homme qu'il lui faut.

Rosina se précipite dans la chambre froide. Elle prend un instant pour souffler après avoir attrapé les boissons de la famille, regarde par l'étroite vitre la cuisine où sa mère souffre, en nage, esclave du fourneau brûlant, mêlant sa sueur, sa colère et ses années de déceptions aux plats qu'elle prépare tous les soirs. Mami est chef cuisinière, elle gère le personnel et fait même les comptes, en plus de loger la grand-mère et de veiller sur elle, mais c'est quand même le restaurant de José. C'est quand même José qui a le contrôle de l'argent. Et elle est quand même la fille dans une famille qui compte aussi deux fils.

– Putain, je hais les gens ! annonce Rosina à un cageot de choux.

Elle retourne vers la table en portant le lourd plateau de boissons, plus un panier de chips et un bol de *salsa*. La famille ne lui prête aucune attention lorsqu'elle dépose les divers articles sur la table.

– Les garçons, on va se laver les mains, hein? dit la mère aux jeunes fauves, mais ils sont trop occupés à voir jusqu'où ils peuvent mutuellement se replier les doigts en arrière avant de se faire pleurer.

– T'es trop une fille ! lance l'un à son frère, qui retire sa main en criant de douleur.

– Les garçons ? insiste faiblement la mère. Vous m'entendez ? Il est temps de vous laver les mains.

– Ta gueule, maman, dit un des petits.

Elle se recroqueville et dit d'une voix presque inaudible :

– Ne me parle pas comme ça.

– Pourquoi ? Papa dit ça tout le temps.

Rosina se retient d'étrangler ces sales gosses.

– Vous avez choisi ? demande-t-elle, les dents serrées.

– Je veux un n° 14 au bœuf, annonce le père.

– Un 18, lâche Eric. Avec de la sauce piquante.

Rosina ne lève pas la tête, mais son ton de voix quand il a dit « sauce piquante » suggérait qu'il avait un double sens en tête.

– Les jumeaux vont prendre les tacos pour enfants, au bœuf, s'il vous plaît, dit la mère. Quant à moi, je prendrai la salade de poulet, mais dans une assiette, pas dans un de ces bols en chips. Pas de crème, pas de fromage, pas de guacamole, et la sauce, à part, merci.

Rosina se hâte vers la cuisine, aussi vite qu'elle le peut sans courir. Elle est soulagée quand deux autres groupes entrent dans le restaurant, même s'ils ont l'air affreux aussi. De toute manière, tout le monde ici lui semble affreux. Mais il y a des nuances dans l'affreux, et de ce côté-là les nouveaux clients ne peuvent pas rivaliser avec la famille Jordan.

En plaçant le premier groupe, elle entend le père d'Eric.

– Tu crois qu'elle a quel goût ? Plutôt riz ou plutôt haricots ?

Eric éclate de rire.

– Ça doit être pimenté, en tout cas.

Qu'est-ce que c'était, ce bruit ? Ils se tapent dans la main ?

Que peut-elle faire ? Leur tomber dessus et leur donner le fond de sa pensée ? Faire un esclandre ? Ils lui riraient au nez. Lui mettraient peut-être une main aux fesses. Les autres clients seraient épouvantés. Mami aussi. Ce serait mauvais pour les affaires. Et si quelque chose est mauvais pour les affaires, la famille entière en souffre, toute cette foutue famille d'imbéciles. Le client est roi, pas vrai ?

Rosina reste pétrifiée, impuissante. Elle n'est personne, elle n'est rien. Une serveuse, la fille de sa mère, un corps, une meuf.

L'un des jumeaux renverse le panier de chips par terre.

– On peut ravoir des chips, oui ou non ? braille le père.

Dis oui, c'est tout. C'est son boulot de toujours dire oui.

Elle passe le balai. Apporte un nouveau panier de chips. Fait semblant de ne pas remarquer que les garçons font des trous dans la banquette avec leurs fourchettes. Fait semblant de ne pas voir le feu dans les yeux d'Eric quand il la regarde, un mélange de désir et de violence, une certitude d'avoir droit à tout ce dont Rosina n'approchera jamais, certitude si évidente que ces hommes n'en ont même pas conscience. Le privilège de ne jamais être inquiétés, quoi qu'ils fassent. Le privilège d'élever encore plus de fils identiques à eux-mêmes.

Mais le pire, encore pire que tout, c'est que Rosina, la grande gueule par excellence, ne fait rien pour les arrêter.

Elle entend dans la cuisine la sonnette annonçant que leur commande est prête. Et pose les assiettes chaudes et luisantes sur un plateau.

Et elle crache un peu de sa rage dans chacune.

LES VRAIS MECS DE PRESCOTT

Toutes les femmes manquent de confiance en elles et recherchent la validation des hommes. Leur haine de soi est notre arme la plus puissante, et le plus important est d'apprendre à l'exploiter à notre avantage. Plus elles sont canons et plus c'est efficace, car elles ne mesurent leur valeur qu'à leur capacité à contrôler les hommes avec leur physique.

Montrez-leur que vous ne vous laissez pas contrôler, en les faisant un peu descendre de leur piédestal. Ignorez-les. Taquinez-les. Faites-leur remarquer leurs petits défauts. Retournez leurs faiblesses contre elles, et elles seront prêtes à tout pour obtenir votre approbation. Ce sera vous qu'elles voudront parce qu'elles auront trop peur que *vous* ne vouliez pas d'*elles*.

– MâleAlpha541

Grace.

Ses parents ne se sont pas encore remis du sermon que sa mère a prononcé hier. À la table du petit déjeuner, ils sont penchés sur l'ordi et son père montre à sa mère les sites d'éditeurs et d'agents littéraires qu'il a trouvés. Ils ne voient même pas Grace entrer dans la cuisine.

– Je crois que le moment est enfin venu de terminer mon livre, déclare sa mère, tout sourire.

Son père la serre très longtemps dans ses bras.

– On le sent, que le temps est venu, non ? dit-il en la relâchant.

– C'est vrai. J'espère juste que les gens voudront entendre mon message. Qu'ils sont prêts.

Grace ne va pas leur dire qu'elle a passé la nuit à écumer le Web à la recherche de la moindre trace de Lucy Moynihan. Facebook, Twitter, Tumblr... pas un signe, nulle part. Son ancienne adresse mail est désactivée. Ses parents semblent être sur liste rouge, où qu'ils se trouvent. Lucy est invisible. Elle a été effacée.

– Les voies du Seigneur sont décidément impénétrables, déclare son père en riant. C'est triste à dire, mais les gens te connaissent grâce à ce qui s'est passé à Adeline.

Il n'a pas l'air triste du tout, pense Grace en sortant du frigo une brique de jus d'orange.

– Ça a été douloureux, continue-t-il, mais ça nous a menés là où nous sommes maintenant.

Qu'est-ce qu'il connaît à la douleur? se demande-t-elle.

Sa mère soupire.

– Qui aurait cru que l'œuvre de Dieu nous pousserait à réfléchir à un positionnement marketing?

Il la reprend dans ses bras.

– Dieu nous guidera pour faire passer notre message, pas à pas. (Il a un petit rire.) Même l'apôtre Paul a fait du « marketing » aux débuts de l'Église. Et tout compte. Tout est sacré.

Ils se regardent avec un amour qui a toujours réconforté Grace quand elle était petite, alors que les parents de ses amis n'avaient même pas l'air de s'apprécier plus que ça. Mais à présent, elle commence à trouver leur dévotion contrariante. La maison est emplie – bourrée, même – de leur foi et de leur esprit positif, ce qui ne laisse pas de place à ses sentiments à elle. Leurs projets et leurs rêves sont si grands et si complets que Grace n'a rien à faire là-dedans. Elle ne compte pas.

Elle compte si peu que ses amis d'Adeline ont pu la jeter du jour au lendemain. Elle n'est personne. Elle n'est rien. Une fille que nul ne voit. Une fille dont personne ne se souvient.

Elle attrape une pomme et une barre de céréales en guise de petit déjeuner et part pour le lycée en avance.

Elle n'en peut plus d'être invisible.

Puisque c'est comme ça, elle va devoir élaborer ses projets à elle. Trouver sa manière à elle de compter.

Quand on n'est déjà rien au départ, on n'a rien à perdre.

Elle se prépare toute la matinée pour le discours qu'elle va livrer à Rosina et à Erin au déjeuner. Elle y consacre plusieurs pages de cahier pendant les premières heures de cours, notant ses arguments et ses réponses aux objections potentielles. Au moment où elle s'assoit à leur table, elle est presque sûre de son fait. Presque.

Seigneur, donne-moi la force.

Erin sort son bento avec son habituel repas pour oiseau. Rosina s'installe avec une banane, une brique de lait chocolaté et quelques crackers au fromage pris au distributeur.

– C'est tout ce que tu manges ? s'étonne Grace.

– Le plat du self, aujourd'hui, c'est tacos. Je déteste les tacos.

– Vous pensez qu'on peut programmer un androïde pour qu'il aime le sexe ? demande Erin en plongeant une cuiller dans la mystérieuse substance verte qui occupe un des compartiments de sa boîte. Et si on le pouvait, y aurait-il un avantage pratique à ce qu'ils aient cette capacité ?

– Wow, Erin, lâche Rosina. Tu veux pas plutôt commencer par quelque chose comme « vous avez passé un bon week-end » ?

– Mais ça, c'est pour faire la conversation, proteste Erin. Tu sais que je déteste faire la conversation.

– Là, c'est ton esprit de contradiction qui parle.

– C'est ce qui fait mon charme.

– Bon, les filles ? intervient Grace. Il faut que je vous parle d'un truc.

Si elle ne le fait pas tout de suite, elle sait qu'elle va se dégonfler.

– Hé, ho, doucement, dit Rosina. Dites donc, toutes les deux, il va falloir travailler un peu sur la sociabilité !

– Ça va être personnel ? veut savoir Erin. Parce que je n'aime pas les conversations sur des trucs perso.

– Pas vraiment. Enfin, un peu ?

Grace bafouille, se fige. Qu'est-ce qu'elle allait dire, déjà ? Où sont passées ses notes ?

– Allô ? fait Rosina. On t'écoute.

– Une minute.

Elle sort son cahier de son sac à dos et le feuillette jusqu'aux pages couvertes de ses pattes de mouche.

Rosina hausse les épaules, ouvre son sachet de crackers et s'en envoie une poignée dans le bec.

– Bon, dit-elle la bouche pleine de miettes orange, pendant que tu essaies de te rappeler ce que tu allais dire, j'ai un truc à vous annoncer. J'ai décidé qu'en fait, il faut qu'on fasse quelque chose pour stopper ces enfoirés. Pas juste les enfoirés qui ont violé Lucy, mais tous les enfoirés. Il faut les empêcher de générer d'autres enfoirés.

Elle pèle sa banane et en prend une grosse bouchée.

– Je pense que la castration, ce serait idéal.

– Ça doit être salissant, objecte Erin.

Rosina sourit.

– C'était drôle, ça, Erin.

– Je te remercie.

Grace range son cahier dans son sac. Tout son corps la picote, et son environnement lui paraît irréel, comme si elle bougeait au ralenti et le reste du monde en accéléré.

– Tu parles sérieusement ? demande-t-elle. Qu'est-ce qui t'a fait changer d'avis ?

– Aucune importance. Arrête de me poser des questions, sinon je risque de rechanger.

Grace jette un coup d'œil à Erin qui est en train de mastiquer en les observant, en écoutant. Impossible de deviner ce qu'elle pense. Elle paraît calme, mais il y a autre chose sous la surface, une chose qu'elle fait beaucoup d'efforts pour garder enfouie.

– Et toi, Erin ?

– Tu marches avec nous ? la presse Rosina. Tu veux te joindre à notre rébellion ?

Erin ne répond rien pendant un moment qui paraît très long. Elle oscille légèrement, tête baissée, comme si elle réfléchissait fort, comme si elle *ressentait* fort, comme s'il s'en passait beaucoup plus en elle que ce dont elles parlent. Enfin, elle prend la parole.

– Vous m'avez l'air de mijoter des actes subversifs.

– Bah oui, et alors ? fait Rosina.

– Les actes subversifs impliquent presque toujours d'enfreindre des règles, dit Erin d'une voix de plus en plus agitée.

– C'est un peu tout l'intérêt, fait remarquer Rosina.

– On *veut* enfreindre les règles, renchérit Grace, dont la poitrine s'emplit d'une énergie nouvelle.

La sensation qu'il se passe quelque chose. La sensation de quelque chose d'inévitable. De quelque chose qui compte.

– Ce sont les règles qui nous réduisent au silence. Les règles, c'est ce qui a empêché Lucy d'obtenir justice. Les règles, c'est ça qui est cassé, qui ne marche pas.

Ses paroles sont pleines de feu, peut-être pas une vraie flamme, mais au moins une étincelle, sans aucun doute.

Rosina hausse un sourcil étonné.

– Waouh, la nouvelle ! On n'est jamais au bout de ses surprises, avec toi.

M'en parle pas, songe Grace.

– Mais on a besoin de règles pour maintenir l'ordre, souligne Erin, relevant un instant la tête avec un regard suppliant. Si tout le monde les enfreignait tout le temps, ce serait le bazar. Et on ne pourrait plus rien faire.

– Ce n'est pas de ce genre de règles qu'on parle, dit Rosina. On parle des règles non écrites de notre culture sexiste. Par exemple, ce qu'on attend des filles et des garçons, les exigences à deux vitesses, les femmes qui ne gagnent que 70 % de ce que gagnent les hommes, ce genre de choses.

– Les mecs qui violent sans conséquences alors que tout le monde sait ce qu'ils ont fait, ajoute Grace. Les filles qui vivent dans la peur sans aucune raison, mis à part le fait qu'elles sont des filles, justement.

Elle sent que quelque chose remue à l'intérieur d'Erin. Ses traits adoptent une expression peinée et elle cesse de se balancer. Elle secoue la tête.

– Mais on n'est personne. Comment voulez-vous qu'on arrange quoi que ce soit?

– C'est ce qu'il faut qu'on cherche. Tu marches avec nous?

– Avec vous pour faire quoi? Vous n'avez pas de projet. Et puis, qui nous écouterait?

Grace et Rosina se regardent. Leurs épaules s'affaissent un tout petit peu. Grace songe aux messages laissés par Lucy dans sa chambre. Elle envisage d'en parler aux deux autres. Mais cela lui paraît mal, comme si ces mots étaient un secret adressé à elle seule, comme si les évoquer revenait à trahir la confiance de Lucy.

– Erin a raison, admet Rosina. Il ne peut pas y avoir que nous. Personne ne va écouter trois filles chelous comme nous.

– Je tiens à affirmer, pour info, que je ne me suis encore engagée à rien, proteste Erin.

Grace se crispe un peu en se faisant qualifier de « chelou », mais ensuite elle se rappelle qu'elle a choisi de déjeuner à cette table.

– Il doit exister un moyen de toucher toutes les filles du lycée, dit Grace. En organisant une grande réunion, je ne sais pas.

Elles restent un long moment silencieuses. Personne ne mange. La dramaturgie de la cantine continue de se dérouler autour d'elles, un mur de bruit blanc. Elles n'arrivent même pas à se regarder. Elles ont du mal à s'avouer que leur idée est condamnée dans l'œuf.

– Vous pourriez leur envoyer un mail, lâche enfin Erin comme si c'était évident depuis le début.

– Comment veux-tu qu'on écrive à toutes les filles du lycée ? demande Rosina.

– Facile. Je peux choper les adresses au bureau de l'administration. J'ai accès aux coordonnées de tout le monde.

– Tu nous vois écrire à tout le monde : « Salut, c'est nous, trois minus encore furax à cause d'une vieille histoire que tout le monde veut oublier, et on remet ça sur le tapis parce qu'on veut rendre tout le monde malheureux, youpi, qui est avec nous ? » soupire Rosina. Et si on recouvrait plutôt les maisons des mecs de PQ, ou quelque chose dans le genre ? Ce serait sans doute aussi efficace.

Grace sent quelque chose s'ouvrir en elle, un chuchotis minuscule, une lumière infime.

– Et si ça ne venait pas de nous ? dit-elle. Si ça ne venait de personne ? (Elle hésite un instant.) Si ça venait de tout le monde ?

– Qu'est-ce que tu racontes ?

Grace se sent comme une toupie. Comme une pile électrique.

– Le mail. Si on l'envoyait anonymement? Il viendrait, genre... de *nulle part*. Alors personne ne saurait que c'est nous. Et le mystère intriguerait les filles, non? Elles viendraient à la réunion rien que pour savoir de quoi il retourne.

– Les Filles de Nulle Part, dit Erin. On pourrait s'appeler comme ça. Dans le mail.

– Oui! lance Rosina. Les Filles de Nulle Part! Erin, on ne t'arrête plus, aujourd'hui!

– Oh, je ne vais pas aller bien loin. Mais merci quand même.

Elles se taisent, s'efforçant toutes d'imaginer à quoi pourrait ressembler une réunion convoquée par personne et venue de nulle part.

– Mais qu'est-ce qui va se passer une fois que tout le monde se pointera? finit par demander Rosina. Si on veut rester anonymes, qui va diriger la réunion?

– Ça pourrait être n'importe qui, dit Grace.

– Mais si personne ne le fait? Si c'est trop gênant et que personne ne dit rien? Ou si ça tourne au grand n'importe quoi?

– Si ça tourne à l'émeute? s'inquiète Erin.

La sonnerie retentit, signalant la fin du déjeuner. Le mouvement et le bruit de centaines d'élèves s'intensifient, tout le monde se levant pour partir, et les filles sentent que leur bulle est sur le point d'éclater. Bientôt, elles seront à nouveau entraînées dans le monde du lycée.

– Ça ne va pas tourner à l'émeute, s'empresse d'assurer Grace. On trouvera quelque chose.

– Il est temps de retourner en cours, rappelle Erin.

– On peut se retrouver après ? Pour préparer tout ça ?

– Je bosse à 17 heures mais on peut se voir pendant deux heures, dit Rosina. Merde, on va vraiment le faire ?

Elles regardent Erin, occupée à remballer son déjeuner.

– Erin ? dit Grace. Et toi ? Ça te va, tout à l'heure après les cours ?

Elle referme son sac à dos.

– Après les cours, je fais mes devoirs. Ensuite, je regarde un épisode de *Star Trek*. J'ai tout juste le temps de lire un peu avant le dîner. Si je vous retrouve après les cours, c'est tout mon emploi du temps qui s'écroule et c'est le chaos assuré.

– Vraiment, Erin ? insiste Rosina. Le chaos ? Tu ne crois pas que tu en fais un peu trop ?

Le réfectoire se vide et elles sont bientôt les dernières assises dans une mer de tables libres, entourées de plateaux sales et de serviettes souillées.

– Erin, dit Grace. Regarde-moi.

Erin soutient son regard pendant presque une seconde entière.

– Qu'est-ce qui est le plus important ? Ton emploi du temps, ou faire quelque chose pour arrêter les enfoirés de violeurs qui ont pris ce lycée en otage ?

– En otage ! répète Rosina. Bien dit, la nouvelle !

Erin tripote la fermeture Éclair de son sac à dos.

– Je vais rater mon épisode, souffle-t-elle, la tête basse.

– Alors tu viens ? dit Grace.

Erin prend une grande inspiration, ferme les yeux, paupières serrées, et hoche imperceptiblement la tête.

– Vous avez de la chance que je sois de bon poil.

À : destinataires cachés
De : LesFillesdeNullePart
Date : Mardi 20 septembre
Objet : LES FILLES, LES FILLES !!!

Chères amies et camarades,

Vous en avez marre ? Vous avez peur ? Vous en avez marre d'avoir peur ?

Vous êtes EN COLÈRE ???

On sait ce qu'ils ont fait. Spencer Klimpt, Eric Jordan et Ennis Calhoun. On sait qu'ils ont violé Lucy. On sait qu'ils ont fait du mal à d'autres, probablement à beaucoup d'entre nous. On sait qu'ils recommenceront.

Mais il n'y a pas qu'eux, pas que ces trois-là. C'est tout le monde. C'est tout le lycée, les élèves comme les profs et l'administration, toute la communauté de Prescott qui les a laissés s'en tirer. Ce sont leurs amis, leurs familles, leurs coéquipiers qui ont fermé les yeux. Tous ceux qui leur ont trouvé des excuses, qui ont pensé « C'est comme ça, les garçons », tous ceux qui se sont dit que ce serait plus facile d'ignorer Lucy que de lui rendre justice.

En violant Lucy, c'est nous toutes qu'ils ont violées. Parce que ça aurait pu être nous. N'importe laquelle d'entre nous. Qui sera la suivante ?

Le viol existera aussi longtemps qu'ils resteront impunis pour ce qu'ils ont fait.

Vous en avez marre d'endurer ça ? Marre de tout laisser passer ? Marre de vous taire ?

Nous avons trahi Lucy. Nous ne continuerons pas à nous trahir nous-mêmes. À nous trahir les unes les autres.

Rendez-vous jeudi après les cours dans la salle de conférence au sous-sol de la bibliothèque municipale de Prescott. Entrez par la sortie de secours dans la ruelle qui part de State Street. La porte sera entrouverte.

Cette réunion se veut anonyme, sans danger et confidentielle. Ce qui y sera partagé, et l'identité des personnes présentes, ne sortira pas de la salle.

Vous êtes prêtes à agir ? À prendre le taureau par les cornes ?

Rejoignez-nous. Ensemble, nous sommes plus fortes qu'eux.

Nous ne nous tairons plus.

Nous, les Filles de Nulle Part

Nous.

– Personne ne va venir, dit Rosina.

– Mais si, dit Grace.

– J'ai dû *supplier* ma tante de me dispenser de baby-sitting cet après-midi, gémit Rosina. C'est vraiment dur d'obtenir des faveurs dans ma famille, je vous signale. Je viens d'en gaspiller une pour rien.

Grace, Erin et elle attendent sur des chaises pliantes dans une salle oubliée du sous-sol de la bibliothèque municipale de Prescott. La moitié des ampoules électriques sont grillées, et les murs sont cachés par des empilements de cartons poussiéreux. Erin sort un livre de son sac à dos et se met à lire.

Grace est assise tout au bord de son siège, et un de ses genoux tressaute.

– Elles vont venir, dit-elle en regardant sa montre. Il n'est que trois heures à peine passées. Les gens doivent d'abord aller à leur casier. S'arrêter quelque part pour s'acheter un truc à manger.

– J'étais persuadée qu'au moins quelques filles viendraient, soupire Rosina. Trois ont répondu « C'est génial ! » à notre mail. Avec des points d'exclamation. J'ai pris ça pour de vrais RSVP.

– Le mail a été envoyé à cinq cent sept filles, précise Erin. Selon toute probabilité, au moins quelques-unes devraient venir.

– Merci, Erin, intervient Grace.

– Sauf si toutes les destinataires sont des feignasses, ou s'en foutent, ou ne comprennent rien à ce qu'on fait. C'est probable aussi.

– Je vais aller vérifier que la porte est encore ouverte, propose Grace. Peut-être qu'elles ne peuvent pas entrer et qu'elles n'osent pas passer par devant ?

– Ou alors il n'y a personne, dit Erin. C'est l'explication la plus logique.

– Je peux peut-être encore rentrer à temps et garder la faveur de ma tante pour plus tard, dit Rosina.

– Alors c'est tout ? demande Grace d'une voix tremblante. Tu veux déjà baisser les bras ?

Mais à ce moment-là, la poignée de la porte remue. Grace ravale quelques larmes. Les trois filles tournent la tête tandis que la porte s'ouvre sur un visage semé de taches de rousseur, qui cligne des yeux.

– Euh, salut, fait la nouvelle venue.

Elise Powell : en terminale, sportive, orientation sexuelle indéterminée. Pas au sommet de la pyramide de popularité, mais pas tout en bas non plus.

– C'est ici, la réunion ?

Elle s'approche d'un pas hésitant, mal assuré, et s'assoit sur une des chaises que Grace a disposées en cercle. Elle est bientôt suivie par deux troisièmes appelées Krista et Trista, toutes les deux avec les cheveux mal teints en bleu et un épais eye-liner noir. Puis deux autres font leur entrée : Connie Lancaster et Allison Norman, les pipelettes de la classe de Grace. Ça fait combien ? Huit ? Pas vraiment de quoi déclencher une révolution.

– Tiens, salut, dit Connie à Grace. On a le même prof principal, non ?

– Si ! lance Grace, avec un peu trop d'ardeur.

– Vous savez qui a organisé ça ? demande la fille en passant les doigts dans ses longs cheveux bruns. Qui a envoyé le mail ?

– Personne ne sait, souffle Grace en rougissant violemment.

– C'est bizarre, quand même, dit Allison.

Puis une autre fille arrive. Rosina étouffe une exclamation. Ce n'est pas n'importe quelle fille.

– Salut ! lance-t-elle gaiement, d'une voix qui paraît exceptionnellement forte, venant d'un corps si menu.

Sam Robeson, responsable du club de théâtre. Premier rôle dans la représentation semi-scandaleuse de *Cabaret* l'année précédente, porteuse de bijoux extravagants et de foulards interminables, et objet de l'amour désespéré de Rosina pendant toute l'année de troisième après s'être déguisée en pop star de boys band pour

Halloween, prouvant définitivement que rien n'est plus sexy qu'une fille costumée en garçon.

– Alors, c'est quoi, cette affaire? demande-t-elle en s'asseyant. On va parler de quoi?

– Je crois qu'on est censées discuter de Lucy Moynihan, dit une des filles aux cheveux bleus.

– Je m'en tape un peu, de Lucy Moynihan, soupire Connie en rejetant ses cheveux en arrière, rappelant à Grace qu'elle est la moitié méchante de la paire de pipelettes. Je voudrais juste qu'Eric Johnson arrête de me mater les nichons en permanence.

Krista et Trista ont un petit rire gêné. Rosina fait la grimace.

– Il a totalement essayé de me peloter dans la chambre noire du club photo en troisième, précise Allison. Je l'ai dit à Slatterly, mais en gros elle m'a répondu que c'était ma faute et que je devais éviter de me fourrer dans des situations compromettantes.

– C'est horrible, commente Grace. Je n'en reviens pas qu'elle ait fait ça. Tu l'as raconté à quelqu'un?

Allison hausse les épaules.

– C'est elle la chef. Je ne voyais pas à qui d'autre en parler.

– Tu es nouvelle, c'est ça? dit Connie à Grace. Donc tu ne sais sans doute pas encore que tous les habitants de Prescott qui sont chefs de quelque chose... ils sont amis entre eux. La proviseure, le maire, le chef de la police, le conseil municipal, tout le monde. Et ils vont à la même église, Prescott Foursquare, celle des familles d'Eric, de

Spencer et d'Ennis. La femme du flic en chef, Delaney, est coprésidente de l'association des bénévoles avec la mère d'Ennis. Toute la ville est totalement corrompue. Il y a un mot pour ça, non?

– Le copinage, lâche Erin sans lever le nez de son bouquin.

– Mes parents aussi fréquentent cette église, dit Krista, à moins que ce soit Trista. Ils m'obligent à y aller. Ils sont trop fachos.

– Grave, approuve l'autre aux cheveux bleus.

Erin relève cette fois la tête, cligne des yeux deux ou trois fois en promenant son regard dans la salle, et se remet à lire. D'autres yeux étudient le cercle, puis retombent sur des genoux ou vers quelque coin sombre. Sam sort son téléphone de son sac et lit un SMS.

– Bon alors moi, j'ai quelque chose dont je voudrais parler, finit par lancer Elise Powell. (Tous les regards se tournent vers elle.) Je suis assistante de l'équipe de foot et j'entends beaucoup de choses dans les vestiaires...

– Oh mon Dieu, la coupe Sam. Tu *vois* des choses, aussi? Genre, est-ce que les mecs se font des trucs entre eux?

– Euh, non. Je n'ai pas le droit d'entrer dans les douches.

– Ça craint, alors.

– Enfin bref. L'autre jour, tous les mecs parlaient de parier sur le nombre de filles avec qui ils allaient coucher cette année. Ils notent les paris et tout. Il y a même de l'argent qui circule. Eric Jordan est le leader. Il a dit aux autres de commencer par les troisièmes parce que c'est le plus facile, en précisant qu'il fallait les faire boire le plus possible. On aurait dit qu'il se prenait pour un prof ou je ne sais quoi, comme s'il les aidait vraiment. Comme s'il était spécialiste en coucheries.

– La castration, dit Rosina. Je vous le dis, c'est la seule solution.

– On aurait pu croire qu'après ce qui s'est passé l'an dernier, il essaierait de se faire un peu oublier, voire qu'il chercherait à ne pas être un tel connard, lâche Sam. Quand je pense que je l'ai trouvé canon, à une époque.

Elle secoue la tête, faisant cliqueter ses longues boucles d'oreilles orange.

– Mais il se sent peut-être encore plus fort maintenant qu'il s'en est tiré sans conséquences, raisonne Elise.

– C'est un peu la tradition, dit Connie. Les mecs font la compétition pour coucher. Les pauvres troisièmes ne voient rien venir. Elles croient réellement qu'ils tombent amoureux d'elles. J'ai failli me faire avoir, une fois.

– Moi, je me suis fait avoir, avoue Allison en baissant la tête.

– Il faut qu'on les prévienne, dit Elise.

Krista et Trista ouvrent des yeux ronds et acquiescent en silence.

– Mais comment? couine l'une d'elles.

– On pourrait afficher des avertissements? propose l'autre.

– C'est trop dangereux, diagnostique Allison. On ne pourrait pas remonter jusqu'à nous avec les empreintes digitales ou je ne sais quoi ?

– *Les Experts* ne vont pas venir analyser quelques affiches en papier, quand même.

– Je pense qu'on devrait faire des affiches, dit Elise. Et peut-être aussi distribuer des tracts. Il faut qu'on se débrouille pour mettre tout le monde au courant.

– Toi, au moins, tu n'as rien à craindre, murmure Connie dans sa barbe, mais comme la salle est petite et peuplée de seulement dix personnes, tout le monde l'entend.

– Ça veut dire quoi, ça? demande Elise, dont les taches de rousseur deviennent encore plus foncées sur sa peau soudain rouge tomate.

– Bah quoi, tu préfères les filles, non ? Donc, tu n'as pas à craindre ces bâtards comme nous.

– Je ne suis pas lesbienne, dit Elise, les yeux rivés au sol.

Son enthousiasme a été soufflé comme une bougie.

– Euh, pardon ? intervient Rosina. Les mecs sont tout aussi cons avec les lesbiennes. Parfois pires, même.

– Oh, tu vois ce que je veux dire, se défend Connie.

– Non, en fait, je ne vois pas, insiste Rosina en se penchant en avant sur sa chaise. Tu voulais dire quoi, au juste ?

– Toi, tu es jolie alors ça ne se voit pas, mais Elise a *l'air* d'une gou...

– Je ne suis pas lesbienne ! crie Elise.

Grace tend une main vers elle pour la réconforter, mais Elise recule vivement la sienne. En tremblant comme une feuille et en reniflant, elle ramasse son sac à dos par terre.

– C'était pas cool, ça, Connie, dit Rosina. C'est quoi, ton problème ?

– Quelles conneries, tout ça, ronchonne Connie. J'ai mieux à faire que venir ici baver sur les mecs.

Elle se lève et Allison la suit à regret, envoyant aux autres un sourire désolé avant de s'éloigner sur ses talons.

– Elise, attends, plaide Grace.

– Il faut que j'y aille, répond la fille, qui ravale des larmes en sortant de la pièce.

Les troisièmes aux cheveux bleus en profitent pour s'éclipser discrètement.

– Oui, euh... il faut que j'aille répéter, ma partenaire de scène m'attend, dit Sam en enroulant son foulard autour de son cou.

– Attendez ! lance Grace, mais il n'y a plus personne pour l'entendre.

– Je crois que la séance est levée, dit Erin en regardant la porte battante se refermer.

– Bon, c'était sympa, conclut Rosina.

– Je crois que je vais reprendre ma vie normale, maintenant, annonce Erin.

– Non, dit Grace d'une voix faible. On ne peut pas faire ça. Renoncer.

– Pourquoi ?

– Parce que c'est important.

– Mais quel intérêt ? veut savoir Rosina. On ne peut rien changer, de toute manière.

– Peut-être que si. Si on essaie encore.

– Lucy ne nous a jamais demandé de le faire, rappelle Erin. Ce n'est pas notre responsabilité.

– Alors c'est celle de qui ?

Rosina baisse la tête. Erin hausse les épaules. Grace les observe tour à tour, mais elles fuient son regard.

– Il faut que je rentre, déclare Erin, qui consulte son téléphone. J'ai déjà six minutes de retard sur mon programme.

– Je vais bientôt devoir aller bosser, renchérit Rosina en ramassant son sac et en se levant. Tu viens, Grace ?

– Je vais rester encore un peu ici.

– Tu vas prier, ou quoi ? demande Erin.

– Je veux juste réfléchir.

– Allez viens, Erin, lâche Rosina. Il est temps de reprendre nos emplois du temps bien réguliers.

Erin la suit vers la sortie, laissant Grace s'adonner à ses réflexions, ses prières ou allez savoir quoi, ce qu'elle fait quand les autres ont le dos tourné.

Grace.

Lucy parle à Grace, avec ses griffures dans la peinture du mur. *Tu m'as trahie*, dit-elle. *Ce que tu as fait n'a pas compté du tout.*

Ses parents sont déjà partis pour la journée, avant même qu'elle se soit réveillée pour aller au lycée. Ils voulaient se mettre en route avant les embouteillages pour se rendre à la station de radio d'Eugene, où sa mère devait donner une interview sur le christianisme progressiste pendant le talk-show du matin. Elle est là-bas à changer le monde pendant que sa fille sans importance se fait griller des toasts sans importance dans la cuisine déserte, où des cartons encore empilés dans le coin contiennent des choses qui ne seront peut-être jamais déballées : une mijoteuse, des moules à sablés, un appareil à fondue que ses parents ont reçu en cadeau de mariage il y a vingt ans et qu'ils n'ont jamais sorti de sa boîte.

Hier après-midi, dans la terne lumière poussiéreuse du sous-sol de la bibliothèque, après avoir versé quelques bonnes vieilles larmes d'apitoiement sur elle-même, Grace a prié. « Seigneur, a-t-elle dit, montrez-moi le chemin. Montrez-moi ce que je dois faire. Montrez-moi comment Vous servir et aider au mieux les hommes. Je veux dire, les femmes. Enfin, les filles. Les filles. » Elle ne sait même pas prier correctement.

Elle a inspiré à fond, fermé les yeux, serré les paupières. Elle a porté les mains en clocher à sa poitrine, les a pressées contre son cœur. « Pitié. Je sais que j'ai quelque chose à faire dans ce monde. Je veux juste savoir ce que c'est. Je veux juste savoir pour quoi je suis douée. Ou si je suis douée pour quelque chose. »

Puis elle a rouvert les yeux en sursaut, étonnée par ce qu'elle venait de dire. Elle sentait son corps, mais pas ce qu'il y avait dedans. Elle était quelque chose de vide, quelque chose qui n'avait pas encore été empli, qui attendait de savoir de quoi il était fait.

Pendant la nuit, il s'est mis à pleuvoir. Si ses renseignements sont bons, la pluie va persister jusque courant mai. La tache au plafond, dans le coin de sa chambre, a immédiatement commencé à fuir, comme elle s'y attendait. Elle s'est réveillée au son d'un *plic plic* mouillé par terre, et est restée longtemps couchée à passer en revue les réactions possibles : 1) Sortir de son lit, trouver un seau et des serpillières, et s'occuper du problème ; 2) Sortir du lit, se préparer pour le lycée, et faire comme si de rien n'était ; ou, le choix le plus séduisant : 3) Se rendormir.

Évidemment, elle a fini par opter pour la première solution. Elle sait au moins une chose sur elle-même : elle est quelqu'un qui fait ce qu'il y a à faire. Quelqu'un qui a été élevé pour toujours faire ce qu'il faut.

Même avec un parapluie et un ciré, le temps d'arriver au lycée elle a les chaussures pleines d'eau et le jean trempé de l'ourlet aux genoux, et cela restera ainsi toute la journée. Les fenêtres sont opaques de buée ; les couloirs résonnent d'un bruit de vêtements mouillés et de semelles en caoutchouc couinant sur le lino humide.

Mais il n'y a pas que ça. Les voix sont plus fortes que d'habitude. Plus pressantes. Électriques. Ça ne peut pas être un effet de la pluie. Les gens forment des groupes bavards, ouvrent des yeux ronds, prennent des airs de conspirateurs. Ils regardent les murs, les casiers, des papiers qu'ils tiennent dans leurs mains.

Grace presse le pas pour aller voir de près une feuille A4 en papier jaune fluo scotchée à un casier. *Attention !* est-il écrit. *À toutes les filles, surtout les troisièmes. Ne vous fiez pas à n'importe qui !* Le texte décrit ensuite, avec un luxe de détails perturbants, la compétition sexuelle qui règne entre les garçons. C'est signé *Les Filles de Nulle Part.*

– Oh, non, fait une fille.

Elle est jeune, sans doute en troisième. Elle se tourne vers sa copine.

– Tu crois que c'est pour ça que le mec de terminale m'a demandé mon numéro hier ? Je trouvais bien qu'il avait quelque chose de pas net.

Un feu minuscule s'allume à l'intérieur de Grace. Une petite flamme vacille dans tout cet espace noir. La voix silencieuse de Dieu lui dit que c'est le signe qu'elle attendait.

Elle fait volte-face. Et voit toutes ces filles se parler, toutes ces filles qui en temps normal ne se mélangeraient pas. Elle voudrait fêter ça. Serrer quelqu'un dans ses bras. Une bulle d'orgueil monte à la surface : elle voudrait leur dire que c'est *elle* qui a fait ça. Puis la fierté fait place à la honte. L'ego de sa mère montre-t-il parfois sa vilaine tête ainsi ? Sa poitrine se gonfle-t-elle d'orgueil quand elle contemple sa congrégation sous le charme ? Lui arrive-t-il d'en oublier d'être humble ? D'oublier que nous ne sommes que les vaisseaux de Dieu, de Son œuvre ? Lui arrive-t-il, ne serait-ce qu'un tout petit peu, d'avoir envie de prendre Sa place ?

Un fracas dans le couloir. Le coach Baxter et ses footballeurs s'avancent à grands pas, en arrachant les affichettes.

– C'est intolérable ! clame le coach, tout rouge, des veines saillantes battant dans le cou. Madame la proviseure ne va pas approuver ces rumeurs. C'est du *harcèlement*, jeunes filles. Voilà ce que c'est.

– Mon cul, fait quelqu'un en toussant dans son poing.

– Qui a dit ça ? aboie l'un des footballeurs. Qui a dit ça, putain ?

Elise Powell s'avance alors dans le tohu-bohu du couloir, son visage tacheté éclairé par un pur et superbe sourire. Grace croise son regard, et la chaleur grandit en elle jusqu'à ce qu'elle en soit emplie, qu'elle ne puisse plus la contenir, jusqu'à ce que cette chaleur déborde par sa peau, se déverse dans le couloir et enveloppe Elise, et leurs sourires illuminent le couloir avec leur secret.

C'est nous, disent leurs yeux. *C'est nous qui avons fait ça.*

En fin de première heure, la plupart des affichettes sont déjà vandalisées. En fin de deuxième heure, toutes ont été arrachées. Quelqu'un a écrit *Filles de Nulle Part = cochonnes !!!* au rouge à lèvres en travers des miroirs des toilettes des filles du rez-de-chaussée.

Après l'excitation de la matinée, le déjeuner est décevant. Rien n'a changé. Les gens sont assis à leur place habituelle. Les trolls occupent toujours le centre, plus arrogants que jamais, parlant et riant encore plus fort que d'habitude, plaisantant sur les événements de la matinée.

Comme c'était naïf de penser qu'une affiche ferait la différence ! Quelle idiotie de croire que leur pouvoir en serait diminué.

– On dirait que tout le monde a déjà oublié, constate Grace.

– Et ça t'étonne ? dit Rosina.

– J'ai appris des choses dingues sur les oursins, annonce Erin, qui se lance dans un monologue de cinq minutes.

Elle est en train d'expliquer le coup de l'estomac qui se retourne comme une chaussette lorsqu'Elise Powell se laisse tomber sur la chaise à côté d'elle. Stupéfaite, Erin ouvre des yeux comme des soucoupes. D'un seul coup, la petite table des trois filles n'est plus une île. Voilà qu'elles ont établi une communication avec le monde extérieur.

– Je viens d'annoncer à Baxter que je démissionnais de mon poste d'assistante de l'équipe de foot, dit-elle. Pour protester contre la culture qu'ils propagent dans le bahut.

Elle sourit, toute fière.

– Comment il a réagi ? s'enquiert Grace.

– Au début, ça lui a coupé le sifflet. Il est resté la bouche ouverte pendant un petit moment. Ensuite, ça l'a mis en rage. Il est devenu tellement rouge que j'ai cru voir de la fumée lui sortir par les oreilles. Il m'a juste sorti un truc du genre : « Très bien. Sors de mon bureau », comme s'il essayait à fond de se contrôler. Donc je suis sortie, et voilà.

– Bien joué ! lance Rosina, mais Grace n'arrive pas à voir si c'est sarcastique ou sincère.

– Merci, dit Elise avec un sourire. Bon, à plus tard, alors.

Et elle s'en retourne vers sa table de sportives.

– C'était bizarre, commente Erin.

– Tu vois ? dit Grace. Les choses sont en train de changer.

– Pardon de te ramener sur Terre, mais je ne pense pas que la démission d'Elise soit le signe qu'on détruit le patriarcat, objecte Rosina.

– Tu ne pourrais pas me laisser savourer le moment ? s'impatiente Grace.

Mais à ce moment-là, il y a comme un changement dans l'atmosphère. Erin relève des yeux horrifiés, comme si elle flairait le danger. Grace perçoit la présence dans son dos avant d'entendre la voix cruelle :

– Ça alors, les deux folles sont copines avec une grosse, maintenant !

Rosina se retourne brusquement et fusille du regard Eric Jordan, qui se tient derrière elle.

– C'est pas ton heure de déjeuner, connard.

Il lui montre un laissez-passer.

– Je ne fais que passer.

– Alors passe un peu plus vite.

– Tu ne te démontes pas, je dois avouer. J'aime qu'on me résiste.

– C'est une menace ? dit Rosina, piquée au vif.

Eric éclate de rire.

– C'était censé être un compliment.

– Ça n'avait rien d'un compliment, espèce de petit merdeux sexiste !

– Bref, lâche Eric en la toisant une dernière fois de la tête aux pieds, tel un loup lorgnant un gigot. Tu vaux même pas le coup que je me fatigue.

Et il s'en va, en riant tout seul comme si le monde entier blaguait avec lui.

Rosina en tremble de colère, les joues rouges, les poings serrés.

– J'ai des envies de meurtre, là, dit-elle entre ses dents serrées. C'est pour ça qu'il faut interdire les armes à feu.

– Mon Dieu, souffle Grace. Et comme elle ne trouve rien d'autre à dire, elle le répète : Mon Dieu.

– Il faut qu'on le chope, ce fumier, gronde Rosina. On se retrouve après les cours, d'accord ? Pour voir ce qu'on fait ?

– Absolument, dit Grace. Et toi, Erin ?

Mais Erin, les épaules voûtées, se balance d'avant en arrière. Elle est bouclée quelque part à l'intérieur d'elle-même. Elle n'est plus là.

– Oh, merde, souffle Rosina.

– Erin, est-ce que ça va ?

– Il faut que je parte, murmure-t-elle d'une voix tendue.

Elle commence à ramasser ses affaires.

– Attends, dit Grace. Tu veux qu'on en parle ?

– Je veux être seule.

Elle se lève. Ses épaules sont tellement crispées qu'elles lui touchent presque les oreilles.

– On peut t'accompagner... proteste Grace, mais Rosina lui touche légèrement le bras et fait non de la tête.

– Non, dit Erin.

Elle tourne les talons et s'éloigne en traînant les pieds. Au passage, elle se cogne durement la hanche contre le bord de la table. Ses amies la regardent s'éloigner à pas pressés dans le couloir, l'épaule contre le mur comme si elle n'osait pas marcher sans ce soutien.

Grace se lève à son tour.

– Il ne faudrait pas qu'on reste avec elle ?

– Erin fait partie des rares personnes qui sont sincères quand elles disent qu'elles veulent être seules, explique Rosina.

– Mais si ça ne va pas du tout ? S'il lui arrive quelque chose ?

– Elle est capable d'aller au CDI toute seule. La documentaliste, Mme Trumble, est sympa avec elle. Je crois qu'elle est un peu autiste aussi, dans son genre.

Grace ne se satisfait pas de cette réponse. Quelque chose, chez Eric, a tellement fait peur à Erin qu'elle s'est fermée comme une huître. Et qu'elle a dû fuir. Ce n'est pas un incident à ignorer. Et ce n'est pas de rester seule au CDI qui va l'aider.

– Elle n'est pas sans défense, tu sais, dit Rosina.

– Je sais. Mais ça ne veut pas dire qu'elle n'a pas besoin d'être défendue.

– Erin est rentrée chez elle après le déjeuner, dit Rosina à Grace, plus tard dans l'après-midi, pendant qu'elles marchent sous le crachin vers chez son oncle et sa tante.

– Et tu crois que c'est une raison pour que je ne m'inquiète pas pour elle ?

Rosina soupire.

– Tu peux t'inquiéter si tu veux, mais je ne vois pas l'intérêt. Ce sont des choses qui arrivent, avec Erin. Un incident la perturbe, c'est trop pour elle et elle a besoin d'un petit moment pour recharger ses batteries. Elle sera sûrement de retour demain. Elle a juste besoin de calme et de normalité pendant un petit moment.

Mais pour Grace, le retour à la normale est inacceptable. La normalité, c'est là qu'elle se perd. La normalité, c'est là où elle n'est personne. La normalité, c'est quand rien ne se passe. Comment la même chose peut-elle être si différente pour deux personnes ?

– Mais je n'arrête pas de penser à elle, toute seule comme ça. Il me semble qu'on devrait aller voir comment elle va.

– Franchement, je pense que ça la stresserait encore plus. Si tu tiens absolument à faire quelque chose, pourquoi pas lui envoyer un SMS ? Dis-lui que tu penses à elle. Ça lui fera du bien.

– Vous avez une relation fascinante, toutes les deux.

– Tu m'étonnes.

– Tu tiens beaucoup à elle, non ?

– Oui, et alors ? C'est mon amie.

Grace a un petit rire.

– Quoi ?

– Tu joues les dures.

– Mais je suis une grosse dure !

Elles font le reste du trajet en silence, ce qui permet aux pensées de Grace de retourner peu à peu vers elle-même.

– Tu es sûre que ça ne te dérange pas que je vienne chez toi ? demande-t-elle.

Elle espère à demi que Rosina va changer d'avis. Soudain, elle craint que même sa chambre où il pleut soit moins gênante qu'une première visite chez une nouvelle amie.

Rosina est son *amie*. Aller chez elle (ou du moins, chez son oncle et sa tante) après les cours officialise le lien.

– Mais oui, je te dis. Je n'ai même pas besoin d'être là-bas. Ces mômes sont parfaitement capables de survivre sans moi.

Rosina ne blaguait pas quand elle disait qu'elle avait toute une armée de cousins. Il y en a partout, sous les tables, rebondissant sur les meubles, grimpant aux murs. Le salon-salle à manger est encombré de meubles dépareillés ; des jouets, des vêtements, des assiettes et des papiers jonchent toutes les surfaces.

Une préado, assise à quelques centimètres de la télévision, regarde une émission de télé-réalité.

– C'est elle que j'essaie de former à prendre ma place, indique Rosina. Elle n'a rien d'autre à faire que rester là comme toujours. Lola ! (La fille ne bouge pas.) Où est Abuelita ?

– Chez toi, répond ladite Lola sans quitter l'écran des yeux.

C'est l'émission sur les gens qui ont des addictions étranges à des aliments farfelus. À l'écran, une femme est en train de boire du liquide vaisselle dans une flûte à champagne.

– Tu sais qu'elle n'est pas censée rester toute seule à la maison, dit Rosina.

Lola hausse les épaules.

– Elle dort.

À la télé, la femme fait un petit rot et une bulle lui sort de la bouche.

– Et Erwin, où il est?

– Aux chiottes.

Rosina secoue la tête.

– Y en a pas un pour rattraper l'autre... marmonne-t-elle.

– Erin vient souvent ici? s'enquiert Grace.

– Elle n'aime pas trop voir du monde en dehors du lycée, répond Rosina en jetant son sac à dos par terre. Elle n'est venue que deux fois, et les deux fois elle a dû partir au bout de dix minutes parce qu'elle disait que les odeurs lui faisaient mal.

– Quelles odeurs? Je ne sens rien.

– Les odeurs de cuisine. Elle dit qu'elle sent les piments que ma mère et ma tante mettent dans les plats. C'est particulièrement étrange chez moi vu que ma mère ne cuisine presque jamais là-bas. Je crois qu'Erin flairait des restes d'odeur du restaurant. On dirait qu'elle a les sens amplifiés, façon superpouvoirs.

Un garçon d'environ deux ans tend à Grace une Barbie nue à laquelle il manque la tête.

– Merci? fait Grace tandis qu'il s'éloigne sur ses petites jambes.

– Viens, dit Rosina en ouvrant un ordinateur portable posé sur la table de la salle à manger.

Elle retire un panier à linge d'une chaise et fait signe à son amie de s'asseoir. Toutes deux scrutent l'écran le temps que Rosina se connecte au compte de messagerie qu'elles ont créé pour les Filles de Nulle Part, sans aucun nom propre ni informations personnelles.

– Regarde ! lance Rosina. On a reçu des réponses !

Une bagarre éclate à l'autre bout de la pièce.

– C'est à moi ! clame un des petits.

– Non, à moi ! dit un autre.

– Donnez-moi ça, intervient Lola.

Elle arrache le jouet aux cousins, s'assoit dessus, et continue de regarder son émission.

– Tu vois, commente Rosina. Elle est totalement prête.

– Que disent les mails ? demande Grace. Est-ce que tu reconnais certaines adresses ?

Toutes les adresses du lycée ont le même format : nom.prénom@LycéePrescott.edu, mais Grace ne reconnaît aucun nom.

– Au cas où tu n'aurais pas remarqué, je ne suis pas la personne la plus sociable du lycée. Il y a plus de mille élèves en tout. Tu me vois connaissant cinq cents filles par leurs noms et prénoms ?

– Tu parles comme Erin, fait remarquer Grace.

Rosina continue de faire défiler les messages.

– Ce nom-là, je le reconnais. Je crois qu'elle est en maths avec moi, cette fille. Et j'ai eu EPS avec celle-ci l'an dernier. (Puis un immense sourire lui fend le visage.) Oh, dis donc ! Margot Dillard !

– C'est qui, Margot Dillard ?

– Tu ne sais pas ? La présidente du Bureau des élèves, rien que ça ! dit Rosina d'une voix chantante. Voyons voir… *Chères Filles de Nulle Part* lit-elle. C'est pas poli, ça ? *Cela m'intéresserait vivement de me joindre à votre groupe. Vous semblez être en mesure de faire beaucoup pour promouvoir la confiance en elles des jeunes femmes du lycée de Prescott. Je suis très attachée au combat pour l'égalité hommes-femmes et j'aimerais m'impliquer dans votre action sociale si positive. Je vous remercie de bien vouloir m'indiquer où et quand aura lieu votre prochaine réunion, et comment je peux me rendre utile. Bien à vous, Margot H. Dillard, présidente du Bureau des élèves du lycée de Prescott.* Oh là là ! souffle Rosina en s'adossant à sa chaise. On dirait qu'elle postule pour un poste à la banque !

– Et ça, c'est quoi ? demande Grace en indiquant une adresse d'expéditeur qui n'a pas le format standard : c'est juste une série de chiffres et de lettres générés automatiquement par un fournisseur d'accès très répandu.

– Hum, fait Rosina en l'ouvrant. Je ne sais pas qui c'est, mais c'est quelqu'un qui tient vraiment à garder l'anonymat.

Grace se penche par-dessus son épaule pour lire en silence avec elle :

Bonjour, qui que vous soyez.

Quand j'ai reçu votre premier mail, je n'ai pas réagi. J'ai cru que c'était des conneries. Mais après ce qui s'est passé aujourd'hui et les affiches au lycée, j'ai commencé à me dire que ce n'est peut-être pas rien. Je ne sais pas si je finirai par venir à vos réunions, mais je pense que vous devriez continuer.

Si je vous écris, c'est parce que ce dont parlaient les affiches... ça arrive vraiment. Ça m'est arrivé l'an dernier. J'étais en troisième, lui en terminale, et j'étais trop flattée de lui plaire. J'ai cru qu'il tenait vraiment à moi. Je suis allée à une fête, et il n'a pas arrêté de me servir à boire. Ensuite, il m'a emmenée dans sa voiture.

Je me suis dit qu'il n'avait pas dû m'entendre dire non. Je m'en suis voulu. J'ai cru que c'était ma faute si j'étais bourrée.

Je ne vais pas vous dire qui c'est, parce que si vous vous en prenez à lui il saura que c'est moi qui l'ai balancé. Mais je veux juste vous dire que je vous suis reconnaissante de ce que vous faites. Je pense que c'est le cas de beaucoup de filles, même si elles ne s'en rendent pas encore compte.

Merci.

Rosina et Grace restent longtemps sans bouger, sans parler, à lire et relire ce message.

Dans le salon, les braillements d'un petit les arrachent à leur hébétude. Le cousin qui doit être Erwin passe la tête par la porte du couloir.

– Rosina ! Tu vas le calmer, oui ?

Rosina regarde Grace, la mâchoire serrée, ses yeux marron lançant des éclairs.

– C'est quand, la prochaine réunion ? demande Grace.

Les mains tremblantes, Rosina se met à taper.

À : destinataires cachés
De : LesFillesdeNullePart
Date : Vendredi 23 septembre
Objet : SEUL UN OUI VEUT DIRE OUI (+ infos sur la prochaine réunion)

Chères amies,

Comme il semble que ce ne soit pas toujours bien compris, disons les choses très clairement.

Profiter de quelqu'un qui a bu, c'est malsain et cruel.

C'EST DU VIOL.

Faire boire une fille pour coucher avec elle, ce n'est pas « la détendre un peu ». Ce n'est pas une technique de séduction.

C'est du VIOL.

Coucher avec quelqu'un qui n'est pas en mesure de consentir ne fait pas d'un mec un veinard, ça fait de lui un VIOLEUR.

Compris ?

Sans qu'on sache pourquoi, tout le monde s'est résigné à ce que ce soit ainsi. À penser que les mecs sont comme ça. Que c'est juste une situation que les filles doivent gérer. Mais nous ne voulons plus l'accepter. Nous ne laisserons plus les hommes décider de ce qu'ils font de notre corps.

Si cela vous est arrivé, ce n'est pas votre faute. Nous sommes là pour vous. Nous sommes là pour nous toutes.

Ensemble, nous sommes bien plus fortes que ces insanités que nous avons supportées beaucoup trop longtemps. Ensemble, nous pouvons changer les choses.

Rejoignez-nous !

La prochaine réunion aura lieu le **jeudi 29 s**
à 16 heures, dans l'entrepôt de l'ancienne [illegible]
d'Elm Road.

Nous, les Filles de Nulle Part

LES VRAIS MECS DE PRESCOTT

Plus une meuf est bonne, moins elle se laisse attraper. Elles sont entraînées pour ça. Être intouchables, ça fait monter leur cote. Mais les femmes veulent un homme fort, pas un puceau qui les soûle avec ses états d'âme. Les filles veulent être prises ; c'est dans leur nature, alors de temps en temps elles résistent un peu en espérant qu'on va les forcer. La vérité, c'est que parfois non ne veut pas dire non. Évidemment, les féminazies ne l'avoueront jamais, mais je vous parie cent balles que la plupart des meufs adorent qu'on les brutalise un peu.

La femme veut que l'homme dirige. Elle veut un maître. Mais n'oubliez pas, c'est seulement le jour où vous vous contrôlerez complètement, vous, que vous pourrez les contrôler complètement, elles.

– MâleAlpha541

Nous.

– Je crois que ça s'appelle une effraction, dit Erin en entrant avec les autres dans l'entrepôt vide. C'est totalement illégal. Je ne suis pas à l'aise du tout.

– On n'a pas forcé la porte, elle était grande ouverte, affirme Rosina.

– Je ne suis pas convaincue, insiste Erin, qui pourtant n'a pas l'air aussi contrariée qu'elle devrait l'être.

L'espace est immense et désert, juste un sol en béton entouré de murs de vitres sales, sans aucun meuble. Deux douzaines de filles sont déjà présentes, y compris toutes celles qui ont assisté à la première réunion – même Connie Lancaster, la fille qui y a essentiellement mis fin. Elles sont légèrement humides à cause du crachin incessant. Elles se tiennent là, l'air soupçonneux, en petits groupes serrés représentatifs des bandes habituelles, échangeant des regards dédaigneux. Elles ont l'air plus prêtes à entrer en guerre qu'à unir leurs forces.

– J'ai l'impression qu'elles non plus n'approuvent pas ton choix de lieu, glisse Erin à Rosina.

– Comment tu connais cet endroit, déjà? demande Grace.

– Disons que c'est devenu un art, chez moi, de découvrir des endroits où ma famille ne peut pas me retrouver.

Une lumière grisâtre entre par les fenêtres poussiéreuses, étouffant toute couleur. Il n'y a que des nuances d'ombre.

– Qu'est-ce qu'elle fait là, *elle*? chuchote quelqu'un, et chacune prend ce *elle* personnellement.

– Je n'aime pas ça, dit Erin. Elles ont toutes l'air méchant. Et si elles le sont? Si ça se termine aussi mal que la dernière fois?

– Ça n'a même pas encore commencé, et tu paniques déjà sur la manière dont ça va se finir? proteste Rosina.

– Il y a tellement de monde, souffle nerveusement Grace.

– Hé, mais c'est une bonne chose!

– Je croyais que c'était Grace, l'élément positif parmi nous, fait remarquer Erin en se tordant les mains. Pourquoi Grace ne dit rien de positif?

– Ah, ouf! lance Rosina en regardant par-dessus les têtes de ses deux amies. Margot Dillard est arrivée. Enfin quelqu'un qui saura quoi faire. Ou du moins faire comme si.

– Oh, c'est fantastique, s'exclame Margot Dillard, présidente deux fois élue du Bureau des élèves du lycée de Prescott, en tapant dans ses mains.

Elle fait le tour de la salle pour saluer tout le monde, comme si c'était sa fête et c'était elle qui avait lancé les invitations, et comme si elle ne remarquait même pas l'état décrépit du local.

– Oh non, souffle Erin. Voilà des pom-pom girls ! Je ne supporte pas.

Quatre filles entrent dans la salle, sculpturales, impeccablement apprêtées, et, allez savoir comment, imperméables à la pluie.

– On s'en fout, dit Rosina.

– En fait, non, on ne s'en fout pas, commente Grace.

– Je ne comprends pas pourquoi tout le monde fait une montagne des pom-pom girls, s'entête Rosina. Il n'y en pas une qui soit vraiment douée pour quoi que ce soit, à part sauter en l'air et crier « Allez les Spartiates ». Moi je suis bonne en orthographe, je sais écrire correctement un tas de mots bien plus compliqués que « Spartiates », et personne ne m'applaudit pour autant.

– Tu craques pour celle-là, là-bas, lui rappelle Erin. La sympa.

– Pas du tout.

– Oh que si. Tu m'as dit un jour que c'était la plus belle fille du lycée.

– N'importe quoi.

– Mon Dieu, souffle Grace. Il y a déjà au moins trente personnes.

– Jésus Marie Joseph ! la taquine Rosina.

– Trente-cinq, précise Erin. J'ai compté.

– Y a-t-il un modérateur désigné dans le groupe ? vient s'enquérir Margot de sa voix forte et présidentielle.

– On dirait qu'elle a un micro incrusté dans la gorge, marmonne Rosina.

– La dernière réunion n'était pas vraiment organisée, dit Sam Robeson, la fille du club de théâtre.

– Mais il faut toujours un modérateur. Est-ce que quelqu'un veut en nommer un ?

– Je propose de nommer Margot modératrice, lance Elise Powell.

– Merci, Elise, répond Margot en feignant la surprise. Qui appuie la motion d'Elise ?

– Moi, dit Trista ou Krista.

– Celles qui sont pour, levez la main.

Toutes les mains se lèvent.

– Dieu merci, chuchote Grace.

– Merci petit Jésus, se moque Rosina.

– Je propose qu'on s'assoie en cercle, dit Margot.

– Par terre ? demande une pom-pom girl tandis que les autres se mettent en place.

– Allez, un peu de poussière ne va pas te tuer, réplique une de ses collègues – Melissa Sanderson, celle au doux sourire et aux yeux gentils qui a ramené plus d'une fois la grand-mère fugueuse de Rosina à la maison, et qui a toujours été un peu différente de sa bande de populaires.

– Avant qu'on commence, dit Margot une fois tout le monde installé, je tiens à remercier celles qui ont lancé cette idée. Je sais que vous voulez garder l'anonymat, ce que je comprends très bien. Mais si vous êtes présentes dans cette salle, et je pense que vous l'êtes, je veux que vous sachiez que c'est le genre de mouvement venu de la base qui amène des changements réels et durables.

Il y a quelques hochements de tête à demi convaincus, quelques haussements d'épaules, quelques gloussements et ricanements étouffés.

– On dirait qu'elle s'entraîne pour une vraie élection, chuchote Rosina.

La pom-pom girl prénommée Melissa pouffe de rire en s'asseyant à côté d'elle, et Rosina pique du nez. Erin les observe.

– Pourquoi tu as rougi? demande-t-elle à Rosina. Tu ne rougis jamais, d'habitude.

– Chhht, fait Grace.

– J'aimerais aussi suggérer que le groupe cesse d'utiliser les adresses mail du lycée pour communiquer, car c'est trop repérable, continue Margot. Je recommanderais que la liste soit entièrement effacée. On peut très bien faire circuler les infos par le bon vieux bouche-à-oreille.

– Elle assure, hein? chuchote Melissa à Rosina. Tu crois que c'est elle qui a lancé le mouvement?

– Tu rougis *encore*? s'exclame Erin à mi-voix.

– Bien, continue Margot. Je pense que nous devrions faire un tour de présentations, et que chacune dise un peu pourquoi elle est là. Je vais commencer. Je m'appelle Margot Dillard. Je suis en terminale, je préside le Bureau des élèves et je suis venue parce que je souhaite changer la culture de misogynie qui règne dans notre lycée. Allez, à toi.

– Euh, fait la fille assise à côté d'elle. Julie Simpson. Je suis en seconde. Je sais pas trop pourquoi je suis venue. Par curiosité?

– Taylor Wiggins, se présente la suivante. Je suis là parce que j'en ai marre de la manière dont les mecs traitent les filles. Leur façon de tout raconter à leurs potes chaque fois qu'ils sortent avec une meuf, sans penser à notre intimité ni rien.

– Bien dit! lance une autre.

Quelques-unes approuvent en hochant la tête.

– Moi, c'est Lisa Sutter. Terminale. Capitaine des pom-pom girls. Mais vous savez toutes qui je suis, non? Enfin bref, je suis venue parce que mon mec, Blake, m'a trompée et que je veux le punir.

– Melissa Sanderson. Je crois que j'en ai simplement assez que tout le monde s'attende que je sois comme ci ou comme ça, sous prétexte que je suis pom-pom girl ou je ne sais quoi. Peut-être qu'en fait je ne suis pas ce que tout le monde attend de moi, mais j'ai l'impression de devoir le cacher. Je ne sais pas, peut-être que ça n'a rien à voir avec ce groupe. Mais j'ai l'impression que c'est lié, ou du moins que ça devrait l'être. Parce que, je ne sais pas, il doit bien y avoir plus d'une manière d'être une fille, non?

– Absolument, commente Rosina.

– Pourquoi est-ce qu'elles se regardent comme ça? demande tout bas Erin à Grace.

– Chut!

– Eh! Vous, là-bas, vous n'étiez pas copines avec Lucy Moynihan? demande quelqu'un.

Tous les yeux se tournent vers deux filles au physique banal, de l'autre côté du cercle.

– Euh... Joker? répond faiblement la première.

– Ce n'était pas le tour de la Mexicaine? dit l'autre.

– *La Mexicaine*? s'offusque Rosina.

– Vous étiez à la fête avec elle le fameux soir, dit quelqu'un. Je me souviens de vous. De vous deux.

– Allez, Jenny, souffle la première. On le savait qu'on allait finir par devoir parler d'elle. C'est pour ça qu'on est venues.

– Vous étiez amies avec Lucy? s'exclame Grace avant de se recroqueviller aussitôt, comme surprise par le volume de sa propre voix, devant tant de monde.

– Non, dit Jenny en même temps que son amie dit oui.

– C'est oui ou c'est non? demande Margot.

– Je veux dire, on n'était pas proches ni rien, explique Jenny sans regarder personne en face. On se connaissait juste.

L'autre la regarde d'un air incrédule.

– Mais enfin, Jenny, on était copines avec elle depuis la maternelle!

– Vous étiez à la soirée avec elle? veut savoir Margot.

– Oui, répond celle qui n'est pas Jenny.

– Mais pas quand ça s'est passé, précise Jenny. Elle a flirté avec Spencer Klimpt toute la soirée, et ensuite elle nous a plantées pour aller faire des trucs avec lui. Tu te rappelles bien, non, Lily?

– Elle a beaucoup bu ce soir-là, confirme Lily, les yeux baissés. Il n'a pas arrêté de lui resservir à boire. Elle n'avait jamais pris une cuite avant ce soir-là.

– Oui, renchérit Jenny, mais d'une voix tout autre, comme si Lily et elle se remémoraient deux filles complètement différentes. Elle était torchée.

– Et tu en conclus que c'est sa faute ? demande Rosina avec une pointe d'agressivité. Parce qu'elle avait bu ?

– Elle arrivait à peine à garder les yeux ouverts, insiste Lily d'une voix étranglée. (Les larmes lui montent aux yeux et elle se tourne vers Jenny, qui refuse de la regarder.) Il l'a pratiquement traînée à l'étage.

– Putain, souffle quelqu'un.

– On aurait dû faire quelque chose, reconnaît Lily, en larmes. Jenny, pourquoi est-ce qu'on n'a rien fait ?

Jenny secoue la tête sans rien dire. Elle semble aplatie, comme si quelqu'un essayait de la plier en quatre, comme si, en se faisant toute petite, elle avait l'espoir d'échapper à toutes ces filles qui la regardent fixement en exigeant des réponses.

– Elle m'a appelée le lendemain matin, continue Lily à travers ses larmes. Elle pleurait tellement fort que j'ai eu du mal à comprendre ce qu'elle racontait. Elle m'a dit qu'il lui était arrivé quelque chose, un truc vraiment affreux, mais elle refusait de dire quoi. Et moi je n'arrêtais pas de lui demander « qu'est-ce qui s'est passé, qu'est-ce qui s'est passé ? » et elle répétait qu'elle ne savait pas.

Lily marque une pause et tourne le regard vers Jenny, qui ne relève toujours pas la tête.

– Je lui en voulais toujours à mort de nous avoir plantées pendant la fête. Toutes les deux, on lui en voulait. C'était Lucy qui nous avait fait aller là-bas. Jenny et moi, on ne voulait pas.

– Elle avait toujours voulu être populaire, ajoute Jenny, qui n'a plus l'air si fâchée, juste triste.

– Je lui ai demandé : « Tu es sortie avec Spencer Klimpt ? » raconte Lily. Et elle n'a rien répondu, elle a juste continué de pleurer. Alors j'ai raccroché.

– Elle était prête à tout pour devenir populaire, insiste Jenny, qui pleure aussi, à présent.

– Elle a essayé je ne sais combien de fois de me rappeler, mais je ne voulais pas décrocher. (Lily inspire à fond.) Ensuite elle a arrêté de m'écrire. Et je n'ai plus eu de nouvelles jusqu'au lundi : elle n'est pas venue en cours, les trois mecs non plus, et tout le monde racontait que ses parents et elle étaient allés voir les flics, et il y avait tellement de versions différentes que personne ne savait qui croire. Mais de toute manière, tout le monde savait que c'étaient trois mecs importants contre une fille sans importance. C'est vrai quoi, les gens ne savaient même pas comment elle s'appelait. Ils parlaient d'elle en disant « une troisième ». Ils ne savaient même pas son nom, et ils avaient déjà décidé qu'elle mentait.

– Et toi, qu'est-ce que tu en pensais ? demande doucement Grace. Tu as cru aussi qu'elle mentait ?

Lily répond après un long silence.

– Non. J'ai pensé qu'elle disait la vérité. (Elle regarde Jenny.) Mais j'ai fait semblant de ne pas la croire, comme tout le monde.

– Moi, je ne l'ai pas crue, avoue Connie Lancaster. Désolée, mais c'est vrai. J'ai cru à ce que tout le monde racontait, qu'elle avait inventé cette histoire pour faire l'intéressante.

– Je ne pige pas, dit Rosina. Pourquoi est-ce que vous n'avez pas voulu la croire ?

– Aucune idée, avoue Connie, penaude. Je la détestais d'en parler, d'en faire un problème, un peu comme si elle me gâchait la vie personnellement.

– Je me rappelle qu'elle n'a pas tenu plus d'une demi-journée quand elle est revenue en cours, dit Elise Powell. Les gens lui faisaient des croche-pieds dans le couloir et la traitaient de pute partout où elle allait.

– Et on a laissé faire, ajoute Sam Robeson en se tamponnant les yeux avec un foulard violet.

– Il n'y a pas eu une ambulance qui est venue la chercher ? demande Trista ou Krista. Il me semble que l'infirmière a appelé une ambulance parce qu'elle faisait une crise de nerfs dans le bureau de l'accueil.

– Une ambulance est bien venue, mais elle n'est pas partie avec, se rappelle Connie.

– Je crois que ce sont ses parents qui sont venus la chercher, précise Allison.

– Et maintenant elle est partie, fait Sam en reniflant.

– Quelle merde, crache Rosina. C'est incroyablement naze.

– J'aurais dû faire quelque chose, dit Lily à voix basse. Ce soir-là. Je n'aurais pas dû la laisser monter avec lui. Je voyais bien qu'elle ne tenait pas debout. Je savais qu'il allait lui arriver un truc. (Elle éclate en sanglots.) Mais je trouvais que c'était sa faute. Je lui en voulais. Elle ne méritait pas ça. J'aurais dû faire quelque chose.

– On aurait toutes dû faire quelque chose, ajoute Sam à mi-voix. Tu n'es pas la seule. On lui a toutes tourné le dos quand elle est revenue au lycée. Personne ne l'a aidée. Personne n'a pris sa défense.

– Il y avait beaucoup de monde à la fête, ce soir-là, ajoute Melissa Sanderson. Moi aussi, j'y étais. Je l'ai vue parler avec Spencer. Je savais ce qu'il voulait. J'étais loin de me douter que ça deviendrait aussi grave, qu'Eric et Ennis allaient s'en mêler, mais j'en savais assez. Je savais que Spencer était un enfoiré. Je savais qu'il avait l'habitude de profiter des filles soûles. Je savais qu'elle était en troisième. Je savais que c'était mal.

Elle ferme les yeux, secoue la tête.

– Mais ça n'a pas à se passer comme ça, s'entête Rosina. Ça ne *doit pas* se passer comme ça.

– Ça se passe comme ça parce qu'on laisse faire, ajoute Melissa en la regardant dans les yeux. On pourrait s'entraider, mais on ne le fait pas.

– Il est temps que ça change, affirme Margot Dillard avec fougue, comme si elle s'apprêtait à se lancer dans un discours.

– Mais qu'est-ce qu'on va faire, au juste? s'interroge Rosina.

Personne ne dit rien pendant un long moment. Puis, dans le silence, une petite voix s'élève.

– Et si on écrivait un manifeste ?

– Un quoi ? demande quelqu'un.

– Un manifeste, répète Grace un peu plus fort. Écrivons notre manifeste. Pour leur dire exactement ce qu'on pense.

– Il faut faire plus que ça, rétorque Rosina. Il faut les punir. Il faut qu'on leur fasse mal, à eux aussi.

– J'ai une idée, dit Grace.

ATTENTION :

Garçons et jeunes hommes du lycée de Prescott

On n'en peut plus de vos conneries. Nous avons supporté ça trop longtemps. Maintenant, c'est fini.

Nos corps ne sont pas des jouets. Ce ne sont pas des pions dans un jeu, que vous pourriez manipuler à votre guise. Nous ne sommes pas des encoches dans vos têtes de lit.

Nous croyons Lucy Moynihan. Elle disait la vérité. Dans vos cœurs, vous le savez aussi. Vous savez qui lui a fait du mal. Vous croisez ses violeurs tous les jours au lycée et en ville. Vous vous asseyez à côté d'eux en cours. Vous faites la fête avec eux le week-end.

Mais vous ne bougez pas. Vous fermez les yeux et laissez vos amis utiliser, brutaliser et violer d'autres filles. Ou pire, vous les encouragez. Vous les applaudissez. Ou même pire encore, vous le faites aussi.

Les garçons, on sait que vous valez mieux que ça. Dénoncez le sexisme quand vous le voyez. Dites à vos potes que leurs blagues sur le viol ne sont pas drôles. Quand vous entendez des mecs pourrir des filles dans leur dos ou se vanter de leurs coups, reprenez-les. Aidez les filles quand vous en voyez se faire harceler ou malmener. Soyez adultes et responsables.

Ne vous taisez pas quand vous assistez à quelque chose de mal. Ne fermez pas les yeux.

Nous, en tout cas, ne le ferons pas. Nous ne le ferons plus.

Donc, tant que vous n'affronterez pas la réalité en face et que vous n'agirez pas pour changer d'attitude, et pour tenir vos amis pour responsables de la leur, vous ne nous mériterez pas.

Nos demandes sont simples. Nous exigeons :

1. Justice pour Lucy Moynihan

2. Que les élèves masculins du lycée de Prescott nous traitent avec le respect que nous méritons.

Nous ne voulons pas la guerre. Nous vous voulons dans notre camp.

Mais tant que ça n'arrivera pas, et jusqu'à ce que nos exigences soient satisfaites, nous n'aurons aucun rapport sexuel avec les élèves masculins du lycée de Prescott. Cela inclut, mais ne se limite pas à : pénétration, rapports bucco-génitaux (pipes), rapports manuels (branlettes), smacks, baisers, pelles, pelotage, pelotage poussé, frotti-frotta, baise, nique, bunga-bunga, crac-crac et tous autres termes ridicules qui peuvent vous venir en tête.

Ça y est, vous nous écoutez ?

Soyons très claires : le viol n'est pas un rapport sexuel. C'est un rapport de domination et de contrôle, et un acte de violence.

Nous savons qu'une grève du sexe ne peut pas faire disparaître le viol. Notre grève est conçue pour attirer l'attention de ceux qui ne se sentent pas concernés, ceux qui ne violent pas mais qui laissent faire en se taisant, ou en commettant ces petits actes quotidiens qui persuadent les filles qu'elles valent moins que vous, qui font qu'elles ont peur. Même si vous ne violez pas, vous dégradez quand même les femmes. Même si vous ne violez pas, vous nourrissez la culture du viol en n'agissant pas pour la stopper. Il est temps que vous le sachiez. Il est temps que ça s'arrête.

Nous déclarons par la présente que les jeunes femmes du lycée de Prescott sont en grève du sexe.

Bonne branlette, les garçons.

Bien cordialement,
Les Filles de Nulle Part

Nous.

Il y a des affichettes partout : sur les murs, au plafond, par terre, à l'intérieur des casiers, des sacs à main et des sacs à dos. Imprimées tard dans la nuit sur papier fluo, sur l'imprimante de parents qui ne se doutaient de rien. Le lycée en est littéralement jonché. Elles seront balayées, mais ne pourront pas être oubliées.

– C'est quoi, ces conneries ?

– C'est sérieux ?

– Eric et Ennis ont vu ça ?

– Les salopes !

Ce sont les réactions prononcées tout haut, avec des rires, avec rage, avec dépit. Mais il y a aussi des sourires subtils, d'imperceptibles hochements de tête, un soutien invisible.

Dans les couloirs, les filles marchent en se grandissant un peu plus. Leurs regards se croisent, elles échangent des sourires avec des camarades qu'elles n'auraient jamais songé à saluer. Elles gardent leur secret, et il brûle comme un soleil dans leurs poitrines.

*

Erin est assise à un bureau, au fond du local de l'accueil, à saisir des données dans un tableau Excel. Elle n'est pas tout à fait cachée, mais pas loin. Elle se sent presque à l'aise.

Si elle a appris une chose pendant le temps passé ici, c'est que Slatterly, la proviseure, aime garder la porte de son bureau ouverte et qu'elle a un ventilateur allumé en permanence. « C'est à cause des bouffées de chaleur », a dit un jour Mme Poole en bavardant avec une CPE – Erin l'a entendue.

Car Erin entend beaucoup de choses, dans son coin. Parfois, les gens oublient sa présence. Ou même s'ils savent qu'elle est là, ils ont l'air de croire qu'elle ne peut pas les entendre.

En ce moment, par exemple, elle entend l'intégralité d'une conversation téléphonique que la proviseure est en train d'avoir dans son bureau. « Oui, Regina Slatterly à l'appareil, le chef Delaney m'a demandé de le rappeler. » Elle attend en silence. Puis une série de « Oui monsieur » presque faibles, comme si Slatterly était une petite fille qui se fait gronder.

« Nous sommes en train de faire disparaître toutes les affichettes, affirme-t-elle ensuite. La situation est prise en main. »

Erin cesse de taper.

« Je ne pense pas qu'il y ait d'inquiétude à avoir, continue la proviseure. Les filles ne font rien de mal. Ça va se tasser avec le temps... Oui, monsieur... Non, monsieur... C'est que, je ne vois rien d'illégal à... Non, bien sûr que non... Je comprends... Oui, je m'en occupe... D'accord, reparlons-en plus tard. Mes amitiés à Marjorie et aux enfants. »

Erin entend le combiné retomber dans son logement. Puis elle entend ce qui peut bien être le plus gros soupir de l'histoire des soupirs.

Elle tourne la tête, très lentement, jusqu'à regarder par-dessus son épaule, droit vers le bureau de la proviseure, droit vers Slatterly assise derrière sa grande table de travail, la tête cachée dans les mains, son ventilateur soulevant ses cheveux clairsemés au sommet de sa tête comme autant de plumes légères.

*

Amber Sullivan a arts plastiques niveau débutant en deuxième heure. En temps normal c'est déjà un cours bouche-trou, même quand il n'y a pas un remplaçant comme aujourd'hui. Ils sont censés travailler sur l'autoportrait, en réalisant un collage de ce qui compte le plus pour eux, ce qui les décrit le mieux. Quelques élèves envoient des textos ou jouent sur leur téléphone ; d'autres dorment la tête posée sur les bras ou sur une veste. Mais la plupart bavardent.

Amber, assise dans un coin, feuillette en silence de vieux magazines cornés pour chercher des images à ajouter à son collage. Elle découpe des photos d'un arbre.

D'une boîte aux lettres. D'un chat. Elle les colle sur son papier à dessin rouge, sans ordre particulier. Elle ne choisit aucune photo de personne, rien qui ressemble à de la peau ou à des parties du corps. Sa seule intention, pour ce projet, est qu'on ne puisse en déduire aucune signification, qu'il ne révèle rien de réel sur elle, qu'il ne la trahisse pas comme l'art prétend toujours le faire.

La seule personne dans la classe qui semble travailler aussi est Grace, assise à l'autre bout de la salle. La rentrée remonte déjà à trois semaines, mais Amber vient tout juste de remarquer cette fille terne, un peu boulotte, qui semble toujours la fixer quand elle tourne les yeux de son côté. On dirait qu'elle vient de sortir du néant, dans ce cours-ci et dans celui du coach Baxter, et maintenant ce n'est plus possible de ne pas la voir. Elle ne la regarde pas comme le font les autres filles, avec un mélange de moquerie et d'hostilité dans les yeux, les mots « pute » ou « roulure » sur le bout de la langue. Peut-être que cette fille, simplement, ne sait rien.

– Ah, les hyènes ! s'exclame le crétin prénommé Blake à la table à côté de la sienne – impossible de ne pas le voir, lui non plus. J'ai acheté à Lisa un quadruple capuccino caramel ou je ne sais plus quelle merde à six dollars, et elle n'a même pas voulu me faire une branlette, putain.

– Lisa ? dit un autre. Elle marche avec ces conneries de Filles de Nulle Part, maintenant ?

– Ouais, tu le crois, ça ? Elle me sort : « Je n'ai pas à faire des trucs avec toi si je n'en ai pas envie » ! Du coup je lui réponds : « Alors pourquoi tu mets une jupe ras la touffe ? », et elle : « Je m'habille comme je veux », et moi : « OK mais si tu t'habilles comme ça faut pas t'attendre à ce que je me contrôle », non mais c'est vrai, quoi, non ?

– Grave.

– Mais là elle commence à me casser les couilles, genre « ouiiii, reprocher aux filles de se faire agresser à cause de leurs fringues c'est abusé », tout ça, alors je lui dis : « Qui te parle d'agression sexuelle ? Je voulais juste une petite branlette, moi », et là, putain, elle me balance son café à la gueule !

– Remarque, elle n'a pas tort, dit un troisième à la même table. Elle n'est pas à ta disposition.

Blake et l'autre le regardent fixement, comme s'ils attendaient qu'il ajoute : « Je plaisantais. »

– Ça va pas bien, mec ? finit par lâcher Blake. Elle a bousillé mes sièges de bagnole, avec son café à la con !

Le type hausse les épaules sans rien répondre.

– Bon, au moins il en reste une qui ne dira jamais non, ajoute le pote de Blake sans même prendre la peine de baisser la voix. T'aurais dû appeler Amber.

Amber se crispe aussitôt que ces mots lui transpercent la peau ; elle se blinde contre leur rire. Ils savent qu'elle les a entendus, mais ils s'en tapent, ou peut-être même que c'était voulu. Comme si elle n'était même pas une personne, douée de sentiments, sensible à la douleur. Rien qu'un objet. Une chose qu'ils peuvent utiliser. Et elle n'essaie même pas de leur donner tort, elle ne dit rien, n'a aucune réaction, n'infirme ni ne confirme leurs déclarations. Ce qu'elle fait, c'est se durcir – son mécanisme de défense à elle : au lieu de fuir ou de combattre, elle se transforme en pierre.

La sonnerie retentit. Les élèves rangent les fournitures que personne n'utilisait. Les garçons s'en vont sans même sembler remarquer son existence, en rigolant jusque dans le couloir. Même celui qui a défendu Lisa rit avec eux, parce qu'Amber et Lisa sont deux filles d'un genre très différent.

Amber prend son temps pour ranger. Elle leur laisse une longueur d'avance. Le pire est de se retrouver coincée dans un couloir avec une horde de ces mecs.

La salle se vide enfin. Même le remplaçant a disparu. Elle referme son sac et le passe sur son épaule. Plus que cinq cours avant la fin de la journée, où elle pourra se faufiler jusqu'à la salle d'informatique et se cacher à sa table préférée, dans le coin, pendant que les geeks du club technologie s'agglutineront à l'autre bout de la salle en faisant comme si elle n'était pas là. C'est son secret : cette petite joie, cet espace minuscule derrière l'ordinateur, où elle se sent capable et créative, où elle peut abandonner son corps et pénétrer dans un monde qui ait un sens, un monde fait de 1 et de 0 qu'elle peut manipuler, un monde où elle a le contrôle.

– Eh !

Cette voix, derrière elle, la fait sursauter. En se retournant, elle tombe sur Grace, qui a réussi à s'approcher sans qu'elle la remarque.

– Tu t'appelles Amber, c'est ça?

Elle ne dit rien, se contente de regarder Grace avec hargne, prête à esquiver l'insulte inévitable qui va suivre, qui tombe toujours. Prête à montrer les dents, à prouver que l'autre facette de sa réputation est vraie : cruelle, méchante, vicieuse. Ce n'est pas un hasard si elle n'a pas d'amis.

Grace baisse la voix alors qu'il n'y a personne pour les écouter.

– Tu as entendu parler des Filles de Nulle Part, non?

Amber fait oui de la tête et, un bref instant, son regard s'adoucit.

– Tu veux venir à la prochaine réunion? Je pense que ça te plairait. C'est très sympa, tu verras.

– Vous faites quoi, au juste? demande Amber sèchement, même si dans sa tête la vraie question qu'elle se pose est : *depuis quand on ne m'a pas invitée à quoi que ce soit?*

– On discute, principalement. Tu peux parler de ce que tu veux. On parle beaucoup de garçons, je suppose.

– Alors vous vous retrouvez pour vous plaindre des mecs, c'est ça?

– En partie. Mais il n'y a pas que ça.

– Et quoi d'autre?

Le corps d'Amber est déjà tourné vers la porte, instinctivement prêt à prendre la fuite.

– On réfléchit à ce qu'il faut faire pour qu'ils arrêtent de nous pourrir la vie.

Le sac d'Amber est prêt et passé sur son épaule, mais elle ne s'en va pas. Elle refuse de regarder Grace, mais se demande si celle-ci sent son envie, si elle perçoit son trop-plein de questions, si elle sent qu'Amber a envie d'éprouver autre chose que de la colère et de la méfiance.

– Tu n'es pas obligée de te décider tout de suite, ajoute Grace. Si tu me donnes ton numéro, je t'enverrai les infos par texto.

À ce moment-là, un SMS arrive sur le téléphone d'Amber. Un numéro qu'elle ne reconnaît pas : « Hey, on tire un petit coup ce soir ? » Elle soupire. Elle est trop fatiguée pour ses dix-sept ans. Elle ouvre son sac, arrache une feuille d'un cahier, griffonne quelque chose dessus, la plie et la tend à Grace.

– D'accord, dit-elle sans la regarder dans les yeux.

Puis elle tourne les talons et sort.

*

– Alors, les mecs, lance une fille à travers le réfectoire. Ça y est, on vous manque ?

– T'inquiète, y a des réserves, réplique un garçon à l'autre bout de la salle.

Des rires fusent. Il n'y a rien d'autre à faire. Certains rires sont comme ivres, triomphants. D'autres contiennent ce curieux mélange de cruauté et de gêne qui caractérise le rire des tyrans. D'autres encore brûlent d'une rage et d'une haine qui étaient déjà là, mais cachées, avant que tout cela ne commence.

– Et ça, ça te manque ? demande un autre garçon en se levant pour faire mine de déboutonner sa braguette.

– Quoi, *ça* ? Je ne vois rien !

Des lignes claires se dessinent. La tension règne dans le réfectoire. Les alliances se déplacent ; des tables se vident lorsque des membres changent de camp. Un vague no man's land les sépare, une zone neutre de gens qui baissent la tête et essaient simplement de déjeuner en paix. Les moqueries volent au-dessus des têtes comme des munitions de guerre, dans les deux sens, une frappe ici, là un ricochet. Les éclats d'obus assaisonnent tous les repas.

– Regardez Ennis là-bas, dit Rosina. On dirait qu'il va vomir. Pour un peu, je le plaindrais.

La tête baissée, il se cache sous la visière de sa casquette de base-ball. Ses amis restent muets, voûtés, le regard dur. Tous, sauf Jesse Camp, le presque ami de Grace à l'église, dont le visage mou et abasourdi s'élève au-dessus des silhouettes recroquevillées de ses camarades pour regarder autour de lui, comme s'il n'était pas à sa place.

– Ah là là, j'aimerais bien qu'on mange à la même heure qu'Eric, juste pour voir sa tronche, ajoute Rosina.

– Sam m'a dit qu'il n'était pas venu au self ces derniers jours, dit Grace. Il mange à l'extérieur.

– Tu me laisses tes frites ? demande Erin.

– Et ton régime cru, bio, vegan et sans gluten, alors ?

– La révolution, ça me donne faim.

*

– C'est important, dit une fille à son copain dans sa chambre, après les cours, en retirant sa main à lui de sa taille à elle. Il faut que je le fasse.

Elle a déjà assez de mal à croire à ce qu'elle dit, sans qu'en plus il la touche. Son corps voudrait qu'elle oublie sa promesse. Il a la bouche sur son cou, son souffle lui chauffe la peau, et il n'est pas l'ennemi, n'est-ce pas? Ce n'est pas un violeur. C'est un mec bien. Elle l'aime. Pourquoi devrait-il souffrir?

Elle fond. Elle devient toute tiède. Elle ferme les yeux. Laisse ses mains la sculpter.

Puis elle repense à Lucy, seule et terrifiée, sans personne pour l'aider. Elle se rappelle l'avoir vue dans le couloir le jour où elle est revenue, se rappelle que les garçons lui jetaient des choses – des crayons, des boulettes de papier, des chewing-gums mâchés – et que les filles détournaient les yeux. Elle pense à son propre corps, à celui de son mec. Elle pense au privilège qu'est le plaisir.

– Non, dit-elle en le repoussant. J'ai besoin de ton soutien sur ce coup-là.

Il soupire. Plisse les yeux. Inspire, expire.

– Mais je te soutiens, dit-il ensuite. Seulement, ça fait un peu mal. (Il baisse les yeux vers ses genoux, et vers les attentes qui font une bosse dans son pantalon.) Physiquement, je veux dire.

– Eh bien va aux toilettes régler le problème, s'il le faut, répond la fille, à nouveau résolue.

Elle a perdu toute compassion pour les décisions prises par des organes.

Il la regarde dans les yeux.

– Ça va, je survivrai, fait-il en s'efforçant de sourire.

Il se couvre l'entrejambe avec un coussin.

– Tu verras, dit-elle.

Elle voit qu'il fait un effort. Elle se radoucit.

– Merci.

Il regarde par la fenêtre la pluie torrentielle qui tombe sans relâche sur l'Oregon. Bon Dieu, quelle journée parfaite pour faire l'amour.

– Alors qu'est-ce qu'on va faire? demande-t-il.

– Je ne sais pas, dit-elle en s'asseyant sur son lit, en veillant à ce qu'aucune partie de son corps ne touche le sien. Parler, je suppose.

LES VRAIS MECS DE PRESCOTT

Il va falloir arrêter de laisser ces chiennes nous manipuler. Elles s'imaginent que leurs petits jeux de résistance passive vont nous forcer à faire leurs quatre volontés, mais on est plus forts que ça. C'est nous qui faisons la loi, pas elles. On ne va pas s'incliner devant un troupeau de féminazies. Celles-là, on peut s'en passer. Ce sont des casse-couilles, de toute manière.

Ne vous en faites pas, les hommes. Dans le tableau général, ces dindes ne sont rien. Les vraies femmes veulent un homme fort qui prenne le contrôle. Elles veulent donner du plaisir. Elles veulent être désirées. Elles sont prêtes à tout pour qu'on leur dise je t'aime. Alors passons à autre chose. Ces hyènes ne valent pas la peine qu'on perde notre temps. Il y a abondance de chattes partout, et on sait comment les obtenir.

– MâleAlpha541

Rosina.

Merde à ce bahut. Merde à la proviseure.

– Allez, Suarez, dit le surveillant à moitié endormi. Je n'ai pas toute la journée.

Et merde à vous aussi.

Une poignée de filles sont assises sur des chaises en plastique dans les bureaux de l'administration : la plus belle sélection de défoncées et de marginales asociales que puisse offrir le lycée.

– Qu'est-ce qui se passe ? demande Rosina à la fille aux cheveux noirs avec des mèches blanches assise à côté d'elle : Serina Barlow, celle qui, comme chacun sait, a passé l'été en cure de désintox.

– Aucune idée, dit Serina.

Mme Poole arrive du fond en s'éventant avec ses petits doigts potelés. Des gouttelettes de sueur brillent sur son front.

– Tout va bien, Denise ? s'enquiert le surveillant.

– Hein, *Denise* ? marmonne l'une des défoncées, et deux autres ricanent avec elle.

– Oui, oui, roucoule Mme Poole. Une grosse journée, c'est tout.

– Qu'est-ce qu'on fait là? demande Serina. J'ai rien fait, moi.

– *J'ai rien fait, moi!* la singe une des défoncées. Tu te prends pour une princesse sous prétexte que t'as décroché pendant trois mois? Tu te crois au-dessus de nous, c'est ça?

Serina ne relève pas leurs regards haineux. Elle plaît immédiatement à Rosina.

– Dis donc, tu sais qu'on a presque le même prénom, en changeant l'ordre des lettres?

Serina la dévisage sans rien dire.

– Si on sort d'ici vivantes, continue Rosina, faudra que je te parle d'un truc.

– Rosina Suarez, soupire Mme Poole. Si tu passais ensuite?

Elle lui indique la porte du bureau de la proviseure.

Ce n'est pas la première fois que Rosina est convoquée dans ce bureau. Il y a eu la fois où elle a craché au visage d'Eric Jordan, bien sûr. Et aussi celle où, en guise de cadeau d'anniversaire pour Erin, elle a couvert de dessins cochons le livre du CDI sur la fumeuse théorie pseudo-scientifique du dessein intelligent (un cadeau qu'Erin n'a pas du tout apprécié autant qu'elle l'aurait dû). Il y a eu la fois où elle a traité son prof d'EPS de trouduc parce qu'il lui avait crié : «Plus vite, Speedy Gonzales!» pendant une épreuve de course à pied.

– Qu'est-ce que je fais ici ? demande-t-elle en s'enfonçant dans le fauteuil bien trop mou, face à la proviseure.

– J'espérais que tu me le dirais, répond cette dernière, qui se penche en avant et replie les mains sur son bureau.

– Je suis ici parce que vous avez dit au pion d'aller me chercher en classe.

– Et à ton avis, pourquoi est-ce que j'ai fait ça ?

Rosina pourrait répondre beaucoup de choses, dont la plupart lui vaudraient probablement une exclusion temporaire. Donc, elle ne dit rien. Elle s'adosse, les épaules détendues, et regarde par la fenêtre le sinistre parking mouillé comme si elle ne se faisait aucun souci. C'est une attitude qu'elle a peaufinée, et qui se révèle particulièrement utile dans des moments comme celui-ci, où elle s'en fait beaucoup trop.

– Au printemps dernier, tu as exprimé assez bruyamment ce que tu pensais de ces allégations contre trois garçons du lycée, dit Slatterly. Tu as créé bon nombre de perturbations.

– J'ai créé *une* perturbation, la corrige Rosina. Et encore, ce n'était pas grand-chose.

– Il y a encore eu une vague de perturbations récemment. Peux-tu admettre que j'aie de bonnes raisons de te soupçonner ?

– Sérieux ? s'exclame Rosina. Vous croyez que je fais partie de cette manif ou je ne sais quoi ?

Slatterly reste impassible.

– Mais je ne fais partie de rien du tout ! C'est quoi, une sorte de club ? Une bande d'idiotes qui se sont réunies et qui ont décidé de jouer les héroïnes et de changer le monde ? Vous me voyez vraiment là-dedans ? Personne ne m'aime. Je n'aime personne. Les groupes, c'est pas mon truc, et encore moins l'optimisme, ou ce qu'il faut pour croire qu'une action puisse changer quoi que ce soit.

Les lèvres de Slatterly se réduisent à une fine ligne. Rosina ne peut s'empêcher d'avoir un petit sourire : il ne fait aucun doute qu'elle a gagné ce round. Mais ensuite, la proviseure pointe le menton et hausse les sourcils. Deuxième round.

Slatterly prend une profonde inspiration. Si Rosina ne la connaissait pas si bien, elle pourrait y entendre une pointe de tristesse.

– Tu ne vas peut-être pas le croire, dit-elle, mais j'ai été jeune, moi aussi.

Rosina doit mobiliser toutes ses forces pour ne pas lui rire au nez.

– On pourrait même dire que j'ai été un peu comme toi. J'ai essayé de me battre. J'ai voulu crier pour me faire entendre.

Rosina se demande de quel genre de stratégie de manipulation il s'agit. Une sorte de psychologie inversée ?

– Mais tu sais quoi ? continue Slatterly. Je ne suis arrivée à rien comme ça. J'ai usé toute mon énergie à essayer de prouver quelque chose au monde, mais personne ne m'écoutait. (Elle remue des papiers sur son bureau.) Je sais que vous croyez bien faire, les filles, en vous lançant dans ces combats. Et crois-moi, je suis dans votre camp – je ne veux pas que qui que ce soit se fasse violer. Ni que quiconque mette la pression à des filles pour qu'elles couchent. Je ne suis même pas pour que les filles de votre âge aient des rapports sexuels ! Mais à la vérité, ce n'est pas comme ça que les garçons vous prendront au sérieux. Ce n'est pas en leur criant après que vous vous ferez respecter. (Slatterly marque une pause et tente un sourire, peut-être bien sincère, cette fois-ci.) Heureusement que j'ai eu vent de tout cela avant qu'il soit trop tard, et c'est pour ça que je suis en train de t'en parler, en tant que proviseure, en tant que personne ayant autorité. Ayant le *pouvoir*. Ça n'a pas été facile d'arriver là où je suis, Rosina, et je n'y serais jamais parvenue si je n'avais pas été prête à faire quelques compromis.

Rosina ne sait pas si elle est censée dire quelque chose. Elle ignore ce qu'elle est censée penser, ce qu'elle est censée ressentir. Elle est en colère, mais surtout un peu perplexe.

– Nous vivons dans un monde d'hommes, poursuit Slatterly, et pendant un instant Rosina croit voir quelque chose d'humain percer sa cuirasse.

Quelque chose de vulnérable. Quelque chose d'un peu craintif, même.

– Ce sont eux qui font les règles, Rosina Suarez. Et si tu veux arriver à quoi que ce soit dans ce monde-là, il va falloir jouer comme un homme. Être forte en tant que femme, ce n'est pas combattre les hommes, c'est agir comme eux.

– Pourquoi est-ce que vous me racontez tout ça?

– Je veux te voir réussir, Rosina. Pas te voir mêlée à des activités inutiles qui vont t'attirer des ennuis.

– Je n'ai rien fait. Vous voyez, vous n'avez pas à vous en faire.

Slatterly soupire. Elle ferme les yeux un instant, puis déplace son petit ventilateur de bureau pour le pointer droit vers son visage. Rosina remue sur sa chaise. Slatterly *transpire*?

– Combien de personnes, dans ta famille, ont un diplôme d'études secondaires? lui demande la femme après quelques instants.

– Quoi? Quel rapport?

– J'imagine que ta réussite scolaire est importante pour tes proches. Qu'ils seraient très déçus si tu n'obtenais pas ton diplôme, par exemple.

– J'ai de bonnes notes.

– Étonnamment, oui. Mais ton taux d'absence est déplorable. Cela peut aboutir à une exclusion temporaire. Et même à un renvoi définitif, dans les cas extrêmes.

– Je ne suis sûrement pas un cas extrême.

– Ça, ce n'est pas à toi d'en juger, Rosina. C'est à moi.

Rosina reste muette. La revoilà, la principale qu'elle connaît. La reine des sadiques.

– Tu ne voudrais quand même pas décevoir ta famille en n'obtenant pas ton diplôme, n'est-ce pas? Il n'y a pas beaucoup d'opportunités pour les jeunes femmes sans qualifications. Je suppose que tu pourrais rester toute ta vie serveuse dans le restaurant de ton oncle.

Slatterly reste impassible le temps de la laisser absorber l'idée, de laisser cette perspective suppurer et l'empoisonner de l'intérieur.

– Alors, qu'en dis-tu, Rosina ? Tu tiens à prendre le risque ? Tu veux vraiment t'attirer des ennuis, et en attirer à ta famille ?

– Non.

– Alors je pense que nous sommes d'accord. Fini les histoires, c'est compris ?

– Oui, lâche Rosina entre ses dents.

Slatterly sourit.

– Heureuse de l'entendre.

– Je peux partir, maintenant ?

– Oui. Tu m'envoies la suivante, tu veux bien, ma belle ?

Rosina se lève, les muscles noués et douloureux. Elle sort sans dire un mot, traverse l'accueil, longe le couloir et franchit les portes du lycée. Elle détache son vélo et pédale le plus vite possible sous la pluie. Elle se fiche de se mouiller. Elle se fiche des flaques de boue. Tout ce qu'elle veut, c'est atteindre sa destination, une de ses cachettes favorites en bordure de la ville, un endroit où personne sauf elle ne va jamais, où elle peut chanter et hurler aussi fort qu'elle le souhaite et où personne ne lui dit quoi faire, où personne ne lui dit de se taire.

Erin.

L'événement de ce soir est un rare dîner avec les *deux* parents d'Erin. Sa mère a mis le paquet avec un pâté de lentilles et de chou-fleur écrasé. En cette grande occasion, Erin va pouvoir manger des légumes cuits. Son père est rentré tout droit à la maison après ses cours du vendredi après-midi. Il essaie de le faire une fois de temps en temps, mais généralement seulement après avoir été sérieusement houspillé par sa femme.

– Je n'en reviens pas que tu imposes encore à Erin ce régime grotesque, dit-il en chipotant dans son assiette.

– Si tu étais plus souvent là, tu aurais remarqué que, mine de rien, cela a énormément amélioré son humeur et son comportement.

– Savez-vous qu'il existe une espèce de limaces de mer qui se nourrissent d'algues et qui en intègrent les chloroplastes pour faire leur propre photosynthèse ? demande Erin. Ça s'appelle la kleptoplastie. Vous pigez ? *Klepto* ?

– C'est bien, chérie, répond sa mère.

– Comment ça va au lycée? lui demande son père. Toujours brillante, bien sûr?

– Erin a une nouvelle amie.

– Ah oui? C'est formidable, ça.

– C'est la fille de cette nouvelle pasteure de l'église… comment, déjà, chérie? L'Église unitarienne?

– Congrégationaliste.

Spot suit la conversation depuis sa place à ses pieds.

– Eh bien, au moins, ce n'est pas une de ces églises complètement obscurantistes comme il y en a dans le coin, commente le père d'Erin en sirotant son vin. On ne peut pas marcher dix minutes sans tomber sur un crétin qui croit sincèrement que le monde a été créé il y a sept mille ans.

– Jim. Ce n'est pas gentil, ce que tu dis.

– Quoi? C'est vrai! C'est quand même normal que je n'aie pas envie que ma fille traîne avec des ignorants qui donnent dans l'anti-intellectualisme primaire. Ces gens-là détruisent le pays. Je trouve parfaitement sensé de ne pas vouloir qu'ils lavent le cerveau de ma fille.

– Je crois que ça n'a rien à voir avec ta fille.

Et ce dîner non plus, songe Erin.

– Chérie, lui dit sa mère. Calme tes mains à table.

Erin cesse de les frotter pendant environ cinq secondes, mais a vite l'impression que son anxiété va la tuer. Elle se lève, bien qu'elle ait encore faim, mais ça, elle en a l'habitude.

– Je monte dans ma chambre.

– Non, chérie, la supplie sa mère. On dîne gentiment ensemble.

– J'ai mes règles, réplique-t-elle en s'en allant, suivie de près par Spot.

Cette excuse, ça marche toujours.

– Bravo, tu es content ? entend-elle sa mère dire à son père en montant.

– C'est toi qui as fait tourner ça au conflit, dit son père.

– On ne pourrait pas avoir un dîner agréable en famille, rien qu'une fois ? C'est tout ce que je demande.

– C'est tout ce que tu demandes ? On croit rêver !

Erin ferme sa porte, enfin à l'abri dans l'ordre familier de sa chambre, où tout est rangé avec précision, tous ses livres classés par thème puis par ordre alphabétique d'auteur. Spot se couche à sa place habituelle au pied du lit. Erin allume sa machine à bruit blanc qu'elle règle sur le son de vagues et de chants de baleines, se couche en chien de fusil sur son lit impeccablement fait et appuie la plante de ses pieds contre le corps robuste et chaud de Spot. Elle ferme les yeux en oscillant d'avant en arrière et s'imagine au fond de l'eau, dans un vaisseau conçu par elle, si profond que la lumière du soleil ne peut plus l'atteindre.

Mais les pensées, insidieusement, reviennent quand même. Même si loin sous l'eau. Même dans son sous-marin à parois d'acier épaisses de presque trois pouces. Il y a les soucis habituels. Il y a cette histoire de Filles de Nulle Part, qui lui fait repenser à des choses qu'elle avait occultées au prix de tant d'efforts, et l'étrange désir qui la pousse à se rendre aux réunions alors qu'elles la terrifient. Et par-dessus le marché, un nouveau problème tout frais dans sa tête : un garçon nommé Otis Goldberg, dans son cours d'histoire américaine.

Si elle veut bien admettre avec réticence que la légère ressemblance d'Otis Goldberg avec Wesley Crusher de *Star Trek : La Nouvelle Génération* est plaisante, il porte aussi un chignon d'homme, et ça, c'est inacceptable. Mais comme ce n'est qu'un adolescent, officiellement ce n'est pas un homme, si bien que le terme « chignon d'homme » n'est pas tout à fait juste. Il est davantage garçon qu'homme. Otis Goldberg porte un chignon de garçon.

Le détail qui perturbe Erin avec Otis Goldberg, c'est qu'il n'arrête pas de lui parler en classe même quand ce n'est pas exigé par le travail scolaire. Elle a choisi une place dans le fond précisément pour éviter ce genre de situations. Et aussi pour que personne ne voie ses gestes répétitifs, ce qui la gênerait, ce qui la rendrait anxieuse, ce qui l'empêcherait de se concentrer sur le cours. Parfois, elle a juste besoin de plier et déplier les doigts, de se frotter les mains ou de se balancer légèrement. Parfois, bouger son corps entier est la seule chose qui puisse apaiser son esprit. L'injonction maternelle de « calmer ses mains » est une crise de nerfs en puissance.

Otis Goldberg fait toujours des choses étranges, comme demander à Erin comment elle va ou lui dire qu'il a aimé son exposé sur la Confédération iroquoise.

Aujourd'hui, cela a été de loin le pire, car il lui a posé un tas de questions sur les Filles de Nulle Part, lui demandant si elle en faisait partie, si elle avait assisté aux réunions, si elle sait qui a lancé le mouvement ; et Erin se demandait s'il cherchait à lui soutirer des renseignements ou s'il avait sincèrement envie de lui parler, et elle ignorait ce qui était le pire, ou le mieux, en tout cas elle ne savait pas du tout ce qu'elle voulait, ni même si elle avait le droit de vouloir quoi que ce soit, si c'était sans danger. Elle s'est donc forcée à rester muette, ce qui l'a rendu, lui, encore plus bavard, si bien qu'il s'est mis à parler de lui, et du fait qu'il trouvait les Filles de Nulle Part super, et qu'il se considérait comme féministe à fond, et qu'il avait deux mamans, qui le tueraient s'il ne se considérait pas comme féministe, et là Erin n'a pas pu continuer à se taire, si bien qu'elle a éclaté : « Tu vas la fermer, oui ?! », si fort que toute la classe s'est retournée pour la regarder, et que M. Trilling a dit : « Erin, est-ce que tout va bien ? » sur ce ton que prennent les professeurs, même les gentils comme M. Trilling, pour dire en fait : « Erin, tu ne vas pas me faire une crise d'autisme en pleine classe ? »

Alors Otis l'a fermée. Et Erin n'a rien compris, car elle pensait qu'elle serait contente, étant donné qu'elle avait voulu ce silence tout le temps où il avait parlé, mais en fait ce n'était pas agréable, quelque chose lui faisait mal à l'intérieur et elle ne savait absolument pas quoi, si bien qu'elle a dit à M. Trilling qu'il fallait qu'elle sorte se calmer, c'est-à-dire se rendre au CDI pour lire des choses sur les créatures marines, ce qu'elle dit chaque fois que les autres se comportent de manière tellement idiote qu'elle est obligée de partir, sauf que cette fois elle a dû sortir parce que c'était *elle* qui avait été idiote, et elle n'avait qu'une envie, retirer ce qu'elle avait dit à Otis Goldberg, parce qu'elle se rendait compte qu'il avait juste été sympa avec elle.

En ce moment, elle devrait être en train de regarder le vrai Wesley Crusher dans son épisode quotidien de *Star Trek* au lieu de penser au faux Wesley Crusher à chignon de garçon appelé Otis Goldberg, mais elle est coincée dans sa chambre pendant que ses parents monopolisent le rez-de-chaussée avec leurs disputes, et c'est là que se trouve la télé, c'est là qu'elle regarde *Star Trek*. Elle n'a pas le droit de regarder des séries dans sa chambre parce que sa mère ne veut pas qu'elle s'isole encore plus qu'elle ne le fait déjà, c'est-à-dire beaucoup, mais nettement moins depuis que cette histoire de Filles de Nulle Part a commencé, ce qui a complètement désorganisé son emploi du temps, ce qui a franchement tout changé, et Erin ne sait pas encore bien ce qu'elle en pense, sauf qu'en tout cas son ancienne chambre lui manque, Data et le capitaine Jean-Luc Picard et tous ses amis de l'USS *Enterprise* lui manquent, son ancienne maison de Seattle lui manque, l'ancienne plage lui manque, son ancien lycée et son ancienne vie, ainsi que tout ce qu'elle avait et tout ce qu'elle était avant de faire ce qu'elle a fait avec Casper Pennington et de devoir partir à cause de cela.

Le monde bouge trop vite et elle n'arrive pas à s'adapter assez rapidement. Il devient de plus en plus difficile de repousser les mauvaises pensées. Ces pensées sont un poison qui se répand. Tout est un rappel, tout menace d'aller chercher les souvenirs loin en elle, là où elle les a enfouis. Chaque jour elle ressemble un peu moins à Data et un peu plus au nerf à vif qu'elle a dissimulé au prix de tant d'efforts. Elle est en train de tomber en morceaux. Elle est en train de tomber, tout court. Elle est perdue dans l'espace et elle ne peut se raccrocher à rien, elle ne contrôle rien.

Erin se demande pourquoi Spot se lève, pourquoi il grimpe et lui marche dessus pour venir de son côté du lit. C'est seulement quand il se met à lui lécher les joues qu'elle comprend qu'elle pleure.

– Je t'aime, dit-elle au chien.

Il est bien le seul à qui elle dise cela.

Nous.

Ses parents étant tous deux occupés à des affaires d'église ce soir, Grace mange son dîner réchauffé au micro-ondes devant l'ordinateur et va voir les pages Facebook de ses anciennes amies d'Adeline. À en juger par les photos récentes et les vagues statuts pleins de points d'exclamation, pas grand-chose n'a changé. Une de ses amies est « trop contente ! » de son nouveau chaton. Une autre est « trop dégoûtée ! » d'avoir eu un B à son interro de chimie. Une troisième demande à ses trente-sept amis Facebook de prier pour sa candidature à l'université Boyce. La dernière a partagé une image d'un bébé rebelle qui lève le poing, légendée : « Arrière, Satan, j'appartiens à Jésus ! » en police Comic Sans.

Et c'est tout. Quatre amies. Grace a beau se creuser la cervelle, elle ne voit pas qui d'autre aller voir. Elle a grandi avec ces filles, a passé presque tous ses week-ends avec au moins l'une d'elles, et pourtant elles ne lui manquent pas un instant. Elle se demande ce qu'elles penseraient de ses nouvelles copines, de ce qu'elle fait, de ce qu'elle devient. Elles prieraient peut-être pour elle, mais seulement après s'être consultées dans son dos et avoir décidé de ne plus jamais lui reparler.

Grace a toujours voulu être acceptée, et pendant longtemps elle s'est sentie protégée au Foyer de la jeunesse de son église, dans sa petite bande. C'était comme une boîte solide dans laquelle elle s'enfermait parce qu'elle ne voyait pas d'autre choix raisonnable à l'horizon. Mais ce qui lui arrive maintenant, même si elle ne sait pas encore bien ce que c'est, lui fait un effet différent. Ce n'est même pas une boîte. C'est quelque chose qu'elle construit à ses mesures, une place dans le monde qui s'adapte, grandit et change en même temps qu'elle. Elle fait partie d'une chose qu'elle contribue à créer, pas d'un espace préfabriqué dont quelqu'un a décidé qu'il lui convenait.

C'est Grace elle-même qui a décidé de ce qui lui convenait.

C'est elle qui a décidé.

*

Deux amies s'embrassent.

– On a le droit de faire ça ? demande l'une.

– Ce n'est pas interdit d'embrasser une fille, dit l'autre.

– Je me demande si toutes les Filles de Nulle Part s'embrassent en ce moment, dit la première.

– Elles devraient, conclut l'autre en riant.

*

La fille fait la grimace en tournant son téléphone vers son corps nu et appuie sur le bouton pour immortaliser l'image. Elle n'y jette qu'un rapide coup d'œil en tapant le message : *N'oublie pas : tu m'as juré de ne montrer ça à PERSONNE !*

Elle ne voulait pas, mais il l'a tannée jusqu'à ce qu'elle dise oui. Il arguait que si elle ne comptait pas coucher avec lui pendant la grève, il fallait bien qu'elle lui donne *quelque chose*. Mieux vaut une photo d'elle que du porno. Ou que quelqu'un d'autre.

Mais aussitôt qu'elle a appuyé sur « envoyer », elle a un haut-le-cœur. *Qu'est-ce que j'ai fait ?* Maintenant, la photo est dans la nature, incontrôlable. Il est en possession de cette image de son corps. Il est en possession d'elle.

*

Une fille est couchée sur son lit, tournée vers son copain.

– Allez, dis-moi, la taquine-t-il en lui caressant doucement le bras à la manière qui la fait toujours décoller, comme il le sait très bien.

Elle prend sa main et la remet sur le lit.

– Tu sais que je ne peux pas te dire qui vient aux réunions, dit-elle. Ce serait trahir la confiance de tout le monde.

– Au moins, raconte-moi un peu de quoi vous parlez. Tu n'as pas besoin de donner de noms.

– C'est confidentiel.

– OK, dit-il en se renversant sur le dos. Si tu le dis.

La fille se redresse en position assise.

– Comment ça, *si tu le dis*?

– Ouais, si tu le dis.

Il ne la regarde pas.

– J'ai l'impression que tu ne me soutiens pas, dit-elle.

Il inspire profondément. Ferme les yeux. Les rouvre. Il l'observe un instant, puis se remet à contempler le plafond.

– Ça devient dur de te soutenir, lâche-t-il enfin. Je ne sais pas, j'ai l'impression que tout ce que vous faites c'est détester les hommes. Et, bon, je suis un homme, alors je le prends personnellement.

– Je ne déteste pas les hommes, répond-elle, la voix tremblante de peine, ou de colère, ou les deux. Je déteste seulement ce que font certains d'entre eux. Je déteste l'idée qu'ils s'en sortent sans conséquences.

– Je comprends, dit-il en s'asseyant pour lui faire face. Moi aussi, je déteste ça. Mais comme vous ne faites que parler de ce qui ne va pas, on dirait que vous pensez qu'il n'y a que ça. Pourtant, il y a aussi des types bien. Et la plupart sont sans doute quelque part entre les deux. Qu'est-ce que tu fais d'eux?

Il se tait. Il attend qu'elle le regarde dans les yeux.

– Et moi, alors? ajoute-t-il.

Elle croit entendre un petit sanglot dans sa voix. Il se détourne, mais elle a vu que ses yeux étaient humides. Elle ouvre la bouche pour parler, mais rien n'en sort.

– Je sais que je ne suis pas parfait, dit-il. Mais j'essaie de bien me comporter avec toi. Je t'aime.

– Moi aussi, je t'aime.

Il la supplie du regard.

– Tu penses que je suis comme eux? demande-t-il d'une voix douce. Tu crois vraiment que je suis un sale type?

– Non, s'empresse-t-elle de répondre, car elle sait que c'est ce qu'il a besoin d'entendre.

Elle l'entoure de ses bras, sachant qu'il a besoin d'être consolé. Ils restent longtemps enlacés, et elle sent le soulagement dans son corps à lui, ainsi que la tension qui monte dans le sien à elle. Elle sait qu'il l'aime, mais elle se demande s'il n'y a pas une petite partie d'elle-même, tout au fond, qui se méfie de lui, qui voit en lui une part animale, présente chez tous les hommes. Une part animale qui le rapproche de ces mecs-là et qui est mauvaise, sans que personne, ni lui, ni elle, ni personne d'autre, ne puisse rien y faire.

*

Les familles de Krista et de Trista sont côte à côte à un mariage qui ressemble à tous les mariages où elles sont déjà allées. Même musique, mêmes costards, mêmes compositions florales. Mêmes paroles sortant de la bouche du pasteur Skinner. Même vieux texte extrait de l'épître aux Éphésiens : « Femmes, soyez soumises à vos maris, comme au Seigneur ; car le mari est le chef de la femme, comme le Christ est le chef de l'Église, qui est son corps, et dont il est le Sauveur. Or, de même que l'Église est soumise au Christ, les femmes aussi doivent l'être à leurs maris en toutes choses. »

Krista et Trista se regardent et lèvent au ciel leurs yeux lourdement ourlés de crayon noir.

*

Une fille sort promener son chien dans l'après-midi. Elle sent son téléphone vibrer dans sa poche et trouve un SMS : *Tu kiffes ?* La photo jointe lui saute au visage et gâche sa bonne humeur, la remplaçant par un malaise nauséeux qui envahit son corps entier.

Quand a-t-elle donné à cet abruti de sa classe d'éco l'impression qu'elle voulait voir sa queue rose et tordue ? Comment peut-il si facilement introduire de force son intimité dans son champ de vision, sans sa permission ?

Détournant les yeux de la photo, elle voit son chien accroupi et concentré. Elle se baisse, tend son téléphone et appuie, puis répond par une photo de la crotte toute chaude, avec ce message : *Et ça, tu kiffes ?*

*

Une fille cherche sur Internet : *Comment se masturbent les filles ?*

Rosina.

Par un miracle du calendrier, Rosina a tout un merveilleux samedi – sans travail ni baby-sitting – rien que pour elle. Est-ce donc ça, une vie d'adolescente normale ? Avoir des heures pour traîner à faire ce qu'on veut, buller, écouter de la musique, regarder le plafond et rêvasser sur la vie qu'on aura un jour, aussitôt qu'on sera sortie de celle-ci ?

Sa mère est au travail, bien sûr. *Tía* Blanca garde les enfants à côté. Rosina a déjà fini ses devoirs, si bien qu'elle n'a plus qu'à descendre une fois de temps en temps voir si sa grand-mère va bien. À part ça, elle est libre d'écouter sa musique aussi fort qu'elle veut (Abuelita est dure d'oreille) et de laisser les voix de ses idoles l'emporter vers un lieu où elle est forte et sans peur, où elle peut s'imaginer sur scène avec elles – chantant les chœurs avec Corrine Tucker, jouant de la guitare à côté de Kathleen Hanna.

Bang bang bang, fait la porte.

– Rosina, ouvre ! lance sa mère de l'autre côté.

Non, pense Rosina en fermant les yeux. Quelque chose se coince dans sa poitrine. Mami a un sixième sens pour savoir toujours quand l'écraser, pile au moment où elle commence à se sentir libre.

– Rosina !

Bang bang bang.

– C'est ouvert, grommelle-t-elle.

Évidemment que c'est ouvert. Sa mère a dit à l'oncle Ephraïm de retirer le verrou aussitôt que Rosina a atteint la puberté.

Mami a une manière d'ouvrir la porte qui lui paraît toujours quelque peu violente. Comme une boule de colère qui ferait exploser tout ce qu'elle touche.

– Arrête ce boucan ! crie-t-elle par-dessus la musique.

Rosina roule sur son lit et coupe le son en disant silencieusement au revoir aux Butchies.

– Quoi ? grogne-t-elle de sa meilleure voix d'ado butée.

– Elena est malade, il faut que tu viennes au restau, lui annonce sa mère en lorgnant le poster représentant une musicienne sur scène, suante, tatouée et court vêtue.

Rosina se redresse d'un coup.

– Non. Pas question.

– Ne commence pas. Tu ne vas pas fuir le travail juste pour traîner à ne rien faire.

– J'ai des projets, répond Rosina. Il faut que je parte bientôt.

– Quels projets ? Aller regarder la télé avec ta copine folle ?

– Je t'ai déjà dit de ne pas l'appeler comme ça.

– Quoi que tu aies à faire, ça peut attendre.

Mami fouille dans le tas de linge propre que Rosina n'a pas encore pris le temps de plier et de ranger, ramasse un chemisier noir, le renifle et le lui jette.

– Tiens.

Rosina le lui renvoie.

– Je n'irai pas.

Elles se mesurent du regard. Mami est complètement immobile. Un roc. Une montagne.

– Tu vas aller travailler, dit-elle lentement. Habille-toi.

– C'est mon jour de congé.

– Ta famille a besoin de toi.

Ma famille, je l'emmerde, pense Rosina. Mais on pourrait croire que Mami l'entend, qu'elle lit dans ses pensées, car ses yeux se plissent comme en réaction directe. Rosina aussi sait lire dans les pensées de sa mère. Elle la voit se dire : *alors c'est la guerre.*

– Qu'est-ce que j'ai fait au bon Dieu pour avoir une fille si fainéante et ingrate ?

– Fainéante ? s'offusque Rosina. Et puis quoi, encore ? Je me défonce pour vous tous, merde !

– Pas de gros mots.

Rosina se lève.

– Je suis au lycée, Mami. Au cas où tu ne le saurais pas, je suis censée m'éduquer, et peut-être même – soyons fous ! – m'amuser un peu de temps en temps. Je ne suis pas censée bosser quasiment tous les soirs. Je n'ai pas à torcher la marmaille des autres.

Mami fait un pas en avant.

– Comment oses-tu me parler comme ça ? Un peu de respect pour ta mère ! Moi qui fais tout pour toi...

– Il ne s'agit pas de toi ! crie Rosina. Tout ce que je dis, c'est que je ne veux pas aller bosser pendant mon jour de congé. J'ai prévu autre chose. C'est mon droit !

Sa mère se rapproche encore, tout près d'elle. Elle doit légèrement lever la tête pour regarder sa fille.

– Ton *droit* ? Tu veux qu'on parle de tes droits ? (Elle enfonce l'index dans la poitrine de Rosina.) Ta famille et le restaurant, c'est ce qui fait que tu as un toit au-dessus de la tête et à manger dans ton assiette. Si tu n'apprécies pas ça, c'est que tu n'en as peut-être pas besoin. Peut-être que tu ne mérites pas de vivre dans la maison pour laquelle je me donne tant de mal. Peut-être que tu devrais aller vivre toute seule, aller voir à quoi ressemble le monde réel, avec tous les *droits* auxquels tu tiens tellement.

– Mami, ce n'est pas ce que je...

– Tu ne te soucies que de toi-même. Tu te fiches complètement de moi. Tu te fiches de la famille.

Quelque chose de brise en Rosina. Comment Mami peut-elle dire ça ? Toute sa vie, elle a pris soin de sa foutue famille et essayé de faire plaisir à sa mère.

– C'est toi qui devrais peut-être essayer un jour, dit-elle en la fusillant du regard. C'est peut-être toi qui devrais penser un peu plus à toi et un peu moins à cette famille. C'est pour ça que tu es tellement en colère. Parce que tu es jalouse de moi. Parce que moi, au moins, j'essaie d'avoir une vie, alors que toi tu fais juste ce que les autres te disent.

– Sans ta famille, tu n'aurais rien, gronde sa mère d'une voix sourde. Tu ne serais même pas là. Tu ne serais rien.

C'est déjà le cas, songe Rosina.

– Mais si ce n'est pas ce que je veux?

Et là, quelque chose se rompt aussi chez sa mère.

– Très bien! crie celle-ci en la poussant si fort que Rosina retombe sur son lit. Si ce n'est pas ce que tu veux, dehors! Je ne veux plus te voir! Sors de chez moi! Ingrate de petite *puta*!

Rosina se lève d'un bond et sort en la bousculant le plus fort possible avec son épaule. *Cette fois, ça y est*, songe-t-elle. C'est la fois où elle ne reviendra pas. C'est la fois où Mami jette toutes ses affaires sur la pelouse, fait changer les serrures, et où elle ne revoit jamais sa famille.

Elle dévale l'escalier, uniquement vêtue d'un legging défraîchi et d'un vieux tee-shirt. Elle brûle, elle est en feu. Son sang est fait de lave. Mais même du fond de sa rage, elle n'oublie pas Abuelita. La bonne et gentille Abuelita. Comment une femme si douce a-t-elle pu engendrer un tel monstre? Rosina doit au moins lui dire au revoir. Même si sa grand-mère ne s'en souviendra pas. Même si elle ne sait même pas qui est Rosina.

Mais où est-elle? Pas devant la télé. Pas en train de faire la sieste dans sa chambre. Pas non plus dans la salle de bains. Ni dans la cuisine.

– Abuelita ! crie Rosina. *¿Dónde estás?*

Rien.

– Abuelita ! hurle-t-elle.

– Qu'est-ce qu'il y a ? s'écrie sa mère, qui descend en courant.

– Elle n'est pas là ! J'ai regardé partout.

L'espace d'un instant, elles oublient leur querelle. Leurs deux têtes pivotent en même temps vers la porte. La lueur du crépuscule filtre par l'embrasure.

Elles se précipitent dehors. Appellent Abuelita. Rien. Le temps est maussade, une épaisse couverture de nuages gris qui flottent bas dans le ciel, si trompeurs dans leur douceur. Les yeux de Rosina explorent les environs à la recherche d'une vieille dame marchant à petits pas, mais rien ne bouge. D'habitude, il y a des enfants qui jouent dans les jardins, des gens qui lavent leur voiture ou taillent leurs arbustes, mais là il règne un calme lugubre, comme si tout le monde se cachait.

– Monte dans la voiture, lui ordonne Mami.

– Mais est-ce que ça ne serait pas plus logique de...

– Monte !

Rosina grimpe sur le siège passager tandis que sa mère lance le moteur. Elle démarre avant même que Rosina ait le temps d'attacher sa ceinture.

Elles avancent dans la rue en appelant Abuelita par la fenêtre. Il y a plus de signes de vie lorsqu'elles se rapprochent de l'autoroute : d'autres voitures, des gens qui marchent.

– On ne devrait pas parler aux passants? demande Rosina. Demander aux gens s'ils l'ont vue?

Mais les yeux de Mami restent collés à la route, ses mains crispées sur le volant, ses lèvres tellement serrées qu'on ne les voit plus. Dans cette famille, on ne demande pas d'aide à des inconnus. Cette famille se débrouille toute seule.

Elles s'engagent dans la large artère qui mène à la bretelle d'autoroute : six voies plus un terre-plein central, des autos qui foncent et des feux rouges, des rues adjacentes et des passages piétons, des magasins d'usine et des fast-foods, des lumières vives et des enseignes qui clignotent. Abuelita doit avoir si peur, songe Rosina. Se rappelle-t-elle seulement qu'il existe des endroits comme celui-ci? Ou bien croit-elle encore vivre dans le petit village des montagnes d'Oaxaca qu'elle a quitté il y a des années? Est-elle en train d'errer dans les parages, perdue, pensant qu'elle est tombée sur une autre planète?

– Là! crie Mami en indiquant un carrefour, au feu rouge suivant.

Elle accélère et fait un écart juste à temps pour éviter une autre voiture qui tourne à droite.

Abuelita, calme et patiente au passage piéton, appuie sur le bouton pour traverser. La voiture s'arrête dans un crissement de pneus et Mami en surgit d'un bond. Rosina enclenche les warnings et tire sur le frein à main. Pendant un bref instant, elle voudrait que Mami ait remarqué ses bons réflexes, qu'elle l'ait vue gérer la situation.

– Mami, dit cette dernière à Abuelita en l'entourant de son bras. *Vámonos.*

Abuelita cligne des yeux, perplexe mais confiante. Mami lui parle gaiement en espagnol, subitement débarrassée de sa rage. Rosina doit détourner la tête. Il y a quelque chose de douloureux à voir cette douceur chez sa mère. Car Rosina, elle, ne la reçoit jamais. Cette douceur ne s'adresse jamais à elle.

Elle descend, ouvre la portière arrière et, pendant que Mami guide Abuelita vers la voiture, jette un regard de l'autre côté de la rue, vers la station-service et la supérette QuickStop. Elle se demande si Spencer travaille en ce moment. Elle se demande à qui il a fait du mal récemment.

Puis *clac!* Rosina reste sonnée en se rendant compte que sa joue la brûle. Tournant la tête, elle voit Abuelita juste à côté d'elle, la main encore levée après la gifle, les yeux fous, remplis de colère et de terreur.

– *¿Qué has hecho con mi hija?* demande-t-elle avec autorité. Qu'as-tu fait de ma fille? *¿Qué has hecho con Alicia?*

– C'est moi, Abuelita. Moi, Rosina.

– *Tienes su cara, pero no eres ella.* Tu as son visage, mais tu n'es pas elle.

Abuelita lui redonne une gifle.

– *¡Demonio!* hurle-t-elle.

– Mami! crie la mère de Rosina.

Elle cherche à lui attraper le bras, mais la vieille femme se libère. Rosina se protège le visage des deux mains pendant que sa grand-mère se déchaîne contre elle. Elle ne se défend pas. Elle n'essaie pas de l'arrêter. Bizarrement, chaque coup lui semble mérité. Elle ne l'a pas volé.

– *¡Ya basta!* crie sa mère. Ça suffit ! *Rosina es tu nieta. Ella te ama.* Rosina est ta petite-fille. Elle t'aime. *Es buena.* Elle est gentille.

Non, songe Rosina. *Elle ment. Elle ne croit pas à ce qu'elle dit.*

Rosina et sa mère finissent tant bien que mal par la faire monter à l'arrière. Elle cesse de se débattre aussitôt que son derrière osseux touche la banquette, comme si, d'un seul coup, quelque chose s'était éteint dans sa tête et elle avait oublié son tourment. *Comme ce serait bon de pouvoir éteindre ses sentiments comme ça,* songe Rosina en se penchant pour lui attacher sa ceinture. Une goutte mouillée tombe de son visage sur le genou de sa grand-mère.

Elles rentrent en silence. Abuelita s'endort aussitôt que la voiture démarre.

– Comme un bébé, dit Mami à mi-voix. Tu étais comme ça, quand tu étais petite. Quand tu ne pouvais plus t'arrêter de pleurer, je te mettais dans ton siège auto et je faisais le tour du pâté de maisons. Ça marchait à tous les coups.

Mais là, ça ne marche plus. Rosina se détourne le plus possible de sa mère, le front appuyé contre la vitre froide. Il s'est mis à pleuvoir, et les grosses gouttes qui tombent dehors sont semblables à celles qui roulent sur ses joues.

Elle descend de la voiture aussitôt que celle-ci s'arrête devant la maison. Elle soulève Abuelita de son siège, et les bras osseux de sa grand-mère s'accrochent à son cou tandis qu'elle la porte à l'intérieur. Rosina la couche dans son lit, remonte les draps jusqu'à son menton et la borde avec précaution. Elle sait qu'Abuelita aime être bien serrée dans ses draps, comme elle.

Mami reste debout à la porte. Il fait sombre dans la chambre, et Rosina ne voit pas son visage. Elle s'éloigne sans bruit du lit et dit :

– Pardon.

Sa mère la laisse passer.

– Je vais y aller, maintenant, ajoute-t-elle.

Dans la pénombre, elle voit sa mère hocher la tête.

Nous.

– Au moins, c'est nettement plus propre que la dernière fois, dit Grace.

– Mais sans doute encore plus illégal, souligne Erin.

La grosse pierre gravée, au début de la voie d'accès, indiquait « Villas Oasis », mais il n'y avait ni villas ni oasis en vue, rien qu'un vaste terrain vague boueux, aplati au rouleau compresseur, sillonné par un enchevêtrement de routes qui tournaient en rond sans aller nulle part, le seul signe de vie étant les bulldozers abandonnés sur des tas de terre et, tout au fond, une maison vide, parfaite, dressée au sommet de la butte où sont maintenant assises les filles. Le panneau planté devant clame « Maison témoin ! » en joyeuses lettres vertes, et pourtant il n'y a rien de joyeux.

– Oh, regardez ! dit Rosina. Je ne suis plus la seule métèque ! Voilà Esther Nguyen et Shara Porter. C'est bon, on a la Latina, l'Asiatique et la Noire de service. Un modèle de féminisme multiculturel, non ?

Rosina se laisse tomber au sol dans un coin de la pièce et s'adosse au mur, en lançant autour d'elle des regards hargneux.

– C'est quoi, le problème? lui demande Erin en s'asseyant à côté d'elle.

– J'ai pas de problème.

– Tu es d'encore plus mauvais poil que d'habitude.

– Tu as l'air un peu énervée, confirme Grace. C'est ton entretien de jeudi avec Slatterly qui te travaille encore?

– Slatterly, je l'emmerde, lâche Rosina, mais sans sa conviction habituelle.

Elle touche sa joue gauche, qui est rouge et légèrement enflée.

– Ma mère m'a dit que je devais venir au restaurant aujourd'hui. Alors que c'était mon jour de congé. Je vous jure, c'est le tiers-monde, chez moi. Ma famille, c'est pire qu'un atelier clandestin.

– C'est pas un peu raciste, ce que tu dis? demande Erin. Tu deviens raciste contre toi-même?

– Mais tu n'es pas au restaurant, là, fait remarquer Grace, toujours debout devant ses deux amies assises.

– Ouais, bon, parce que j'ai refusé.

– Et c'est une bonne chose, non? dit Grace.

– Pas quand ça déclenche une engueulade tellement grave qu'on ne remarque pas que ma grand-mère se barre jusqu'à ce qu'elle soit partie à cinq rues de là, sur le point de se faire tuer en traversant la six-voies, près de l'autoroute. Et qu'ensuite, quand on essaie de la faire remonter en voiture, elle me prend pour un démon imitant sa fille morte et me donne des baffes.

– Oh, non ! Désolée pour toi.

Rosina exécute son haussement d'épaules le plus je-m'en-foutiste, mais elle n'est pas convaincante. Elle observe les filles qui s'amassent peu à peu dans l'impeccable salon-témoin, en manœuvrant pour se trouver une bonne place à côté de leurs copines. Même là, où tout le monde est censé être dans le même camp, la loi et la hiérarchie des bandes règnent toujours.

– Pourquoi tu ne laisses pas tomber ? demande Erin.

– Laisser tomber quoi, ma famille ? Je voudrais t'y voir !

– Non, ton job.

– J'ai besoin du fric.

– Tu ne pourrais pas au moins arrêter le baby-sitting, comme tu disais ? suggère Grace. Mettre ta cousine sur le coup ?

– Ma famille ne comprend pas vraiment le mot « non ».

– Margot s'est mise à parler, fait remarquer Erin.

– Quand est-ce qu'elle ne parle pas, celle-là ? ironise Rosina.

– Non mais je veux dire : il faudrait qu'on se taise.

Quelqu'un a allumé la fausse cheminée à gaz du pavillon témoin, et Margot Dillard, présidente du Bureau des élèves, se tient devant et s'efforce d'attirer l'attention de toutes.

– Grace, tu vas t'asseoir, oui ? demande Rosina. Tu me rends nerveuse.

Grace regarde ses pieds, puis Margot, puis ses amies assises dans le coin.

– Je crois que je vais me rapprocher? dit-elle. Pour mieux entendre?

– Comme tu veux, ne te gêne pas pour nous.

– On est cinquante-deux, dit Erin, les mains serrées. C'est trop pour cette pièce. On est trop tassées. Ça va tourner au chaos intégral.

– *Chaos intégral, doum doum doum*, chante Rosina d'une voix grave, façon heavy metal.

Mais ses taquineries s'interrompent net quand Melissa la pom-pom girl vient s'asseoir à côté d'elle.

– Ça ne te dérange pas que je me mette là? demande-t-elle avec un sourire.

– Euh, non, non, fait Rosina, qui s'en veut immédiatement de bafouiller.

– Je ne suis pas à l'aise du tout, dit Erin sans s'adresser à personne en particulier.

– Quelqu'un a-t-il des sujets à proposer pour la discussion d'aujourd'hui? demande Margot devant la fausse cheminée.

– Est-ce qu'on pourrait parler du fait que tous les mecs sont de gros bébés? demande quelqu'un, provoquant des rires.

– Je serais curieuse de savoir si les gens voient un changement, intervient Melissa. Savoir si quelqu'un a remarqué une différence dans la manière dont les mecs nous traitent, ou dans nos attitudes les unes avec les autres. Ou même dans la manière dont nous nous traitons nous-mêmes.

– Oui, dit Margot. Quelqu'un veut-il rebondir là-dessus ? Vous avez constaté une différence ?

– J'ai un peu plus confiance en moi, concède Elise Powell, la sportive. Moins complexée par rapport aux autres filles. Moins inquiète qu'on me juge en permanence. Parce que pour une fois, j'ai l'impression qu'on est toutes dans le même bateau.

– Moi, je me sens plus courageuse, dit une autre.

– C'est ça, renchérit Elise. Il me semble que nous, on a changé. Les filles. Mais les mecs sont restés exactement pareils.

– Voire pire, lance quelqu'un.

– On les oblige à se montrer sous leur vrai jour, constate Sam Robeson, celle du club de théâtre. Rien de tel qu'un petit obstacle pour faire ressortir le caractère véritable. C'est la base, au théâtre.

– Alors qu'est-ce qu'on fait, maintenant ? demande une autre. On attend qu'ils comprennent, c'est tout ?

– En gros, oui, dit Elise. Ils savent ce qu'on veut. C'est à eux de voir comment changer.

– Ils peuvent toujours nous demander des tuyaux, ajoute Rosina. Genre : les dix conseils pour ne pas être un connard. Numéro un : ne pas violer les filles.

– Numéro deux, lance Melissa : ne pas laisser ses potes violer les filles.

– Numéro trois, propose quelqu'un : avoir des amies filles, pas seulement pour coucher.

– Numéro quatre, dit Margot : ne pas nous traiter de chaussettes à branlette.

Toute la pièce éclate de rire.

– Qui traite les femmes de chaussettes à branlette? demande Sam.

– J'ai lu ça sur le blog des *Vrais Mecs de Prescott.*

– Mon Dieu, souffle Rosina.

– Numéro cinq, propose Melissa : ne pas lire le blog des *Vrais Mecs de Prescott.*

Puis les rires se taisent d'un coup. Une par une, les filles tournent la tête, en alerte, tels des chiens de prairie flairant un danger.

– Putain de merde, dit Connie Lancaster, la semi-peste de la classe de Grace, sans prendre la peine de chuchoter.

Amber Sullivan est à la porte, les traits déjà tordus par une grimace de défense préventive. Le silence s'éternise tandis que toutes la fixent. Tendues. Sur leurs gardes. Amber ne bouge pas, comme si leurs regards soupçonneux la paralysaient. Pendant un instant, on pourrait croire qu'elles ont décidé de lui barrer le passage rien qu'avec leurs yeux.

– Qu'est-ce qu'elle fait ici, celle-là? chuchote quelqu'un.

– Je me méfie d'elle, murmure une autre voix. À tous les coups, elle va nous balancer.

– Amber! C'est super que tu sois venue! finit par s'exclamer Grace.

À part elle, personne, pas même la principale intéressée, ne semble se réjouir de sa présence.

Les autres se détendent en partie pendant que Grace la fait entrer. Quelques filles lui disent même bonjour, comme si le petit geste d'inclusion de Grace suffisait pour qu'elle devienne soudain fréquentable.

– Waouh, souffle Melissa à Rosina. C'est courageux de sa part, de venir. Toutes les filles la détestent.

– Et toi ?

– Non, bien sûr que non. Je la plains, plutôt.

– C'est pire, fait remarquer Rosina. Détester, c'est au moins accorder un peu de pouvoir à l'autre.

Melissa pose sur elle un regard indéchiffrable, qui la force à détourner les yeux. Rosina se demande un instant si elle ne serait pas un peu autiste comme Erin. C'était presque douloureux, ce regard partagé. Elle ressent la douleur quelque part dans sa poitrine, là où commencent les crises de panique d'Erin.

– Bon, les filles, lance Margot Dillard. Tout le monde est bien installé ? Vous voulez qu'on parle de la manière dont se passe la grève pour les unes et les autres ? Est-ce que quelqu'un a reçu des réactions négatives de son copain ?

– De son ex, tu veux dire ? réplique la pom-pom girl Lisa Sutter. Je m'étais toujours doutée que c'était un enfoiré, au fond, mais cette histoire l'a fait passer à la vitesse supérieure.

Elle envoie à Amber un regard meurtrier.

– Oui, j'ai dû larguer le mien aussi, raconte une autre. Il m'a ri au nez quand je lui ai dit que je me mettais en grève.

– Des gamins, constate Lisa. Ils ne comprennent pas qu'on leur dise non. Ça n'entre pas dans leur petite cervelle.

– Pas tous, quand même, précise une fille. Le mien me soutient vraiment.

– C'est vrai, l'appuie Sam Robeson. Je ne comprends toujours pas pourquoi les mecs bien devraient souffrir. D'ailleurs, je ne comprends pas pourquoi nous, on devrait en souffrir. Cette grève punit aussi les filles, vous savez.

– Si ça peut te consoler, Sam, je ne crois pas qu'Amber soit en grève, persifle Lisa.

Quelques exclamations étonnées. Quelques rires nerveux.

– Amber continue de coucher avec tout le monde, non ? poursuit-elle.

– Lisa, lui dit doucement Melissa. Je crois qu'il vaut mieux que tu arrêtes.

– Que j'arrête ? Pourquoi j'arrêterais ? Vous pensez que je devrais être sympa avec elle ? Elle s'est tapé mon mec !

– Les filles ! lance Margot d'une voix tendue, haut perchée. N'oublions pas que nous sommes ici pour communiquer et créer un espace protégé pour toutes les filles. Alors essayons de nous rapprocher au lieu de nous diviser. D'accord ?

On entend des murmures. Quelques filles approuvent de la tête. D'autres lèvent les yeux au ciel.

– Comme tu veux, soupire Lisa. On est en démocratie, pas vrai ? Je vais me taire, puisque personne ne veut entendre ce que j'ai à dire.

– Ce n'est pas vrai. On a encore...

Lisa lève la main comme un panneau stop.

– Ça ne fait rien. Sérieux. Je ne veux pas en parler.

– Désolée, Amber, chuchote Grace.

Mais le silence est tel que tout le monde l'entend.

– Oh, je sais ce qu'on raconte sur moi, tu sais. Je sais ce que vous pensez de moi. Je sais que vous me prenez toutes pour une traînée.

– Mais non, proteste faiblement une fille.

– C'est gentil, la remercie Amber d'une voix pas douce du tout. Sauf que tu n'en penses pas un mot.

– C'est injuste ! s'impatiente Sam Robeson. Les mecs peuvent coucher autant qu'ils veulent, mais si une fille les imite, on la traite de tous les noms.

– Mais ils veulent quand même qu'on soit sexy, renchérit une autre. Sinon, ils ne nous voient même pas.

– Mais pas trop sexy quand même, précise Margot. Surtout si on veut être prises au sérieux.

– Est-ce que tu aimes le sexe, au moins, Amber ? s'enquiert Connie Lancaster.

– Connie ! souffle son amie Allison.

– Non, je suis curieuse. Sincèrement. Ce n'est pas méchant.

La salle plonge dans le silence, attendant une réponse.

Amber ne dit rien pendant un long moment, se contentant de regarder cette pièce pleine de filles qui l'observent. Leurs yeux sont plus inquisiteurs qu'hostiles, comme si elles voulaient vraiment savoir ce qu'Amber pense et ressent, comme si elles voulaient réellement la connaître.

– Je sais pas trop, lâche-t-elle enfin.

Les regards l'ont adoucie. Elle est surprise par cet endroit étrange et par ces filles étranges qui la regardent de cette nouvelle manière étrange.

– Mais tu te tapes plein de mecs, non ? demande Connie d'une voix presque gentille.

– C'est pas faux.

– Et tu n'aimes pas ça ?

– Ça arrive. Mais pas toujours.

– Alors pourquoi tu le fais ?

– Je crois que parfois, j'ai l'impression de ne pas avoir le choix.

Quelques hochements de tête presque imperceptibles dans la pièce. La haine qui se mue en pitié, puis en quelque chose de tout à fait différent.

Amber se redresse, se durcit à nouveau.

– Oui, bon, peut-être que je ne kiffe pas à chaque fois. Et alors ? Je ne vois pas ce qu'il y a de si extraordinaire à tirer un coup. La virginité n'est pas un cadeau précieux qu'il faut protéger à tout prix. Je ne comprends pas qu'on en fasse toute une histoire.

– Le jeune pasteur de notre église dit que la virginité est comme une fleur, dit Krista, une des troisièmes aux cheveux bleus. Que perdre sa virginité avant le mariage, c'est comme arracher ses pétales à une fleur. Personne ne veut d'une fleur sans pétales.

– Sans vouloir te vexer, c'est complètement débile, s'énerve Sam.

– Amber, dit Grace. On n'est pas obligées de continuer à parler de ça, si tu ne veux pas.

– Moi, je trouve qu'on ne devrait pas en parler du tout, commente quelqu'un.

– Au contraire. C'est exactement le genre de choses dont il faut parler.

– En tout cas, je pense qu'on est toutes d'accord sur un point : si quelqu'un aurait besoin d'une bonne grève, c'est bien Amber ! lance Lisa.

– Lisa, arrête, dit Melissa.

Lisa mime une fermeture Éclair sur sa bouche.

– Vous croyez vraiment que c'est une grève du sexe qui va vous faire respecter? s'esclaffe Amber. Vous croyez qu'ils vous respecteront un jour? Vous croyez qu'ils respectent ne serait-ce que l'une d'entre nous? C'est une perte de temps, d'essayer de se faire respecter par les mecs. Alors moi je les utilise, tout comme ils m'utilisent. On est totalement à égalité.

Quelque part dans l'ombre, quelqu'un souffle « pauvre Amber », tout bas mais assez fort quand même pour qu'elle tressaille, qu'elle se rappelle pourquoi elle n'aurait jamais dû venir, pourquoi elle n'a pas sa place parmi ces gens.

– Vous savez ce qui est bizarre? lance Connie. Personne au lycée ne traite Sam de traînée, alors qu'elle aussi couche avec tout le monde, non? Pourquoi est-ce qu'Amber est une pute et pas Sam?

– J'ai entendu des gens traiter Sam de traînée aussi, dit une amie de théâtre de cette dernière.

– Je te remercie, lâche Sam.

– Mais quand même, pas autant qu'Amber, si? insiste Connie. Pas avec autant de haine. Si on devait choisir qui est considérée comme la plus grosse pute par la majorité des élèves de Prescott, Amber gagnerait, alors que toutes les deux, tout le monde leur est passé dessus sauf le train.

– On pourrait arrêter d'utiliser ce mot, déjà? réclame Sam. On pourrait se mettre d'accord pour arrêter d'employer ce mot horrible? Je veux dire, ce que font les mecs, ce qu'ils disent de nous, c'est déjà assez moche. Est-ce qu'il faut vraiment qu'on se pourrisse entre nous?

Personne ne se rend compte qu'Amber n'est plus là. Elles la voient encore assise parmi elles, mais elles ignorent son talent pour sortir de son corps quand cela devient trop douloureux d'y rester. Elle ne veut pas penser à ce qui la différencie de Sam. Elle ne veut pas penser au gouffre que rien ne pourra combler en elle.

– On est jugées dans l'autre sens aussi, fait remarquer Grace.

Elle se racle la gorge et promène son regard dans la pièce. Puis prend sa respiration.

– Les vierges, je veux dire. Les filles qui choisissent de garder leur virginité. À voir comment on parle de sexe, parfois, on a l'impression que tout le monde couche. Mais ce n'est pas le cas. Moi non, en tout cas.

– Moi non plus ! clament Krista et Trista à l'unisson.

– Moi non plus, grommelle Elise. Mais ce n'est pas l'envie qui m'en manque.

– Moi non plus, reconnaît une autre. Tous les mecs du lycée que je connais sont des gros nazes. J'attends d'être en fac pour en trouver un qui en vaille la peine.

– Moi, je suis encore vierge, lance une autre fille. Mais je suis troooop prête à sauter le pas. C'est mon copain qui dit qu'il n'est pas prêt !

– Par curiosité, dit Grace d'une voix un peu plus forte. Qui est encore vierge, ici ?

Lentement, des mains se lèvent, une par une, jusqu'à ce qu'environ la moitié de la pièce ait la main en l'air.

– Vous voyez, conclut Grace. On n'est pas une petite minorité d'anormales.

Erin, elle, n'a pas levé la main. Elle garde la tête baissée vers ses genoux, se tord les poignets. Rosina essaie de capter son regard, mais elle est enfermée en elle-même, cherchant à se protéger.

Elle n'a pas levé la main.

Rosina sent le sol s'ouvrir sous elle, et son cœur tomber dans le gouffre. Erin a un secret qu'elle n'aurait jamais imaginé.

– Erin. Qu'est-ce qui se passe ?

Pas de réponse.

– Notre église veut qu'on se préserve jusqu'au mariage, précise Trista. Bien sûr, la responsabilité repose principalement sur les filles. C'est nous qui sommes considérées comme perdues si on couche, pas les garçons.

– On nous apprend à avoir honte de notre corps, ajoute Krista. On est censées avoir trop peur du sexe. (Elle regarde autour d'elle, respire à fond.) Et ça marche. Moi, ça me terrifie.

Les yeux d'Erin sont toujours baissés et elle se balance légèrement d'avant en arrière, son dos cognant doucement contre le mur derrière elle. Rosina sait qu'elle serait déjà partie si elle avait voulu. Il doit y avoir une raison pour qu'elle reste, quelque chose de rassurant ici malgré tous ces mots effrayants, quelque chose de contagieux dans le courage qu'il faut pour les prononcer.

– C'était comme ça aussi dans mon ancienne église, raconte Grace. Les filles portaient la bague de pureté et tout. Mais moi, je ne suis pas là-dedans. Ma mère, encore moins. Elle ne me dit pas que j'irai en enfer si j'ai des rapports avant le mariage. C'est juste mon choix, vous voyez ?

– Amen, l'approuve quelqu'un.

– Ces filles à bagues de pureté, elles laissent juste d'autres gens prendre des décisions pour leur corps, analyse Trista. Elles laissent l'église décider pour leurs corps. Ce sont leurs pères qui leur achètent la bague et ils la leur donnent comme s'ils étaient... leur mec. Ou comme si Jésus était leur mec. C'est immonde.

– C'est de l'ignorance et de la peur, c'est tout, dit Sam Robeson. La peur de nos propres corps. La peur du jugement de ces systèmes rétrogrades qui haïssent les femmes.

– Il y a du vrai là-dedans, c'est sûr, concède Grace. Mais essaie une minute de voir les choses de leur point de vue. La plupart croient vraiment bien agir, et pour les mêmes raisons que nous. Au cœur de tout ça, elles croient que choisir la virginité c'est une manière de se respecter et de respecter leur corps. Elles se sentent fortes, tout comme, nous, on essaie de se sentir fortes. Elles ne cèdent pas à la pression sociale, ne font pas un truc juste parce que tout le monde le fait. Elles considèrent que le sexe est sacré. Et, bon, je ne sais pas, Dieu sait que je ne suis pas fondamentaliste, je ne crois pas qu'il y ait une foi qui soit la bonne pour tout le monde, et je ne juge certainement pas les gens sur leurs choix...

Elle regarde dans la pièce, le dos droit, le regard franc. Sa voix est forte quand elle reprend la parole.

– ... mais personnellement, oui, je suis assez d'accord avec elles. Mon ancienne église était rétrograde à bien des égards, mais il y a des choses qui me sont restées. Par exemple le fait que l'amour physique doit demeurer sacré, et se faire entre deux personnes qui s'aiment et s'engagent l'une envers l'autre. Que notre corps est un temple. Le jour où je le ferai, je veux que ce soit avec l'homme de ma vie. Je ne veux partager ça avec aucun autre.

Presque personne ne voit Amber Sullivan se lever et s'éclipser. Il y a des filles qui sont très douées pour devenir invisibles.

– Mais pourquoi ? demande Sam. Pardon, mais qui a décidé que le sexe était ce truc incroyablement précieux et sacré qu'il faut forcément prendre hyper au sérieux et tout? Pourquoi on ne pourrait pas s'envoyer en l'air juste pour le plaisir? C'est vrai, quoi! Si tu enlèves la religion et la répression sexiste à la mords-moi-le-nœud, c'est juste une belle chose naturelle, et nos corps sont *faits* pour ce plaisir-là. Ce sont les humains qui y ont ajouté la honte et qui ont inventé toutes ces règles. Qu'est-ce qui se passerait si on n'écoutait pas tout ça, si on laissait simplement parler nos corps et si on cherchait ce qui est bon, sans culpabiliser?

– Bien dit! lance une voix.

– Mais tout le monde coucherait tout le temps avec *tout le monde*! s'offusque Krista, les yeux ronds. Et on tomberait toutes enceintes, et on attraperait des maladies!

– Mon Dieu, souffle Rosina en se prenant la tête entre les mains.

– Chérie, c'est pour ça qu'il faut prendre la pilule ou se faire poser un stérilet le plus tôt possible, affirme Sam. Et mettre une capote *à chaque fois*. Quoi qu'il arrive.

Cette perspective semble horrifier Krista.

– Je respecte totalement ton opinion, avance Grace avec prudence. Mais personnellement, je pense que ce n'est pas seulement mon corps qui entre en jeu. Il y a aussi ma tête, mon cœur, mon âme.

Sam pousse un gros soupir.

– J'aime mieux voir notre corps comme une fête foraine que comme un temple. Moins de sacré, plus de fun.

– Je ne pense pas que ce soit incompatible, souligne Melissa.

– Ça peut être les deux, confirme une fille.

– Et donc, tu comptes attendre jusqu'au mariage? demande quelqu'un à Grace.

– Je ne sais pas. Peut-être pas. Peut-être que je vais tomber amoureuse, que j'aurai l'impression que c'est pour la vie et que j'aurai envie de le faire, à ce moment-là. Et peut-être que ce ne sera pas le mec que j'épouserai, au bout du compte. Tout ce que je sais, c'est que je ne suis pas pressée. La vie est déjà assez compliquée comme ça.

– Moi je regrette de ne pas avoir attendu, avoue une voix mal connue – celle d'Allison Norman, l'amie discrète de Connie, dans la classe de Grace. Mais je pensais que je devais le faire si je voulais être populaire. J'avais trop peur de dire non. (Les larmes lui montent aux yeux.) Quatorze ans, c'est jeune...

Connie enlace les épaules de son amie.

– Alors quel est le bon âge? demande quelqu'un.

– Il n'y a pas une réponse unique pour toutes, dit Sam Robeson. Et c'est une des choses qui font tellement peur aux adultes. Nous faire confiance pour décider par nous-mêmes. Pour prendre cette décision pour notre propre corps.

– Mais comment leur en vouloir? avance Grace. Ils doivent être terrifiés. Regarde tout ce qui peut se passer : on peut tomber enceintes, attraper des maladies, faire des choix qui fichent notre vie en l'air à jamais. On peut en pâtir de plein de manières, contrairement aux garçons. L'instinct des parents est de nous protéger, et c'est ce qu'ils croient faire.

– Les tiens, peut-être, grommelle une fille.

Erin relève un instant la tête pour regarder Grace. Elle bat des paupières, comme si elle s'étonnait de se retrouver soudain là, dans cette pièce avec tous ces gens, et non seule dans l'espace exigu de son corps.

– Dites, j'ai une question, lance une voix dans le fond.

Toutes les têtes se tournent vers la fille pâle aux cheveux noirs et blancs : Serina Barlow, celle qui sort de désintox.

– Est-ce qu'il y en a parmi vous qui *aiment* vraiment ça ?

Son ton de voix indique clairement que, selon elle, la réponse devrait être non.

– Oui ! s'écrie Sam avec enthousiasme, immédiatement, sans hésiter.

Il y a quelques rires nerveux. Et quelques joues qui rougissent.

– Moi aussi, avoue une autre. Ce n'est pas... grave, si ?

– Et moi aussi, dit encore une autre. Mais j'ai l'impression que je dois le cacher. Que je n'ai pas le droit d'aimer ça. Que si j'aime ça, je suis une pute.

– Mais si tu n'aimes pas, tu es une prude, ajoute Margot. On ne peut pas gagner.

– Moi je ne déteste pas, indique une autre, l'air très perplexe. Je ne sais pas. Je veux dire... désolée si c'est impudique, mais parfois, quand je suis avec mon mec, je suis super excitée et j'ai trop envie de le faire. Mais ensuite ça se passe tellement vite que je me retrouve à me dire : « C'est tout ? »

– C'est exactement ça ! s'exclame une autre.

– Mais trop !

– Ça me rend dingue, soupire la première.

– Et tu le dis ? demande Sam.

– Dire quoi ?

– Tu dis « C'est tout » ? À ton mec ?

Les filles éclatent de rire, puis s'arrêtent net en comprenant qu'elle parle sérieusement.

– Comment veux-tu qu'il comprenne que tu en veux encore, si tu ne le lui dis pas ? insiste Sam.

– Mais, euh, il a... fini, quoi.

– Et alors ? Oblige-le à attendre son tour jusqu'à ce que toi, tu aies fini. Ou alors, il peut venir, et ensuite tu lui dis de quoi tu as envie, et il peut te faire des trucs avec ses doigts ou avec sa bouche, et ça lui donnera envie de recommencer. C'est gagnant-gagnant ! Il ne leur faut pas très longtemps pour recharger les batteries. Ils sont prêts à remettre ça au bout de trois minutes, en général.

– Oh là là là là, glousse une fille.

– Elle est folle, murmure une autre.

– Que voulez-vous, j'aime le sexe, et je n'en ai pas honte, proclame Sam en rejetant son foulard par-dessus son épaule. Personne ne devrait en avoir honte.

– Tu es un peu mon héroïne, là, tout de suite, confie Trista.

– Moi, cette conversation me panique encore un peu, reconnaît Krista.

– Attends, attends, dit Allison Norman. Comment tu fais, au juste ? Comment tu lui *dis* ?

– Tu lui décris ce que tu veux, c'est tout. Ou bien, si tu n'as pas envie de parler, tu lui montres.

– Ça a l'air facile quand tu en parles, souffle Allison. Mais je ne sais pas si j'en serais capable. Et même si j'y arrivais, je ne sais pas comment il réagirait.

– Mais alors vous faites quoi, quand vous couchez ensemble ?

– Euh, bah, je reste couchée sous lui… dit Allison avec un petit rire triste. Franchement, ça m'a soulagée quand on a décidé de se mettre en grève.

– Moi aussi, admet une autre.

Il y a quelques hochements de tête dans le groupe. Sam passe de visage en visage, et le sien se tord à mesure qu'elle comprend quelque chose de nouveau, quelque chose d'affreux, qu'elle n'avait jamais envisagé : que le sexe puisse être entièrement détaché du plaisir, qu'il puisse être un fardeau, une corvée, une chose qu'on endure.

– Parfois, je propose une pipe quand je n'ai pas trop envie d'un mec, dit une autre fille. Pour qu'il ne m'en veuille pas.

– Nooon, souffle Sam.

– Tu as de la chance, Sam, dit Serina Barlow. Je suis contente pour toi. Vraiment, c'est sincère. Et je pense que la plupart des filles ont probablement une chance de piger cette histoire de sexe, ou d'en faire quelque chose de bon, comme ça l'est pour toi. (Elle marque une pause.) Mais il y a des gens qui n'y arriveront jamais. Tu crois que Lucy Moynihan aura une vie sexuelle épanouie un jour ? Il y a peu de chances.

Sam secoue la tête.

– Tu n'en sais rien.

– Ce qui t'arrive quand tu es jeune, ça te marque à vie au fer rouge. Il ne m'est jamais rien arrivé d'aussi terrible, pas vraiment. Quand je me suis fait dépuceler, j'avais à peine treize ans. Le mec en avait dix-sept, et j'étais défoncée. Je n'avais pas les idées claires. Ce n'était pas un viol, mais ça n'a pas été agréable non plus. Et j'ai l'impression que ça m'a programmée, et que le sexe me fera toujours cet effet-là, avec n'importe qui. C'est comme si j'étais maudite.

– Mais c'était un viol, dit Margot. S'il avait dix-sept ans, ça compte comme un détournement de mineure. Et si tu étais assez défoncée pour ne pas comprendre ce qui se passait, tu n'as pas pu donner ton consentement.

– Appelle ça comme tu veux, de toute manière ce qui est fait est fait. Je n'y peux plus rien.

– Tu pourrais peut-être voir un psy ? suggère Elise.

– Oh là là, j'en ai vu, un psy, lâche Serina avec un rire amer. Mais je suis foutue. Quelque chose s'est cassé en moi, et ça ne se réparera jamais.

– Mais si jamais...

– C'est comme si mes instincts avaient été reprogrammés. Même quand un type me plaît, même si je l'aime vraiment bien et que je le trouve mignon, dès qu'il s'intéresse à moi je me mets à le détester. C'est physique, comme un dégoût, ça me donne envie de gerber tellement je suis en colère, c'est comme si je voulais le tuer. Juste parce qu'il me regarde d'une certaine manière. Juste parce qu'il risque de me vouloir.

– Rosina, chuchote Melissa. Je crois qu'Erin ne va pas bien.

Rosina tourne la tête : en effet, Erin ouvre de grands yeux fixes. Elle se balance de plus en plus. Elle a le souffle court et haletant.

Où sont les murailles d'Erin ? Où sont ses défenses ? Les paroles de Serina la poignardent, l'ouvrent en deux, et elle sent tout.

– Erin, murmure Rosina. Ça va ?

Elle fait non de la tête.

– Et je me dis une chose, continue Serina. Peut-être que si mes parents m'avaient parlé du sexe, peut-être que si on m'avait dit que c'était un choix que je devais faire, une chose que je devais désirer, ça se serait passé autrement, vous savez ? J'aurais peut-être su que je n'avais pas à laisser un mec prendre des décisions pour mon corps. J'aurais peut-être su que je pouvais dire non, déjà. Parce que je ne savais pas. J'étais une gamine, et je croyais que si un type me voulait, ça voulait dire que la décision était déjà prise.

– Respire, chuchote Rosina à Erin. Compte à l'envers à partir de cent.

– Pardon, les filles, enchaîne Serina. Je ne voulais pas vous casser le moral. Je viens de passer trois mois en cure, avec des thérapies de groupe genre dix heures par jour où tout le monde parlait de son vécu et de son ressenti. À longueur de journée.

– Cent, quatre-vingt-dix-neuf, quatre-vingt-dix-huit... décompte Rosina à voix basse.

– Comment est-ce qu'on peut déjà être aussi flinguées ? s'interroge Margot d'une voix tendue, où l'émotion dément son assurance habituelle. On n'est encore que des ados !

– Tout ce que je sais, c'est que si jamais j'ai une fille, je lui apprendrai que faire l'amour est censé lui donner du plaisir, conclut Serina. Ça devrait être évident, hein ? Et pourtant.

– Respire, souffle Rosina à Erin. Quatre-vingt-dix-huit, quatre-vingt-dix-sept, quatre-vingt-seize, quatre-vingt-quinze...

– Je crois que je vois ce que tu veux dire, intervient une autre fille. Du moins un peu. Même si j'ai beaucoup de chance. Ma première fois a été très romantique, et mon copain est génial, d'ailleurs il soutient totalement notre action. Je n'ai jamais subi d'attouchements ni de viol. Je m'entends bien avec mes deux parents. Ma mère est quelqu'un de fort. Mon père n'est pas un enfoiré. Je devrais me sentir super bien, tout devrait rouler. Et pourtant, je me sens en danger, comme menacée en permanence. J'ai quand même l'impression que mon corps ne m'appartient pas. Comme si c'était ça, être une fille, quelle qu'on soit. Même pour moi, qui fais partie des privilégiées.

– Regarde la pièce, dit tout bas Rosina à Erin. Regarde dans les coins. Sens le sol en dessous de toi.

– On ne peut pas continuer comme ça, dit quelqu'un.

– Et on ne va pas continuer comme ça, enchaîne Grace, dont la voix claire résonne dans la pièce. C'est ce qu'on fait, en ce moment même. Du seul fait d'être là, ensemble, et d'en parler comme ça. On est en train de *tout* changer.

– Il faut que je parte, dit Erin.

– Ça va aller. La réunion va bientôt se terminer. Tu peux attendre un tout petit peu ?

Erin est au bord des larmes

– Non. Il faut que je sorte d'ici.

– Tu veux que je t'accompagne ?

– Non.

Elle se lève.

– Tu es sûre ?

– Rosina, fous-moi la paix !

Elle enjambe maladroitement les filles assises par terre, traverse la pièce et sort. Les autres restent muettes un instant dans son sillage.

– Bon, dit Lisa Sutter en se levant. Je suppose qu'on a terminé.

– Ah bon, fait Margot en voyant tout le monde commencer à remuer. À moins que quelqu'un ait quelque chose à ajouter...

– J'ai envie d'une glace.

– Et moi d'une bière.

– La séance est levée, donc ?

Personne ne l'écoute. La maison se vide, alors que tant de choses n'ont pas encore été dites.

La pluie a cessé. La nuit s'éclaire peu à peu, à mesure que les deux douzaines de voitures allument leurs phares. Rosina retrouve Erin à côté de celle de la mère de Grace, dans l'espace boueux où elles se sont garées au pied de la butte, invisibles depuis la route.

– Je veux juste que Grace me ramène chez moi, dit Erin avant que Rosina ait pu ouvrir la bouche.

– Elle arrive. Mais on pourrait parler de ce qui s'est passé ?

– Il y avait trop de monde dans un espace trop petit. J'ai commis l'erreur de ne pas m'asseoir à côté de la porte. Ça va mieux depuis que je suis dehors.

– D'accord, mais...

– Bien mieux que là-dedans, avec toutes ces odeurs de parfum et de déodorant.

– Tu n'as pas levé la main quand Grace a demandé qui était vierge. Et le récit de Serina t'a bouleversée. Et...

Rosina s'interrompt. Elle a quelque chose dans la gorge, une chose qui n'est pas faite de mots. Les yeux qui piquent. Elle combat l'envie d'avoir un geste qu'Erin ne lui pardonnerait jamais : se jeter à son cou, la serrer très fort et ne plus jamais la lâcher.

– Je ne dirai plus rien, annonce Erin.

– Mais...

– Rosina, j'ai dit non.

– D'accord, mais...

– Et je ne veux pas non plus en reparler plus tard. Je ne veux pas en reparler au lycée. Je ne veux plus jamais en parler.

– Bon.

– Pourquoi est-ce que Grace ferme sa bagnole à clé? s'impatiente Erin en cognant la portière avec son poing.

– Aucune idée.

– Je veux rentrer chez moi.

– Je sais.

Rosina aimerait savoir quel effet ça fait, de vouloir rentrer chez soi.

Nous.

Grace décroche pendant l'essentiel du sermon de sa mère sur la renonciation aux biens de ce monde. Ça ne la concerne pas trop, en ce moment, vu qu'elle ne possède pas grand-chose.

Elle remarque que Jesse la regarde deux ou trois fois pendant l'office, mais elle détourne vite les yeux avant de devoir s'avouer qu'il a vraiment un beau sourire. Aussitôt après, elle file chez elle sans même s'arrêter aux toilettes alors qu'elle a une énorme envie de faire pipi. C'est dire si elle tient à éviter Jesse Camp.

Alors qu'elle s'assoit sur son lit, prête à se perdre dans le livre qu'elle est en train de lire, elle est soudain frappée par cette idée : en dehors de ce qu'exigeaient les cours ou les activités religieuses, Grace n'a pratiquement jamais parlé avec un garçon. Quelque chose en elle se ramollit. Peut-être que, tout au fond, ce n'est pas tellement qu'elle en veuille à Jesse, mais plutôt qu'elle a peur : c'est un garçon, et elle ne sait pas s'adresser à eux. Et le pire, c'est qu'elle se soupçonne d'en avoir envie.

Mais qu'est-ce que ça voudrait dire, si elle s'autorisait à parler avec lui ? Qu'il lui plaît ? Est-ce que ça ferait d'eux des amis ? Est-ce que ça voudrait dire qu'elle veut qu'ils soient *plus* que des amis ?

Grace se recroqueville de gêne. Elle jette des regards dans sa chambre, comme si elle craignait que quelqu'un ait entendu ses pensées, honteuse d'avoir envisagé ne serait-ce qu'un instant une idée aussi ridicule. Elle sait que quelqu'un comme elle ne peut pas aller par là. Les grosses n'ont pas de petit copain au lycée, et d'autant moins si le gars est relativement populaire comme Jesse. Elle n'a pas besoin qu'on le lui dise : son corps la disqualifie d'entrée de jeu.

Grace n'a jamais contesté la place de son corps dans le monde. Elle a toujours cru à la loi des livres et des séries télé : les filles rondelettes sont des faire-valoir, pas des jeunes premières. Parfois elles ont un rôle comique, mais la plupart du temps on se moque d'elles ; si elles ont du pouvoir, ce sont des méchantes – elles sont Ursula la Sorcière de la mer dans *La Petite Sirène* ; ce ne sont pas des héroïnes, et en aucun cas elles ne sont sexy. C'est la règle. C'est écrit dans le scénario.

Mais ces derniers temps, la vie a pris un tour très différent. Ces règles-là ne sont peut-être plus valides. Peut-être qu'elles ne l'ont jamais été. Et si la vraie vie ne ressemblait pas du tout aux films ? Peut-être qu'ici la grosse devient l'héroïne.

Sa va? demande le SMS de Rosina.

Erin déteste sa manière d'écrire n'importe comment.

Ça va très bien., répond-elle, en mettant un point au bout et tout.

Tu veu kon parle 2 l'autre jour? Sa va?

Laisse tomber. C'est tellement plus facile d'envoyer bouler quelqu'un par écrit qu'en personne!

J m'inkiet pour toi.

Pas le temps maintenant. À demain. Erin fourre son téléphone dans sa poche. En descendant, elle l'entend tinter, annonçant l'arrivée d'un nouveau message, mais ne le regarde pas. Spot vient se coller contre ses jambes comme s'il essayait de lui dire quelque chose. Il est dans le camp de Rosina, maintenant, ou quoi?

Sa mère est à son poste dans la cuisine.

– Ah, te voilà, très bien, dit-elle en la voyant. Il faut que je te parle.

Erin ouvre le frigo et y cherche quelque chose qui puisse lui caler l'estomac pour le restant de l'après-midi. C'est mal parti.

– Je t'ai préparé un goûter, lui dit sa mère. Dans le bol vert.

Elle sort du frigo la peu appétissante purée grise mouchetée de vert, et la renifle. Ça ne sent rien.

– Je voudrais quelque chose qui croque.

– Chérie. J'ai essayé de trouver une date pour notre prochain dîner familial, mais papa est débordé avec les partiels et tout, je sais que tu dois être très déçue mais...

– Pourquoi veux-tu que je sois déçue ? demande Erin en plongeant une mini-carotte dans sa purée. Personne n'aime ces dîners.

Sa mère la regarde sans expression.

– Les carottes ne font pas partie du goûter.

– Pourquoi tu t'acharnes avec ces dîners de famille ?

– Parce qu'on est une famille, chérie, répond-elle en essayant de sourire, mais elle a un tic nerveux au coin de la bouche.

– C'est débile, comme raison.

Pourquoi sa mère ne peut-elle pas simplement laisser tomber ? Et Rosina, elle ne peut pas laisser tomber, elle aussi ? Pourquoi est-ce que tout le monde essaie tout le temps de lui dire ce qui est bon pour elle ?

– Erin, je ne crois pas que ce soit bon pour toi, de manger des carottes maintenant.

– Ce n'est pas en forçant les gens qu'on fait une famille, lâche-t-elle.

Elle sent sa poitrine s'échauffer, ses épaules se crisper. Spot donne des coups de patte sur sa jambe.

– Ça ne fait jamais de bien, de faire semblant. On ne fait que mentir. Toi, tu mens. Papa aussi.

– Chérie, ne crie pas.

– Tu sais qu'il n'a aucune envie d'être avec nous.

– Chérie, respire à fond.

Spot monte sur ses pieds et s'appuie contre ses mollets, mais même ce réconfort ne peut pas l'arrêter.

– Tu aurais dû divorcer la première fois, continue-t-elle.

Ces mots la soulagent, comme si elle se vidait. Puis la panique reprend le dessus. Puis, l'impression de se fermer hermétiquement.

Sa mère est toute rouge.

– Erin, je crois que tu devrais monter te calmer, suffoque-t-elle.

Elle est bien d'accord. Ce qu'il lui faut, là, tout de suite, c'est sa couverture lestée et ses chants de baleines. Ce qu'il lui faut, c'est se retrouver au fond de l'océan. Les poissons n'ont pas de famille, eux. Les bébés sortent de l'œuf et se débrouillent tout seuls. D'accord, la majorité d'entre eux sont dévorés par des prédateurs, mais ça, que voulez-vous, c'est la nature.

*

Voilà une bande de ces Filles de Nulle Part, sans doute en route pour une de leurs réunions secrètes. Un bref instant, cette fille envisage de les suivre, de découvrir où se tient la réunion et qui la dirige, et de les dénoncer. Peut-être qu'alors son lycée retrouverait la paix. Peut-être qu'elle n'aurait plus l'impression de se rendre tous les jours sur un champ de bataille. Peut-être que les élèves ne seraient plus si divisés.

Mais ça ne marcherait pas, songe-t-elle. Les filles, en la voyant, sauraient immédiatement qu'elle n'est pas des leurs. Elles comprendraient qu'elle les espionne. Chacun sait qu'elle est présidente du club des jeunes républicains du lycée de Prescott. Elles la jugeraient et la condamneraient sur-le-champ. Elles ont tellement de préjugés, pense-t-elle. Quelles hypocrites.

« Culture du viol » : elles n'ont que ces mots à la bouche, alors que ça n'existe même pas. Le viol est illégal dans ce pays, non ? Toutes les femmes ne sont pas des victimes. Tous les hommes ne sont pas d'affreux prédateurs qui les font boire pour abuser d'elles. Comment cette attitude peut-elle fortifier les femmes ? Et la responsabilité des filles, alors ? Tout ce que font ces Filles de Nulle Part, c'est suivre les féministes comme des moutons et coller tous leurs problèmes sur le dos des autres. Elles ne croient même pas à l'égalité, elles ne veulent que rabaisser et humilier les hommes.

Elles parlent de solidarité féminine, mais ça ne vaut que pour un certain type de femmes. Il n'y a pas de place dans leur féminisme pour les filles comme elle : les filles de droite, les chrétiennes, les anti-avortement, celles qui défendent les valeurs familiales. Celles-là se font traiter d'idiotes. Les autres considèrent que toutes celles qui ne sont pas d'accord avec elles ont tort. Comme s'il fallait obligatoirement se déclarer féministe, comme si le seul moyen d'être forte était de se conformer à leurs croyances. Pourtant, cette fille sait qu'elle est forte. Elle n'a pas besoin de leur dogme ni de leurs étiquettes pour se rassurer là-dessus.

*

Sam ne cesse de se répéter que la grève ne concerne que les garçons du lycée. Elle n'a donc rien à se reprocher. D'ailleurs, elle n'a jamais été pour la grève du sexe.

Pourtant, elle ne peut s'empêcher de culpabiliser un peu. Même si elle n'adhère pas à tout dans le manifeste des Filles de Nulle Part, a-t-elle l'obligation morale de s'y conformer quand même, par solidarité ? Y a-t-il une place pour la contestation ? Est-elle une traîtresse parce qu'elle écoute son corps ?

Aussitôt que son copain pose les lèvres sur le bout de son sein, elle est soudain sûre de la réponse : non.

Elle sait que ce n'est pas seulement au corps du garçon qu'elle réagit. Il y a quelque chose en lui qui se diffuse dans l'atmosphère et qui vient se lover autour de quelque chose en elle. Ce n'est pas seulement le contact de leurs peaux. Ils sont plus que de la chair. Sam se demande si elle n'est pas en train de tomber amoureuse.

Elle avait toujours prévu de faire ses études à UCLA ou à USC, l'université de Californie du Sud, mais il y a aussi un cursus de théâtre à l'université de l'Oregon, non ?

Non, pense-t-elle. Elle ne va pas bouleverser ses plans à cause d'un garçon. Mais ensuite il la touche d'une manière nouvelle qui lui donne des ailes et elle se dit que, ma foi, elle y réfléchira peut-être.

*

Une fille cherche sur Internet : *Où est le clitoris ?*

Grace.

La première sonnerie retentit, mais personne ne se calme. La classe est bien trop agitée pour un lundi matin.

– Oh purée, souffle Allison Norman.

Grace met un moment à comprendre que cela s'adresse à elle. Elle n'est pas encore habituée à avoir des amies.

– Tu es au courant de ce qui s'est passé ce week-end?

À part le fait qu'elle soit allée à l'église dimanche et qu'elle ait évité Jesse Camp, puis qu'elle ait lu deux livres en entier, vidé le seau sous sa fuite au plafond et mangé de la pizza surgelée deux repas de suite?

– Non, quoi?

– On raconte qu'Eric Johnson et Ennis Calhoun se sont pointés à la soirée chez Bridget Lawson et que genre la moitié des gens ont refusé de leur adresser la parole. Et qu'ensuite, Fiona et Rob se sont engueulés à mort parce qu'elle lui en voulait d'être toujours pote avec eux. Alors elle l'a jeté, carrément. *Devant tout le monde!*

– Hé, ho, un ton en dessous ! crie le coach Baxter, mais le vacarme ne diminue que très légèrement.

– Et vous avez su pour le match de vendredi ? demande un garçon assis non loin d'elles, un membre de la fanfare du lycée. L'équipe a quasiment dû fuir le terrain, tellement elle se faisait vanner. Les supporters du lycée adverse avaient fabriqué des pancartes et tout. Il y en avait une qui disait : « Les mecs de Prescott ne mettent plus la balle au fond. »

– Pssst, fait Connie en approchant sa tête.

Grace et Allison se penchent aussi vers elle, jusqu'à ce que leurs fronts se touchent presque.

– Vous savez quand a lieu la prochaine réunion ?

Un gros boum fait sursauter tout le monde. Une armoire métallique est cabossée là où le coach Baxter vient d'y enfoncer son poing.

– Vous m'écoutez, maintenant ?

– Oui monsieur, murmurent quelques athlètes au premier rang.

Le reste de la classe garde le silence.

– Ouvrez vos livres au chapitre 4. Lecture silencieuse pendant toute l'heure.

– Il vise le titre de prof de l'année, non ? chuchote Connie, et Grace n'essaie même pas de cacher son rire.

– Toi ! rugit le coach, s'adressant à Connie. File chez la proviseure. Tout de suite.

– C'est une blague ?

– Prends ton sac et disparais.

– N'importe quoi, souffle-t-elle en se levant.

Elle regarde la classe, comme si les autres avaient des réponses à lui donner, une explication sur ce qu'elle a fait de mal. Tout ce que Grace trouve à faire, c'est une petite prière silencieuse : *Seigneur, par pitié, aidez-la à éviter les problèmes.* Puis Connie s'en va, et la porte se referme doucement derrière elle.

Quand Grace arrive au self, il n'y a presque plus de place à sa table habituelle. Rosina est littéralement rayonnante, mais Erin, elle, a le nez dans un livre. Elles sont accompagnées d'une poignée de filles que Grace reconnaît des réunions, notamment Elise Powell et Melissa la pom-pom girl. Une populaire. À leur table.

– Salut, Grace, lui lance cette dernière quand elle vient s'asseoir.

– Euh, salut?

Bizarrement, ce n'est pas la même chose que de lui parler pendant les réunions. Ici, elle n'est que la Grace normale, barbante. Alors qu'aux réunions, elle est en train de devenir quelqu'un de différent. Quelqu'un qui sait communiquer sans que tout ressemble à une question. Quelqu'un qui a des idées, qui a une identité.

– Melissa était en train de nous raconter qu'elle a démissionné de l'équipe des pom-pom girls, annonce Rosina.

– Eh oui. Il y en a qui m'en veulent, en ce moment.

– Désolée, dit Grace.

– Elles s'en remettront.

– Pourquoi tu as arrêté?

La fille croque une frite d'un air pensif.

– Je crois que je suis enfin devenue honnête avec moi-même, et j'ai compris qu'en fait je n'aimais pas ça. Je croyais que j'étais obligée d'aimer, que c'était ce qu'on attendait de moi, et moi j'attendais que ça vienne. Mais ce n'était pas du tout ce que j'avais imaginé. La plupart des filles ne connaissent même pas les règles du football ! Elles ne pigent rien à ce qui se passe pendant les matchs. Je trouve ça dingue.

– Moi, c'est aimer le football que je trouve dingue, commente Rosina.

Melissa lui donne un petit coup d'épaule.

– C'est toi qui es dingue, dit-elle en souriant.

Non mais elles *flirtent*, ou quoi ? Grace voit Erin enfoncer le nez encore plus loin dans son livre.

– Être pom-pom girl, en fait, ça n'a rien à voir avec le sport, continue Melissa. C'est un rôle qu'on joue au lycée, et qu'il faut tenir en permanence, même quand on n'en a pas envie. Et... je ne sais pas. Je crois que j'ai compris qu'en fait je n'en avais jamais envie.

– Bravo ! lance Rosina. Maintenant tu peux traîner avec des ploucs comme nous.

– Est-ce que ça veut dire que tu vas déjeuner tous les jours à notre table, à partir de maintenant ? marmonne Erin derrière son livre.

– Ne sois pas malpolie, la reprend Rosina.

– Je pose la question, c'est tout.

Melissa éclate de rire.

– Je n'ai pas vraiment réfléchi plus loin qu'aujourd'hui !

– En tout cas, tu es la bienvenue quand tu veux, quoi qu'en disent certaines, dit Rosina en fusillant Erin du regard.

– Merci.

– On dirait qu'il y a des défections aussi à la table des trolls, fait remarquer Elise.

Grace se retourne : en effet, la table, habituellement bondée, ne compte plus que quelques garçons, et seulement deux filles.

– Kayla Cunningham et Shannon Spears, soupire Elise. Elles ne passeront jamais dans notre camp. Elles se dégonfleraient comme des baudruches si on les séparait de leurs chéris.

Ennis n'est pas là. Grace fouille la salle des yeux et tombe sur Jesse Camp, assis avec un nouveau groupe, à plusieurs tables de là. Leurs regards se croisent pile au moment où elle prend conscience qu'elle le cherchait.

– Mince, dit-elle en se retournant le plus vite possible.

– Quoi ? demande Melissa.

– Rien.

– Ton ami Jesse aussi a changé de table, hein ? fait remarquer Rosina.

– Jesse Camp ? s'exclame Melissa. Vous êtes amis ? Il est super, ce mec.

– Non. On n'est pas amis.

Melissa hausse les épaules tandis que Rosina, elle, arrondit les sourcils, comme pour dire : « Mais oui, c'est ça. »

– Vous voulez savoir quel poisson a le nom le plus long ? lance Erin.

– Non, répond Rosina à l'instant où Melissa répond oui.

– C'est le humuhumunukunukuapua'a. Le poisson officiel de l'État d'Hawaï.

– Intéressant, dit Melissa.

– Ne l'encourage pas, grommelle Rosina.

– Eh, salut ! lance Jesse, rattrapant Grace dans le couloir alors qu'elle est sur le point d'entrer en classe.

Son estomac réagit de manière étrange, comme s'il était dans un ascenseur qui descend trop vite. Serait-ce une indigestion ? Aurait-elle mangé un aliment avarié ?

Sa tête s'emplit soudain de questions. Comment un visage peut-il être aussi amical ? Comment font ses yeux pour être si chaleureux ? Est-ce normal d'être à la fois terrifiée et soulagée devant la même personne ?

– Je t'ai cherchée après l'office hier, dit-il. Mais tu étais déjà partie, apparemment.

Grace ne précise pas que c'est parce qu'elle a filé spécifiquement pour l'éviter.

– Je vais être en retard en cours.

– Il reste environ quatre minutes avant la seconde sonnerie.

Grace s'efforce de ne pas culpabiliser en voyant les traits de Jesse passer de la gaieté à la perplexité, puis à la déception.

– Ah, fait-il. Tu m'en veux encore.

– Je n'ai pas trop le temps, là.

– Je ne suis plus pote avec eux, tu sais.

Grace reste muette. Elle a peur de lui pardonner sans le vouloir, si elle le regarde dans les yeux.

– Je ne comprends pas pourquoi tu m'en veux encore, insiste-t-il. Tu sais que je suis dans ton camp, hein ?

Elle n'a pas de réponse à cela. La vérité, c'est qu'elle non plus ne sait pas pourquoi elle est tellement fâchée. Ou du moins, pourquoi elle voudrait l'être. Mais elle ne va quand même pas lui dire ça.

Jesse soupire.

– J'essayais d'être ami avec tout le monde. C'est un de mes défauts, sans doute... vouloir qu'on m'aime. Mais j'aurais dû lâcher certains de ces mecs il y a longtemps. Tu n'imagines pas les horreurs racistes qui leur sortent de la bouche. Je fais comme si je n'entendais pas. Comme si ça ne faisait pas mal. Et les trucs qu'ils ont dits sur mon frère quand il a changé de sexe ? (Jesse détourne les yeux, déglutit.) Je ne l'ai pas défendu. Je n'ai pas défendu mon propre frangin.

– Pourquoi est-ce que tu me racontes tout ça ? demande Grace, qui s'en veut aussitôt d'avoir l'air si dure.

– Je pensais pouvoir rester neutre. Je pensais que si je ne disais et ne faisais rien, tout le monde m'aimerait. Mais j'ai fini par me rendre compte que ça n'allait pas être possible. Maintenant, je sais qu'il y a plus important que de vouloir plaire à tout le monde. Alors j'ai choisi mon camp. Le bon.

Il s'incline pour placer sa tête au niveau de celle de Grace et l'obliger à le regarder.

– J'ai choisi ton camp.

Grace ne comprend pas ce qu'elle ressent. Elle a envie de lui pardonner, d'être amie avec lui, d'apprendre à le connaître. Mais dans le même temps, elle est terrifiée par cette perspective, ne sachant où cela peut la mener, tellement terrifiée que rester en colère contre lui pour des raisons discutables, et le repousser alors qu'il fait tout pour être sympa, lui apparaît encore comme la réaction la plus sensée.

– Je ne suis pas persuadée qu'on puisse changer comme ça, dit-elle.

Elle n'arrive pas à interpréter son expression. Cela ressemble à de la peine, à de la perplexité, mais aussi presque à de la pitié.

– Si tu ne crois pas qu'on puisse changer, dit-il lentement, comme s'il essayait de comprendre les mots à mesure qu'il les prononce, alors quel est l'intérêt de ce que vous faites ?

La sonnerie retentit.

– Il faut que j'y aille, lâche-t-elle.

Mais elle se fiche un peu d'être à l'heure en cours. Tout ce qu'elle sait, c'est qu'elle ignore la réponse à cette question-là.

LES VRAIS MECS DE PRESCOTT

Les mecs, il va falloir faire descendre ces chiennes de leur piédestal. Plus on les connaît, plus on se rend compte qu'une douce et innocente demoiselle, ça n'existe pas. Ce sont toutes des manipulatrices totalement mythos qui ne pensent qu'à leur gueule, décidées à nous soutirer tout ce qu'elles veulent. Ce sont elles, les reines de l'arnaque, et elles nous en veulent, en plus ? Elles ont vraiment besoin d'être remises à leur place.

Je vais être totalement honnête : les meufs, ce n'est bon qu'à se faire niquer et à préparer la bouffe. C'est tout. Ça peut choquer, ce que je dis, mais au fond vous savez bien que c'est vrai. Les féministes font la loi depuis tellement longtemps qu'on n'ose plus parler vrai.

Moi, en tout cas, je ne me tairai plus.

– MâleAlpha541

Erin.

– Erin DeLillo, dit la proviseure, avec un sourire dont Erin sait qu'il ne signifie pas la même chose que la plupart des sourires. Comment vas-tu ?

– Bien.

Elle sait que Slatterly se fiche de savoir comment elle va. Toute la matinée, elle a regardé les gens entrer et sortir de son bureau, un par un : Mme Poole, le proviseur-adjoint, des CPE, tous ceux qui travaillent à l'administration. Maintenant, c'est son tour. Pendant la dernière demi-heure, elle a fait son possible pour s'y préparer, griffonnant des schémas avec flèches pointant vers divers scénarios en fonction des complications possibles. Elle a perdu le compte des fois où elle a compté à rebours depuis cent. Elle a même dû se réciter l'alphabet à l'envers, ce qu'elle réserve aux situations graves. Et là, ça l'est.

– Es-tu soutenue autant qu'il le faut cette année? lui demande la proviseure sur un ton qu'elle associerait en temps normal à de la gentillesse, mais là elle ne sait plus trop.

Slatterly est l'ennemie, non ? Et en général, les ennemis ne sont pas réputés pour leur gentillesse.

– Comment se passe ton parcours éducatif individualisé ?

– Bien, dit Erin, gênée par le fait que Slatterly ait enchaîné deux questions de nature différente. Oui, répond-elle ensuite à la première question, ce qui fait que ses réponses sont dans le désordre.

Z, Y, X, W, V...

Elle n'essaie même pas de réprimer ses balancements. C'est la seule chose qui l'empêche de partir en courant.

– C'est très bien, ma belle.

Voilà où la logique l'a menée : à voler le fichier d'adresses mail. Alors que toutes les autres Filles de Nulle Part sont coupables d'infractions mineures, dont certainement très peu sont même illégales, elle est pour l'instant la seule à avoir commis un délit grave. Rosina et Grace se sont efforcées de la convaincre que ça n'avait pas d'importance, que le lycée ne pouvait pas prouver le vol. Toutes les adresses mail d'élèves étant conçues sur le même format, les Filles de Nulle Part auraient très bien pu les deviner et les taper à la main une par une : pas besoin de voler pour ça.

Certes, elle admet que ce soit une explication raisonnable, mais ce n'en est pas moins un mensonge. Les mensonges finissent par être repérés, et les menteuses punies. Les adresses étaient la propriété du lycée et Erin se les est appropriées. Elle a enfreint une règle, une *loi*.

Erin se répète que ce n'est pas toujours mal de mentir. Même le lieutenant-commandant Data ment dans l'épisode 14, saison 4, de *Star Trek : La Nouvelle Génération* (titre de l'épisode : *Indices*). Afin de protéger son vaisseau et ses occupants, Data n'a pas le choix : il autorise les Paxans à effacer les souvenirs de tout l'équipage de l'*Enterprise* et les remplace par un faux récit de ce qui s'est passé, assumant seul la responsabilité de porter la vérité. Son mensonge sauve tous ceux à qui il est attaché (du moins, à supposer qu'il soit capable d'attachement).

– J'aimerais te poser quelques questions, Erin, dit Slatterly. Ça ne te dérange pas ?

Elle parle lentement, en articulant bien. Elle la prend pour une débile. Si elle prenait le temps de regarder son parcours éducatif individualisé, justement, elle saurait que c'est le contraire de la vérité.

– D'accord, dit Erin en comprenant soudain qu'elle peut exploiter l'ignorance de la proviseure.

Elle peut retourner ses préjugés contre elle.

– Tu es amie avec Rosina Suarez, n'est-ce pas ?

Erin hausse les épaules. Que ferait une débile ?

– Rosina me laisse manger avec elle, répond-elle en s'enfonçant un doigt dans l'oreille.

– Et c'est ton amie.

Si on était dans un épisode de *Law & Order*, Erin clamerait : « Objection, votre honneur. Question orientée. »

Elle remue un peu le doigt dans son oreille.

– Je sais pas. On ne se parle pas vraiment ni rien. Est-ce qu'il faut se parler pour être amies ? Peut-être qu'on ne l'est pas. J'aimerais qu'on le soit.

Elle regarde dans le vide et se balance tant qu'elle veut.

Slatterly pousse le soupir qui signifie : « J'en ai marre. » Erin ne lui donne pas les réponses qu'elle attend. Dans sa poitrine, l'anxiété se mue en autre chose de moins douloureux. Elle est meilleure menteuse qu'elle ne l'aurait cru. Peut-être qu'elle devrait ajouter le théâtre à sa liste de centres d'intérêt. Elle devrait peut-être en parler à Sam Robeson, puisque c'est sa passion principale, avec le sexe.

– Ça doit être difficile pour quelqu'un comme toi de se faire des amies, reprend Slatterly. Cela te pousse peut-être à accomplir des choses que tu ne ferais pas en temps normal, pour qu'on t'apprécie. Rosina Suarez a pu te convaincre de faire quelque chose de mal. Une chose que toi seule pouvais faire, en raison de ton travail à l'administration, peut-être ? Parce que tu as accès à certaines informations interdites aux autres élèves ?

Slatterly la dévisage longuement, pour être sûre de s'être bien fait comprendre. Erin doit encore avoir l'air d'une idiote, car la proviseure continue de parler.

– Je sais que Rosina Suarez peut être très convaincante, Erin. Elle est très charmeuse. Il n'y a pas de honte à être dupée par quelqu'un comme ça. Tu es vulnérable. Tu as… tes limites. Ce n'est pas ta faute.

Slatterly se tait un instant pour la laisser absorber ses propos. Erin sait qu'elle est censée se sentir en sécurité, qu'elle est censée faire confiance à la proviseure parce que celle-ci lui a donné la permission d'être vulnérable. Elle est douée, Erin veut bien le lui reconnaître.

– Nous ne t'avons pas bien protégée, poursuit-elle. C'était notre boulot. C'est notre faute. C'est répréhensible de profiter de quelqu'un comme ça, de te faire faire leur sale boulot. De te pousser à voler pour elles. Mais tu peux tout arranger. Tu as le pouvoir de le faire. Tout peut se régler en une seconde, si tu dénonces ton amie. Tu serais une héroïne. Tu le sais, ça? Le lycée entier te remercierait d'avoir mis fin à ces perturbations absurdes, et tout reviendrait à la normale. Ce serait bien, non? Tu n'adorerais pas être une héroïne?

– Comme Superman? demande Erin. Est-ce que je pourrais mettre une cape? J'aimerais beaucoup avoir une cape.

– Bien sûr, ma belle, répond Slatterly avec un sourire qui paraît presque authentique : elle croit qu'elle avance. Tu pourras mettre une cape.

– Une cape rouge? En tissu brillant?

Erin ne s'était jamais doutée que mentir pouvait être si marrant. Elle n'aurait jamais imaginé être si douée pour ça. Comment se fait-il qu'elle se contrôle si bien en ce moment? L'ancienne Erin aurait été en pleine crise de nerfs. Et depuis quand y a-t-il une nouvelle Erin? Quand est-ce arrivé?

– Tout ce que tu veux, ma grande. C'est toi l'héroïne.

Erin regarde fixement la proviseure, la mâchoire pendante. Elle incline la tête sur le côté comme le fait Spot quand il ne comprend pas, comme le font les acteurs quand ils jouent des stéréotypes de gens comme elle.

– On parlait de quoi, déjà ?

Slatterly pousse un gros soupir brusque.

– Qu'est-ce que tu fais, exactement, au bureau ?

Sa voix est tranchante. Elle a fini de jouer la gentille.

– Je tape des lettres et des numéros dans des cases, sur l'ordinateur. Je déplace des papiers d'une pile à l'autre. Des fois, je sers le café à Mme Poole.

– Et fais-tu des choses avec les adresses mail des élèves ?

Erin n'arrive pas à savoir si la proviseure a envie de hurler ou de fondre en larmes.

– C'est les trucs avec un a au milieu dans un petit rond ?

Slatterly est toute rouge et comme enflée. Erin se dit que sa colère doit contribuer à un grave trouble médical. L'hypertension, peut-être. Une maladie du cœur. Des ulcères. Erin se demande ce qu'elle mange, si son régime privilégie les aliments pauvres en sodium et en sucres raffinés et riches en fibres et en antioxydants, comme il le devrait. Sa mère pourrait l'aider à mettre sur pied un programme nutritionnel adapté pour réduire l'inflammation.

Son sourire n'est pas joué. Elle n'a réellement pas peur. Elle ressent trop cette autre émotion, celle qui est proche du triomphe. Faire l'imbécile l'a rendue sacrément maligne.

– De quoi vous voulez qu'on parle, maintenant? demande-t-elle en regardant la principale dans les yeux pendant presque une seconde entière. Je m'intéresse beaucoup aux poissons. Vous voulez qu'on parle de poissons? Je peux tout vous dire sur les myxines. Elles n'ont pas de colonne vertébrale, ni de mâchoire, et elles sécrètent du mucus.

– Non, je ne veux pas parler de poissons.

Erin entend presque «espèce de débile» à la fin de sa phrase. Elle sent que Slatterly a envie de le dire.

– Tu peux t'en aller, Erin.

Elle regagne donc son poste au fond du bureau, d'où elle pourrait faire beaucoup de dégâts si elle le voulait.

– On est ensemble! clame Otis Goldberg en poussant son bureau vers celui d'Erin, en cours d'histoire niveau avancé.

– Je déteste les projets de groupe, l'informe-t-elle.

Aujourd'hui, l'élastique de son chignon de garçon est violet. Le déplacement des bureaux fait un raffut de tous les diables, ce qui la rendrait très agitée en temps normal, mais elle n'est pas encore redescendue de l'euphorie de son entretien avec la proviseure. Du coup, Otis l'énerve moins que d'habitude.

– Ça va être génial, dit-il. Un coup de chance, hein? Les deux génies de la classe, ensemble!

– Je ne crois pas à la chance.

Il rapproche encore son bureau, qui se retrouve quasiment sur celui d'Erin.

– Tu crois au destin, alors ? À la fatalité ?

Erin écarte son propre bureau de dix centimètres.

– Bon alors, dis-moi, ça en est où, les Filles de Nulle Part ? Vous avez des projets cool, genre actions subversives ? Je peux venir ?

– Tu parles trop.

– Bien ! lance M. Trilling. Restons concentrés sur la tâche.

Otis pousse encore son bureau contre celui d'Erin. Il n'a même pas l'air conscient de le faire. On dirait qu'il a un profond besoin inconscient d'être toujours en train de toucher quelqu'un. Tout le contraire d'Erin.

– Tu as des idées pour notre projet ? demande-t-il.

Elle hausse les épaules.

– Parce que je me disais qu'on pourrait faire quelque chose sur la destinée manifeste et l'expansion vers l'ouest, mais vus sous l'angle de la psychiatrie, et montrer que ça s'apparente à un narcissisme caractérisé et probablement à un trouble de la personnalité borderline, voire à une forme de sociopathologie.

– Je ne pense pas que ce soit le genre de sujet qu'attend M. Trilling.

Malgré les événements du jour, Erin se sent étonnamment calme. Mentir à Slatterly n'a pas du tout été aussi difficile qu'elle l'aurait cru ; puis le vacarme dans la classe, le projet de groupe... et maintenant ceci, qu'elle ne sait comment appeler. Cette conversation pas complètement désagréable avec Otis Goldberg. Elle n'a pas besoin de le regarder en face pour remarquer l'agréable symétrie de ses traits. Et même s'il parle beaucoup plus que nécessaire, sa voix n'est pas aussi exaspérante que celle de la plupart des gens.

Quelle drôle de journée. Erin elle-même se sent drôle. Mais ce n'est pas nécessairement un mal. Elle ressent énormément de choses, sans savoir comment les classer. Quand elle se demande ce que ferait Data, elle n'entend que du silence.

Nous.

Une affiche en papier jaune annonce : « Nous croyons Lucy Moynihan ! » Quelqu'un a écrit « PUTE » en travers, au gros marqueur rouge.

Une autre proclame : « Combattons la culture du viol au lycée de Prescott ! » Quelqu'un a gribouillé « SALOPE » sur celle-là.

– C'est complètement naze, dit un type à côté d'Elise Powell en contemplant une des affiches vandalisées.

Benjamin Chu. Il est en maths avec elle, toujours en retard, mais doté d'un sourire qui dissuade à tous les coups la prof de le punir. Elise attend son arrivée tous les jours, et ressent un profond soulagement quand il se laisse tomber, pantelant, sur sa chaise de l'autre côté de l'allée centrale.

– Qu'est-ce qui est naze ? demande-t-elle, prête soit à lui faire une tête au carré soit à tomber folle amoureuse, en fonction de la réponse.

– Que des petits cons aient écrit ça sur les affiches. Qu'est-ce qu'ils ont dans le crâne ?

– Elles te plaisent, ces affiches ?

Au softball, Elise a déjà été lanceuse dans des moments cruciaux dont dépendait la victoire ; elle a donné le coup d'envoi dans la demi-finale du championnat de l'État ; elle a joué dans des matchs télévisés à l'échelle régionale. Mais jamais elle n'a eu autant le trac qu'en ce moment.

– Ben oui, bien sûr, répond-il avec son sourire anti-punition. Pas à toi ?

Elle se détend un peu.

– Si. À fond.

Elise sent ses joues s'embraser et elle sait qu'elle est toute rouge, que ses taches de rousseur ressortent comme chaque fois qu'elle ne sait plus où se mettre. Mais aujourd'hui, sa gêne est d'une nature différente, car le regard de l'autre est différent, et ce n'est pas entièrement horrible. Et cette non-horreur transforme son attraction en bref et vertigineux accès de courage.

– Euh, hum, Ben ? Ça te dirait qu'on se voie un de ces jours ? En dehors du lycée ?

Il répond oui bien trop vite. Elise attend un petit moment pour lui laisser le temps de réaliser son erreur. Mais non, il sourit, presque aussi écarlate qu'elle.

*

La sonnerie retentit dans la classe de Grace. Connie Lancaster entre en courant, essoufflée.

– Les filles ! dit-elle en s'affalant sur sa chaise. Vous venez de louper une bagarre de ouf.

– Qu'est-ce qui s'est passé ? demande Allison.

– Je n'ai pas tous les détails. Quand je suis arrivée, les pions étaient déjà en train de calmer le jeu. Mais Elise y était, et elle a tout vu. Elle dit que Corwin Jackson draguait une fille de manière super lourde dans le couloir. La fille voulait se tirer mais il ne la laissait pas faire, et alors deux mecs en troisième se sont pointés, ils l'ont totalement défendue, ils disaient à Corwin de la lâcher et tout, mais Corwin l'a mal pris et il en a poussé un. Du coup, la fille s'est mise à lui donner des coups de sac, et c'est là que j'ai entendu tout le monde crier et courir voir ce qui se passait, mais c'était déjà plus ou moins terminé, sauf que Corwin avait une main sur l'œil et la lèvre ouverte, même qu'il *chialait* ! (Connie s'évente avec sa main.) Je vous jure, c'est une zone de guerre, là-bas.

– C'est dommage que ça devienne violent, dit Grace.

– C'était *déjà* violent, souligne Allison.

Baxter arrive, les épaules voûtées, les traits tirés par la colère. Il ne prend même pas la peine de faire taire la classe. L'équipe de football américain, qui portait de si grands espoirs, a perdu tous ses matchs de la saison jusqu'à présent. Elle est la risée de l'agglomération étendue d'Eugene et de toute la vallée de la Willamette.

– Pauvre coach, fait Connie dans un chuchotement de théâtre qui provoque quelques petits rires.

Oui, le coach Baxter est un crétin machiste, à la tête d'une équipe qui l'admire, et qu'il ne fait rien pour guider dans la bonne direction, mais Grace ne peut pas s'empêcher de le plaindre un peu quand même.

Ainsi que le dénommé Corwin, même si c'est un crétin, même si c'est lui qui a commencé. C'est toujours dur pour elle de voir quelqu'un souffrir, aussi mérité que ce soit. Elle se demande si grandir doit toujours faire mal. Elle se demande si le changement exige toujours que quelqu'un souffre.

Elle s'interroge sur Jesse, se demande si c'était vrai, ce qu'il a dit sur son propre changement. Et se demande pourquoi elle a si peur d'y croire.

– Votre attention s'il vous plaît, élèves de Prescott, tonne la voix de Slatterly dans les haut-parleurs.

Pas de « bonjour » aujourd'hui. Elle a l'air d'aussi mauvais poil que le coach Baxter.

– Je vais être très claire sur un point, continue-t-elle de sa voix maussade et sévère. Je compte appliquer une politique de tolérance zéro pour les activités dissidentes qui se déroulent en ce moment dans cet établissement. Nous sommes dans un lieu d'éducation, et je ne tolérerai aucun comportement qui nuise à la sécurité de ceux qui veulent apprendre. Cette escalade dans l'hostilité entre élèves est inacceptable. Quiconque sera surpris à poser des affiches dans l'enceinte du lycée sans autorisation de l'administration sera immédiatement exclu. Nous avons engagé des informaticiens pour enquêter sur le vol et l'usage illégal d'adresses électroniques. Nous découvrirons qui est à l'origine de ces exactions, et les coupables feront l'objet de poursuites.

– C'est ça, souffle une fille devant Grace.

– Justice, mon cul, ajoute le type de la fanfare.

– Ce sera tout, conclut Slatterly. Oh, et la réunion du club d'échecs aura lieu cet après-midi en salle 302, pas 203. Allez les Spartiates !

– Eh ben, c'était déprimant, constate un garçon assis à quelques places de là, un copain de théâtre de Sam Robeson.

– Ta gueule, pédé ! lance un des joueurs de football.

– Toi, ta gueule ! réplique le type.

– Et ne l'appelle pas comme ça ! hurle soudain Allison, si discrète d'habitude.

– La ferme, tout le monde ! rugit Baxter. Vous me donnez mal au crâne.

Il s'assoit à son bureau et sort son téléphone.

– Lecture silencieuse, annonce-t-il. Sortez vos bouquins.

*

– Vous croyez que c'est vrai ? demande Melissa Sanderson. Vous pensez vraiment que Slatterly fait expertiser les mails des Filles de Nulle Part ?

– C'est du bluff, à cent pour cent, affirme Rosina. Même si elle avait accès aux mails, il n'y a pas à s'en faire. Je suis certaine que les responsables ont été assez malignes pour ne mettre aucune info personnelle dans le compte de messagerie.

– Mais oui, l'approuve Elise Powell. Et de toute manière, il n'y a pas eu de messages depuis des jours. Et je suis à peu près sûre qu'ils étaient envoyés à tout le monde, ce qui fait que personne ne ressort. Ils ne peuvent quand même pas punir tout le lycée pour avoir reçu des mails.

– Je ne sais pas, dit Krista, dont les cheveux sont maintenant violets et non plus bleus, tandis que ceux de Trista sont orange – ce qui permet de les distinguer plus facilement. Ils ne peuvent pas remonter jusqu'à l'expéditeur, même si le compte est anonyme ? En triangulant l'origine du message, et en envoyant un commando sur place ou je ne sais quoi ? Je crois que j'ai vu ça dans une série.

– C'est les téléphones portables, ça, dit Trista.

– Chhhut, fait Elise. Un surveillant à une heure.

Toutes les têtes se tournent vers le grand costaud en bleu qui s'est peu à peu rapproché de leur table pendant la conversation. Rosina lui décoche un grand sourire et lui fait coucou. Il s'éloigne d'un pas en faisant semblant de ne pas l'avoir vue.

– On est sous surveillance, dit Erin avec le plus grand sérieux.

Rosina essaie d'étouffer son rire, mais cela fait juste marrer toute la table. Même Erin sourit. Le surveillant regarde ailleurs.

– J'ai vu Sam dans le couloir ce matin, dit Elise. Elle est avec Eric en deuxième heure. Elle m'a dit qu'il tenait à peine debout et qu'il puait l'alcool.

– C'est une manière d'affronter la situation, je suppose, lâche Rosina.

– Est-ce que quelqu'un a lu les *Vrais Mecs de Prescott* récemment ? demande Melissa.

– Pour quoi faire ? gémit Rosina.

– Il faut qu'on sache ce qu'ils mijotent.

– L'auteur doit être furax contre nous, souligne Trista-aux-cheveux-orange.

– Vous êtes au courant que c'est Spencer Klimpt, hein ? vérifie Melissa.

– Nooon ! C'est vrai ? fait Trista.

– Eh oui. Je croyais que tout le monde le savait.

– Personne n'en est sûr, dit Elise. Il ne l'a jamais avoué ni rien.

– N'empêche que c'est évident.

– Mais, il n'a pas quitté le lycée l'an dernier ? demande Krista. Qu'est-ce que ça peut lui faire, ce qui se passe ici ?

– Il n'est pas allé bien loin. Il bosse au QuickStop et il traîne avec ses vieux potes. Le lycée, ça a été l'apogée de sa vie.

– Quel loser ! commente Rosina.

– Un loser qui a quatre mille cent soixante-douze fans, constate Erin en regardant son téléphone.

– Mon Dieu, souffle Rosina.

– Ça parle beaucoup à certains types, ce qu'il raconte, dit Melissa. Ça fait froid dans le dos.

– Les mêmes qui croient que les immigrés ruinent le pays et leur piquent leur boulot, poursuit Rosina. Ils ont besoin de désigner un coupable pour la nullité de leur vie. Alors pourquoi pas choisir quelqu'un qui a une vie encore plus nulle qu'eux ?

– Exactement, dit Melissa. Comme ils n'arrivent pas à tirer leur coup, ils haïssent les femmes. Ils ne peuvent pas envisager que le problème vienne d'eux.

– Minute, dit Trista. Ça veut dire que les filles de sa liste, celles avec qui il a couché… certaines doivent encore être dans ce lycée. Genre, des filles qu'on *connaît*.

– Bien sûr, mais personne ne va l'avouer, dit Rosina. Tu imagines? «Le numéro tant, c'est moi! Je suis la moche qui était nulle au pieu!» Mais il y en a deux ou trois qui sont évidentes.

– Lesquelles? demande Krista, les yeux écarquillés.

– C'est pas tes oignons, tranche Melissa d'une voix dure qui ne lui ressemble pas. Enfin, quoi! Ces filles ne méritent pas ça.

Le silence se fait autour de la table.

– Vous pensez que l'une d'elles est Lucy? demande Trista à mi-voix.

La sonnerie retentit, mais personne ne bouge. Elles restent assises sans rien dire pendant que le vacarme habituel éclate dans le réfectoire. Puis, lentement, elles commencent à rassembler leurs affaires. Elles se dirigent vers leurs classes, plombées par cette conversation inachevée.

Melissa et Rosina restent toutes les deux en arrière, Melissa consultant son téléphone, Rosina fouillant vaguement dans son sac.

– Bon, à plus? dit Melissa.

Rosina croit entendre quelque chose dans sa voix, comme une indication qu'elle non plus n'a pas envie de partir. Mais elle ne sait pas si elle peut se fier à ses oreilles, ou si l'espoir et le désir la font halluciner.

– À plus, dit-elle.

Puis les centimètres qui les séparent deviennent des dizaines de centimètres, puis des mètres, et des aimants tirent sur le cœur de Rosina et le font cogner contre ses côtes, ce cœur qui voudrait ne plus quitter Melissa.

*

Une fille est assise en classe, le corps palpitant de désirs informes, réprimés. Elle regarde les garçons, dont certains sont séduisants, d'autres légèrement répugnants, et se dit : *Je sortirais sans doute avec n'importe lequel d'entre eux s'il me le demandait.*

Elle se demande si c'est pitoyable, si l'envie d'être désirée est un signe de faiblesse.

Elle voudrait donner faim à quelqu'un. Elle voudrait se faire dévorer.

*

Rosina, Grace et Erin sont à côté de la porte des toilettes des filles du deuxième étage, qui sont hors service depuis le début de l'année. C'est un endroit où personne ne va, ce qui en fait le local idéal pour une rencontre clandestine.

– Faisons vite, dit Erin. On n'a que trois minutes vingt-huit secondes avant de retourner en cours.

Grace regarde dans le couloir et ne voit personne à portée de voix.

– D'accord. Bon, le groupe n'a jamais convenu de la date de la prochaine réunion.

– Les grands groupes sont incapables de prendre une décision. Je préférais quand c'était nous qui décidions, dit Erin.

– Mais la démocratie ne marche pas comme ça, pointe Grace.

– Mais est-ce qu'on n'est pas les chefs? Je croyais que c'était nous.

– Les chefs, non. Nous, on a juste lancé le mouvement.

– Et ça ne fait pas de nous les chefs?

– Ça fait de nous les membres fondateurs, intervient Rosina. Je trouve qu'on devrait se réunir samedi soir. On pourrait faire une fête. Je connais l'endroit parfait pour.

– Mais les réunions ne sont pas censées être des fêtes, proteste Erin. On y va pour parler de choses sérieuses.

– Je pense que la dernière a été assez sérieuse pour au moins quinze jours, dit Rosina.

– On n'est peut-être pas obligées d'être sérieuses tout le temps, ajoute Grace. Être heureuses, est-ce que ça n'est pas aussi une manière de reprendre le pouvoir?

– Mais les fêtes ne me rendent pas heureuse, moi.

– Erin, écoute, dit Rosina en la prenant un instant par les épaules avant qu'elle se dégage. C'est le moment de t'entraîner à être souple et à faire des concessions.

Erin pousse un énorme soupir pour lui faire comprendre à quel point c'est dur pour elle. Elle a eu beau le lui expliquer cent fois, Rosina n'a pas conscience de l'effet que lui font le trop-plein sensoriel de la foule et la fatigue qui monte quand elle s'efforce de savoir comment se comporter devant tant de gens qui la trouvent déjà bizarre. Cela dit, ce ne serait peut-être pas si mal d'avoir quelque chose à faire un samedi soir, en dehors de lire, prendre un bain et regarder *Star Trek*.

– D'accord. Je ferai un effort. Mais ça ne va pas me plaire.

Elles ne sont pas seules dans ce coin de couloir oublié. Grace remarque Amber Sullivan qui traîne non loin d'elles, assez près pour les entendre. Depuis combien de temps est-elle sur place ? Qu'a-t-elle entendu ?

Grace sourit, et Amber aussi. Il y a dans ses yeux quelque chose qui ressemble à de la confiance, quelque chose comme de la lumière. Grace décide qu'elles n'ont pas à s'en faire. Elle est sûre que leur secret ne risque rien.

Grace.

– Eh, Grace ! lance une voix. Attends !

Instinctivement, elle se fige. Dans un passé encore récent, toutes ses expériences avec des gens criant son nom dans un couloir de lycée se terminaient soit par un croche-pied soit par des quolibets, quand ce n'était pas une promesse de prier pour elle, accompagnée d'un regard cruel qui ressemblait beaucoup plus à une menace qu'à de la compassion chrétienne. Mais c'était un autre lycée, une autre année, un autre État, et c'était une Grace qu'elle commence à voir comme complètement différente de celle qu'elle est aujourd'hui.

En se retournant, elle se retrouve face à Margot Dillard, présidente deux fois élue du Bureau des élèves de Prescott, qui avance à grands pas dans sa direction. Grace ignorait même que celle-ci connaissait son nom.

– Comment vas-tu ? lui demande Margot. Tu fais quelque chose après les cours ?

– Pas vraiment.

C'est un mensonge. Grace ignore pourquoi, elle a décidé de garder le secret sur ses vrais projets. Elle est gênée d'être si impatiente, et si terrifiée. C'est perturbant que le mélange de ces sentiments donne quelque chose qui ressemble étrangement au bonheur.

– J'ai un service à te demander.

– D'accord.

Les gens demandent des services à leurs amis. Donc, il faut croire que Margot la considère comme une amie.

Cette dernière se penche vers elle. Elle sent le bonbon à la pastèque.

– Je ne pourrai pas être à la réunion de demain soir, chuchote-t-elle. Mon club de débats va à Salem pour un tournoi super important, et je ne peux pas me désister, c'est trop bête. Tu pourrais modérer la réunion à ma place ?

La première réaction de Grace est de se dire que ça doit être une blague. Une farce cruelle. Comme dans ce film, *Carrie*. Un seau de sang l'attendra à la réunion, prêt à être déversé sur sa tête en punition pour avoir pensé qu'elle était capable de diriger quoi que ce soit.

– Grace ? Tu crois que tu pourrais ?

– Pourquoi moi ?

C'est tout ce qu'elle trouve à répondre.

Margot sourit.

– Tes commentaires sont toujours intelligents et réfléchis. Tu es calme et posée, et tu ne te laisses pas déstabiliser par les gens qui ne sont pas d'accord avec toi, ni par tes émotions.

– Mais je suis trop timide !

– Pas besoin d'être grande gueule pour diriger. Les filles te respectent. C'est ça, l'important.

Grace a le tournis. Son corps, qui lui paraît toujours si lourd et encombrant, est soudain en plumes.

Tant de choses lui passent par la tête, et il y a tant de réactions possibles ! Dans son cerveau, de nouvelles synapses s'illuminent, travaillant frénétiquement à créer des connexions là où il n'y en avait pas avant. Elles s'efforcent de la reprogrammer, de donner un sens à la disparité entre la manière dont les autres la voient et celle dont elle s'est toujours vue. Elles s'efforcent de faire entrer les paroles de Margot, de les fixer en place, de convaincre Grace d'y croire.

Une minuscule étincelle s'allume en elle, une voix douce se fraie un chemin dans ses profondeurs, traversant les étendues auparavant vides qui se remplissent lentement, traversant l'endroit dans sa gorge où tant de mots, peut-être des millions, sont restés coincés au fil du temps. L'étincelle trouve la langue de Grace, ses dents, ses lèvres, trouve sa voix et lui ouvre la bouche.

– Oui, dit-elle. Oui, je veux bien.

– Super ! s'exclame Margot, qui l'embrasse rapidement puis rebondit en arrière. Tu vas être géniale ! lance-t-elle alors qu'elle s'éloigne déjà dans le couloir.

Grace sait que Margot se trompe rarement.

Mais tout de même, la question demeure : pourquoi elle ? Pourquoi Grace ? Parmi toutes les filles ? Margot aurait pu demander à Melissa ou à Elise, qui sont des meneuses nées. Même Rosina aurait été un choix plus fort, quoique peut-être moins fiable. Est-ce simplement que Margot était pressée et que c'est sur Grace qu'elle est tombée en premier ? Ou bien est-ce quelque chose de plus profond, un des mystérieux desseins de Dieu, un de Ses miracles ? Margot a-t-elle raison ? Grace est-elle une meneuse ? Tiendrait-elle un peu de sa mère, tout compte fait ?

Et cela sert-il à quelque chose de poser ces questions ? Si c'est la volonté de Dieu, c'est la volonté de Dieu, point barre. Si ça ne l'est pas, elle s'en apercevra certainement quand la réunion tournera au fiasco et qu'elle aura déçu tout le monde.

Elle prend conscience avec stupéfaction que cette idée ne la terrifie pas comme elle l'aurait fait jusque-là. En fait, aucune des catastrophes possibles qu'elle peut imaginer en cas d'échec et d'humiliation ne s'apparente à la fin du monde. Au pire, elle connaîtra un moment de solitude devant cinquante ou soixante camarades de lycée. Peut-être qu'elles ne voudront plus jamais la voir présider une réunion. Et alors ? Quand elle se demande quel est le pire qui pourrait lui arriver, les réponses ne lui font pas bien peur. Car même si elle se plante, ce sera un échec mineur. Même si elle est gênée, ça ne sera pas pour la vie. Ses amies seront toujours ses amies. Les Filles de Nulle Part continueront à se réunir, à faire des projets, à se donner mutuellement de la force. Quoi qu'il arrive, elles seront toujours ensemble, avec elle.

Grace reste seule dans le couloir désert. Il lui semble qu'il y a encore quelques secondes elle était cernée par des hordes d'élèves claquant des portes de casiers et courant pour attraper leur car. Elle ignore depuis combien de temps elle est plantée là, à ressentir encore les répliques du séisme Margot. Des échos de bruit et de mouvement emplissent l'espace autour d'elle, la portent dans l'escalier et jusqu'à la sortie, tandis qu'elle se rappelle ce qu'elle allait faire avant d'être interceptée par la présidente du Bureau des élèves.

Au lieu de rentrer directement chez elle, Grace fait un détour. Elle n'emprunte pas son itinéraire habituel, depuis les pelouses impeccables et les clôtures blanches du voisinage du lycée jusqu'aux maisons et jardins plus modestes de son quartier. Son chemin l'emmène vers les grandes rues animées, bordées de larges enseignes et de fast-foods, qui débouchent sur l'autoroute. Elle inhale des vapeurs de pots d'échappement sur cinq pâtés de maisons avant d'atteindre sa destination, juste avant la bretelle.

Grace a le trac en s'approchant du QuickStop. C'est bizarre d'avoir passé autant de temps à penser à quelqu'un qu'elle ne connaît pas, à parler de quelqu'un qu'elle n'a jamais vu. La distance physique a maintenu Spencer Klimpt dans un état en quelque sorte abstrait jusqu'à présent. Elle a besoin de mettre un visage sur ces histoires. Elle a besoin de le voir en chair et en os, besoin de garder en tête que le blog des *Vrais Mecs de Prescott*, c'est plus que des mots. C'est l'arme d'un homme qui blesse les filles, qui apprend à d'autres comment leur faire mal. Elle a besoin de le rendre réel. Par elle-même. Seule.

Lorsqu'elle le voit enfin pour la première fois, c'est presque une déception. Elle s'attendait à ce qu'un violeur sadique ressemble un peu plus à une caricature de sale type. Elle imaginait une tête de photo d'identité judiciaire, des yeux morts et cruels, dans un éclairage sinistre et théâtral et non sous ces néons trop vifs. Or c'est un type comme un autre, qui pourrait même être assez beau si ses yeux n'étaient pas si cernés, sa peau si grasse, s'il portait autre chose qu'un uniforme de pompiste et une expression renfrognée. Rien, dans son apparence, ne crie « violeur ! ». Il n'a rien de particulièrement intimidant. Rien pour vous mettre en garde contre lui, hormis son job pourri et sa coupe de cheveux immonde. Rien qui évoque le mal. Il pourrait être n'importe qui.

Cela dit, le seul fait de savoir picote la peau de Grace. Ce n'est pas un simple employé qui fait l'inventaire des cigarettes en prenant des notes sur une planche à pince. Grace sait ce qu'il a fait. Elle s'en souvient à chaque seconde qu'elle passe dans sa chambre, en voyant la souffrance de Lucy gravée dans les murs d'une pièce où celle-ci était censée se sentir en sécurité.

– Besoin de quelque chose ? demande Spencer, la faisant sursauter.

Elle sent ses yeux la perforer, et elle en a un frisson de dégoût. Son regard, à lui seul, est déjà un viol.

– Non, enfin si, bredouille-t-elle.

Elle commence à paniquer. Elle prend quelque chose sur une étagère, n'importe quoi pour avoir l'air d'une cliente normale, pas d'une tarée venue juste pour le mater. Ses doigts tombent sur un paquet de chewing-gums et une barre chocolatée. Elle s'approche de la caisse, pose les articles devant lui. Il a les mains sales, les jointures écorchées, les ongles rongés et noirs de crasse. Grace imagine ces mains touchant le corps de Lucy, le corps de ses amies, le sien à elle. Tellement malpropres. Tellement marquées par la violence.

Il dit quelque chose. Elle n'arrive pas à le regarder. Elle n'a rien entendu.

– Allô ? insiste-t-il. Ça fera deux soixante-cinq.

Grace cherche son portefeuille, en sort un billet de cinq, le tend devant elle. Les doigts du garçon effleurent les siens, et elle se sent traversée par un éclair de violence. Comment ce mec peut-il évoluer si facilement dans le monde, à vendre des bonbons aux filles, à leur toucher les mains ?

Elle se hâte de ressortir aussitôt qu'il lui a rendu la monnaie. Elle tâche de faire comme Erin quand l'anxiété monte : elle compte à rebours en s'éloignant du magasin, concentrée sur la sensation de ses pieds heurtant le sol, sur l'odeur d'essence flottant dans l'air, la brise humide qui annonce la pluie. Puis sans réfléchir, juste avant de tourner vers chez elle, elle se retourne pour jeter un dernier coup d'œil à Spencer Klimpt.

Elle est encore assez près pour le voir à travers la vitre, en train de taper quelque chose sur son smartphone, un sourire amusé aux lèvres. Puis il relève la tête, droit vers elle, et pendant un instant leurs regards se croisent. Un frisson dévale son échine ; elle se sent captive, prise au piège, telle une biche dans les phares d'une voiture, qui voit venir le danger mais reste pétrifiée. Il pourrait sortir du magasin et l'attraper. Mais il se contente de rire et retourne à son téléphone, la libérant aussitôt. Grace marche à toute vitesse jusque chez elle.

Elle est en nage et hors d'haleine lorsqu'elle arrive à la maison. Sachant que ses parents sont à une réunion de l'église pour tout l'après-midi, elle déballe sa barre chocolatée et s'assoit devant l'ordi, dans le bureau de sa mère. À côté est posée une photo d'elle qui date du début de l'an dernier. Ses dents sont encore baguées, et elle est encore plus boulotte que maintenant. Ses fringues sont atroces – un legging rose et un tee-shirt jaune décoré d'un chaton – et elle a une queue-de-cheval frisottée sur le sommet de la tête. On dirait encore une petite fille, naïve et ignorante. Cette petite fille a l'air heureuse. Elle n'a pas encore perdu tous ses amis ni fui à l'autre bout du pays. Sa mère ne l'a pas encore abandonnée pour des choses plus importantes. Elle ne sait même pas encore ce que c'est qu'un viol.

Grace mord dans sa barre chocolatée, mais ce n'est pas aussi bon qu'elle le voudrait. Elle allume l'ordinateur et tape une adresse dans le moteur de recherche. Le blog des *Vrais Mecs de Prescott* apparaît.

Un nouveau billet a été publié il n'y a pas plus de cinq minutes.

LES VRAIS MECS DE PRESCOTT

Une petite moche du genre bouboule vient de débarquer dans ma boutique, carrément pour me mater. C'était clair qu'elle me voulait. Si je n'avais pas eu une telle gueule de bois, j'y serais allé. Ça aurait pu le faire, en éteignant la lumière. Bonne bouche, pas mal de bons morceaux à se mettre sous la main. Il n'est pas rare qu'un thon soit meilleur au lit qu'une bonnasse notée 9 ou 10, parce qu'elles savent qu'elles doivent se donner plus de mal. Alors qu'un canon ne va même pas lever le petit doigt. Elles pensent qu'il suffit de s'allonger.

Celle-ci aurait été un carton facile. Merde, maintenant je regrette de ne pas l'avoir pécho. À moins que ce soit une de ces bêcheuses élevées par une maman féministe qui attendent bien plus de respect qu'elles n'en méritent. En tout cas, si jamais elle fait ramer un mec pour l'avoir et qu'ensuite elle va raconter qu'elle ne voulait pas, un boudin pareil, tout le monde saura qu'elle raconte des conneries plus grosses qu'elle.

– MâleAlpha541

Nous.

– Mais vous êtes malades ! s'exclame Rosina. C'est un endroit génial pour une réunion, enfin !

– La structure n'est pas stable, objecte Erin. Et il y a un risque d'incendie. Il y a toutes les chances pour que ça prenne feu et qu'on finisse toutes brûlées vives.

– Ce n'était peut-être pas une super idée de dire aux autres d'apporter des bougies, reconnaît Grace.

– Bah quoi, il faut bien de la lumière, non ? Et vous imaginez depuis combien de temps il n'y a plus l'électricité ?

– Des lampes torches, dit Erin. Des lanternes à piles. On aurait dû spécifier : pas de flamme nue.

Le vieux manoir Dixon, qui se dresse aux abords de la ville, est inhabité depuis des temps immémoriaux. Les trois filles sont debout sur le porche de la haute bâtisse croulante. Les colonnes sculptées qui flanquent l'entrée penchent de manière inquiétante. Une lumière pâle vacille à l'intérieur et traverse les vitres fêlées, couvertes de poussière. Le vent est fort, ce soir. Il menace de faire tomber la maison comme un château de cartes.

– Alors, t'es prête ? demande Rosina.

– Non, répond Grace.

– Tu vas très bien t'en tirer. Pas vrai, Erin ?

– Vous voulez une réponse honnête, ou mon soutien ?

– À ton avis ?

– Grace, tu vas t'en tirer à merveille, récite Erin sans y mettre le ton.

Grace soupire.

– De toute manière, il ne peut pas y avoir de catastrophe, hein ? Les réunions se mènent à peu près toutes seules, en général ?

– Ou elles se terminent comme la première, à la bibli.

– Erin ! gronde Rosina.

Erin cligne des yeux.

– Désolée, Grace, dit-elle en se détournant. Je veux t'encourager parce que tu es mon amie et que je me soucie de toi.

– C'est gentil, ça, commente Rosina.

Erin hausse les épaules.

– Même si Grace se plante dans les grandes largeurs, c'est pas grave. On l'aimera toujours, et les autres aussi.

Grace la regarde, les larmes aux yeux.

– Erin, tu ne m'as jamais rien dit d'aussi adorable.

– Oui, bon. Ne t'y fais pas trop, marmonne Erin en baissant les yeux vers ses mains agitées.

– J'ai un peu envie de te serrer dans mes bras, là, avoue Rosina.

– Je ne te conseille pas d'essayer.

– Je vous aime, les filles ! lance Grace, un trémolo dans la voix.

– Pouah ! Vous êtes insupportables, tous les deux.

Sur ces mots, Erin pousse la porte d'entrée, qui s'ouvre en grinçant.

À l'intérieur, le manoir évoque un décor de film d'horreur. Un grand escalier pourri à moitié effondré rejoint une galerie à l'étage, et la carcasse rouillée d'un lustre gros comme une voiture gît au milieu du hall d'entrée, ses pendeloques en cristal ayant été pillées depuis longtemps. Les filles suivent les lumières et les voix jusqu'à la salle de bal adjacente, où quelques dizaines de leurs camarades projettent des ombres spectrales.

– Ça fout les jetons, ici ! couine quelqu'un.

– Je ne sais pas qui a eu l'idée, mais il faut être cinglé, dit une autre en s'envoyant une lampée de bière.

– Pas de doute, c'est une maison hantée, affirme une autre.

– Tu vois, Grace, dit Erin. Tu n'es pas la seule à avoir peur.

– Moi, je trouve ça fantastique, dit une Samantha Robeson possiblement éméchée, appuyée à une cheminée de pierre nettement plus haute qu'elle et dans laquelle cinq filles comme elle tiendraient facilement. C'est une métaphore parfaite, quand on y pense. La maison symbolise nos peurs, et on s'y réunit pour les affronter.

À côté d'elle, Melissa Sanderson éclate de rire. Puis s'arrête net.

– Oh pardon ! Tu parlais sérieusement.

– Melissa ! lance Rosina en se précipitant pour la saluer.

– Je rêve ou Rosina sautille ? murmure Grace.

Pour toute réponse, Erin lève les yeux au ciel.

L'immense salle de bal est pleine de courants d'air qui font vaciller les flammes des bougies, projetant d'étranges ombres mouvantes sur les murs et le plafond tachés. Le papier peint qui se décolle donne l'impression que la maison se désintègre autour des filles. Le battement des bourrasques est curieusement amplifié, rendu hostile. L'espace a beau être poussiéreux et sec, on a l'impression d'être sous l'eau, d'être des poissons dans un aquarium à taille humaine.

Un grincement s'élève. Une fille pousse un cri. Melissa prend Rosina par le bras et se blottit contre elle. Puis elle relève la tête, pouffe de rire, rougit et s'écarte. Mais elle est encore tout près. Leurs hanches se touchent. Elles sentent la chaleur l'une de l'autre à travers le tissu de leurs jeans.

Un téléphone diffuse de la musique. Les filles font circuler des bouteilles. Erin a pris l'initiative de faire le tour de la salle en demandant à toutes si elles ont un capitaine de soirée. Des BCBG parlent à des nerds, des sportives à des artistes, des solitaires à des populaires. Sam Robeson tourne sur elle-même, en faisant tournoyer son boa rouge autour de sa tête telle une tornade triomphante. Des filles dansent, débarrassées de leurs inhibitions, libérées du besoin d'être sexy pour un public de garçons.

– Allez viens, dit Melissa en prenant Rosina par la main pour l'attirer dans leur petit cercle.

– Je ne danse pas.

– Mais tout le monde danse ! Je ne suis pas dupe, je sais que tu n'es pas aussi détachée que tu veux bien le faire croire. (Elle se penche, ses cheveux doux effleurent la joue de Rosina.) Dis, fait-elle, et ses lèvres, son souffle, sont tièdes contre son oreille. Tu veux qu'on sorte ensemble un de ces jours ?

– T'es bourrée ?

Voilà les mots qui échappent à Rosina.

Melissa se recule, se raidit légèrement.

– Non, je n'ai rien bu.

– Pardon. Je ne sais pas pourquoi j'ai dit ça.

Un lourd silence s'étire entre elles.

– Pardon, répète Rosina. C'est juste que je n'ai pas l'habitude que des filles comme toi viennent me parler.

Un sourire plisse le coin des yeux de Melissa.

– Des filles comme moi ? C'est quoi, au juste, une fille comme moi ?

– Je sais pas, bredouille Rosina en regardant ses pieds. Populaire. Apparemment bien intégrée. Pas chelou.

Melissa éclate de rire. Rosina relève les yeux et les plonge dans ceux de Melissa, bleu clair, qui étincellent dans la lumière des chandelles.

– Plutôt belle, ajoute-t-elle.

– Toi aussi, tu es belle, dit Melissa. Vraiment belle.

– On ne devrait pas commencer la réunion ? demande sèchement Erin, surgie de nulle part, en écartant Rosina de Melissa. L'heure est déjà dépassée de dix-sept minutes.

– Salut, Erin, dit Melissa avec chaleur.

Rosina est encore sous le choc, incapable de former des mots avec sa bouche qui était encore, à l'instant, si proche de la peau de son amie.

– Danser comme ça, ou je ne sais pas ce que vous faites, vous deux, dit Erin sévèrement, ce n'est pas un emploi constructif de notre temps. Grace ! crie-t-elle bien que celle-ci ne soit qu'à quelques pas. On ne devrait pas commencer ?

– Encore quelques minutes. Tout le monde s'amuse.

– Mais on n'est pas là pour s'amuser ! insiste Erin avec ardeur. On devrait être assises en rond, en train de parler à tour de rôle. Il faut qu'on soit organisées. Il faut qu'on planifie nos actions subversives. Il faut...

Melissa l'entoure de ses bras et la serre fort, puis la lâche sans lui laisser le temps de se débattre. Elle indique du geste la piste branlante et toutes les filles qui dansent comme si personne ne les observait.

– *Ça*, c'est une action subversive.

– Décidément, y a rien à tirer de vous deux, lâche Erin, qui s'en va d'un pas furieux.

La musique cesse d'un seul coup. Erin tient le téléphone coupable dans sa main.

– Hé, ho, c'est à moi ! lance Connie Lancaster.

– Il est temps de commencer.

– Rends-moi au moins mon téléphone !

– Seulement si tu me promets de ne plus mettre de musique. La fête est finie.

– Bon, les filles, lance Grace d'une voix presque forte. Euh, mettons-nous en cercle. Je m'appelle Grace. Margot m'a demandé de mener les débats en son absence.

Les filles s'installent lentement sur le parquet poussiéreux. Erin s'assoit à côté de Grace, Rosina à côté d'Erin, et Melissa à côté de Rosina. Melissa ne voit pas les yeux d'Erin, qui lancent des poignards dans sa direction.

– Je me demande où est Amber, dit Grace.

– Qu'est-ce qu'on en a à foutre ? rétorque Lisa Sutter de l'autre côté du cercle.

– C'est pas sympa, ça, fait remarquer une de ses amies pom-pom girls.

– C'est elle qui n'est pas sympa.

– Dites, les filles ? lance Grace avant de se racler la gorge. On pourrait essayer de se concentrer sur ce qui nous unit, et non ce qui nous divise ? On n'ira pas loin si on s'engueule sans arrêt.

– Ou si on couche avec les mecs des autres, grommelle Lisa.

De nouvelles canettes de bière sont ouvertes tandis que les vides sont écrasées et jetées dans les coins sombres. Combien de ces packs de six ont été achetés à Spencer Klimpt à la supérette QuickStop ? Combien de filles perçoivent l'ironie de la situation ?

– Où est Elise ? demande Rosina.

– Elle avait un rencard, indique une de ses coéquipières de softball.

– Elle sèche la réunion pour aller à un *rencard*? s'étonne Connie Lancaster. Ce n'est pas contraire à tous nos principes?

– Oh allez, sois contente pour elle, dit Rosina. Si quelqu'un mérite un peu d'amour, c'est bien Elise.

Melissa s'appuie de tout son corps contre elle, et elle en oublie comment on fait pour respirer.

Cette fois, toutes sont assises, en cercle, se faisant face. La salle est sombre autour d'elles, les visages sont éclairés par la lueur instable des bougies et des torches électriques. Les filles sont au moins soixante. Elles sont pratiquement empilées les unes sur les autres.

– Oooh, on va faire du spiritisme? demande quelqu'un.

– Jouons à action-vérité!

– J'ai quelque chose à dire, annonce Sam avant même que Grace ait décidé de ce qu'elle allait faire. Je pense qu'il faudrait mettre fin à la grève du sexe.

– T'as le feu au cul, c'est tout, pouffe son amie.

– Non, je ne blague pas. Je n'ai jamais été pour cette grève. Depuis le début, je trouve que c'est une mauvaise idée.

– Ma pauvre, intervient une fille visiblement éméchée. Pas de gros câlins pour toi? Trop dur. Toi, au moins, tu *peux* coucher. Il y en a parmi nous qui mourront sûrement vierges. (Sa copine essaie de la faire taire, en vain.) Moi, je n'ai jamais embrassé personne. Pitoyable, non? Certaines d'entre nous n'auront jamais de mec.

– Ou de meuf, marmonne quelqu'un d'autre.

– Mais vous avez toutes des doigts, dit Rosina. J'espère que vous savez vous en servir.

À côté d'elle, Melissa glousse de rire.

– Ce n'est pas seulement ça, la question, reprend Sam. Je pense que la grève n'envoie pas le bon message. On proteste contre le viol, non ? Mais le viol n'est pas un acte sexuel. C'est un acte de domination et de violence.

– On proteste contre beaucoup de choses, en plus du viol, précise Melissa. Et comme tu l'as dit, c'est une question de domination. La question, c'est leur pouvoir physique sur nous, le fait qu'ils se servent de leur corps pour prendre l'ascendant sur nous. Donc, en leur refusant notre corps, on affirme notre pouvoir.

– Mais il n'y a pas qu'eux qu'on prive de sexe, argumente Sam. On s'en prive aussi, nous. Ce serait comme faire la grève de la faim parce qu'on nous jette des tomates : ça n'a pas de sens. On continue de souffrir à cause d'eux. Ils contrôlent toujours notre corps.

– Perso, je ne trouve pas que ce soit un si grand sacrifice, reconnaît Connie. Mais il faut dire que je n'ai pas de mec.

– Sam, dit Grace en se grandissant un peu. Qu'est-ce que tu proposes, alors ?

– Je ne sais pas. Je n'ai pas de proposition. Tout ce que je sais, c'est que je trouve que ça ne va pas.

– Mais on ne peut pas arrêter comme ça, objecte Rosina. On aurait l'air de capituler. De leur donner la victoire.

– Pas du tout. Ce serait nous, prenant une décision pour nous-mêmes. Ils n'ont rien à voir là-dedans. C'est vrai, regardez ce qu'on a accompli jusqu'à présent. Regardez ce qui a changé. Ça n'a rien à voir avec la grève. C'était nous en train de nous serrer les coudes. Gardant la tête haute et refusant de nous laisser marcher sur les pieds. Le sexe, c'est pour nous aussi, vous savez? Devenir fortes, ça ne revient pas seulement à dire non. Est-ce que notre plaisir ne nous rend pas fortes, aussi?

– Je pense que c'est trop tôt, insiste Melissa.

– Je suis d'accord avec tout ce que tu dis, Sam, convient Grace. Comme la plupart d'entre nous, je pense. Mais franchement, si on arrête, je ne sais pas si on sera écoutées. (Elle soupire et regarde autour d'elle d'un air penaud.) On dirait bien que le sexe est encore notre meilleur outil pour nous faire entendre.

– Eh ben, c'est suprêmement foireux, commente Sam.

– *Tout* est foireux, ajoute Rosina.

– Mais vous ne voyez pas? On se sert du sexe pour obtenir ce qu'on veut. On joue encore selon leurs règles à eux. Comment est-ce qu'on peut accepter ça?

Le silence se fait. Personne n'a de réponse. Personne n'a la solution.

Grace se racle la gorge.

– Je pense que ce que Margot ferait dans un cas comme celui-ci, c'est proposer un vote.

– Sûr, c'est sa réponse à tout, soupire Sam. Mais ce n'est pas parce qu'on prend une décision que c'est la bonne.

– Je ne vois pas quoi faire d'autre, avoue Grace. Désolée si ce n'est pas parfait. Mais à moins que quelqu'un propose mieux, je crois qu'on n'a pas trop le choix. (Elle s'éclaircit à nouveau la gorge et embrasse la salle du regard.) Quelqu'un a quelque chose à ajouter avant qu'on passe au vote ?

Silence.

– Bon. Celles qui sont pour continuer la grève, levez la main.

Les mains se lèvent en nombre, mais les visages qui vont avec sont résignés, sans enthousiasme.

– Celles qui sont contre.

Les mains qui se lèvent sont nettement moins nombreuses.

Sam hausse les épaules.

– Ça ne coûtait rien d'essayer.

– Tu es toujours avec nous, Sam ? s'enquiert Grace.

La fille a un sourire las.

– Bien sûr.

Soudain, il y a un changement dans l'air, comme un mouvement invisible. Des yeux en suivent d'autres jusqu'à ce que tous les regards se posent sur la même chose. Lisa Sutter se lève et s'avance à la rencontre de celle qui vient d'apparaître à la porte.

– Abby? souffle Melissa, les yeux écarquillés, comme si elle avait vu un fantôme.

Lisa se tient de manière presque protectrice devant la fille qui vient de sortir de l'ombre comme par magie.

– C'est qui? chuchote Grace à Rosina.

– Abby Steward, grogne celle-ci avec dédain. Elle était en terminale l'an dernier. Une des reines de la table des trolls. La reine des salopes, aussi.

– Salut, Melissa, dit la dénommée Abby. Salut, Lisa.

Elle est presque belle, mais il y a quelque chose de trop pointu dans ses traits, quelque chose de tendu, de dur.

– C'est peut-être une espionne, murmure Erin. Et si elle est venue pour nous épier? Si elle compte toutes nous balancer?

– Ça alors, Abby! souffle une pom-pom girl. Comment ça va, depuis l'an dernier?

– Ça peut aller. Je suis à la fac et je bosse au Starbucks.

– C'est super. Ça fait plaisir de te voir.

– Oui, bon. Passons.

– Eh ben! Si les conversations gênantes pouvaient tuer, je serais déjà morte, constate Rosina.

– Pourquoi est-ce que tout le monde est super mal à l'aise? demande Grace à voix basse.

– Abby est l'ex de Spencer Klimpt.

– Je ne peux pas rester, prévient Abby en reculant d'un demi-pas vers la porte. Lisa m'a parlé de vos réunions, tout ça. Et je... je voulais juste passer vous dire quelque chose.

Dans la salle de bal, toutes les filles attendent, assises à ses pieds, les yeux rivés sur elle.

Abby se tripote une petite peau au coin de l'ongle.

– Bon, vous savez que je suis sortie avec Spencer presque toute l'année dernière.

Elle s'adosse au mur en tâchant d'avoir l'air détendue, de se ficher complètement de ce qu'elle est en train de dire. Sauf qu'elle ne sait pas quoi faire de ses mains. Elle en met une dans sa poche, repousse une mèche de cheveux imaginaire derrière son oreille, puis finalement croise les bras. Elle élève ses fins doigts tremblants devant sa bouche, comme s'ils pouvaient cacher ses paroles, comme s'ils pouvaient la protéger de ce qu'elle est venue raconter.

– Et bref, il s'est, euh, mal comporté, finit-elle par lâcher. Vraiment très mal. Au point que je pense qu'il est fou. Je crois qu'il aime faire du mal aux filles.

Elle relève un instant les yeux avec une douceur frappante, et soudain elle n'a plus rien de la Cruella qu'elle est réputée être.

– Il était très dominateur, vous savez? Il fallait toujours qu'il sache où j'étais, qui je voyais. Et il pouvait devenir brutal, voire violent, parfois.

Elle joue avec une bague qu'elle porte à la main droite. Son regard file sur le sol, les murs, le plafond. Elle regarde partout sauf dans les yeux des autres.

– J'étais sa copine, à l'époque, donc ça n'était pas vraiment un viol, hein?

– Si, c'était vraiment un viol, dit Lisa.

– C'était *indéniablement* un viol, appuie Melissa.

– La première fois qu'il m'a fait ça, j'ai pleuré. Il m'a dit de la fermer et m'a plantée là en me traitant de casse-couilles. Quand il a recommencé, je me suis bien gardée de verser une larme. Après, ça a continué : j'avais appris à ne jamais lui dire non.

Lisa s'appuie contre elle et l'enlace. Abby se raidit mais se laisse faire.

– Je n'en ai jamais parlé à personne, à part Lisa, continue-t-elle. Je gardais ce secret pour moi. Je suis devenue très forte pour cacher les bleus avec du fond de teint. (Lisa la serre plus fort.) Mais maintenant, je sais qu'il faut que j'en parle, dit-elle en relevant la tête. Vous m'en avez donné le courage. J'ai compris qu'il fallait que je vous mette au courant. Il faut que quelqu'un fasse quelque chose.

– Il faut surtout que tu appelles la police, pointe Connie.

Abby semble rétrécir.

– Non. Je n'ai pas de preuves. Les flics n'ont pas cru Lucy Moynihan, ils ne me croiront pas non plus. J'étais sa copine !

Elle implore du regard le cercle des filles.

– Il faut que vous fassiez quelque chose.

– On essaie, dit Lisa.

– Eric Jordan est un porc qui n'a aucun respect pour les femmes, ajoute Abby. Il ferait n'importe quoi pour tirer son coup. Quant à Ennis, je ne sais pas. Je crois qu'il ne fait que suivre les deux autres. Mais Spencer, lui, c'est un vrai méchant. Un vrai salopard.

Le silence ne pourrait pas être plus épais. Plus immobile. Chacune retient son souffle, paralysée par le poids de ce qu'elles ont à faire.

– Je n'ai plus peur que ce soit une espionne, confie Erin.

Puis Abby rejette ses cheveux en arrière et son regard se vide. D'un seul coup, elle redevient la fille dont les autres se souvenaient, celle qui ne serait jamais venue ici demander de l'aide. Elle se dégage du bras de Lisa.

– Faut que je parte.

– Attends ! Reste avec nous.

– Non, dit-elle en s'écartant de son amie. Ne le prenez pas mal, mais j'ai passé l'âge de traîner avec des lycéennes. (Son rire est amer, mordant.) Je veux juste faire souffrir cet enfoiré de pervers. Alors bonne chance, les filles. Faites-lui bien mal.

Et avant que quiconque ait pu trouver quelque chose à dire, elle se faufile par la porte et disparaît.

Dans le cercle, les paupières papillotent, comme des ampoules clignotantes.

– Eh ben ! lâche finalement quelqu'un.

– C'était intense, dit Sam.

– La rabat-joie du siècle, ajoute celle qui a trop bu.

Lisa Sutter se rassoit et se prend la tête entre les mains. Soudain, la salle paraît plus noire, envahie par les ombres.

– Il faut qu'elle prévienne les flics, lâche Serina Barlow.

– Rien ne l'y oblige, fait remarquer Melissa.

Trista et Krista sont penchées sur un téléphone, éclairées par sa lumière artificielle.

– C'est la fille numéro huit, c'est ça ? demande Trista.

– Les filles, arrêtez, proteste Melissa. Elle est déjà assez humiliée comme ça.

– Ce n'est pas pour se moquer d'elle, je vous jure. Simplement, je me disais... Il y a quelques filles sur la liste pour qui ça craint vraiment. Par exemple la numéro six : « trop stone pour dire grand-chose ». Et la onze : « L'ai tellement fait picoler qu'elle n'a pas pu dire non ». En gros, il avoue pratiquement les avoir violées, non? On ne sait pas qui elles sont, mais peut-être que si Abby se faisait connaître et, euh, confirmait que c'est bien Spencer qui écrit le blog, alors la police enquêterait sur ce qu'il a fait aux autres. Elle n'aurait même pas besoin de dire tout ce qu'il lui a fait. Juste de témoigner qu'elle est sur la liste.

Dans la salle, on ne voit plus bouger que les yeux, un océan mouvant de regards échangés dans tous les sens. Et on n'entend plus que les murs qui tremblent et le vent qui pousse des hurlements assourdis dehors, comme s'il essayait d'entrer.

– En fait, c'est une excellente idée, finit par reconnaître Grace.

– Surtout qu'il y a plein d'autres filles sur la liste, ajoute Krista. Si c'était tout un groupe qui se faisait connaître avec Abby, la police serait obligée de les écouter.

Trista relève la tête de son téléphone.

– Il y en a peut-être même qui sont ici ce soir.

C'est plus fort qu'elle : elle tourne les yeux vers Lisa Sutter. Numéro douze : *Chiante et demandeuse. Il paraît qu'elle est devenue chef des pom-pom girls.*

D'ailleurs, tout le monde la regarde. La salle entière attend qu'elle parle. Qu'elle se dénonce, malgré l'humiliation. Qu'elle fasse preuve de courage.

Mais ce qu'elle fait, c'est empoigner son sac, se lever et sortir.

– Qu'est-ce qu'elle a ? demande Serina Barlow.

– Sérieusement ? fait Melissa. Vous lui mettez toutes une pression d'enfer pour qu'elle avoue être sur cette liste, et vous vous étonnez qu'elle craque ?

– Qui lui mettait la pression ? dit Serina. On n'a même pas prononcé son nom.

– Ce n'était pas nécessaire.

– Tu sais quoi ? éclate Serina. Lisa a raison de se sentir mal. Elle a le pouvoir de peut-être faire punir Spencer pour les horreurs qu'il a commises, et elle s'inquiète juste pour son petit amour-propre ? De toute manière, tout le monde sait déjà que c'est elle, la numéro douze. Plus longtemps il restera en liberté, plus il fera de dégâts. Et les autres alors ? La six et la onze ? Il faut qu'il aille en taule pour ce qu'il leur a fait.

– Mais comment savoir ce qu'elles veulent ? demande Melissa.

– Elles veulent la justice, évidemment.

– On ne peut pas l'affirmer à leur place. On ne peut pas partir du principe qu'elles veulent que les gens sachent. On ne peut pas décider qu'elles veulent parler à la police ou témoigner au tribunal.

– N'importe quoi. Il faut qu'elles le fassent.

– On ne peut forcer personne à parler de son viol.

Melissa regarde autour d'elle et s'arrête sur Erin, muette et recroquevillée sur elle-même, prisonnière de sa mystérieuse douleur.

– Elles ont déjà été forcées à quelque chose qu'elles ne voulaient pas.

Rosina suit le regard de Melissa jusqu'à Erin.

– Erin? chuchote-t-elle.

– Alors on est foutues, lâche Serina. On ne peut rien faire.

Dans la salle, les mines sont moroses.

Erin est hors d'atteinte.

– Ce n'est pas vrai, reprend Grace. Regarde-nous. Regarde ce qu'on est en train de réussir. On change déjà des choses.

– Ah oui? Et quoi? Lucy a toujours été violée. Deux enfoirés sont toujours en liberté. On ne change rien du tout.

– Ces réunions, ce n'est pas rien. On se change nous-mêmes.

– On change l'ambiance à Prescott, renchérit Melissa.

– Erin, souffle Rosina. Tu as besoin de sortir?

– Mais on ne parle même plus de Lucy, se lamente Serina. Et presque jamais de Spencer, d'Eric et d'Ennis non plus. Ce n'est pas à cause d'eux qu'on a commencé?

Sans réfléchir, Rosina pose une main légère sur le dos d'Erin. En une fraction de seconde, celle-ci se détend comme un ressort, les bras battants, et renverse Rosina au passage.

– Mais enfin, Erin ! lance cette dernière en se massant le bras.

Le temps qu'elle se lève, Erin est déjà presque à la porte.

– Et il ne faut pas oublier celles qui ne sont pas ici, dit Sam Robeson. Celles qui ne se battent pas encore. Il faut qu'on se batte pour elles.

– Alors on fait quoi ? demande Melissa. Comment est-ce qu'on les aide ?

– On pourrait se cotiser pour embaucher un prof d'autodéfense, propose Connie Lancaster.

– Excellent, dit Sam. Je suis pour.

Rosina se lance à la poursuite d'Erin. La dernière chose qu'elle entend, c'est Serina Barlow disant :

– Oui, mais ça ne suffit toujours pas.

Dehors, les yeux de Rosina mettent quelques instants à s'accoutumer à la nuit. Le vent a fait place à un déluge. Hors de l'abri fuyard du porche, le monde n'est plus qu'un mur d'eau.

– Erin ? T'es où ?

Elle entend une planche grincer. Fouillant les ténèbres avec sa lampe torche, elle finit par trouver son amie assise sur un vieux cageot, dans l'ombre au bout du porche, se balançant sur un rythme qu'elle seule peut entendre.

Erin lève une main devant ses yeux.

– Tu peux éviter de m'éblouir, s'te plaît ?

Rosina éteint.

– Pardon. Est-ce que ça va ?

– Mais oui.

– Ça n'a pas l'air.

– Tu penses ce que tu veux.

– On peut se parler ?

– Si tu allais plutôt voir ta pom-pom girl ?

– Erin, qu'est-ce qui se passe ?

– Rien.

En se rapprochant, Rosina la voit tressaillir.

– Allez. Ça fait deux réunions que tu piques une crise.

– Tu sais bien que je n'aime pas la foule, répond Erin en regardant la pluie. J'ai besoin d'être seule, parfois.

– Oui, mais je pense que ce n'est pas tout. Il y a autre chose.

Rosina se tait, attend. Mais Erin ne dit rien.

– Elles étaient en train de parler de certaines choses. De viol. C'est ça qui te fait cet effet. (Rosina fait un pas hésitant.) Tu peux tout me dire.

Erin se lève et se met à marcher de long en large sur le porche.

– Et ce qu'a dit ta pom-pom girl, alors ? Sur le fait de ne pas forcer les gens à en parler ?

– Je veux seulement t'aider. Je...

Erin s'arrête brusquement devant Rosina. Elle tremble comme une feuille.

– C'est pas tes oignons ! crie-t-elle. Qu'est-ce qui te fait croire que tout ce qui m'arrive te regarde ?

Elle se remet à faire les cent pas, plus vite cette fois, en agitant les mains.

– Tu n'es pas mieux que ma mère ! Tu me crois incapable de gérer ce que je ressens. Complètement bonne à rien.

– Pardon ! Ce n'est pas ce que je...

– Je n'ai pas besoin de ton aide, répète Erin d'une voix tendue. Je peux me débrouiller toute seule.

– Je sais.

– Et ne sois pas condescendante !

– Erin...

– Va-t'en, dit Erin en regagnant l'ombre au bout du porche. Lâche-moi. Je n'ai pas besoin de toi. Je ne veux pas de toi.

Il n'y a pas de mots pour décrire ce que ressent Rosina, pas de réaction possible à ce que vient de lui balancer Erin. Elle pourrait se dire que c'est son stress qui parle, qu'elle se déchaîne parce qu'elle a peur, que ses paroles dépassent sa pensée. Mais elle sait qu'il y a quelque chose d'authentique dans cette colère, quelque chose d'accablant. Une lourde pression la saisit dans la poitrine et lui agrippe la gorge, comme une main qui l'étrangle.

– Bon. Je rentre à pied, parvient-elle à articuler. Grace pourra te ramener en voiture.

En descendant du porche, Rosina est instantanément trempée. Elle ne se retourne pas, ne regarde pas ce que fait Erin. Celle-ci a raison : elle n'a pas besoin d'elle. Personne n'a besoin d'elle.

La pluie la réjouit, elle est soulagée de pouvoir se concentrer sur le bruit et les sensations sur son corps, le poids de ses vêtements alourdis, le froid mouillé sur sa peau. Elle ne rallume pas sa torche, bien que la lune soit cachée par d'épais nuages de pluie et qu'il n'y ait pas de réverbères à proximité, bien que la route soit pleine de cailloux et de mauvaises herbes, bien que les arbres soient immenses et légèrement terrifiants. Elle n'essaie pas de combattre la nuit. Comme elle ne voit rien, elle doit être plus attentive à ce qui l'entoure. Elle doit puiser dans toutes ses ressources intérieures, rien que pour pouvoir avancer. Elle doit se concentrer sur le mouvement, se concentrer sur la survie. Et quand on est concentré sur la survie, il ne reste plus de place pour la douleur.

Tu es toute seule, lui dit la nuit. *Personne ne veut de toi.*

La pluie fait tellement de bruit que même si elle pleurait personne ne l'entendrait. La nuit est si noire et elle est si trempée que même s'il y avait des larmes sur ses joues, personne ne les verrait.

Trois kilomètres plus loin, elle n'a plus un millimètre de sec. Elle prend soin de nettoyer la flaque qu'elle laisse au sol en retirant son manteau dans le salon. Mieux vaut rester invisible. Mieux vaut ne pas laisser de traces. Mieux vaut ne pas donner de nouvelles raisons à sa mère de se mettre en colère.

Aucun bruit dans la maison. Mami et Abuelita dorment dans leurs chambres. Rosina et sa mère se sont à peine parlé depuis leur dispute du week-end dernier, sauf pour le strict nécessaire. *Sors les poubelles. La commande de la 4 est prête. Va aider Abuelita à se laver.*

Rosina ne sait pas ce qui est le pire : cette soupe à la grimace façon Guerre froide, ou les éruptions sporadiques de hurlements à haut indice explosif. Les engueulades, au moins, se terminent rapidement. Elles ont généralement une conclusion. Elles flambent et s'éteignent d'elles-mêmes. Mais ceci, appelons ça comme on veut, c'est comme des braises qui restent rouges, une douleur constante. Il y a une voix dans la tête de Rosina, si douce que c'est plutôt un message subliminal, en boucle, un perpétuel chant funèbre : *Tu ne comptes même plus assez pour qu'on te crie dessus.*

Grace.

– Oh là là, les filles, vous ne devinerez jamais ce qu'on m'a raconté, dit Connie Lancaster.

On est lundi matin, la première sonnerie n'a pas encore retenti, et Connie est déjà prête pour les potins.

– Une bande de filles vient de lancer un club féministe au lycée d'East Eugene, et il y a même des *mecs* avec elles !

– C'est énorme, dit Grace.

– Mais attends le meilleur, ajoute Connie en se penchant vers elle. Elles se sont baptisées... les Filles de Nulle Part.

Quelque chose se coince dans la gorge de Grace, un mélange de gratitude et de fierté. Une grande bouffée d'amour.

L'heure sonne.

– Votre attention, s'il vous plaît ! tonne la voix de Slatterly dans les haut-parleurs avant même que les élèves soient assises.

– J'espère que ça en vaut la peine, grommelle Connie.

– J'ai le plaisir de vous annoncer que l'administration a fait des progrès importants dans sa recherche des criminelles à l'origine des activités des Filles de Nulle Part.

– Des *criminelles* ? répète Allison. C'est une blague, ou quoi ? Elle a vraiment employé ce mot ?

L'euphorie de Grace retombe d'un coup. Et de haut.

– Nos conseillers techniques ont réussi à remonter la trace des correspondances électroniques et ont identifié plusieurs suspects.

– Eh merde, souffle Connie.

– Les personnes suivantes sont priées de se présenter immédiatement à l'administration.

Grace ferme les yeux. Elle n'arrive plus à respirer.

– Trista Polanski.

– Oh, non ! fait Allison.

– Elise Powell.

Les sportifs du premier rang explosent de rire.

– Pas étonnant ! persifle l'un d'eux. Cette gouine !

– Toi, ta gueule ! lui crie Connie du fond de la salle.

– Du calme, grogne le coach Baxter.

Bien calé sur sa chaise, il semble sourire à sa première victoire de la saison.

– Et Margot Dillard.

Même dans le haut-parleur, Grace croit entendre une nuance peinée dans la voix de la proviseure.

– Putain de merde, s'esclaffe un des trolls. La reine Margot tombe de son trône !

Les garçons ne se tiennent plus de joie. Cela fait des semaines qu'ils n'ont pas été aussi heureux.

– C'est pas vrai, pas Margot ! chuchote Allison, les larmes aux yeux.

– Qu'est-ce qu'on va faire ? demande Connie.

Qu'est-ce qu'on a fait ? se demande Grace.

Les rumeurs fusent. Certaines disent que les filles ont récolté trois jours d'exclusion. D'autres jurent qu'elles ont été arrêtées, que ce sera consigné à vie dans leur dossier. On entend qu'Elise a été virée de l'équipe de softball et va perdre sa bourse de l'université de l'Oregon. Margot ne pourra pas entrer à Stanford. Trista va être expédiée dans un pensionnat où ils font des choses comme « convertir » les jeunes homosexuels. Impossible de démêler le vrai du faux.

– J'ai essayé de joindre Margot et Elise, annonce Melissa au déjeuner. Je tombe direct sur leur répondeur. Vous avez parlé à Trista ?

Krista parvient tout juste à faire non de la tête. Elle est inconsolable. Elle pleure depuis le matin.

– Margot n'était même pas à la dernière réunion, dit Grace. Il n'y a aucune logique. Pourquoi elles ?

– Elles ont répondu à l'adresse mail des Filles de Nulle Part, explique Erin. C'est comme ça que les informaticiens ont dû les identifier.

Tout le monde la regarde. Tout le monde sauf Rosina.

– Enfin peut-être, ajoute-t-elle. Je ne sais pas. C'est une théorie.

– Alors, ça va se passer comme ça ? demande Melissa. Elles ont juste envoyé un mail et elles prennent pour tout le monde ? C'est absurde ! Je suis sûre que c'est illégal.

Rosina et Erin sont à leurs places habituelles, l'une en face de l'autre, mais elles ne se parlent pas ; elles ne se regardent même pas. Grace ne sait presque rien de ce qui s'est passé entre elles samedi soir, seulement qu'en sortant après la réunion elle a trouvé Erin seule, en larmes, marchant de long en large sur le porche. Tout ce qu'Erin lui a dit, c'est qu'elles s'étaient embrouillées et que Rosina avait décidé de rentrer à pied sous la pluie. Elle n'a pas prononcé un mot pendant le trajet du retour, et n'a fait que regarder par la fenêtre – en cherchant à apercevoir Rosina, soupçonne Grace.

– C'est dégueulasse, s'emporte Melissa. Regardez Ennis, là-bas. Il croit que c'est bon, qu'il peut à nouveau se montrer.

– Mais qu'est-ce qu'on va faire ? gémit Krista. Il faut qu'on les aide.

– Alors, les hyènes ? lance un des mecs de la table des trolls à travers le réfectoire. Ça se passe comment, la révolution ?

– Vous avez attrapé beaucoup de violeurs, récemment ? demande un autre, et toute la table explose de rire.

Les filles restent muettes. Même Rosina n'a pas l'énergie de répondre. Grace la regarde fixement jusqu'à ce que leurs yeux se croisent, mais rien ne passe entre elles sauf de la peur.

Pendant les trois heures qui séparent le déjeuner de la fin des cours, Grace fait l'expérience d'une sorte de régression. Elle remonte dans le temps jusqu'à une version d'elle pré-Rosina, pré-Erin, pré-Filles de Nulle Part. La peur peut faire ça. La peur peut faire toutes sortes de choses.

Il n'y a rien de plus solitaire que la peur. Dans le langage de Grace, c'est l'opposé de la foi. C'est là qu'on a le plus besoin de Dieu.

Mais elle ne peut pas penser à Dieu en ce moment. Elle est entravée par sa honte, par ses secrets. C'est elle qui a fait ça. Ce fiasco, c'est entièrement à cause d'elle. Des gens bien se font punir, et c'est sa faute. Trois vies gâchées parce qu'une fille qui n'était personne a voulu être quelqu'un, parce que l'orgueil a empêché une bonne brebis de rester dans le troupeau.

Qu'est-ce qui lui a fait croire qu'elle pouvait changer quoi que ce soit? Qu'est-ce qui lui a fait imaginer qu'elle pouvait même se changer elle-même? Les gens ne changent pas. C'est juste un mensonge pour donner du travail aux psys et aux curés. Elle n'aurait jamais dû prendre cette peine. Elle aurait dû garder la tête baissée, rester invisible dans le lot, là où est sa place, là où elle a toujours été, parmi les moutons, avec les autres filles invisibles.

Elle aurait dû repeindre par-dessus les mots gravés dans le mur de sa chambre aussitôt qu'elle les a lus. Elle n'aurait jamais appris le nom de Lucy Moynihan.

Elle voudrait redevenir vide. Être vide ne faisait pas mal comme ça. On ne court aucun risque quand on n'est personne. On n'a rien à perdre quand on n'a rien.

Le vide. Ce qu'elle veut, c'est le vide.

Mais où le trouver ? La maison n'est pas vide. Est-ce sa mère qu'elle voit par la fenêtre de la cuisine ? En train de faire bouillir de l'eau pour le thé ? Ou est-ce encore un fantôme, une projection de son manque, de son envie ?

Elle envisage de faire demi-tour. Elle pourrait aller se réfugier dans un des endroits que les filles ont réquisitionnés – la maison-témoin, le vieux manoir Dixon, l'entrepôt abandonné, le sous-sol de la bibliothèque. Mais comme d'habitude, elle est trop lente. Sa mère lève la tête, la voit par la fenêtre et un sourire s'épanouit sur ses lèvres, le genre de sourire qui a tant manqué à Grace, une expression de reconnaissance, la certitude d'être vue, et soudain elle n'a plus qu'une envie : remplir avec elle cette maison qui n'est pas vide. Tout ce qu'elle veut, c'est être la fille de sa mère et rien d'autre.

– Coucou, chérie, dit sa mère quand elle entre dans la cuisine. Tu veux un thé ?

Ce qu'elle voudrait répondre, c'est « oui », mais au lieu de cela elle fond en larmes. Aussitôt, les bras de sa mère viennent l'entourer, et ce ne sont pas les bras de la pasteure. Grace est à nouveau petite fille, avant que tout ait changé, avant que soit venu le moment de se soucier et de s'inquiéter et de grandir, et pendant un petit moment elle n'a plus peur.

– Oh, Gracie, dit sa mère en la guidant vers le canapé.

Un instant, l'amour donne du courage à Grace, et elle se dit que quand quelqu'un vous manque il faut peut-être le lui dire. Que quand on veut quelque chose il faut peut-être agir au lieu de s'apitoyer sur son sort.

– Tu me manques, maman.

– Oh, mon cœur, toi aussi.

Et voilà que sa mère pleure aussi.

– Je suis désolée d'avoir été tellement prise. Je n'étais pas là pour toi.

– Tout change, dit Grace. Absolument tout, dans ma vie, est en train de changer.

– Je sais. Je sais. Mais je suis là. Je suis encore là. Je te le promets.

Et elle la berce dans ses bras, et elle est une chose à laquelle Grace peut s'accrocher, solide et familière, et rien qu'à elle.

– On pourrait faire quelque chose ensemble? demande-t-elle. Rien que toi et moi?

– Sortons dîner au restaurant.

– Quand? renifle Grace.

– Ce soir. Je vais annuler ma réunion à l'église. On ira où tu voudras.

C'était donc si simple? Tout ce temps passé à se languir de sa mère, et il suffisait qu'elle parle? Tout ce temps passé à désirer, et il suffisait de demander? Grace se demande combien de temps dans sa vie elle a gâché à attendre que les choses viennent à elle, trop effrayée pour prendre un risque, trop timide pour s'exprimer et faire connaître ses désirs. Comme si c'étaient les autres qui savaient tout, comme si c'étaient eux qui détenaient le secret de ce que Dieu lui réserve. Comme si Dieu ne parlait pas aussi à travers elle.

Grace décide qu'elle en a ras le bol d'attendre. Sa peur n'est pas partie, mais elle vacille. C'est l'amour qui a fait ça, l'amour qui lui a donné le besoin, puis la foi, d'ouvrir la bouche et de prendre le risque de parler. C'était peut-être ça, sa prière. Elle a parlé à sa mère, elle lui a demandé de l'aide, et Dieu a répondu à travers elle.

Rosina.

Rosina occupe le siège passager, à l'avant de la voiture de Melissa Sanderson. Juste à côté d'elle. Dans sa voiture. Leurs jambes ne sont distantes que de quelques centimètres.

– Ça fait bizarre d'aller s'amuser ensemble alors que Margot, Elise et Trista sont dans un tel pétrin, dit Melissa en sortant du parking du lycée.

Et pendant que ma meilleure amie et ma mère me haïssent autant l'une que l'autre, complète Rosina dans sa tête.

– Je voudrais qu'on puisse faire quelque chose pour elles, continue Melissa.

– Tu veux qu'on annule? On peut repousser à une autre fois, si tu préfères.

L'espace d'un instant, Rosina déteste les trois accusées de potentiellement gâcher son premier rencard avec la fille de ses rêves. Et elle déteste Mami et Erin de s'insinuer dans ses pensées.

Melissa la regarde et la gratifie de son sourire enivrant.

– Bien sûr que non.

– Regarde la route, poulette, dit Rosina, principalement pour lui cacher le sourire idiot qu'elle ne peut pas réprimer, malgré la bouillasse de déprime toxique qui clapote dans sa poitrine.

– Qu'est-ce qu'on fait? demande Melissa. Où est-ce que je t'emmène?

– On pourrait aller chez moi. Il n'y a personne.

– Super. En plus, il se trouve que je sais tout à fait où c'est.

Le silence qui suit s'avère insoutenable pour Rosina. Il faut qu'elle le comble.

– Et alors comme ça, tu aimes le football américain?

Melissa éclate de rire.

– J'adore. Tu dois trouver ça complètement taré.

– Je trouve ça étonnant. J'aime bien être étonnée.

– Je peux te dire une chose, si tu me promets de ne pas rire?

– Je vais essayer. Je te promets d'essayer.

– Ce que je voudrais faire plus tard, plus que tout au monde, c'est être commentateur sportif. Je voudrais commenter le match du lundi soir à la télé.

– Wouah! C'est très... étonnant.

– Et toi, qu'est-ce que tu veux faire plus tard?

– Aucune idée.

Elle ne va quand même pas confesser son rêve de devenir une rock-star.

– Je crois que ma passion pour le football me vient de mon père, explique Melissa. Comme je suis fille unique, c'est avec moi qu'il regarde les matchs et qu'il va voir jouer les Ducks. Le foot, c'est notre truc à nous. Depuis toujours. Chez moi, dans l'escalier, il y a une série de photos de moi depuis ma naissance, et sur toutes je suis à côté d'un ballon de football. Moi nouveau-née. Moi à trois mois. Moi à six mois. Et ça continue comme ça jusqu'à mes dix ans.

– C'est à la fois adorable... et débile.

– Je sais. Mais j'adore, en fait.

– Moi, je crois bien que c'était la cuisine qui aurait dû être notre truc, à ma mère et moi. C'est ce qu'elle adore dans la vie, ce qu'elle fait super bien, et elle essaie toujours de m'apprendre. Mais moi, je déteste ça. Je déteste la bouffe mexicaine. Je déteste la cuisine d'Oaxaca. Je déteste les haricots et le maïs. Je déteste les tortillas. Je refuse d'aller à la messe et j'aime les filles, ce qui fait de moi la pire fille du monde pour une mère mexicaine.

Pourquoi a-t-elle envie de pleurer, tout à coup ?

– Sans doute pas la pire, dit Melissa.

– Non ?

– Peut-être la deuxième pire.

Rosina sourit. Aussi nerveuse et plaintive qu'elle soit, parler avec Melissa lui vient avec une facilité déconcertante.

– Et toi, qu'est-ce qu'ils font, tes parents ? Comme métier ?

– Ma mère est instit en maternelle.

– C'est pour ça que tu es si sage.

– Et mon père fait quelque chose avec des crayons.

– Des crayons ?

– Ouais, il distribue des crayons.

– Bien sûr.

– Je te jure ! Il dirige une boîte de distribution de crayons.

– Non !

– Mais si !

– C'est fascinant.

– M'en parle pas.

Elles continuent de rouler vers chez Rosina, un grand sourire aux lèvres.

Déjà une semaine que sa cousine Lola la remplace au baby-sitting, mais cela lui fait encore un choc, chaque fois qu'elle rentre après les cours, de retrouver sa maison vide et silencieuse et non le bazar qui règne chez son oncle et sa tante à côté. Bien qu'elle n'ait pas une once de foi religieuse, elle ne peut pas s'empêcher de dire un petit « Merci mon Dieu » dans sa tête en refermant derrière elles.

Sa décision d'arrêter le baby-sitting s'est révélée beaucoup moins sanglante qu'elle ne s'y attendait. Ses tantes se fichaient de savoir qui s'en chargeait, du moment que c'était quelqu'un de disponible et – le plus important – de gratuit. Et la bouderie de sa mère a eu au moins un avantage : elle ne s'en est pas mêlée. Rosina n'a eu qu'à promettre à Lola de la payer quinze dollars par après-midi pour prendre sa place, ce qui revient à presque tous ses pourboires d'une soirée de travail, mais c'est un prix modeste à payer pour sa liberté.

Et en ce moment, sa liberté toute neuve prend la forme de Melissa Sanderson ici, chez elle, sans surveillance, avec tout l'après-midi devant elles jusqu'à ce que Rosina aille prendre son service au restaurant, où elle devra faire comme si elle ne venait pas de passer deux heures avec la plus belle fille du monde.

– Où est ta grand-mère? demande Melissa. Elle est tellement mignonne.

– À côté, chez mon oncle et ma tante. C'est ma cousine qui la garde. C'était mon job, mais j'ai arrêté.

– Tu as beaucoup de jobs, dis donc.

– C'est rien de le dire.

Elles sont debout dans l'entrée de la maison, qui est identique à celle d'à côté, avec la porte du salon ouverte à gauche, la salle à manger et la cuisine à droite. Elles ont encore leur manteau sur le dos, leur sac à l'épaule. Rosina se rend soudain compte qu'elle ne sait pas du tout quoi faire.

– Euh... Tu as faim? Tu veux quelque chose à boire?

– Non, ça va, répond Melissa en observant le portrait vivement coloré de la Vierge de Guadalupe accroché au mur, au-dessus de la table de la salle à manger.

– Ne te moque pas, l'avertit Rosina.

– De quoi?

– De ça.

– Pourquoi est-ce que je me moquerais? C'est beau!

– C'est tellement... catholique!

– Et alors, où est le mal?

Rosina cherche une pointe de sarcasme sur les traits de Melissa. Est-elle vraiment toujours comme ça? Aussi ouverte? Aussi positive?

– Ils ne pensent pas beaucoup de bien des gens comme moi, dit Rosina.

– Je suis sûre que les cathos ne sont pas tous aussi étroits d'esprit.

Rosina hausse les épaules. Elles sont toujours au même endroit, avec leurs manteaux et leurs sacs.

– Tu veux qu'on regarde un truc à la télé?

– Je peux voir ta chambre? demande Melissa.

Rosina manque s'étrangler.

– Euh, oui, bien sûr.

Elle est en train d'emmener la plus belle fille du monde dans sa chambre. Elle devrait être grisée, surexcitée, tous ces clichés des amours adolescentes, mais pendant qu'elles gravissent l'étroit escalier sa joie fébrile est interrompue par des pensées pour Erin. Erin qui n'a pas levé la main quand Grace a demandé en réunion qui était encore vierge, Erin qui avait l'air si terrifiée, qui s'est fermée comme une huître, qui n'arrête pas de se barricader, emplie d'une douleur qu'elle refuse de partager, et Rosina qui ne peut rien y faire, vu qu'Erin ne la laisse même pas essayer. Et Erin qui le lui reproche vertement, comme si vouloir aider était mal. Elle ferait n'importe quoi pour son amie. En quoi est-ce si mal?

Est-ce cela que Mami voudrait qu'elle ressente pour les membres de sa famille? Un altruisme désintéressé qui la pousserait à faire n'importe quoi pour eux?

L'amour peut-il être la même chose que le devoir et l'obligation, des mots qui la hérissent et lui donnent envie de cogner ?

L'amour peut-il être forcé ? Peut-on y obliger quelqu'un par la honte ? Est-ce encore de l'amour, si cela vous étouffe ? Est-ce la même chose que ce que Rosina fait à Erin ? L'étouffe-t-elle avec son amour, comme sa famille l'étouffe avec le sien ? Est-ce pour ça qu'Erin l'a repoussée ?

– Waouh ! s'exclame Melissa. Elle est trop cool, ta chambre.

– Merci.

Rosina rassemble toutes ses forces pour revenir à l'instant présent.

Je ne la mérite pas, songe-t-elle. *Je ne mérite pas cette fille parfaite.*

– C'est qui, tous ces groupes ? Je n'en reconnais aucun.

– Ce sont des affiches vintage que j'ai trouvées chez un disquaire à Eugene. La plupart de ces groupes n'existent plus. Ils datent des années 1990. Ça, c'est Bikini Kill. Heavens to Betsy. L7. The Gits. Sleater-Kinney, ce sont les meilleures. J'ai tous leurs albums. Et elles existent toujours. Elles n'avaient pas seulement le look, ce sont aussi des musiciennes de talent.

– Et elles sont toutes tellement... farouches, dit Melissa.

– Oh oui.

– Comme toi.

Rosina ouvre la bouche, mais aucun mot n'en sort. Melissa sourit.

– Tu joues ?

Ses doigts effleurent la guitare acoustique posée contre le lit.

– Bah oui, lâche Rosina en espérant qu'elle n'a pas remarqué son frisson. Je chante, aussi. J'écris des chansons.

– Je ne savais pas !

– On ne peut pas dire que je soûle tout le monde avec ça.

– Pourquoi ? C'est génial !

– C'est un peu personnel, je suppose.

Melissa retire son manteau et ses chaussures, et s'assoit en tailleur sur le lit de Rosina. Heureusement qu'elle l'a fait ce matin.

– Tu veux bien m'en chanter une ? Une de tes chansons ?

– Non, répond aussitôt Rosina.

– Mais pourquoi ?

– Je ne les ai jamais jouées devant personne.

– Il y a une première à tout. Tu comptes bien jouer pour des gens un jour, non ?

– Je ne sais pas.

– Tu crois ? Tu écris des chansons juste pour toi ?

Rosina sourit. Bien sûr que non. Elle les écrit pour les chanter à pleine voix sur scène, devant un public en adoration.

– D'accord, dit-elle. Mais je te demande d'être bienveillante.

– Je le suis toujours, répond Melissa.

Et c'est vrai.

Rosina prend une profonde inspiration, s'empare de sa guitare et s'assoit à côté d'elle sur le lit. Elle attaque la douce intro en *picking* de sa dernière chanson. Sa voix rauque fait son entrée, sur une mélodie rappelant une berceuse croisée avec un chant funèbre, jolie mais intense, avec des paroles qui font allusion à des oiseaux piégés, en cage. Les cordes pincées font place au strum, la voix de Rosina monte jusqu'à un cri aussi plein que douloureux. Ses idées noires sont libérées ; Mami et Erin, parties. Elle chante l'évasion, l'envol. La musique vibre en elle. Elle fait trembler la chambre. Sa voix, ses mots, sont ses ailes.

Lorsqu'elle a terminé, elle repose la guitare et relève lentement les yeux vers Melissa. Voilà l'expression qu'elle imaginait en écrivant ses chansons en secret. Voilà le public dont elle rêvait tous les soirs en chantant toute seule. Voilà l'amour, l'adoration. Devant elle, quelqu'un est ému aux larmes.

– Dis quelque chose.

– Je ne peux pas.

– C'était mauvais à ce point ?

– Oh mon Dieu, non.

Melissa prend les mains de Rosina dans les siennes.

– C'est sans doute ce que j'ai entendu de plus extraordinaire de toute ma vie.

Rosina détourne les yeux. Son sourire emplit la chambre.

– Pourquoi tu ne joues pas sur scène ? Pourquoi tu n'as pas un groupe ?

Elle hausse les épaules sans rien dire.

– Mais enfin, c'est fou. Il faut que tu te fasses entendre. Les gens en ont besoin.

– Un jour, peut-être.

– Bientôt. S'il te plaît.

– D'accord.

Leurs sourires ne pourraient pas être plus larges. Le regard de Melissa ne pourrait pas être plus profond. L'espace entre elles rétrécit pendant que le reste de la chambre disparaît peu à peu, jusqu'à ce qu'il n'existe plus que ce petit lit, et ces deux filles, et leurs cœurs puissants qui battent, magnifiques, dans leurs poitrines, poussant encore un peu leurs corps l'un vers l'autre afin qu'ils puissent capter le rythme l'un de l'autre, qu'ils puissent battre à l'unisson, faire de la musique.

Rosina se rend soudain compte qu'elles se tiennent par la main, et baisse les yeux pour voir leurs doigts entrelacés. Elle songe que c'est le moment où, en temps normal, elle ferait une remarque sarcastique, pour diluer l'intensité, pour faire croire à Melissa qu'elle s'en fiche, qu'elle n'est pas en train de se transformer en gelée tremblotante, à partir du bout de ses doigts qui reposent dans la paume de Melissa, en remontant le long de son bras, jusqu'à sa poitrine, à son cœur, tiraillé par cette si belle attraction qui peut devenir affreuse d'un instant à l'autre. Le désir est si proche de la douleur. Il peut se transformer en monstre, en immense créature griffue, et bondir de la poitrine de Rosina, si désespérément désireuse de s'accrocher à toutes les parties de cette belle fille qui n'est qu'à quelques centimètres.

Mais elle garde le silence. Elle laisse durer le moment. Elle ne relève pas non plus la tête, incapable de regarder Melissa, de lui laisser voir les néons qui clignotent dans ses pupilles et qui lui diront tout ce qu'elle a trop peur de lui révéler.

Mais alors, un doigt léger se pose sous son menton, le relève doucement. Et là, deux yeux brillent du même désir, deux lèvres douces sont entrouvertes, et soudain le monde est trop beau pour que Rosina ait peur.

Grace.

Grace se demande si c'est comme cela qu'on se sent quand on s'apprête à sortir avec un garçon : nerveuse et impatiente, pleine d'espoir mais légèrement inquiète que la soirée ne soit pas à la hauteur des attentes. Pendant qu'elle conduit sa mère au restaurant, des images de Jesse Camp reviennent envahir ses pensées : cette première conversation, si facile et plaisante, à l'église, puis cette réaction de rejet qu'elle a eue en le voyant déjeuner avec Ennis Calhoun, comme s'il l'avait trahie personnellement, et la manière dont ces deux sentiments contraires la tiraillent chaque fois qu'elle le voit. Elle se demande ce que ça lui ferait si c'était Jesse et non sa mère qui était sur le siège passager.

– Et donc, ce restau où on va, il appartient à la famille de ton amie ?

– La mère de Rosina est chef de cuisine. Et Rosina travaille là-bas ce soir, tu vas la voir.

– Ah, tant mieux ! J'ai hâte de faire connaissance avec une de tes nouvelles amies. Et il paraît qu'on y mange très bien.

Sa mère a l'air sincèrement ravie. Tout paraît si normal, quand c'est elle qui en parle, songe Grace. *Une de tes nouvelles amies.* Comme si ce n'était pas déjà un miracle en soi.

Rosina les repère aussitôt qu'elles mettent un pied dans le restaurant.

– Gracie ! lance-t-elle en courant lui sauter au cou.

– Gracie ? s'étonne Grace.

Et Rosina qui la prend dans ses bras ? Il y a quelque chose qui ne tourne pas rond.

– C'est ta maman ?

– Bonsoir, Rosina. Enchantée.

– Moi aussi, madame Salter, dit Rosina en lui serrant la main. Ou vous préférez que je vous appelle pasteure Salter ?

– Appelle-moi Robin, répond-elle en riant.

– Asseyez-vous où vous voulez. Les banquettes sont confortables.

– Une banquette, très bien.

En les guidant vers leurs places, Rosina chuchote à Grace :

– Devine qui est venu chez moi après les cours ?

– Melissa ?

– Oui !

– T'as l'air complètement gaga, tu sais.

– Je sais !

– C'est un peu perturbant de te voir si heureuse.

– Ma mère m'a engueulée toute la soirée, et je m'en fous complètement !

Rosina les fait asseoir et prend leurs commandes de boissons, puis s'éloigne d'un pas dansant.

– Elle est mignonne, dit la mère de Grace.

C'est plus fort qu'elle, cette description la fait rire.

– D'habitude, elle est bien plus grognon. Mais je crois qu'elle est amoureuse.

– Comme c'est bien ! Et toi, Gracie ? Tu as quelqu'un en vue ?

– Pouah ! Non !

Mais c'est peut-être un tout petit peu mensonger.

– Il n'y a pas de mal à avoir un flirt, ma chérie. Je sais bien qu'à Adeline l'ambiance était un peu rétrograde pour ce genre de choses. Mais je veux que tu saches que ça ne nous dérangerait pas, papa et moi. Du moment qu'il te traite bien.

– C'est noté, dit Grace, qui se creuse la cervelle pour trouver un autre sujet de conversation.

– Ou... elle ?

– Il, maman. Mais merci.

– Chérie. Est-ce qu'il y a quelque chose que tu voudrais savoir ? Sur les relations amoureuses ? Sur... l'intimité ? On peut parler de ces choses-là, tu sais.

– Non. Merci. Tout va bien.

Ce qu'elle voudrait répondre, c'est : « Comment veux-tu que je parle de ça avec toi alors qu'on ne se parle plus de rien depuis un moment ? »

Rosina revient avec un plateau de chips et de verres d'eau, en tirant par la manche une femme qui doit être sa mère. Celle-ci mesure quinze centimètres de moins et elle a la taille bien plus ronde, ses cheveux sont tirés en chignon dans un filet, et son expression est un mélange d'hésitation et de surprise alors qu'elle se laisse traîner à travers la salle.

– Je vous présente ma mère, annonce Rosina. Maria Suarez.

Celle-ci s'essuie les mains sur son tablier avec un sourire timide.

– Très heureuse, dit-elle avec une voix de fillette.

C'est elle, le tyran cruel dont Rosina se plaint en permanence ?

– Bonsoir, madame Suarez. Je suis Grace. Enchantée.

– Bonsoir, Grace. Enchantée aussi.

Son sourire a l'air sincère.

– Et moi, je suis Robin, la maman de Grace, intervient celle-ci en tendant la main.

– Merci d'être venues au restaurant.

– Tu vois, Mami. Grace est complètement normale et elle a une très bonne influence sur moi.

– Rosina aussi a une bonne influence sur moi, ajoute Grace.

– Ça, j'en doute ! plaisante Mme Suarez, avec l'étincelle de malice qui caractérise aussi sa fille.

– Maria ! lance un homme depuis le fond du restaurant. *¡Órale!*

– *Tío* José n'attend pas, soupire Rosina en roulant des yeux.

– Il faut que je retourne en cuisine, dit Mme Suarez. Ravie de te connaître, Grace. Et madame... ?

– Appelez-moi Robin, je vous en prie.

– Très heureuse, Robin, vraiment. Et bon appétit.

Rosina s'éloigne en gambadant derrière sa mère, et Grace ne peut pas s'empêcher de sourire en l'imaginant petite fille, avec des couettes, emplie du même feu mais dans un corps bien plus petit et plus pataud.

– J'ai l'impression que tu t'intègres bien, ici, commente sa mère.

– Oui, il faut croire.

– Je suis fière de toi, chérie. Je sais que ça ne s'est pas très bien terminé avec tes amis à Adeline.

Grace sent des larmes soudaines lui piquer les yeux, mais elle feint l'indifférence.

– Les gens peuvent réagir de manière très cruelle et obtuse, quand ils sont confrontés à des choses qu'ils ne comprennent pas.

Elle se tait, baisse les yeux, lisse sa serviette sur ses genoux.

– Je voulais te dire que je suis désolée. Tu as souffert à cause de ce que je faisais, moi. Ce n'était pas juste pour toi. J'aurais voulu que ça se passe autrement.

– Tu avais ta vocation, dit Grace. Il fallait que tu y répondes.

– C'est vrai, reconnaît sa mère avec un sourire. Mais je t'embarque là-dedans avec moi, non ? Je ne t'ai jamais demandé si tu voulais venir.

– Je t'en ai longtemps voulu, avoue Grace.

Quelque chose dans son corps a changé. Ses os sont plus solides. Son sang, plus épais.

– Mais maintenant, je me dis que ce n'est peut-être pas arrivé par hasard. Pour toi, évidemment. Mais aussi pour moi. Ces filles-là n'étaient pas vraiment mes amies, si elles étaient capables de me laisser tomber si facilement. Ce qui t'est arrivé nous a amenés ici. Et je crois que je m'y plais. Je crois bien que je suis heureuse.

Grace comprend la vérité de ces mots à mesure qu'ils lui sortent de la bouche. Malgré les difficultés, malgré le déracinement, elle a trouvé ici une chose qu'elle n'avait jamais eue à Adeline, et qu'elle n'avait même pas conscience de désirer.

– Oh, chérie. Tu ne peux pas savoir comme ça me fait plaisir.

– Alors merci, je suppose. D'avoir complètement détruit ma vie et de m'avoir fait traverser tout le pays pour atterrir dans ce drôle d'endroit.

– Mais de rien. (Sa mère lève son verre.) À nous.

– À nous, répète Grace en levant le sien.

Grace et sa mère sont sur le canapé du salon, en train de se gaver de glace à la menthe aux pépites de chocolat à même le pot.

– Je n'en reviens pas d'avoir encore de la place pour ça après ce dîner, gémit sa mère. Qu'est-ce que c'était bon !

– N'oublie pas, les Salter ont un estomac à part pour le dessert. Celui-là était encore vide.

– Ah, oui, c'est vrai.

– Qu'est-ce qu'on regarde ? demande Grace en empoignant la télécommande.

– Je ne sais pas. Il y a longtemps que je n'ai pas eu le temps de regarder la télé. Je ne connais même plus les émissions.

Grace cesse de zapper. Bat des paupières. Se demande si elle a des hallucinations.

Sur le bandeau en bas de l'écran, elle lit : *Incidents au lycée Prescott.*

– Mon lycée passe au journal, dit-elle en montant le son.

– Ah, oui ! Je ne sais pas comment j'ai pu oublier de t'en parler. On m'a interviewée ce matin, figure-toi, à propos de la vague de vandalisme et du club de filles secret... il s'appelle comment, déjà ?

– Les Filles de Nulle Part.

– C'est ça. Tu sais de quoi il retourne, toi ?

Grace hésite.

– Non, ment-elle, avec un tiraillement dans le ventre.

Pourquoi n'arrive-t-elle pas à en parler avec sa mère ?

– Je me demande s'ils vont montrer mon interview, dit celle-ci en léchant sa cuiller.

Un journaliste se tient devant le lycée, un micro à la main. Les cours sont terminés depuis longtemps ; il n'y a personne et tout est sombre, presque sinistre, comme si un crime violent avait été commis. Le reporter parle avec le plus grand sérieux : « Un lycée de la région est miné par un conflit résultant des activités d'un groupuscule féministe clandestin qui s'est baptisé "Les Filles de Nulle Part". »

Gros plan : des affiches chiffonnées dans une poubelle.

« Depuis quelques semaines, le lycée de Prescott connaît une vague de vandalisme et d'altercations de plus en plus incontrôlables entre élèves. Le groupuscule est aussi soupçonné d'avoir volé des données informatiques sensibles. Les effectifs du groupe sont mal connus, mais l'administration scolaire indique qu'il serait composé uniquement de filles. »

Plan large sur le stade désert.

« Elles auraient pris pour cible l'équipe de football du lycée, championne régionale l'an dernier mais qui essuie défaite sur défaite cette année. Le coach, Dwayne Baxter, juge qu'il s'agit là de la conséquence directe du harcèlement et des calomnies répandues par la propagande des Filles de Nulle Part. »

Plan moyen : Baxter, assis à ce bureau que Grace ne connaît que trop bien. « Vous n'imaginez pas l'effet sur le moral de l'équipe, dit-il. Mes gars sont anéantis. Ces filles les accusent de commettre des horreurs dont ils sont incapables, je le sais, je les connais bien. Ce sont de bons petits. Ils se sont entraînés dur pour cette saison.

Et voilà leur talent gâché par un groupe d'hystériques qui les traînent dans la boue. C'est du sexisme pur et simple, voilà ce que c'est, et c'est criminel. Mes gars sont montrés du doigt, uniquement parce que ce sont des garçons.»

Le journaliste se retourne vers la caméra. «Certains appellent cela une guerre des sexes adolescente. D'autres disent que ce sont les hormones qui s'affolent. Et d'autres encore que les Filles de Nulle Part ont des inquiétudes légitimes après les événements de l'an dernier qui ont bouleversé le lycée de Prescott, et même la ville entière, lorsqu'une jeune fille a accusé trois lycéens d'une violente agression sexuelle. La plainte a été rapidement retirée, mais ce regrettable incident a eu de profondes répercussions qui semblent être à l'origine des troubles actuels. Nous avons demandé aux habitants de Prescott ce qu'ils pensaient de ce prétendu "soulèvement féministe" au lycée, et voici quelques-unes de leurs réactions.»

La caméra montre à présent une vieille dame devant l'épicerie. «C'est dégoûtant, dit-elle entre ses lèvres pincées. Jusqu'où vont les filles, de nos jours! Nos jeunes gens ne font pas des choses pareilles.»

Un homme d'âge moyen, devant son camion : «C'est juste une bande de gamines qui font les intéressantes. Comme celle de l'an dernier.»

Une sorte de clochard d'âge indéterminé, à dreadlocks et barbe hirsute, probablement ivre : «Allez les filles! *Fight the power!*» Il agite le poing en l'air.

– C'est tout ce qu'ils ont trouvé pour défendre l'autre camp ? s'offusque Grace. Journalisme objectif, mon cul.

Sa mère lui fait les gros yeux.

– Pardon.

Retour au reporter, qui ricane : « En tout cas une chose est sûre, les opinions ne manquent pas à Prescott. Nous avons aussi parlé avec Mme Regina Slatterly, proviseure du lycée, qui se trouve à l'épicentre des difficultés actuelles et fait de son mieux pour préserver la sécurité de ses élèves et les inciter à rester concentrés sur leurs études. »

Slatterly est assise à son bureau, les mains repliées devant elle. Elle est plus maquillée que d'habitude. « Vous savez, dit-elle, les jeunes vivent dans une culture où ils se croient tout permis, notamment d'accuser les autres et de se poser en victimes dès qu'ils ont l'impression de ne pas être traités comme ils le méritent. Je pense que les filles impliquées dans ce mouvement devraient prendre un instant pour réfléchir à leur part de responsabilité dans leur insatisfaction. Peut-être qu'alors elles arrêteraient de coller tous leurs problèmes sur le dos des garçons et de les prendre comme boucs émissaires. Attention, je crois toutefois que la plupart sont de gentilles filles, au fond. Mais elles sont jeunes, pleines d'émotions qu'elles ne comprennent pas, et elles ont trouvé le mauvais exutoire. À cet âge-là, les adolescentes sont naïves et impressionnables, et j'ai toutes les raisons de croire qu'il y a un cerveau derrière tout cela, qui les manipule et leur met toutes ces idées en tête. En tout cas, je veux être très claire : ce n'est pas un banal effet de mode et d'entraînement. C'est très grave. L'escalade des perturbations au lycée de Prescott a instauré un environnement hostile, peu propice aux études et, très franchement, pas très sûr pour les élèves. Et je suis bien déterminée, avec l'entier soutien des forces de police de Prescott, à trouver la ou les responsables de la situation et à les traîner en justice. Croyez-moi, il va y avoir de la reprise en main. »

Grace a une foule de choses à dire, dont aucune ne serait convenable devant sa mère. Par-dessus tout, elle a envie de jeter la télécommande contre l'écran, droit dans la tronche hautaine de Slatterly.

« Beaucoup de gens à qui nous avons parlé étaient sur la même longueur d'onde que la proviseure, mais il y a une réaction qui se distingue, venue d'un membre relativement récent de la communauté : Mme Robin Salter, nouvelle pasteure en chef de l'église congrégationaliste de Prescott. »

– Maman, tu passes à la télé !

– Oh non, j'ai le front qui brille.

– Chut ! Je veux t'entendre.

« Je n'étais pas ici au printemps dernier, déclare-t-elle devant le grand arc-en-ciel peint sur le mur de l'église. Je n'ai donc pas été témoin de ce que la commune a traversé. Et je doute que qui que ce soit, en dehors des principaux intéressés, sache ce qui s'est réellement passé entre cette jeune femme et ces trois jeunes hommes. Quelle que soit la vérité sur cette nuit-là, il me semble que les jeunes femmes d'ici ont des pensées et des sentiments qui doivent être entendus. Que l'on approuve ou non leur manière de s'y prendre, je pense que nous pouvons tous convenir que nous nous soucions de nos filles et de ce qu'elles ont à dire. »

La mère de Grace est remplacée par un gros homme blanc qui se tient devant une vaste église moderne dont le vitrail représente un grand Jésus souffrant sur la croix. Le cadrage en contre-plongée lui donne un air de puissance souveraine. On entend le reporter en voix off : « Mais le pasteur Robert Skinner, de l'église Foursquare de Prescott, considéré comme l'autorité morale et la voix de Prescott, est d'un autre avis. »

– Ils ont coupé les meilleurs morceaux de mon interview !

– Évidemment, grommelle Grace.

C'est au tour du pasteur : « Je vais vous dire, une chose pareille ne serait jamais arrivée il y a dix ans, quand les bonnes gens de Prescott étaient encore attachées aux valeurs familiales. Mais des éléments extérieurs, dotés de valeurs et de priorités différentes, viennent changer notre culture, changer notre manière de faire, créant des conflits et des problèmes là où il n'y en a jamais eu. Vous savez, je compatis avec ces jeunes filles, vraiment. Je sais combien l'adolescence est difficile, entre le bouleversement hormonal, la pression des études, les déceptions des premières amourettes et les messages ambigus des médias. Je vois bien comment cela peut aboutir à des comportements destructeurs, et si vous ajoutez la dynamique de groupe, vous obtenez une situation incontrôlable. Je pense qu'elles devraient respirer un grand coup, rentrer chez leurs parents, et prier. »

– Regarde-le se hausser du col, celui-là ! s'exclame la mère de Grace.

« Et voilà, conclut le reporter. Ce sera intéressant de voir comment cela se termine. La proviseure, Regina Slatterly, a pu nous indiquer que trois membres du groupe avaient été récemment identifiés et allaient endurer des mesures disciplinaires, mais l'identité de la meneuse est encore inconnue. Nous vous tiendrons bien sûr informés de la suite. Je suis certain de parler au nom de toute la ville en disant que j'espère voir très bientôt la situation revenir à la normale au lycée de Prescott. À vous les studios. »

Grace éteint la télé. Elle prend à sa mère le pot de glace et en enfourne une grosse cuillerée pour s'empêcher de dire quelque chose qu'elle risquerait de regretter.

Sa mère secoue la tête.

– C'est intéressant : ils n'ont demandé l'avis d'aucun élève.

Grace suçote sa cuiller.

– Tu sais des choses sur ce groupe ? Ces Filles de Nulle Part ?

– J'ai vu leurs affiches au lycée, lâche Grace en reprenant une cuillerée.

– Donc tu n'es pas impliquée ?

Elle fait non de la tête. La cuiller qu'elle a dans le bec est la seule chose qui l'empêche de tout raconter.

– C'est intrigant, tout ça.

Grace sort la cuiller de sa bouche, réprime le sourire qui veut étirer ses lèvres, réprime l'envie de se jeter au cou de sa mère.

Au lieu de tout cela, elle se lève et demande :

– Papa t'a dit qu'il pleut dans ma chambre ?

– Il a dû oublier de m'en parler.

– Eh bien, il pleut dans ma chambre.

– Alors il va falloir qu'on s'en occupe.

– Oui.

Elle tend le pot de glace à sa mère.

– Je vais monter me coucher. Merci pour le restau et tout.

– D'accord, chérie.

– C'était super, ton interview.

Sa mère sourit et ouvre les bras.

– Viens là.

Grace se laisse câliner. Elle ferme les yeux et, un instant, s'imagine disant tout à sa mère. Peut-être que celle-ci ne serait pas exactement fière d'elle, mais au moins, elle saurait de quoi elle est capable. Elle se fâcherait peut-être, serait peut-être déçue, mais en tout cas elle serait impressionnée.

Pourtant, il ne faut pas qu'elle sache. Ce qui arrive à Trista, Elise et Margot est déjà assez grave ; il n'est pas question que Grace prenne ce risque avec elle. Impossible de l'accabler avec ça. Et elle ne peut pas non plus lui demander de garder le secret. Sa mère risquerait beaucoup trop gros.

– On se débrouille bien, dit celle-ci en lui pressant les épaules.

– C'est vrai, répond Grace.

En son for intérieur, elle pense : *Tu n'as pas idée.*

LES VRAIS MECS DE PRESCOTT

Mauvaise nouvelle, les mecs. L'apocalypse féministe est peut-être en train de nous tomber dessus. Si vous vivez à Prescott, vous savez déjà de quoi je parle. Sinon, en deux mots : les filles du lycée, possédées par les forces maléfiques de la connerie féministe, ont décidé de se mettre en grève du sexe. Paraît qu'elles exigent le « respect » des mecs et la « justice » pour une gamine qui s'est fait dépuceler l'an dernier et qui a hurlé au viol, pensant que ce serait plus cool d'être une victime qu'une pute.

Et ce ne sont pas seulement les thons qui font ceinture. Même certaines connasses à beau cul qui n'ont aucune raison de se plaindre se sont mis dans leur petite tête l'idée que le meilleur moyen de se faire respecter, c'était de virer frigides. Vraiment, les filles ? Vous pensez que les mecs vous respecteront davantage si vous retirez la seule chose qu'on aime chez vous ?

Ça ne leur vient pas à l'idée que si elles continuent de dire non, les hommes vont décider que ça veut dire oui ?

– MâleAlpha541

Nous.

L'annonce de Slatterly ce matin : l'équipe enseignante et l'encadrement ont autorité pour séparer tout rassemblement de filles qui ne serait pas lié au travail scolaire.

– Elle ne fait même plus semblant de ne pas être fasciste, commente Connie.

Le coach Baxter est en retard. Il fait irruption dans la salle et jette des papiers sur la table.

– Les pom-pom girls, maintenant? râle-t-il devant toute la classe. J'en ai ma claque de ces foutaises. La fanfare, c'était une chose – une bande de minables, de toute manière –, mais maintenant les *pom-pom girls* veulent boycotter les matchs?

– Elles auraient dû le faire depuis longtemps, dit le trompettiste de la fanfare en question.

– Dehors! gronde Baxter. Hors de ma classe, tout de suite.

– Avec joie, répond le garçon, qui ramasse son sac et prend la porte.

– Je t'accompagne, dit sa voisine de bureau, tambour dans la même fanfare.

– C'est ridicule! s'exclame le coach alors que la porte se referme sur eux. Tout ça c'est du grand n'importe quoi! Où est passé le respect de l'autorité? De la tradition?

Personne ne répond.

*

– Dites! lance Melissa en se posant vivement sur sa chaise, au réfectoire. Vous n'allez jamais le croire!

Elle se penche en avant, en sautillant d'excitation. Il lui est presque impossible de ne pas crier.

– J'ai persuadé Lisa de dire aux flics qu'elle est sur la liste de Spencer.

– C'est pas vrai! souffle Grace. Oh mon Dieu.

Rosina est rayonnante.

– Melissa, tu es géniale.

– Trouvez-vous une chambre d'hôtel, bougonne Erin.

– Elle dit qu'elle pense pouvoir convaincre Abby, aussi.

– Il suffit d'une personne courageuse, dit Grace. Ensuite, les autres suivent.

– Euh, bof... je crois que Lisa pensait plutôt à du chantage. Mais bref, ça les regarde.

– Les filles? fait Erin.

– Grace, tu es copine avec Amber, non? dit Melissa.

– Copine, c'est un grand mot, mais enfin oui, plus ou moins.

– Tu penses que tu pourrais lui parler? Peut-être qu'elle témoignera aussi.

– Elle est sur la liste? demande Rosina.

Melissa confirme de la tête.

– Numéro quatre. J'en suis sûre à 99,99 %.

– Eh, les filles, insiste Erin.

– Elle n'est pas venue aujourd'hui, fait remarquer Grace. Mais je peux l'appeler.

– Les filles ! crie Erin.

Trop tard. Le pion est là, il les domine de sa hauteur.

– C'est bon, dit-il, la fête est finie. Dispersez-vous.

– Comment ça? demande Melissa.

– Dégagez.

– Et pour aller où? veut savoir Rosina.

– Pas mon problème. Vous ne pouvez pas rester ensemble, c'est tout.

– Mais quelles conneries !

– Comment?

– J'ai dit : oui monsieur.

– Si vous ne vous êtes pas dispersées dans dix secondes, je vous envoie chez madame la proviseure.

Et donc, elles dégagent. Une par une, elles se dirigent vers d'autres tables. Rosina va rejoindre Serina Barlow. Melissa s'installe avec une poignée de pom-pom girls, qui apparemment ont encore le droit de se réunir, elles. Erin s'en va au CDI. Grace prend son plateau et promène son regard dans le réfectoire ; elle se rend compte avec stupéfaction qu'elle pourrait aller s'asseoir à la moitié des tables sans être trop mal à l'aise. Mais il y en a une en particulier qui attire son regard, principalement un mélange d'athlètes pratiquant les sports les moins populaires, comme le golf ou l'escrime. Au bout de la table, un cheeseburger entre les mains, est assis Jesse Camp.

Grace songe à sa mère. Elle repense au fait que, parfois, faire quelque chose d'effrayant rend cette chose moins effrayante.

– Salut, dit-elle en prenant place à côté de Jesse, au moment où il prend une grosse bouchée.

– Mrumph, fait-il la bouche pleine, les yeux écarquillés par la surprise.

– Tu as un peu de ketchup là.

Elle indique l'endroit sur son propre menton. La bouche toujours pleine, Jesse essaie de se nettoyer, mais rate la cible. Grace prend une serviette en papier et l'essuie.

Jesse avale.

– Hum, merci.

– Je viens de me faire virer de ma table par le simili-flic.

– Quelle rebelle tu fais, dit-il en souriant.

– Je sais ! répond-elle sur le même ton.

– Bon, tu ne m'en veux plus ?

Elle lui pique une frite et secoue négativement la tête.

– Alors on peut être amis, maintenant ?

Grace mastique et fait signe que oui.

– Bien, dit-il en posant son hamburger. Il y a de l'ambiance, en ce moment.

– Ça, tu peux le dire.

– Tu es copine avec les filles qui ont été exclues ?

– Oui. On est assez amies, même.

– Tu as eu des nouvelles ?

– Apparemment les parents d'Elise l'ont plutôt bien pris, elle n'a même pas été punie. Ceux de Margot ont la trouille que ça l'empêche d'entrer à Stanford, mais je suis sûre que ça va s'arranger. Ses parents menacent de faire un procès au bahut ou je ne sais quoi. C'est pour Trista que c'est le plus dur. Elle est punie, genre, pour l'éternité. Ses parents vont lui faire faire une sorte de thérapie spirituelle avec le jeune pasteur de son église.

– Ça craint.

– Bah, oui. Surtout qu'aucune n'a rien fait de mal.

– Comment tu le sais ?

– Je le sais, c'est tout.

– Parce que tu es une des Filles de Nulle Part. Je le savais !

Grace sourit.

– Première règle des Filles de Nulle Part : il est interdit de parler des Filles de Nulle Part.

*

Une fille, observant le réfectoire, ne peut s'empêcher de ricaner un peu en voyant les pions disperser tous les petits groupes féminins. Depuis quand des rassemblements de filles blanches sont-ils considérés comme une menace ? Ça doit être cette histoire de Filles de Nulle Part. Des copines de son équipe de softball l'ont invitée à une réunion il y a quinze jours et elle a envisagé un instant d'aller voir, mais au fond elle savait déjà qu'elle n'en ferait rien.

Car ce féminisme, ou enfin ce qu'elles font... c'est un truc de Blanches. Quand elles se baladent en posant des exigences et en disant ce qu'elles ont sur le cœur, les gens les trouvent énergiques et passionnées.

Mais les Noires n'ont pas ce privilège. Quand des filles noires défendent leurs droits, on les accuse d'être hostiles. On les juge dangereuses. Et d'autres choses encore.

*

Amber décide qu'il lui faut une journée de congé. Elle a besoin de prendre des petites vacances d'elle-même.

Le problème, c'est qu'il n'y a rien à la télé. Et rien dans le frigo. Sa mère est au boulot, son beau-père-de-la-semaine est dans la nature (tant mieux), et l'atmosphère dans le mobile home est humide, voire toxique. Une sorte de moisissure noire envahit le pourtour des fenêtres. La condensation dégouline sur les vitres et forme des petites flaques en dessous.

Il y a bien ce type qu'elle a rencontré à une fête de la fac locale le week-end dernier. Chad quelque chose. Il lui a envoyé un texto hier et elle n'a pas répondu. Peut-être que celui-là est différent. Peut-être qu'il est plus mûr, puisqu'il est déjà étudiant.

Il passe la prendre à deux rues de là. Amber se dit que s'il ne voit pas où elle vit, il n'en tirera peut-être pas tout de suite certaines conclusions. Et que puisqu'il ne fait pas partie de son monde au lycée, peut-être qu'il n'aura pas d'idées préconçues sur elle.

Elle lui indique qu'elle a faim. Elle espère qu'il l'emmènera dans un vrai restaurant, pour un vrai rencard. Son cœur se serre quand la voiture tourne dans l'allée du *drive in* du McDo. Mais au moins, il paie.

– On va chez moi, dit-il.

Pendant les quelques minutes de route qui les séparent de l'immeuble, Amber mange son hamburger et ses frites, et ravale le peu d'orgueil qui avait eu l'outrecuidance de faire surface ce matin.

Elle a déjà vu des appartements comme celui-ci. Des assiettes empilées dans l'évier depuis on ne sait combien de temps. Des meubles d'occasion, dépareillés et déglingués. Un canapé avachi, couvert de taches. Une grande pipe à eau sur la table basse, parmi les sachets de chips vides et les canettes de bière. Une odeur aigre de chaussettes sales, de bouffe rance et de sueur de couilles. Des murs nus, à l'exception d'un poster de travers représentant une voiture que Chad ne pourra jamais se payer et une fille en bikini qu'il ne pourra jamais se taper.

Le téléphone d'Amber sonne. L'écran indique que c'est cette fille du lycée, Grace. Qu'est-ce qu'elle a, celle-là ? Pourquoi est-ce qu'elle ne la lâche plus ? C'est un de ses projets chrétiens, ou quoi ? Grace essaie de la sauver, peut-être ? Eh bien, c'est raté. Il est trop tard pour ça.

– Tiens, dit Chad en lui tendant un gobelet en plastique.

Elle prend une petite gorgée et devine que c'est environ cinq shots de vodka de supermarché avec un trait de Sunny Delight. Ils discutent pendant environ cinq minutes avant que Chad se penche sans cérémonie et pose sa bouche sur la sienne, une main sur son sein. Il a le même goût que l'odeur de la chambre.

Amber regrette de ne pas être allée en cours, tout compte fait. Grace l'a invitée à venir déjeuner au self avec ses copines, mais elle ne s'est pas encore décidée à y aller. Cela dit, même si elle ne fait pas confiance à cette fille, même si elle ne comprend pas ce qu'elle vise, manger à côté d'elle en se demandant ce que Grace lui veut serait déjà nettement mieux que ça.

Elle repousse Chad.

– Qu'est-ce qu'il y a, bébé? marmonne-t-il en l'attirant contre lui.

Elle essaie de lui échapper en se tortillant, mais il resserre ses bras sur elle. Son téléphone sonne de nouveau, et elle se penche vers son sac, mais Chad ne la lâche pas.

– Arrête, souffle-t-elle.

Ce mot sonne bizarrement dans sa bouche, tant il lui est étranger. Elle se dit qu'il ne l'a peut-être pas entendue. Elle le répète, un peu plus fort.

Chad rit et la pousse sur le dos.

– C'est ça, oui, dit-il, les deux mains sous son teeshirt, appuyant sur ses côtes, la clouant au canapé.

– Non, vraiment, dit-elle avec un goût de peur dans la bouche. Je ne plaisante pas.

Il fait semblant de ne pas l'entendre. Il remonte son tee-shirt autour de son cou, comme un nœud coulant.

Amber sait qu'elle doit prendre une décision. Lutter ou non.

Elle est si fatiguée. Elle se dit que ce n'était pas le bon jour pour essayer de ne pas être elle-même.

Elle pense : *Ça ne compte pas comme un viol si je cède.*

Elle pense : *Les règles ne sont pas les mêmes pour toutes les filles. Quelqu'un comme moi n'a pas le pouvoir de dire non.*

*

– Les filles ! crie Melissa en courant vers Rosina et Grace dans le couloir, après les cours.

Elle est suivie par Sam Robeson et son sillage de foulards en soie multicolores.

– Arrêtez tout ce que vous faites et venez avec nous !

– Qu'est-ce qui se passe ? demande Grace.

Rosina n'a même pas besoin de le savoir. Elle ira partout où Melissa lui demandera d'aller.

– On va au commissariat. Tout de suite. Lisa et Abby sont déjà en route.

– Les numéros neuf et dix se sont manifestées aussi, précise Sam.

– Alors c'est vraiment en train de se faire ! dit Rosina.

– Tu as pu joindre Amber ? demande Melissa.

Grace fait non de la tête.

– J'ai essayé. Elle n'a pas répondu.

– Pas grave, dit Sam. Quatre filles, c'est largement suffisant.

– Il faut qu'on trouve Erin, s'inquiète Grace.

– Je lui ai déjà parlé, indique Sam. Elle ne vient pas. Elle m'a dit qu'elle avait quelque chose de super important à faire.

– Qu'est-ce qui peut être plus important que ça? s'impatiente Grace.

– Sans doute prendre un bain et regarder *Star Trek*, grommelle Rosina.

– J'ai hâte que vous arrêtiez de vous bouffer le nez, toutes les deux, dit Grace.

– Allez, go ! lance Melissa. Je vous emmène en voiture.

Erin.

L'intérieur de la voiture d'Otis Goldberg est propre et net. Erin trouve cela acceptable, voire agréable. Elle s'y trouverait bien si elle n'était pas si anxieuse.

– Prends à droite là, parvient-elle à dire, même si en réalité elle voudrait ouvrir la portière et sauter en marche.

– Ok.

– C'est quoi, cette musique ? demande-t-elle. Et qui achète encore des CD ?

Elle se rend compte qu'elle peut sembler dure. Elle se rappelle qu'elle doit travailler là-dessus. C'est le genre de choses pour lesquelles elle aurait pu demander de l'aide à Rosina, mais plus maintenant.

– Pour répondre à ta première question, c'est Muddy Waters, le plus grand joueur de blues de l'histoire. Et pour répondre à la seconde, j'achète des CD parce que je peux les avoir d'occase pour pas cher. Tout plein d'excellente vieille musique comme celle-là.

Erin apprécie la manière claire et logique dont il a structuré ses réponses.

– C'est la maison bleue à gauche. Et j'ajoute que tu es un excellent conducteur.

– C'est un compliment ? Viendrais-tu de me faire un compliment, Erin DeLillo ?

– Je suis capable de faire des compliments. Simplement, je suis difficile.

– Tu me vois très honoré.

Spot est le premier à les accueillir quand ils entrent. Il lèche la main d'Erin, comme toujours, puis tourne autour d'Otis en le reniflant. Une fois qu'il a fait tout le tour, il lui lèche aussi la main.

– Spot t'approuve, dit Erin. Et il est doué pour juger les gens.

– Une fois de plus, c'est un honneur, répond Otis en grattant le chien derrière les oreilles.

À ce moment-là, la mère d'Erin jaillit par la porte de la cuisine et passe à l'attaque.

– Otis, quel plaisir de faire ta connaissance ! Je peux prendre ta veste ? C'est quoi, ce projet ? Oh, comme c'est intéressant ! Que penses-tu de M. Trilling ? Erin a une assez haute idée de lui, et tu sais comme elle est exigeante, hahaha ! Je vous ai préparé un goûter !

Elle court à la cuisine, laissant Otis, Erin et Spot dans le salon.

– Allez, au boulot, dit Erin. Je me mets ici. Tu peux te mettre là.

Otis ne conteste pas ses ordres.

– Elle est gentille, ta mère, dit-il en s'asseyant.

– Elle ne sort pas beaucoup.

– Et voilà ! clame-t-elle d'une voix chantante en revenant avec deux assiettes.

Celle qu'elle pose devant Erin contient des bâtonnets de céleri et de carottes, avec un petit bol de beurre d'amandes. Celle d'Otis, du fromage et des crackers.

– Bon. Otis, as-tu besoin d'autre chose ?

– Non, merci madame.

– Maman. On ne va pas beaucoup avancer si tu restes là à nous tourner autour.

– Oui, non, bien sûr. Je serai dans la cuisine si vous avez besoin de quoi que ce soit.

– Alors, pourquoi des goûters différents ? s'enquiert Otis aussitôt qu'elle est partie.

– Je ne peux pas manger de blé ni de produits laitiers, explique Erin en ouvrant son ordinateur portable.

– Qu'est-ce qui se passe si tu en manges ?

– Probablement pas grand-chose, si j'en prends juste un peu maintenant.

– Ah, tu en veux ?

– Oui.

Elle compte exactement la moitié des crackers et des tranches de fromage d'Otis, et les pose sur sa propre assiette. Puis elle compte la moitié de ses bâtonnets de carotte et de céleri pour lui.

– On peut partager le beurre d'amandes. Mais surtout, ne retrempe rien. Sous aucun prétexte.

– Heureusement que tout était en nombre pair, fait remarquer Otis.

– Ma mère n'est pas folle.

Erin sait que le sourire du garçon n'est pas méchant, mais elle a quand même l'impression qu'il se moque d'elle. Est-ce possible de rire de quelqu'un d'une manière affectueuse? Elle voudrait que Rosina soit là pour le lui dire, mais elle doit être avec sa pom-pom girl. C'est comme ça que ça commence, la perte des gens. Ils commencent à s'éloigner, et ils ne s'arrêtent jamais.

Erin ressent le petit rappel qu'elle est entraînée à ressentir, la voix intérieure lui disant d'essayer de se comporter normalement, de ne rien dire de bizarre, de ne pas s'émouvoir pour un rien. Et avec ce rappel lui vient la conscience qu'elle se soucie de ce qu'Otis pense d'elle. C'est le genre de sentiments qu'elle s'efforce d'éradiquer, les doutes et les désirs qui n'apportent que de la douleur.

C'est trop dur, cette conversation à propos du goûter. Spot a l'air d'accord, et lui lèche la main.

– J'ai déjà établi un planning pour cet après-midi, dit-elle en ouvrant le fichier sur son ordinateur. Pour veiller à ce qu'on fasse un usage efficace de notre temps et qu'on avance bien.

– Je peux dire un mot? demande Otis.

Elle le regarde fixement.

– J'aimerais mieux pas.

– Je suis assez intelligent, tu sais.

– D'habitude, les profs me dispensent de projets de groupe.

– C'est moi qui ai demandé à M. Trilling de nous mettre ensemble.

– Quoi? fait Erin d'une voix où monte la panique. C'est injuste! Tu ne peux pas passer derrière mon dos et prendre des décisions à ma place comme ça! Tu ne peux pas manipuler les autres en douce! Pourquoi tu as fait ça?

Spot lui donne des coups de patte, frotte la tête contre sa jambe.

– Pardon. Je ne savais pas que ça te mettrait dans cet état. Je trouvais juste que ce serait sympa de faire un devoir ensemble.

– Pourquoi?

– Parce que je t'aime bien.

– Pourquoi?

– Je ne sais pas. Parce que tu es brillante et que tu dis ce que tu penses. Parce que tu es franche. Et en plus, tu n'es pas vilaine à regarder.

L'anxiété d'Erin n'a pas disparu, mais elle a changé de forme. C'est une nervosité que Spot et elle peuvent supporter, au moins temporairement.

– Pas vilaine à regarder? C'est censé être un compliment, ça?

– J'ai pensé que tu détesterais si je te disais que tu es jolie.

Erin se fourre une pile de crackers et de tranches de fromage dans la bouche. Le croustillant salé et la douceur crémeuse l'apaisent. La théorie diététique de sa mère est fausse.

– Bon, au boulot, dit-elle à travers la masse de miettes qu'elle a sur la langue.

Elle est agréablement surprise de constater qu'Otis parvient à rester concentré pendant l'heure et demie qui suit. C'est vrai qu'il est intelligent. Elle pourrait même dire qu'ils travaillent bien ensemble. Il ne fait plus d'allusion au fait qu'il l'aime bien ou la trouve jolie. Assuré qu'on n'a plus besoin de lui, Spot pique un petit roupillon par terre, aux pieds de sa maîtresse.

– On a bien avancé, dit Otis.

– Je suis d'accord, répond Erin en refermant son ordi.

– Et maintenant ?

– Comment ça, « et maintenant » ?

– Qu'est-ce que tu fais ?

– Entre les devoirs et le dîner, je regarde un épisode de *Star Trek : La Nouvelle Génération.*

– Je peux regarder avec toi ? On ne m'attend pas chez moi avant l'heure du dîner.

Erin plisse les paupières en s'efforçant de trouver une bonne raison de dire non. « Parce que c'est comme ça que j'ai toujours fait » ne paraît pas adéquat. Et après tout, ce ne serait peut-être pas si mal d'être assise à côté de quelqu'un d'autre que Spot pour regarder. *Ce sera une expérience*, pense-t-elle. Un nouveau défi à se lancer.

– D'accord, dit-elle.

– Super !

Erin sort son téléphone et tapote l'écran.

– Qu'est-ce que tu fais ?

– J'ai une appli qui génère des nombres au hasard. C'est comme ça que je décide quel épisode regarder.

– Un sacré système.

– C'est pour m'entraîner à être à l'aise avec les surprises.

Otis a à nouveau ce drôle de sourire, celui qui donne l'impression qu'il se moque d'elle mais gentiment.

– Et ça marche bien ?

– Très bien, merci.

Le nombre qui tombe est le 117. Épisode : *Paria*.

– Qu'est-ce qui ne va pas ? demande Otis.

– Rien. Pourquoi tu me demandes ça ?

– Ta tête. Tu as eu l'air triste, pendant une seconde.

Elle n'est pas triste. Elle ressent quelque chose, certes, d'où sa drôle de tête sans doute, mais elle ne sait pas bien quoi. Ce qu'il y a, c'est que *Paria* est un de ses épisodes préférés. Elle n'est pas certaine d'avoir envie de le partager avec Otis Goldberg. Elle n'est pas certaine d'être prête à le laisser voir quelque chose qu'elle aime.

– Tu as déjà regardé cette série ?

– Je crois, dit-il. Peut-être deux ou trois fois sur la chaîne Sci-Fi, quelque chose comme ça.

– C'est la meilleure série de l'histoire de la télévision.

– D'accord.

– Alors ne parle pas pendant l'épisode.

– D'accord.

– Essaie de ne pas trop bouger non plus. Ça me gêne.

– D'accord.

Erin trouve l'épisode et appuie sur « play ». Elle replie les jambes et pose un oreiller sur ses genoux. Otis disparaît de sa conscience tandis qu'elle s'envole dans l'espace intersidéral, accompagnant l'équipage de l'*Enterprise* dans sa rencontre avec une espèce extraterrestre sans mâles ni femelles appelée J'naii, pour qui la différenciation sexuelle est une abomination. Être mâle ou femelle, désirer quelque chose qui soit mâle ou femelle, est considéré comme primitif, non évolué. La seule manière convenable d'exister est d'être androgyne. Sans sexe.

Mais Soren, de l'équipage des J'naii, est différente. Elle se considère comme femelle. Elle tombe amoureuse de Riker, un sommet de virilité humaine. Elle est une abomination. Elle doit être corrigée. Riker ne peut rien pour la sauver. Leur amour n'est pas assez fort. Elle n'est pas assez forte.

Soren se laisse alors reprogrammer, régler sur « normal ». Elle se laisse convaincre que son amour pour Riker était une maladie, que sa féminité était honteuse, que le sexe était honteux. C'est une erreur qu'elle se jure de ne jamais reproduire. Mieux vaut choisir la sécurité. Mieux vaut s'intégrer. Mieux vaut garder ses distances avec l'influence destructrice du désir.

– Eh bien, c'était intense, dit Otis quand le générique commence.

– Si tu n'as rien de positif à dire, ne dis rien.

– Ça m'a plu. Vraiment. Tu me fais un peu penser à cette Soren.

– C'est un compliment ?

– Oui.

Ce sourire exaspérant, encore.

Erin oublie de détourner les yeux. Le temps qu'elle y pense, c'est trop tard. Ils ont eu ce qui peut se décrire comme un échange de regards significatif. Pendant un instant, sa poitrine est à la fois brûlante et comme enfoncée. Pendant un instant, elle regrette une fois de plus l'absence de Rosina. Elle voudrait que celle-ci lui explique ce qu'elle ressent.

– C'est presque l'heure du dîner, dit-elle. Tu devrais rentrer.

Comme par un fait exprès, sa mère surgit de la cuisine. Est-ce qu'elle écoutait depuis tout à l'heure ?

– Comment ça va, les jeunes ? Il était bien, cet épisode ? Ah, je vois que le goûter a été apprécié, hahaha. Otis, veux-tu rester dîner ? Non ? Bah, tu es le bienvenu quand tu veux. Vraiment, c'est sincère. J'espère te revoir bientôt. Hein, Erin ? Chérie ?

Elle se tait juste le temps qu'Otis s'en aille, puis le bombardement de questions recommence.

– Quel gentil garçon ! Je suis ravie que tu l'aies invité, chérie. J'aimerais que tu invites des amis plus souvent. Tiens, d'ailleurs, je n'ai pas vu Rosina ces derniers temps. Comment va-t-elle ? Tu crois qu'Otis reviendra bientôt ? Ah, j'espère bien. Ma chérie, je suis fière de toi. Tu mûris beaucoup, en ce moment. Tu prends bien plus de risques en société et...

– J'ai mangé du fromage.

– Quoi ?

– J'ai mangé du fromage et j'ai mal au ventre, alors je vais sauter le dîner.

– Ah bon. D'accord.

– Je vais monter, maintenant.

D'étranges sentiments la suivent, qui n'ont rien à voir avec le fromage. Rosina qui lui manque. Le sourire d'Otis. Le fait que son corps déséquilibrait le canapé, la manière dont elle penchait légèrement vers lui pendant l'épisode, si bien qu'à la fin ils n'étaient plus qu'à quelques dizaines de centimètres. Le fait qu'il lui ait dit qu'elle ressemblait à Soren.

C'est le moment de sa tonte de cheveux bimensuelle. Et d'un bon bain. Elle se déshabille et se tient devant le miroir de la salle de bains, observant le reflet de ses longs doigts fins pendant qu'elle passe la tondeuse, qui creuse des sillons réguliers sur sa tête, ne laissant qu'un demi-centimètre de cheveux. Quand c'est terminé, elle s'observe dans la glace. Peut-être qu'elle ne déteste pas tout à fait ce qu'elle voit. Peut-être qu'elle n'en veut pas à son reflet pour tout ce qui lui est arrivé.

Nous.

– Mesdemoiselles ! braille le policier de l'accueil. Il va falloir vous calmer !

Au moins vingt filles sont tassées dans la petite zone d'attente du commissariat de Prescott. Margot n'étant pas là pour contrôler la situation, toutes essaient en même temps d'expliquer au flic la raison de leur présence. Du coup, personne n'arrive à grand-chose, surtout Sam Robeson, dont le goût de la comédie prend des proportions épiques : elle affecte une sorte d'accent shakespearien pour sortir une tirade au flic abasourdi avec de grands gestes des bras.

– Heureusement qu'Erin n'est pas là, glisse Rosina à Melissa. Tout ce bruit, ça la tuerait.

– Il faut que quelqu'un fasse quelque chose, dit Grace.

– Hum, allô ? Ce quelqu'un, ça ne serait pas toi, par hasard ?

Sans se laisser le temps de changer d'avis, Grace se fraie un chemin jusqu'au comptoir de l'accueil. Elle se retourne face à la foule et lève les mains en l'air pour attirer l'attention.

– Hé, ho! lance-t-elle. On peut baisser d'un ton?

À sa grande surprise, les filles se taisent et écoutent.

– Si vous n'avez pas d'objections, je vais expliquer à l'agent ce qu'on fait ici. Si j'oublie quelque chose, n'hésitez pas à le signaler, mais je pense qu'on sera plus efficaces si la police a un seul interlocuteur pour l'instant. Ça vous va?

Tout le monde est d'accord. Quelqu'un crie : «Allez Grace!»

Elle refait demi-tour.

– Que puis-je faire pour vous, jeune fille? demande l'agent, déjà épuisé.

– Nous sommes venues signaler un viol. Plusieurs, en fait. Nous avons des preuves. Sur Internet. Je peux vous donner l'adresse du blog de Spencer Klimpt, où il avoue pratiquement...

– Je vous arrête tout de suite : je vais devoir appeler le chef, sur ce coup-là. Attendez un instant.

– On ne peut pas voir ça directement avec vous?

– Non, je pense vraiment que c'est pour le chef Delaney. (Il tend à Grace une planchette à pince.) Vous pouvez faire signer ça à tout le monde?

– Qu'est-ce que c'est?

– Il nous faut la liste des présentes, si vous voulez déposer plainte.

– Ah, bon, d'accord.

Grace prend la planchette et commence à faire signer la feuille à tout le monde. Rosina prévient sa mère par SMS qu'elle ne pourra pas venir au boulot ce soir. L'énergie pulse dans la pièce. Les filles sont électrisées.

– Oui, chef, bonsoir, dit le flic dans le téléphone. O'Malley à l'appareil. Pardon de vous déranger pendant votre jour de congé. J'ai une vingtaine de gamines qui ont débarqué au poste, elles disent qu'elles veulent signaler un viol, je crois... Une histoire de blog avec le fils Klimpt, je me rappelle que vous avez dit que vous vouliez vous charger personnellement de tout ce qui... Oui, je sais... Désolé... Bien, chef. À tout de suite.

Il raccroche, regarde autour de lui et soupire.

– Le chef Delaney est en route. Mais ça risque de prendre un petit moment, alors autant vous asseoir. Je ne suis pas sûr qu'on ait besoin de vous toutes.

Comme il n'y a que deux bancs dans la zone d'attente, la plupart des filles s'assoient par terre. Grace répète avec Lisa Sutter, Abby Steward et les deux autres filles mentionnées dans le blog ce qu'elles vont dire au chef de la police. Certaines font leurs devoirs. D'autres jouent sur leur téléphone. Rosina ignore les appels répétés de sa mère.

Soudain, un bourdonnement ; la porte s'ouvre.

– Salut tout le monde, lance Elise Powell, qui se retrouve bientôt submergée par les filles voulant l'embrasser.

– J'en reviens pas que tes parents t'aient laissée venir, dit quelqu'un.

– En fait, ils ne savent pas que je suis là. Officiellement, je révise à la bibliothèque.

– C'est incroyable que ça marche encore, cette excuse-là, s'étonne Sam.

Mais Elise n'est pas la seule arrivante. Une large silhouette intimidée s'encadre dans la porte, derrière elle.

– Regardez qui j'ai trouvé sur le parking !

Jesse Camp sourit et fait gauchement coucou.

– Salut ! dit-il. J'ai appris que vous étiez ici et j'ai voulu donner un coup de main. J'ai pensé que je pourrais témoigner du comportement de Spencer, vu que ça fait des années que je l'entends se vanter de ses exploits. (Il baisse la tête.) Je ne sais pas. Vous pensez que ça aiderait ?

– Oui, dit fermement Grace.

Elle enjambe ses camarades pour s'approcher, et pose une main sur son bras.

– Bien sûr que ça aidera. Merci d'être venu.

– Ils vont bien ensemble, tu ne trouves pas ? chuchote Rosina à Melissa.

– Elle est amoureuse de lui ?

– Elle ne veut pas l'avouer, mais oui. Il la fait totalement craquer.

Son téléphone vibre.

– Fait chier ! Ça fait vingt fois en vingt minutes que ma mère m'appelle.

– Tu devrais peut-être répondre, suggère Melissa.

– Arrête d'être tellement raisonnable.

Rosina contemple son téléphone avec répulsion.

– Bon, allons-y, dit-elle.

Et elle décroche.

Melissa entend la mère de Rosina s'égosiller. Les mots sont inintelligibles, mais la colère est évidente. Rosina éloigne le téléphone de son oreille avec une grimace.

– Elle menace de me jeter dehors si je sèche encore le boulot.

– Je suis sûre qu'elle ne dit pas ça sérieusement.

– Oh si. Ça fait des années qu'elle cherche à se débarrasser de moi.

– Ne dis pas ça.

Soudain, les yeux de Rosina brillent plus fort. On dirait presque qu'ils sont mouillés. On pourrait presque croire qu'ils sont pleins de larmes.

– Mami, dit-elle dans le téléphone, d'une voix qui se brise un peu. Je suis désolée, mais c'est une urgence. Fais-moi confiance, s'il te plaît.

Sur ce, elle raccroche.

Melissa lui prend la main. Elles ne se parlent pas, mais leurs doigts restent entrelacés, leurs épaules pressées l'une contre l'autre, pendant les cinq longues minutes qui suivent, jusqu'au moment où le chef Delaney fait irruption dans le commissariat.

– Bon Dieu, grogne-t-il à la masse de filles qui l'empêche de rejoindre l'accueil. C'est la pleine lune, ou quoi ?

– Chef Delaney ! lui lance Grace. Nous sommes prêtes à faire une déposition, monsieur.

– C'est vous la meneuse ?

– Non. Nous n'avons pas de chef. J'organise juste un peu.

– Que c'est noble de ta part, bougonne-t-il. Alors, tu veux me parler? Qui d'autre? Je ne vous prends pas toutes dans mon bureau.

– Non, ce sera moi, Lisa, Abby, Juna, Lizzy et Jesse.

– Jesse? s'étonne le policier. Jesse Camp? Le *linebacker* de l'équipe du lycée?

– Plus maintenant, monsieur. J'ai démissionné de l'équipe.

– C'est pas plus mal. Vous faites une saison pourrie cette année, de toute manière. (Il consulte sa montre.) Vous me faites rater le coup d'envoi, vous savez? Les Seahawks contre les Patriots. Vous avez intérêt à faire vite.

Grace et ses cinq camarades le suivent dans son bureau. Les autres attendent.

Il ne s'écoule que douze minutes avant que la délégation ressorte.

Le chef Delaney file vers la porte avant que la zone d'attente pleine de filles ait compris qu'il partait. Grace, Jesse et les quelques victimes de Spencer apparaissent derrière le comptoir de l'accueil. De grosses larmes roulent sur les joues de Lisa Sutter. Abby Steward est rouge de colère.

– Qu'est-ce qui s'est passé? demande Elise.

– Rien, crache Abby. J'en étais sûre, qu'on perdait notre temps. Je ne sais pas comment j'ai pu me laisser convaincre de faire ça, Lisa. J'étais là, en train de lui raconter ce que Spencer m'a fait, et il n'a rien écouté. Il lisait le blog ! Et il se marrait, en plus !

– Il a dit qu'on n'avait pas assez de preuves que le blog était écrit par Spencer, précise Grace. Et que même si c'était le cas, il n'y a rien là-dedans qui soit passible de poursuites.

– Mais n'importe quoi ! s'exclame Elise.

– Je lui ai dit que j'avais entendu Spencer parler de certaines de ces filles, ajoute Jesse. Mais Delaney soutient que ce ne sont que des ragots. Il a dit qu'il ne pouvait pas arrêter des gens sur la base de rumeurs répandues par une bande d'ex-petites amies frustrées.

– Des ex-petites amies frustrées ! sanglote Lisa. Comme si on n'était que ça. Ça discrédite tout ce qu'on peut dire !

Tout le monde fulmine en silence. On entendrait presque claquer des crocs.

– Il n'a même pas pris de déposition, souffle Grace, incrédule. Il a dit que ça ne valait pas le coup. Qu'on lui faisait perdre son temps.

– Et maintenant, qu'est-ce qu'on fait ? demande Rosina. Il va attendre que ces bâtards recommencent pour lever le petit doigt, c'est ça ? Ou bien il faut que quelqu'un meure pour qu'il arrête de s'en foutre ?

– Il essaie de sauver sa peau, dit Melissa. Si les flics remettent le nez dans les événements de l'an dernier, ils trouveront des preuves que Delaney a totalement foiré, probablement exprès. Il sera fini.

– Merde, tu as raison. Il ne nous défendra jamais.

L'agent de l'accueil a mystérieusement disparu. Il n'y a plus un responsable en vue. Rien qu'une pleine salle de filles scandalisées et un garçon. Ce sont des adolescentes. Des gamines, rien de plus. Elles ne sont pas dignes d'être écoutées.

– Eh merde, lâche Abby. Tout le monde s'en tape. Moi aussi, je m'en tape.

Sur ces mots, elle prend la porte.

– Il faut que je rentre avant que mes parents se doutent de quelque chose, dit Elise, qui embrasse Grace. Mais ce n'est pas terminé. Je ne baisse pas les bras.

En l'espace de quelques minutes, le commissariat se vide. Chacune rentre chez soi, où il faudra faire comme si c'était un jour comme les autres, décider si cela vaut la peine de continuer le combat, et passer le dîner à se demander ce qu'il faut faire quand la personne à qui on demande de l'aide vous la refuse.

Melissa reconduit Grace et Rosina chez elles.

– Tu as assuré, aujourd'hui, dit Melissa en s'arrêtant devant chez Grace.

– Mais pas assez.

– Ce n'est pas ta faute, dit Rosina. Cet abruti avait déjà décidé de ne pas nous aider avant même d'arriver au commissariat.

– Ouais, peut-être.

Mais elle est vidée de son énergie. Épuisée. Elle n'a plus qu'une envie : regarder la télé sur le canapé en mangeant une glace à même le pot avec sa mère. Elle a envie d'un monde où cela suffirait.

Rosina.

Rosina ne descend pas de voiture quand Melissa se gare devant chez elle. Un orage a éclaté, et la pluie martèle la voiture.

– Je ne rentre pas dans cette maison, dit-elle. Je vais m'enfuir.

– Il va peut-être te falloir un peu plus que ton sac à dos du lycée si tu veux fuguer, non ?

– Bien vu. (Rosina s'appuie contre l'appuie-tête du siège et ferme les yeux.) Je suis complètement foutue.

– Ça ne va peut-être pas se passer aussi mal que tu le crois. Peut-être que tu sous-estimes ta mère. (Elle lui prend la main.) Ça va s'arranger.

– Tu n'en sais rien.

Le bruit de la pluie et la chaleur de leurs corps emplissent la voiture. Un coup de tonnerre les secoue, les rapproche.

– Et donc, tu aimes vraiment les filles ? demande Rosina. Ou bien tu vas te réveiller la semaine prochaine et me dire « c'était juste pour essayer, soyons amies » ?

Parce que ça, ça serait vraiment naze. Parce que plus je te connais, moins j'ai envie qu'on soit juste amies. Je veux dire... Tu sais ce que je veux dire.

Melissa déboucle sa ceinture, se penche et l'embrasse. Pas un petit bisou. Un baiser, long, doux. Un baiser bien plus qu'amical.

– Rosina, chuchote Melissa. Tu n'es pas une expérience passagère.

Rosina met quelques instants à rouvrir les yeux.

– OK? insiste Melissa.

– OK.

– Appelle-moi pour me raconter comment ça se passe avec ta mère.

– D'accord.

Rosina rentre chez elle sur un nuage. Le spectacle de Lola regardant la télé sur son canapé ne l'agace même pas.

– Abuelita dort? demande-t-elle.

– Tu me dois vingt dollars.

– Bonjour à toi aussi.

– Tu devais rentrer la garder, mais j'ai dû le faire à ta place.

– Ouais, c'est vraiment le bagne.

Lola tend la main. Rosina soupire et cherche un billet dans son portefeuille. En temps normal, elle protesterait, mais là elle garde son énergie pour sa mère. Une petite minute avec un membre de sa famille, et c'est comme si le baiser avec Melissa ne s'était jamais produit.

Elle monte dans sa chambre et attend. Elle ne prend pas la peine de se coucher, sachant que sa mère la réveillera aussitôt qu'elle sera rentrée. Elle gratte doucement sa guitare pendant quelques minutes, en essayant distraitement divers accords, rythmes et motifs. Au bout d'un petit moment, cette force mystérieuse pour laquelle elle n'a pas de nom, et dont elle ne parle jamais, se met à parler à travers ses doigts, la guidant, prenant des décisions pour elle. Une demi-heure plus tard, elle est en train de mettre en place la structure d'une nouvelle chanson : trois accords en arpège sur un couplet, trois autres sur un refrain. Elle fredonne un embryon de mélodie tout en pensant à Melissa, à ses lèvres, à la lumière qu'elle semble diffuser en entrant dans une pièce. Une lumière qui rend supportables ses ténèbres à elle.

Mais là : *boum boum boum boum.* Le poing de sa mère contre la porte fait trembler toute la chambre. Avant que Rosina ait pu dire « Entre », Mami déboule dans la pièce.

– Qu'est-ce que tu fichais de si important ? gronde-t-elle.

– Je regrette, je ne peux pas te le dire.

Sa mère secoue la tête si violemment que Rosina craint de la voir se détacher.

– Non. Ça n'est pas acceptable. Tu ne peux pas faire ça.

– Désolée.

Elle ne voit rien d'autre à dire.

– Tu te prends pour qui ?

Mami avance sur elle, lui arrache la guitare des mains et la jette par terre. Le bois de la caisse résonne et les cordes lancent une plainte assourdie au moment du choc. Rosina ouvre de grands yeux. Pas sa guitare. Tout, mais pas ça.

Pourtant, soudain, un calme étrange l'envahit. En regardant la figure rouge et furieuse de sa mère, elle la plaindrait presque pour son existence solitaire et colérique. Quel est l'intérêt d'ajouter la rage à la rage ? Pourquoi se battre contre quelqu'un qui est perpétuellement fâché, quoi qu'il arrive ? Rosina aurait pu lâcher une assiette, elle aurait pu arriver deux minutes en retard, elle aurait pu tuer quelqu'un : le résultat serait exactement le même.

Rosina n'est pas allée travailler ce soir et refuse de dire pourquoi. Elle sait que Mami a le droit de se fâcher. Mais elle-même a aussi le droit d'assumer sa décision. Elle accepte sa colère, mais elle n'a pas à la combattre.

Elle n'ouvre pas la bouche. Elle regarde sa mère en face, impassible, sans insolence mais sans honte.

Mami est la première à détourner les yeux.

– Tu me rends malade, crache-t-elle.

Elle tourne les talons et sort de la chambre. La porte se referme simplement parce qu'elle est trop légère pour être claquée.

Le silence tombe dans son sillage. Rosina ramasse sa guitare pour évaluer les dégâts, et constate qu'elle a juste besoin d'être réaccordée.

Son instinct l'incite à rester seule. Mais il y a quelque chose de nouveau, de plus fort que l'instinct. Elle prend son téléphone et appelle Melissa. Il est presque minuit, mais elle sait que son amie ne dort pas.

– Allô, dit Melissa après deux sonneries.

– Je viens de m'engueuler avec ma mère. Je ne veux pas en parler.

– Oh, Rosina. Je suis désolée pour toi.

– Non mais en fait, ça va, dit Rosina, étonnée par sa propre réaction. Du moins, je crois.

– Ah oui ? Tant mieux.

– Parlons d'autre chose. Faisons comme s'il n'était rien arrivé de triste aujourd'hui.

– De quoi veux-tu parler ?

– J'ai juste envie d'entendre ta voix.

– Ah, d'accord.

Silence.

Quand Melissa rit, cela fait comme des ailes de papillons voletant partout dans son corps, balayant la douleur au loin.

– Dis quelque chose.

– Tu veux venir dîner chez moi un de ces jours ?

Les ailes cessent de battre. Les papillons sont sonnés, hébétés.

– Tu veux dire, avec tes parents ?

– Ben oui.

– Je suis censée dire oui, c'est ça ?

– J'espère que tu diras oui.

– Bon, d'accord. Mais ça me terrifie légèrement.

– Tu as le droit d'être terrifiée.

– Je me pisse un peu dessus.

– Tu devrais en parler à ton médecin.

– Qu'est-ce que tu leur as dit sur moi ?

– Que tu es géniale.

– Ah.

– Il se peut aussi que je leur aie plus ou moins dit que je voulais qu'on soit ensemble.

Et là, ça y est, c'est officiel : il y a trop de sentiments pour la cage thoracique de Rosina. Son cœur explose. Elle est fichue.

Nous.

Amber Sullivan est en cours de design graphique, le meilleur moment de la journée. Le moment où elle peut bidouiller sur un ordinateur correct et se sentir un peu douée pour quelque chose. Qui sait de quoi elle serait capable si elle en avait un chez elle pour s'entraîner?

Non seulement c'est son cours préféré, mais c'est aussi sa meilleure configuration en classe. Elle est assise à côté d'Otis Goldberg, qui passe le reste du temps à l'autre bout du lycée dans les cours pour grosses têtes et qui, à ce stade de sa vie, est la seule personne dont elle apprécie la compagnie.

– Tu travailles sur quoi? lui demande-t-il en ayant l'air de la considérer comme une personne.

– Ah. Hum.

C'est aussi le seul garçon à qui elle ne sache pas comment s'adresser.

– Ça a l'air bien, dit-il en se penchant, l'épaule contre la sienne, pour mieux voir son écran. C'est animé?

– Oui.

Elle clique pour lancer l'animation. Ce n'est vraiment pas grand-chose, elle a fait ça en un quart d'heure.

– Wouah, souffle Otis, l'air sincèrement impressionné. Comment tu as fait ?

– Bah, c'est de la programmation basique.

Elle lui montre la fenêtre où elle a tapé les instructions.

– C'est toi qui as tapé tout ce code ? Comment tu as appris à faire ça ?

Elle hausse les épaules.

– Toute seule, quoi.

– Tu es super douée. Tu pourrais en faire ton métier, si tu voulais.

Elle est obligée de se détourner de son regard tant il la brûle. Il est le seul à lui avoir jamais dit qu'elle pouvait réussir quelque chose.

Olivia Han passe par là.

– Pute, fait-elle en toussant dans sa main.

Au passage, elle heurte l'ordinateur d'Amber avec sa hanche.

– La ferme, Olivia, dit Otis. C'est pas cool.

Olivia le regarde un instant sans comprendre. Depuis quand est-ce que des gens défendent Amber Sullivan ?

– Ouais, passons, finit-elle par dire en s'en allant.

– Ce n'était pas la peine, murmure Amber. J'ai l'habitude.

– Ça ne lui donne pas le droit de le faire. Tu ne mérites pas ça.

Le plus bizarre, c'est qu'il a l'air de croire à ce qu'il dit.

Le plus bizarre, c'est que l'espace d'un instant, en regardant dans ses yeux, elle y croit aussi.

*

Quelqu'un est assis au bureau attribué à Adam Kowalski, mais ça, c'est juste le nom qui figure sur son acte de naissance. Dorénavant, son vrai nom est Adele, mais personne ne le sait encore. *Plus qu'un an*, se dit-elle. C'est le mantra qui lui tourne en boucle dans la tête.

Elle regarde un groupe de filles qui chuchotent ensemble. L'envie de se joindre à elles lui tiraille la poitrine. Elle sait qu'elles bavardent sur les Filles de Nulle Part ; on ne parle que de ça, en ce moment. Elle voudrait en faire partie, mais serait-elle admise ? Quelqu'un comme elle peut-il être admis ? Si elle se pointait à une réunion, lui hurlerait-on de partir ? Qu'est-ce qui prouve son statut de femme si elle n'en a pas le corps, si elle n'en a pas le vécu – du moins pas encore ?

*

Bien sûr, Margot Dillard a déjà terminé ses devoirs, que sa mère est allée chercher pour elle au lycée. Elle a déjà eu une conversation encourageante avec la responsable des admissions à Stanford, qui s'est remémoré avec nostalgie ses propres accrochages avec les autorités, quand elle manifestait contre l'apartheid dans les années 1980. Certains que leur fille ne peut pas se tromper, ses parents s'apprêtent à attaquer le lycée en justice pour contester son exclusion, et ils ont un très bon avocat.

Pour le moment, Margot ne songe pas à sa grande chance, au privilège que représente leur confiance. Assise devant la glace, elle se maquille. Elle se repasse le tuto YouTube expliquant comment réussir le look *smoky eye*, qu'elle a déjà regardé six fois parce que bien sûr il faut que ce soit parfait. Face au miroir, elle fait la moue avec ses lèvres rouges.

Sexy, pense-t-elle. *Sans déconner, je suis trop sexy !*

*

Le père de Trista a installé sur sa porte un nouveau verrou qui se ferme de l'extérieur. Elle ne peut pas sortir, à part une fois toutes les deux heures pour aller aux toilettes. Sa mère lui apporte à manger et prie avec elle. Après le dîner, la famille a l'insigne honneur de recevoir la visite du pasteur Skinner. Trista est libérée pour aller s'asseoir avec lui au salon afin de discuter des manières d'honorer ses parents et l'Église.

Tout en parlant d'une voix monocorde du respect de l'autorité, elle se dit qu'on lui a toujours appris à se demander : « Que ferait Jésus ? » Elle ne mentionne pas au pasteur Skinner que Jésus se battait pour ses convictions, qu'il affrontait la corruption des puissants, qu'il traitait les femmes avec bonté et respect à une époque où elles en recevaient très peu. Mais ce n'est pas de ce Jésus-là que parle le pasteur. D'ailleurs, il ne parle pas vraiment de Jésus, au fond.

Trista est retenue en otage, et ce n'est même pas une exagération d'ado rebelle. C'est vraiment une séquestration. Mais elle ne peut rien y faire. Elle est mineure. Elle n'a aucun droit. Ce sont ses parents qui décident de ce qui est bien et mal pour elle, même s'ils ont tort.

*

Elise Powell sait que cette exclusion temporaire devrait être une punition, mais, couchée sur son lit, un grand sourire aux lèvres, elle regarde le plafond sans se sentir particulièrement coupable. Elle est déjà remise de la terreur de voir son avenir détruit comme le lui a promis la proviseure : la rage et la déception de ses parents, le renvoi de l'équipe de softball, la perte de sa bourse universitaire. Ses parents n'ont pas dit grand-chose, mais elle jurerait avoir vu sa mère réprimer un sourire quand elle lui a donné sa version de l'histoire, après leur convocation dans le bureau de Slatterly. Et quand elle a appelé sa coach, en larmes, en suppliant de ne pas être renvoyée de l'équipe, après un bref silence et un bruit de porte qui se ferme, Andrews lui a confié à voix basse : « Ne le dis à personne, ma grande, mais je suis très fière de toi. Et je suis sûre que mes amis de l'université de l'Oregon seront du même avis. »

Mais il y a encore autre chose de plus grand que tout cela, quelque chose de plus inattendu, de magique, de sismique, une chose qu'elle se repasse en boucle avec délice pendant ses trois jours d'exclusion, encore et encore et encore : elle a eu un rencard. Avec un garçon. Un mec mignon, génial, merveilleux.

Elle devrait peut-être culpabiliser d'avoir séché une réunion des Filles de Nulle Part pour sortir avec Benjamin Chu, et en secret, en plus. Elle devrait culpabiliser de revoir ainsi ses priorités, de se soucier davantage d'un garçon que de la solidarité avec ses amies et avec la cause. D'être allée jouer sur la console de Benjamin samedi au lieu de rejoindre les autres dans cette vieille baraque lugubre, même qu'il faisait un peu chaud et qu'il n'arrêtait pas de s'excuser que le thermostat soit HS, et qu'il y avait des gouttelettes de buée sur leurs verres de citronnade et des gouttelettes de sueur sur sa lèvre supérieure, et qu'Elise avait tellement envie d'y goûter sur sa lèvre qu'elle n'arrêtait pas de mourir dans le jeu, elle était nulle à un point gênant, et qu'il la taquinait d'une manière qui la faisait se sentir magnifique, et qu'il l'a regardée dans les yeux tellement longtemps qu'il est mort aussi dans le jeu, et qu'elle a à peine entendu la voix minuscule dans sa tête gémir : « Et la grève, alors ? » quand elle s'est penchée pour presser ses lèvres contre les siennes, et que quand ils se sont finalement décollés l'un de l'autre il pouvait à peine ouvrir les yeux, et qu'il a marmonné à travers son sourire comateux : « La grève est terminée ? »

alors elle a dit : « Ne le dis à personne », et lui : « Je peux attendre », et elle : « Pas question », et lui : « Tu es sûre ? », et que quand elle l'a de nouveau embrassé, son corps a dit *je suis sûre je suis sûre je suis sûre.*

Elise, couchée sur son lit, se remémore la saveur sucrée-salée de la citronnade sur les lèvres de Benjamin Chu. Elle se dit qu'elle devrait peut-être se sentir un peu désolée, mais dans l'ensemble elle pense que non. Parce que les Filles de Nulle Part seraient peut-être contentes pour elle. Parce que parfois, dire oui est peut-être aussi important que dire non.

Erin.

Erin ne sait pas précisément ce qui s'est passé hier soir au commissariat pendant qu'elle était chez elle avec Otis, mais il est clair que ce n'est pas bon, et que la nouvelle s'est vite propagée jusqu'à des gens qui n'avaient pas à le savoir. Les trois filles qui se sont fait connaître comme étant sur la liste de Spencer ont trouvé leurs casiers vandalisés en arrivant au lycée. Quelqu'un a collé sur celui de Lisa Sutter un sticker soi-disant humoristique qui disait : « Le scotch : transforme les "non non non" en "mmm mmm mmm" depuis 1942. »

Slatterly est déchaînée. Elle a embauché quatre vigiles supplémentaires pour patrouiller dans les couloirs et dans le réfectoire. D'après la rumeur, au moins huit filles ont déjà récolté des heures de colle ou des exclusions aujourd'hui, et on n'est encore qu'en quatrième heure.

Grâce à Delaney, elle a obtenu la liste des filles qui se sont présentées au commissariat hier. Elle sait qui elle doit arrêter, et elle trouvera certainement une bonne raison.

Erin sait qu'elle devrait les plaindre. Qu'elle devrait regretter de ne pas avoir été là hier. Ce serait le sentiment normal dans cette situation. Mais elle est trop occupée à éprouver tout autre chose.

Et maintenant, alors qu'elle se rend en classe, elle voit une raison d'éprouver encore plus ce sentiment différent. Là, devant elle, au bout du couloir, Otis Goldberg est en train de prendre des affaires dans son casier. Quelque chose en elle fait un bond, quelque chose de reptilien : un serpent jaillissant, un lézard agitant la queue. Mais avant d'avoir pu réfléchir, elle est saisie par une émotion qui ressemble au début d'une crise de panique, mais aussi à l'opposé d'une crise de panique, ce qui l'amène à penser qu'elle aimerait peut-être lancer : « Salut, Otis ! » tout haut, ce qui attirerait son attention, ce qui le ferait sourire, ce qui le pousserait à s'approcher d'elle pour lui parler, ce qui la rendrait encore plus heureuse car soudain elle se rend compte, de manière aussi claire et nette qu'une démonstration géométrique parfaite, qu'elle est amoureuse. Elle est amoureuse d'Otis Goldberg. Elle aime Otis Goldberg d'une manière différente et bien plus immense que sa manière d'aimer Rosina et Grace. Elle aime Otis Goldberg comme bien plus qu'un ami.

Mais là, elle aperçoit Amber Sullivan à côté, tout près de lui. Ayant passé des années à étudier le langage corporel et la notion d'espace personnel, elle sait qu'Amber se tient trop près de lui pour être une simple amie. Elle sait qu'une amie ne recoiffe pas un ami avec la main. Une amie ne frotte pas ses seins contre le bras d'un ami.

Ce sont les filles comme Amber qui plaisent aux garçons. Les filles tout en courbes et en sourires, pleines de compliments et de regards effrontés. Pas les bêtes de foire androgynes comme elle. Pas les filles qui ne savent que ressentir trop ou trop peu.

Alors, d'un seul coup, aussi rapidement qu'elle a découvert ses sentiments pour Otis Goldberg, elle se jure de s'en débarrasser, de les annihiler. Elle peut se forcer à ne plus rien sentir. Son esprit est plus fort et plus stable que le chaos volatile et imprévisible de son cœur. Pas l'organe, bien sûr, mais la substance mystérieuse qui l'entoure, les cellules nerveuses bizarrement placées au centre de sa poitrine qui sont reliées à son cerveau et aux autres éléments méconnus qui ne peuvent être ni observés ni mesurés, l'endroit dans son corps qui ressent la panique et l'amour sans parvenir à les différencier.

Erin aurait dû se méfier. Elle ne pensait plus comme un androïde. Elle s'est laissé infecter par les sentiments. Elle a cessé de prendre exemple sur Data.

Il est vrai que même un androïde peut avoir un court-circuit. Il peut percevoir quelque chose sans avoir toutes les informations et aboutir à une conclusion erronée, mais ces erreurs occasionnelles ne devraient pas aboutir à des émotions qui risquent de mener à d'autres conclusions qui elles-mêmes peuvent provoquer de nouvelles émotions, plus fortes, et des pensées, et même des actes, mais là peut-être qu'une autre observation va interférer avec la première et remettre en question toute la précédente série de crépitements de neurones, et les câbles s'emmêlent, se tendent à bloc, pour un inconfort extrême, ce qui peut déboucher ou non sur d'autres émotions complètement différentes, et on se retrouve dans un foutoir inextricable.

Erin se demande si c'est une métaphore. Elle déteste les métaphores.

Il lui faut juste un peu de temps, un peu d'espace. Elle va se cacher là, derrière cet escalier, jusqu'à ce que les couloirs se vident, jusqu'à ce que tout le monde soit en classe. Elle se servira du silence pour recharger ses batteries. Il ne lui faut que quelques minutes. Elle sera un peu en retard en cours, mais elle a soupesé les avantages et inconvénients de cette transgression et conclu qu'il était plus important de rester solide et en un seul morceau que d'arriver à l'heure.

Là. C'est mieux. Otis et Amber sont partis. Tout le monde est parti, même les vigiles omniprésents. Elle peut maintenant sortir sans danger de sa cachette et se diriger vers sa classe.

Mais là, des pas. Un rire gras. Erin fait volte-face : Eric Jordan est à l'autre bout du couloir. Elle ne l'a jamais vu si fatigué et débraillé. Ses yeux cernés l'observent avec attention. Son fameux sourire narquois n'a plus aucun charme.

– Arrête de me mater, dit-elle.

Il éclate de rire.

– Je sais que tu ne le penses pas.

Il continue d'avancer. Se rapproche.

– Tu aimes me regarder, hein ?

– Non, répond Erin.

– Même quelqu'un comme toi doit bien avoir des pulsions, dit-il, presque sur elle.

Elle flaire son haleine alcoolisée, son corps pas lavé.

Elle sait qu'elle devrait partir en courant. Qu'elle devrait s'enfuir. Mais elle ne peut pas lui montrer sa peur. Elle ne peut pas lui donner cette satisfaction. Elle veut lui faire mal, lui rendre la monnaie de sa pièce.

– Pourquoi tu me parles, d'abord ? Maintenant que plus aucune fille ne te calcule, tu viens me parler, à moi, la folle du coin ? Tu dois vraiment être à la rue. C'est pitoyable.

À ces mots, quelque chose passe sur les traits du garçon, quelque chose de terrifiant, une rage et une haine telles que pendant le bref instant où Erin se voit reflétée dans ses yeux pâles, elle en oublie qu'elle est humaine. Ce qu'il regarde n'est pas humain.

Erin sent un poids heurter sa poitrine et ses pieds quitter le sol lorsqu'il la pousse à travers le couloir pour la plaquer contre les casiers. Un cadenas lui entre dans les reins.

– Ne me parle jamais comme ça.

Il lui crache ces mots à la figure. Elle les sent qui collent à sa peau.

– Je te parle comme je veux.

Elle ne sait même pas d'où ça sort. De tout au fond, un endroit en elle qui contient la douleur, les souvenirs et les coins sombres, mais aussi une lumière qui transperce les ombres, un endroit où la peur se mue en courage.

– Tu crois que j'ai besoin que les chiennes de ce lycée viennent me voir ? Tu crois que j'ai envie de parler avec elles ?

Il est entre le rire et la suffocation. Au bord de l'hystérie.

– Je ne veux pas *parler*. Je ne veux pas te parler, à toi. Je peux avoir ce que je veux sans parler.

Il la pousse une fois de plus contre les casiers, de la main gauche, et lui saisit l'entrejambe de la droite. À travers la toile épaisse de son jean, Erin sent ses doigts musclés agripper, pincer, essayer de s'enfoncer. Ce n'est pas sexuel. Il n'y a rien de sexuel là-dedans. Ce qu'il veut, c'est lui faire mal. Il veut la réduire à néant.

Elle est de retour à Seattle. Les yeux lointains de Casper Pennington regardent à travers elle. Elle disparaît sous le poids de son corps. Elle cesse de se débattre. Le mot « non » n'est peut-être jamais sorti de sa bouche, mais son corps l'a dit. C'est Casper qui a choisi de ne pas écouter.

Erin ne peut pas bouger, même si elle ne veut que cela. Elle ne peut pas l'obliger à arrêter. Elle ne peut pas crier. Elle ne peut pas appeler à l'aide. Voilà ce que ça fait d'être capturée, d'être paralysée et impuissante, d'être réduite à rien. C'est quand votre propre corps, votre propre voix, deviennent vos ennemis, quand ils ne vous écoutent plus parce qu'ils sont à lui maintenant, parce qu'il les a volés, parce qu'il les contrôle en se servant de votre propre peur.

D'abord, vous êtes un objet. Puis, vous êtes prise. Puis vous êtes détruite et réduite en poussière.

Enfin, un bruit dans le couloir, un de ces talkies-walkies que portent les vigiles. Eric la lâche, mais elle n'est qu'en partie libérée.

Elle ne le regarde pas, ne tourne pas les yeux vers l'origine du bruit, ne regarde nulle part. Elle court, c'est tout. Elle court vite, pour ne plus ni penser ni sentir. Elle passe les portes et file dans la rue, et même si elle ne respire pas, même si elle a oublié comment faire, même si ses os semblent vouloir se briser, même si ses veines sont comme des couteaux, et si le monde entier lui fait mal, que tout dans son corps est une menace, que son esprit n'est plus que tempête d'électricité statique, lames de rasoir, éclats de verre, même si son existence entière est un champ de bataille, elle court et court et court jusqu'à se laisser tomber à travers la porte de chez elle et atterrir sur les genoux, n'étant plus qu'un tas de bleus et de plaies ouvertes, jusqu'à trouver le coin où il y a au moins une chose dans le monde qui soit solide, et elle y entre à reculons, et Spot arrive, les oreilles dressées, juste à temps pour entendre le gémissement qui s'échappe de ses poumons en verre brisé, le bruit d'une âme entière se dégonflant, d'une vie entière implosant sous la pression d'une trop forte gravité, d'un trop grand poids, des os d'éléphant dans un corps de fille-oiseau, brisés, brisés, brisés.

Voilà ce qui arrive quand les sentiments dépassent la volonté, quand tout ce qui était caché jaillit de l'ombre en explosant d'un coup. Voilà ce qui arrive quand les sentiments gagnent et qu'Erin perd.

Elle se balance sur le rythme d'un cœur plus grand, son corps est un métronome, son occiput cogne contre le mur pour marquer le temps, un deux un deux un deux, et Spot à la rescousse, qui la pousse avec sa truffe, qui essaie de s'interposer entre le mur et elle, de se transformer en oreiller. Elle a un besoin d'impacts, de quelque chose qui la touche, de quelque chose qui batte, de quelque chose qui marque la violence de son corps existant dans ce monde.

Spot amortit les coups avec son corps. Il est un coussin ambulant. Mais Erin n'en a pas fini avec la douleur, elle n'a pas fini de se briser. Elle se frappe la figure de la main. Elle frappe et frappe et frappe. Elle se fait mal parce qu'il le faut, parce que tout fait déjà tellement mal, parce que c'est le seul moyen de changer la douleur, de la déplacer, pour ne pas être entièrement avalée. Elle doit se battre, elle doit se battre contre quelque chose, mais il n'y a qu'elle à frapper.

Et Spot est là, qui prend délicatement son poignet dans sa gueule pour l'écarter, en faisant attention avec ses crocs pointus, telle une maman chienne saisissant son chiot égaré par la tendre chair de son cou, et c'est cette tendresse qui finit par gagner, pas Erin se battant contre elle-même, c'est Spot logeant ses trente-six bons kilos de chien sur ses genoux et pesant sur ses bras pour qu'elle arrête les dégâts, pour que son seul choix soit de le serrer contre elle, de ressentir le réconfort de son poids sur elle, pour qu'elle soit réduite au silence et à l'immobilité par une créature programmée pour ne rien faire d'autre que l'aimer.

C'est à ce moment-là que sa mère arrive, des sacs de courses plein les bras. À cet instant, Erin ne peut pas atteindre le monde au-dehors d'elle-même, elle ne peut pas entendre les sacs tomber par terre, le bruit mat des œufs qui se brisent, sa mère qui s'écrie : « Qu'est-ce qui se passe ? Qu'est-ce qui se passe ? » À ce moment-là, elle n'a que vaguement conscience de la présence de sa mère, et elle ne sait rien du monde à l'intérieur de celle-ci, de cet endroit verrouillé où la femme hurle aussi – impuissante, faible, torturée par l'amour, alors qu'elle s'agenouille à côté de sa fille inaccessible en sachant qu'elle ne peut rien pour l'aider. Elle sait qu'elle ne peut pas la toucher, la prendre dans ses bras et la bercer comme le réclame son instinct. Et Erin ne peut même pas envisager ce réconfort en cet instant, elle ne peut pas voir en dehors de son monde de douleur dense, ne peut pas comprendre que qui que ce soit au monde veuille l'aider, que qui que ce soit au monde le puisse.

Spot se met à gémir. Il n'arrive pas à se dégager de son étreinte. Elle ne le lâche pas. Elle ne peut pas. Ses bras sont des étaux que sa mère doit écarter avec mille précautions.

Rosina.

– Viens ici tout de suite ! grogne Mami aussitôt que Rosina met un pied dans la cuisine du restaurant.

– Je ne suis même pas en retard, proteste-t-elle.

Elle est en avance, pour tout dire. Elle ne s'est même pas rebiffée quand sa mère lui a dit de venir une heure plus tôt pour l'aider à nettoyer la chambre froide.

– Ta proviseure m'a appelée aujourd'hui.

– Qu'est-ce qu'elle voulait ? demande Rosina d'un air indifférent, malgré la peur soudaine qui lui comprime la poitrine.

– Je ne sais pas encore, dit Mami, suspicieuse, en plissant les yeux. Elle a laissé un message pour dire qu'elle voulait me parler de quelque chose d'important. Elle voulait que je la rappelle sur son portable, à n'importe quel moment.

– Alors pourquoi tu ne l'as pas fait ?

– Je voulais attendre que tu sois là.

– Comme c'est gentil, lâche Rosina en s'efforçant de cacher que le sol s'ouvre sous ses pieds, en faisant comme si elle avait encore un point d'appui solide.

Pendant que Mami prend son téléphone pour rappeler la proviseure, elle tâche de prendre un air détaché pour s'asseoir sur un cageot dans le coin de la cuisine, mais c'est à peine si elle sent encore ses jambes.

– Allô ? Madame Slatterly ? C'est Graciela Suarez, la mère de Rosina Suarez.

En regardant sa mère écouter ce que lui raconte Slatterly, Rosina se fait la réflexion qu'elle comprend peut-être, un tout petit peu, à quoi ressemble la crucifixion : être torturée, incapable de bouger, victime des caprices de ceux qui ont le pouvoir. À chaque « m-mmh » et « oui » que fait sa mère, les yeux de celle-ci s'embrasent, ils explosent de rage et de dégoût, et Rosina rétrécit, se durcit, se transforme en glaçon

– Elle veut te parler, dit Mami.

Les mots ont du mal à franchir ses mâchoires serrées tandis qu'elle pousse le téléphone sous le nez de sa fille. Rosina se lève, le porte à son oreille, se retourne, regarde une zone décolorée au mur et voudrait que celle-ci l'absorbe comme toutes ces années de taches de gras.

– Allô ?

– Allô, Rosina Suarez, dit la principale avec sa fausse amabilité. Comment vas-tu, aujourd'hui ?

– Bien.

Elle sent les yeux de sa mère lui forer le dos.

– Tant mieux. Je vais être directe avec toi, ma belle. Je m'inquiète pour toi. Et je ne ferais pas bien mon travail si je n'en parlais pas aux parents, quand je m'inquiète pour mes élèves.

– Qu'est-ce que vous lui avez dit?

– Je suis sûre qu'elle te racontera ça juste après. Mais je voulais te parler personnellement de certaines choses que j'ai choisi de ne pas évoquer avec elle.

Rosina attend. Le silence n'est pas loin de la tuer. Elle sait que Slatterly fait exprès de prolonger la torture, qu'elle en tire un plaisir pervers.

– Tu sais, Rosina, je n'ai rien contre toi personnellement. J'apprécie ton indépendance d'esprit. À certains égards, même, je l'admire. Mais à la vérité, je subis une forte pression pour mettre fin à ce petit club que tu as monté avec tes amies. (Elle marque une pause.) Tu n'imagines pas la pression, insiste-t-elle d'une voix tendue, haut perchée. Tu n'imagines pas.

Un instant, Rosina a l'impression qu'elle va fondre en larmes. C'est la voix de quelqu'un qui est à bout.

– Je veux bien l'admettre, continue Slatterly, je suis un peu fière de vous, les filles, en voyant jusqu'où vous avez poussé les choses. Mais vous vous êtes bien amusées, et maintenant je pense qu'il est temps d'arrêter. Il y a des choses auxquelles il vaut mieux ne pas trop toucher. Est-ce que c'est clair?

– Je ne vois pas de quoi vous parlez.

Slatterly pousse un gros soupir.

– Rosina Suarez. Je ne voulais pas en arriver là, mais tu ne me laisses pas le choix.

Elle se tait, et Rosina aimerait voir sa tête en ce moment pour pouvoir interpréter ce silence, et vérifier si la trace de remords qu'elle croit entendre est bien là.

– Vois-tu, je sais que le permis de séjour de ta grand-mère n'est pas... comment dit-on... très catholique ?

Tout se fige dans le corps de Rosina : son cœur, ses poumons, le sang qui coule dans ses veines. Toutes ses cellules capitulent en même temps.

– Je sais que tu ne voudrais pas faire quoi que ce soit qui risque d'attirer des ennuis à ta famille. Par exemple, une visite de l'inspection sanitaire dans le restaurant de ton oncle ? Il suffirait d'un coup de fil passé par une citoyenne vigilante.

Sa voix est soudain devenue robotique, sans âme. Ce n'est plus un être humain qui dit cela.

Sans réfléchir, Rosina pivote vers sa mère, qui est toujours là, à la regarder avec le même feu dans les yeux. Deux femmes, prêtes à lui faire plus de mal qu'un homme ne le pourrait. Elle se retourne vers le mur. Elle est prise au piège.

– Qu'en penses-tu, Rosina ? finit par lâcher Slatterly. Tu tiens à faire des histoires ?

– Non, souffle Rosina.

– Tu sais, je pourrais tout oublier si tu m'aidais un peu. Si tu me disais ce que tu sais sur ce groupe des Filles de Nulle Part. Par exemple, la date et le lieu de la prochaine réunion, l'identité de la meneuse, quel genre de projets elles ont en stock. Ce genre d'informations m'aiderait beaucoup.

– Je ne sais rien. Je vous l'ai déjà dit.
– Bien sûr que tu me l'as dit.
Encore un silence insoutenable.
– Bon, je suis sûre que ta mère a hâte de te parler, finit par conclure Slatterly, bien trop gaiement et bien trop rapidement, comme si elle s'efforçait de mettre fin à la conversation le plus vite possible, comme si elle cherchait à se convaincre que ce n'est pas si affreux. La bonne nouvelle, c'est que si tu arrêtes les bêtises tu n'auras rien à craindre. Mais tu es sous surveillance, Rosina. Un faux pas et c'est fini. C'est compris ?
– Oui.
– Et bien sûr, si jamais quelque chose te revient sur la petite organisation de tes copines, je suis tout ouïe. Si l'information est utile, je n'aurai plus de raisons de m'intéresser autant à toi. D'accord ? Formidable. Je me réjouis que nous ayons eu cette conversation. Salue ta mère pour moi et passe un bon week-end.
Et elle raccroche.
– De la drogue, maintenant ?! crie Mami aussitôt que Rosina se retourne.
– Quoi ?
– La proviseure m'a dit que tu te droguais, crache-t-elle en lui arrachant le téléphone des mains. Alors c'est pour ça que tu disparais tout le temps. C'est pour ça que tu ne peux plus garder les petits. Parce que tu te drogues ? Tu préfères la drogue à ta famille ? Je me doutais que tu mijotais quelque chose, mais *ça* ! Même moi, je ne pensais pas que tu pouvais tomber si bas.

– Je n'ai jamais touché à la drogue de ma vie ! Slatterly raconte n'importe quoi.

– Elle m'a dit que tu séchais les cours. Et que tu traînes avec les jeunes délinquants du lycée.

– Mami, tu connais mes amies. Tu sais qu'elles ne font rien de mal.

– Ce que je sais, c'est que les filles sont des menteuses, dit Mami en s'approchant, forçant Rosina à se coller contre le mur. Ce que je sais, c'est que toi, tu es une menteuse. Tu m'as menti dès que tu as appris à parler.

– Mami ! Je te dis la vérité. Je ne fais rien de mal. Je te le jure sur la tête de Dieu.

Sa mère attrape le devant de son tee-shirt et le serre, coupant le souffle à Rosina.

– Ne fais pas ça, gronde-t-elle. Je t'interdis de parler de Dieu. Ne prononce même pas son nom.

Rosina ne peut plus parler. Elle ne peut plus respirer.

– Encore un coup de fil de la proviseure et tu t'en vas, dit Mami, presque calmement, ce qui est bien pire que sa rage. J'en ai assez. Toute la famille en a assez. J'en ai marre d'être ta mère.

Quand elle la lâche, Rosina trébuche contre le cageot et tombe par terre. Maintenant que le nœud s'est desserré autour de son cou, tout bouillonne, toutes les larmes qu'elle n'a pas versées se déversent, et Rosina éclate en sanglots, en tas par terre, elle tend les mains vers les pieds de sa mère en répétant : « Pardon, pardon », mais tout ce que fait cette dernière c'est la regarder comme un chien galeux, trop sale et malade pour qu'on l'aime.

– Lave-toi et mets-toi au travail, lâche-t-elle.

Rosina relève les yeux vers elle, le visage rouge, bouffi et trempé de larmes.

– Mami, dit-elle en se forçant à soutenir le regard de sa mère. Pitié. Pardon. Je t'aime.

Pendant une fraction de seconde, elle croit la voir s'adoucir, mais cette impression disparaît aussitôt.

– Tu me rends malade, crache-t-elle en s'éloignant.

Rosina est entièrement d'accord.

Erin.

La couverture est lourde sur Erin, comme ces tabliers anti-rayons X dont se servent les dentistes. C'est une couverture spéciale pour les gens qui souffrent de troubles du spectre autistique, comme un câlin pour les gens qui n'aiment pas les câlins. Elle a passé la majeure partie du week-end dessous, soit pour lire au lit, soit en la traînant en bas pour regarder des épisodes de *Star Trek* dans un ordre aléatoire. Elle saute ceux avec Wesley Crusher.

Elle n'a pas prononcé un mot depuis deux jours. Sa mère a essayé tout le week-end de communiquer avec elle. Elle lui a demandé de manière répétée s'il s'était passé quelque chose au lycée. Elle a tenté de joindre Slatterly au bureau, mais la proviseure ne l'a pas rappelée. Elle a passé des coups de fil à son médecin, à son psy et aux spécialistes, et même à son ancien ergothérapeute de Seattle. Tous lui ont dit d'attendre, de laisser Erin décider du moment où elle sera prête à parler. Mais la patience n'est pas son fort. Laisser de l'espace à Erin, ce n'est pas sa manière de résoudre un problème.

Erin est restée dîner à table ce soir, en écoutant ses tentatives larmoyantes de combler le silence.

– Ce sont des crétins qui t'embêtent, chérie ? Ils t'ont dit quelque chose ? Je croyais qu'ils te fichaient la paix, cette année. Il y a tellement longtemps que tu n'as pas été comme ça. Tu faisais de tels progrès. C'est une rechute ?

Erin n'a pas dit tout haut les réponses à ces questions, mais cela ne veut pas dire qu'elle n'en avait pas. Dans sa tête, elle menait toute une conversation avec sa mère. *Ce n'est pas une question de rechute*, songeait-elle. *Ce n'est pas un retour en arrière. Je ne suis pas linéaire. J'ai mal, c'est tout. Je veux juste que le monde se taise.*

Erin se dit qu'elle se remettra peut-être à parler demain. Le lundi, c'est un bon jour pour prendre un nouveau départ. Mais ce soir, elle veut juste rester dans sa chambre. Elle veut de l'immobilité. Du silence. Elle veut retrouver sa consistance.

Comme cela fait une heure que son téléphone vibre d'appels et de SMS d'Otis, elle l'éteint, sans lire ni écouter aucun message. Elle a recours à sa meilleure et plus vieille technique de défense : se foutre de tout. Les baleines et les vagues de sa machine à bruit blanc chantent pour elle. Elle est sous l'eau, si profond que la pression broierait un humain normal, mais elle n'a rien à craindre, puisqu'elle n'a pas d'os.

Sauf qu'au moment où elle va s'assoupir, elle perçoit un bruit nouveau, tout près. Quelque chose de réel et de présent, pas un enregistrement, pas un bourdonnement électronique. Une série de petits coups à sa fenêtre, au premier étage. Une averse de grêle? Des oiseaux kamikazes?

Elle ouvre la fenêtre pour regarder dehors, entend un bruissement en contrebas, et distingue une ombre en forme d'Otis Goldberg, un bras levé en plein lancer.

– Aïe! dit-elle en frottant son front soudain douloureux. C'était quoi, ça?

Ce sont ses premiers mots depuis vendredi. Depuis Eric.

– Oh merde. Pardon! C'était un caillou.

– Pourquoi?

– Il faut que je te parle.

– Pourquoi?

– Tu peux me faire entrer?

– Non. On est en pleine nuit.

– S'il te plaît.

– Au revoir.

– Erin, arrête de faire des histoires.

– C'est toi qui me jettes des cailloux à la tête.

– Bon sang, Erin! crie-t-il. Je viens de me faire casser la figure!

Il tripote son téléphone, allume la lampe et éclaire son visage. Il saigne. Il a la lèvre ouverte. Son œil droit, enflé, s'ouvre à peine.

Erin en oublie tout ce qu'elle a pensé, ressenti ou décidé à propos d'Otis depuis vendredi après-midi. Elle en oublie Amber. Elle en oublie le silence. Elle en oublie même Eric. Elle ne pense plus à ses parents, ne se demande pas s'ils sont réveillés, s'ils vont entendre. La seule chose qu'elle se demande, c'est à quelle vitesse elle peut descendre ouvrir à Otis, à quelle vitesse elle peut le faire monter à l'abri dans sa chambre, à quelle vitesse elle peut l'aider à ne plus avoir mal.

Spot la suit au rez-de-chaussée et se tient à côté d'elle quand elle ouvre. Otis, appuyé au mur du perron, se tient le flanc. Erin reste clouée sur place, à le regarder.

– Qu'est-ce que je dois faire ? demande-t-elle.

– Aide-moi.

Elle fait un pas hésitant. Un autre. Spot lui donne des petits coups dans le mollet avec sa truffe. Elle tend une main et Otis la prend. Elle sent sa chaleur, son poids, lorsqu'il passe un bras autour de sa taille et s'appuie sur elle. Il fait la grimace à chaque pas tandis qu'elle l'aide à entrer puis à gravir l'escalier. Elle se demande pourquoi ce poids-ci fait peur, et pas celui d'une couverture lestée.

– Ne mets pas du sang partout, dit-elle en refermant la porte de sa chambre.

Le rire d'Otis se transforme vite en rictus de douleur.

– Aïe, fait-il.

Il ouvre sa veste et remonte son tee-shirt sur le côté pour inspecter un hématome grand comme la main qui se forme sur ses côtes.

– Eh ben, c'est moche.

Il se laisse tomber sur la chaise de bureau.

– Ne bouge pas, dit Erin, et elle sort à la hâte.

Elle revient avec une pile de linges de toilette mouillés et assez de matériel de premiers secours pour un petit hôpital. Sans dire un mot, elle s'assoit sur son lit, face à Otis. Avec des gestes lents et doux, elle commence à nettoyer le sang. Spot l'imite en léchant la main d'Otis sur son genou.

– Spot est un chien très empathique, dit Erin.

– Je vois ça.

– Arrête de sourire. Ça te rouvre la lèvre.

– Est-ce que tes parents vont nous entendre et piquer une crise ? Parce que je ne crois pas que je supporterais de me faire taper dessus deux fois dans la même soirée.

– Leur chambre est en bas et à l'autre bout de la maison. Donc tout va bien, à moins que tu te mettes à brailler.

– Vas-y mollo, alors.

Erin remarque qu'elle se sent étonnamment à l'aise avec lui dans sa chambre. C'est agréable d'être si proche de son visage. De le tapoter avec des boules de coton imprégnées d'eau oxygénée, d'apaiser ses petits tressaillements avec du gel antibiotique et d'appliquer des pansements sur sa peau tiède. Elle aime le silence et l'immobilité de ces contacts, l'impression qu'ils se parlent même si personne, hormis les baleines de la machine à bruit, ne dit rien.

– C'est planant, cette musique, fait-il remarquer.

– Ça m'aide à me détendre.

– Tu t'y prends bien, dis donc. Tu n'envisages pas de faire médecine ?

– Quand on est médecin, il faut parler aux gens.

Erin se recule pour admirer son œuvre. Bien nettoyé, le visage d'Otis commence à retrouver sa symétrie habituelle, dans la mesure du possible avec un œdème sur un quart de la surface.

– Bon, tu vas me raconter ce qui s'est passé ?

– Je me demandais quand tu poserais la question.

– J'étais occupée à te soigner.

– Est-ce que ça veut dire que tu tiens à moi ? dit Otis avec un sourire si large qu'ils tressaillent tous les deux.

– Arrête de sourire.

– D'accord, puisque tu meurs d'impatience, je vais te raconter.

Mais Erin ne sait pas si elle veut vraiment savoir. Elle est trop bien comme ça. Avec lui, dans le silence. Cette bulle d'immobilité avant les mauvaises nouvelles.

– Je suis allé au QuickStop, commence Otis. Je n'ai pas réfléchi. Il était genre dix heures, je venais de terminer une dissert' pour le cours de Mlle Eldridge, et j'avais comme une énorme envie d'un bol de Cheerios miel et noix, car c'est mon goûter nocturne préféré. Tu aimes ça, toi, les Cheerios miel et noix ?

– Je ne sais pas, dit Erin, qui ne se rappelle pas quand elle en a mangé pour la dernière fois. Est-ce qu'il y a un rapport entre les Cheerios miel et noix et l'état de ta figure ?

– Comme on n'en avait plus, j'ai décidé d'aller à pied au QuickStop pour en acheter une boîte.

– À dix heures du soir.

– Oui. Je viens de te le dire, j'en avais besoin. Terriblement. Tu ne comprends pas ma relation avec les Cheerios miel et noix.

– C'est bizarre.

– Donc j'entre, mais la clochette devait être cassée parce que personne n'a vu que j'étais là. Il n'y avait pas d'autres clients, juste Spencer Klimpt à la caisse. Et devine qui était avec lui ? Eric Johnson. Et ils parlaient super sérieusement, ce qui fait que mon instinct de détective a pris le dessus : j'ai su que je devais écouter ce qu'ils se disaient.

– Pourquoi, tu as un instinct de détective ?

– Plus tard, je serai journaliste. J'aime poser des questions et pousser les gens dans leurs retranchements.

– Ah.

– Ils parlaient d'une fille appelée Cheyenne qui habite à Fir City, et on dirait bien que...

Otis se tait. Il regarde Erin dans les yeux. Elle soutient son regard.

– On dirait bien qu'ils lui ont fait exactement la même chose qu'à Lucy.

Il détourne les yeux avant Erin.

– Je ne sais pas si je peux le dire tout haut.

– Il le faut.

Otis inspire à fond, relève la tête. Spot lui lèche le poignet.

– Je me souviens des mots exacts de Spencer : il a dit qu'elle devait s'estimer heureuse qu'il ait bien voulu d'elle. Ensuite, Eric a fait remarquer qu'elle s'était laissé faire sans bouger.

Otis a visiblement le cœur au bord des lèvres.

– Il a ajouté qu'il préfère quand elles se débattent un peu.

Erin se rend compte qu'elle tient la main d'Otis.

– Ensuite, Eric a commencé à se plaindre que c'était toujours Spencer qui passait en premier, et à dire qu'il voulait que ce soit l'inverse la prochaine fois. Apparemment, ils prévoient qu'il y ait une prochaine fois. Et puis il s'est mis à parler d'Ennis et à demander à Spencer s'il pensait qu'il allait parler, en se plaignant qu'ils n'auraient jamais dû le laisser participer, que c'est une tapette et qu'on ne peut pas lui faire confiance. Mais c'est là que je me suis étalé – j'étais accroupi dans le rayon céréales – et que j'ai fait tomber des boîtes par terre.

– Oh, non.

– Oh, si.

– Et alors ?

– Spencer m'a dit un truc du genre « tu veux quoi ? », Eric a dit « oh merde, tu crois qu'il nous a entendus ? » et là je me suis plus ou moins tiré en courant.

– Plus ou moins ?

– Je me suis tiré en courant.

– Mais ils t'ont rattrapé.

– Eric, oui. Je ne cours pas très vite, et lui... c'est un athlète. Je l'ai entendu arriver, et puis j'ai senti qu'on me tirait par la veste. Et puis je me suis retrouvé par terre, et il me tabassait à coups de poing. Et à coups de pied dans le ventre. Je ne me suis même pas défendu.

Erin tamponne ses larmes avec une boule de coton.

– Je l'ai supplié d'arrêter, et il s'est marré. Et à ce moment-là, je crois que j'ai su, juste un peu, ce que ça faisait d'être Lucy. D'être Cheyenne.

Et d'être moi, songe Erin. Voilà qu'elle pleure aussi. Spot ne sait plus quoi faire, il passe de l'un à l'autre en essayant de les lécher tous les deux.

– Ensuite, Eric s'est relevé, totalement calme, continue Otis en s'essuyant le nez sur sa manche. Il m'a dit que je me reprendrais pire si je racontais ce que j'avais entendu. Il m'a craché dessus, et il est parti.

– Il faut que tu préviennes les flics.

– Ouais, c'est ça. Comme s'ils allaient me croire. Tu sais bien qu'ils ne feront rien. Le père d'Eric joue au poker avec le chef de la police. Et ils ont fait l'opération Tempête du désert ensemble, un truc comme ça, non?

– Pourquoi tu es venu ici?

– Je ne sais pas. Je me sens en sécurité, ici. Avec toi.

– C'est ridicule.

– Ça ne me pose pas de problème.

– Pourquoi tu me regardes? demande Erin. J'ai de la morve au nez? Je ne suis pas douée pour pleurer.

– J'aime bien te regarder, c'est tout.

– Tu dis n'importe quoi.

– Je sais.

– Je ne peux plus respirer. Je crois que je vais faire une crise cardiaque.

– Tu es trop jeune pour ça.

– Mais ça fait mal. Là.

Elle pose une main sur son cœur.

Otis pose une main sur la sienne.

– C'est ma faute si on t'a fait mal, pleure Erin. C'est à cause des Filles de Nulle Part. Parce que je suis une des filles qui ont lancé le mouvement. Si on n'avait pas commencé, ils ne t'auraient pas tabassé.

Otis sourit.

– Juste au moment où je croyais que je ne pouvais pas t'aimer plus.

– Quoi ?

– C'est vrai.

Le filet de larmes d'Erin cède la place à de vrais sanglots. Elle se cache la figure dans ses mains.

– Mais tu es tellement moche ! s'écrie-t-elle. Pardon. Ce n'est pas ce que je voulais dire. Tu n'es pas moche. Juste ta tête. Non, attends…

– Je te trouve belle.

Erin se lève et se met à faire les cent pas dans la chambre, suivie de près par Spot. Il lui faut un point d'ancrage, quelque chose de familier et d'apaisant pour compenser toute cette étrangeté.

– Est-ce que tu t'es déjà dit que l'exploration des profondeurs de l'espace dans *Star Trek* c'est un peu comme l'exploration des profondeurs de l'océan ? demande-t-elle. Il s'agit toujours d'aller là où nul autre humain n'est allé, de découvrir de nouvelles formes de vie, et d'augmenter nos connaissances. Tu sais que moins de cinq pour cent des fonds marins ont été explorés? Tu sais qu'on connaît mieux la surface de la Lune que le fond des océans? Tu sais qu'il y a des écosystèmes entiers, là-bas, qui ne dépendent pas du soleil, que toute leur énergie vient des produits chimiques qui sortent de conduits hydrothermiques, et qu'il y a des vers tubicoles de deux mètres de haut qui vivent autour, là où l'eau est à vingt-six degrés, et qu'il y a des copépodes qui mangent des bactéries chimiosynthétiques, et des anguilles et des crabes qui mangent les copépodes, et que tout ça veut dire qu'il peut y avoir de la vie sur d'autres planètes, peut-être même une vie intelligente, sans qu'elle soit fondée sur la photosynthèse?

Elle cesse de marcher de long en large. Otis et l'étrangeté sont toujours là.

– Attends, qu'est-ce que tu vas dire à tes parents?

– Que je suis tombé de mon vélo en allant à la supérette.

– Et ils vont te croire?

– Bien sûr!

– Tes parents ne doivent pas être très intelligents.

– Erin?

– Quoi?

– Tu m'as entendue te dire que tu étais belle?

Elle se remet à arpenter la chambre.

– Tu n'as plus qu'un œil, en ce moment, dit-elle.

Et c'est un caillou marron, brillant, saupoudré de lumière.

– Qu'est-ce que tu en penses? insiste-t-il.

Erin agite vivement les mains.

– C'est moi, je suis comme ça, que veux-tu que je te dise ? Tu trouves ça beau, toi ?

– Pas toi ?

Elle s'arrête. Le regarde droit dans l'œil.

– Tu délires.

– C'est tout à fait possible.

Il se lève, face à elle.

– Pourquoi tu te lèves ? Tu es blessé. Tu dois rester assis.

Il ne dit rien. Il se contente de la regarder à sa manière, avec son visage si ouvert, si exempt de peur pour les choses qui la terrifient, elle.

– Je ne suis pas un projet. Tu ne me changeras jamais. Je ne serai jamais normale. Je suis autiste. Je veux le rester.

– Je ne veux pas te changer.

– Alors qu'est-ce que tu veux ? crie-t-elle.

Spot s'appuie de tout son corps contre ses jambes.

Erin ne comprend pas ce qui se passe. Pourquoi est-ce qu'Otis la regarde comme ça ? Pourquoi est-il si gentil avec elle ? Pourquoi se tiennent-ils ainsi face à face ? Elle ne sait pas ce qu'elle doit dire, ce qu'elle doit faire de son corps, si elle doit le regarder dans les yeux, et si oui, combien de temps ? Et surtout, elle ne comprend pas ce qu'il lui trouve, ni ce qu'elle lui trouve, ni pourquoi tout ceci lui arrive alors qu'elle s'était promis le contraire.

– Tu veux que je m'en aille ? demande-t-il gentiment.

– Non. Si. Je ne sais pas.

Elle inspire profondément. S'assoit sur son lit.

– J'ai besoin d'espace. Parfois, j'ai juste besoin d'espace.

– Tout ce que tu veux, ça m'ira.

– Si je te demande de partir, ça ne veut pas dire que je ne t'aime pas.

– D'accord.

– Parce que ce n'est pas vrai. Je t'aime bien.

– Moi aussi, je t'aime bien.

– D'accord.

– D'accord.

– Et maintenant, tu peux partir?

Il est minuit passé quand Otis rentre discrètement chez lui par la porte de derrière. Erin sait qu'elle ne va pas dormir cette nuit. Elle sait qu'elle n'a aucun espoir de deviner ce que ferait Data dans une situation pareille.

Elle écrit à Rosina et à Grace : *URGENT ! Annulez tous vos projets pour demain après les cours. Il va nous falloir la voiture des parents de Grace.*

Elle éteint ses chants de baleine et se met à son ordinateur. Elle a du boulot. Ce n'est pas le moment de rester sous l'eau. Ni d'en vouloir à sa meilleure amie. Il y a des choses qui sont juste trop énormes pour qu'on se laisse effrayer.

Rosina.

C'est lundi, Margot, Elise et Trista sont de retour au lycée, et tout le monde les traite comme des héroïnes de guerre, bien qu'en somme elles n'aient eu à souffrir que d'un week-end prolongé. Margot caracole dans les couloirs comme si elle était encore plus importante qu'elle croyait l'être avant, Elise sourit en permanence et tape dans les mains de tout le monde, et même la petite Trista (dont les cheveux, débarrassés de leur teinture violette, ont retrouvé leur châtain naturel) semble se tenir un peu plus droite.

Rosina sait qu'elle devrait se réjouir pour elles. Elle devrait se réjouir pour toutes les Filles de Nulle Part, y compris elle-même. Slatterly a voulu envoyer un message en les expulsant temporairement, mais il lui est revenu dans la figure. Les filles sont des martyres, maintenant, des preuves vivantes de la justesse de la cause. Les Filles de Nulle Part sont plus populaires que jamais. On dirait que Slatterly ne fait plus peur à personne.

Personne, sauf Rosina. Rosina la farouche, celle qui n'a peur de rien. C'est tellement ironique qu'elle voudrait se donner des coups de poing dans la figure.

Elle n'a plus droit à l'erreur. En dehors du lycée et du restaurant, elle est assignée à résidence. Si elle s'attire encore des ennuis au bahut, elle sera renvoyée. Si elle s'attire encore des ennuis tout court, elle ne sera plus la fille de sa mère. C'est ce que Mami lui a dit : *Ya no serás mi hija.* Elle s'est battue si fort contre le monde qu'elle a réussi à s'exclure de sa propre famille.

Elle s'est endormie dans le lit d'Abuelita hier soir, sans bien savoir si sa grand-mère avait entendu la dernière engueulade homérique entre Mami et elle, si elle avait la moindre idée de ce qui se passait, si elle savait de quoi Rosina avait été accusée, ou si elle avait dormi du début à la fin. Tout ce qu'elle sait, c'est que les bras maigres d'Abuelita l'ont serrée pendant qu'elle pleurait, et qu'une chaleur surprenante émanait de son corps frêle. Elle lui répète «chut, chut» pour l'endormir comme un bébé, en l'appelant Alicia, le prénom de sa fille morte.

Il n'est pas question que Rosina laisse quiconque la voir pleurer dans ce lycée à la noix, là, maintenant. Elle donne un coup de poing dans son casier. La brûlure dans ses doigts lui assèche les yeux.

– Il t'a fait quoi, ce casier? fait la voix d'Erin derrière elle.

Rosina ravale sa douleur et fait volte-face. Erin lui fourre immédiatement sous le nez une liasse de feuilles agrafées.

– J'ai besoin que tu lises ce dossier d'ici la fin de la journée.

– Je croyais que tu ne me parlais plus.

– Je déclare un cessez-le-feu temporaire.

– Attends une minute. Dis-moi d'abord ce qui se passe. C'était quoi, ce texto, hier soir?

– Pas le temps. Je t'expliquerai en chemin.

– En chemin pour où?

– Fir City.

– Qu'est-ce que tu veux aller foutre à Fir City?

– Lis le dossier.

– Je dois être au boulot à cinq heures. Je ne peux plus me permettre de déconner.

– C'est plus important que le boulot. Il faut qu'on aille aider Cheyenne.

– C'est qui, Cheyenne?

– Une fille qu'Eric Jordan et Spencer Klimpt ont violée avant-hier.

– Merde. Non. Tu mens. C'est pas possible.

Mais Rosina sait bien qu'Erin ne ment pas.

– Otis Goldberg les a entendus en parler au QuickStop. Ensuite, Eric Jordan a cassé la gueule à Otis Goldberg. Ensuite, Otis Goldberg me l'a raconté. Ensuite, je vous ai écrit, à toi et à Grace. Ensuite, je suis restée debout toute la nuit pour préparer ce dossier.

Erin parle et parle pendant que Rosina absorbe l'information. Il y a tellement de choses à ressentir qu'elle est comme engourdie.

– Cheyenne Lockett. En seconde au lycée de Fir City, comté de Lane, Oregon. Adresse : 11 Temple Street. Voici une carte et des indications pour y aller. (Elle tourne la page.) Ça, c'est le synopsis d'un article sur la meilleure manière de s'adresser à une victime d'agression sexuelle. (Elle tourne encore une page.) Ça, c'est une liste des informations qu'il nous faut pour monter une accusation de viol tellement solide que même les flics les plus apathiques et corrompus ne pourront pas s'asseoir dessus.

– Je ne peux pas, dit Rosina. Je ne peux pas y aller ce soir.

Erin la regarde. Bat des paupières.

– Tu n'es pas Rosina, dit-elle. Rosina ne dirait jamais ça. Si tu vois la vraie Rosina, dis-lui de nous retrouver, Grace et moi, dans le parking juste après les cours.

Sur ces mots, elle tourne les talons et s'en va.

Elle a raison, pense Rosina. Ceci n'est pas la vraie Rosina. C'est quelqu'un qui a plus besoin d'avoir un foyer que d'aider les autres. Elle n'est pas courageuse. Elle n'est pas une héroïne.

Elle a peur. Tellement peur.

Amber.

Le nouveau mec de sa mère est encore resté passer la nuit. Il réveille Amber en pissant dans les toilettes, qui sont à environ trente centimètres de sa tête, avec uniquement une mince cloison de mobile home entre les deux. Au temps qu'il met et à l'épaisseur du jet, Amber estime qu'ils ont dû boire au moins huit bières chacun hier soir. C'est devenu une science, chez elle.

Elle ne prend pas de douche parce qu'elle ne veut pas risquer de le recroiser nue dans une serviette. Pour l'instant, il n'est pas allé plus loin que la regarder, mais elle sait où mènent ces regards. Il n'est pas différent des autres. Deux semaines de regards, puis deux semaines de petites réflexions quand sa mère a le dos tourné, puis avec un peu de chance il dégage. Mais quand ces types durent un peu plus longtemps, les réflexions deviennent des attouchements, de plus en plus pressants. Et c'est là qu'Amber commence à se chercher d'autres endroits où dormir.

Difficile de dire si ces autres endroits valent mieux. Mais au moins c'est elle qui les choisit.

Les filles qui ont été exclues sont de retour et le lycée leur ferait presque une haie d'honneur. À part ça, on ne peut pas dire que qui que ce soit, dans leur espèce de club, ait fait autre chose que discourir sur le fait qu'elles changent le monde, alors que rien n'a vraiment changé. Elles se congratulent pour rien du tout. Si elles croient qu'il y a du nouveau, c'est uniquement parce qu'elles ne fréquentent plus les garçons. Elles vont tomber de haut quand elles mettront fin à leur grève idiote et constateront que les mecs sont toujours des connards.

Sauf un. Mais il n'est pas là aujourd'hui. La chaise à côté de la sienne en design graphique est vide.

Elle est censée travailler sur son projet de mi-trimestre mais elle est sur Internet, en train de consulter les cours de webdesign de la petite fac de Prescott. Elle s'est toujours dit qu'elle deviendrait serveuse à plein temps chez Buster comme sa mère aussitôt qu'elle terminerait le lycée, mais il y a peut-être d'autres possibilités. Par exemple, elle pourrait bosser à temps partiel et souscrire à un prêt étudiant pour se payer des cours. Peut-être qu'elle pourrait se trouver une colocataire et un logement pas cher. Il y a peut-être d'autres idées auxquelles elle n'a pas encore pensé.

Otis Goldberg lui a dit qu'elle était douée en informatique. Elle est même meilleure que lui, alors que c'est une des grosses têtes du lycée. Personne ne lui a jamais dit qu'elle avait le moindre talent, sauf dans le domaine qui lui fait honte.

Amber s'est mise à penser à d'autres choses, aussi. Genre, que le dénommé Chad pourrait être le dernier mec avec qui elle ait couché au premier rencard. Elle se dit qu'elle pourrait peut-être décider si un type lui plaît *avant* de coucher avec lui, pas après.

De temps en temps, elle passe devant chez Otis, en espérant juste qu'il sera dans le jardin par hasard et qu'elle pourra lui parler en dehors des cours, loin du regard des autres. Elle veut savoir ce que ça fait de n'avoir que ses yeux à lui sur elle, comme si ce regard pouvait la changer, comme s'il pouvait lui dire qui elle est vraiment. Il doit y avoir quelque chose comme une chaussure de Cendrillon pour elle, une pantoufle de verre capable de la transformer en un instant et l'arracher à cette vie dont elle a hérité par un sale coup du destin – à condition qu'elle arrive à l'enfiler. Le désir d'Otis pourrait la sauver. Son désir pourrait faire d'elle une princesse. Il suffit pour cela qu'elle soit désirée par le prince charmant.

Les gens la croient idiote, mais elle sait un certain nombre de choses sur l'humanité. Elle sait qu'on s'habitue à la manière dont les autres vous voient, qu'une personne commence et qu'ensuite tout le monde suit, et qu'en moins de temps qu'il n'en faut pour le dire tout le monde vous voit de cette manière, y compris vous-même, et plus personne ne sait comment ça a commencé, et tout le monde s'en fout, et il n'y a rien à y faire.

Mais un jour, peut-être que quelqu'un pose sur vous un regard un peu différent. Et peut-être que vous commencez à vous dire que vous pouvez être différente de celle que vous avez toujours été, depuis que l'oncle Seth a commencé à vous reluquer quand vous aviez dix ans, puis qu'il s'est mis à vous déshabiller des yeux et à vous dire qui vous étiez – plus une princesse, plus quelqu'un qui a le droit de rêver – et puis quand il s'est mis à vous toucher pas seulement avec les yeux, et qu'ensuite on vous a toujours fait la même chose, c'est tout ce qu'ils ont toujours voulu, et vous étiez marquée au fer, comme si votre corps était fait d'ampoules rouges clignotantes clamant à la ronde la seule chose pour laquelle il était bon, et leurs yeux vous disaient qui vous étiez, et leurs yeux racontaient votre histoire.

Mais un beau jour, vous avez pris le temps de vous demander : *Qu'est-ce que je veux ?* Vous vous êtes arrêtée pour penser : *Peut-être que je peux la raconter moi-même, mon histoire.*

La seule chose qui puisse expliquer une absence d'Otis Goldberg, c'est une maladie. Il est comme ça, lui. Et donc, voilà Amber, maintenant, en train de sonner chez lui. Elle devrait être en cours, en troisième heure, mais franchement ? Elle n'est pas le genre de personne dont la vie sera chamboulée par une mauvaise note en maths.

Otis ne saura jamais tout ce qu'il a fait pour elle, mais ça n'empêche pas de le remercier. S'il est malade, elle saura le réconforter. Elle ne sait pas faire grand-chose d'autre, mais ça, elle maîtrise.

Quand la porte s'ouvre, elle manque pousser un cri.

– Tiens, salut Amber, souffle Otis entre ses lèvres meurtries, fendues.

Il a un œil enflé et presque complètement fermé. Il tient une poche à glace contre ses côtes.

– Je suis tombé de vélo. Je manque de coordination.

– J'ai pensé que tu étais malade, parvient-elle à dire. Je passais voir comment tu allais.

C'est difficile de savoir s'il sourit, parce qu'il ne peut pas beaucoup bouger sa bouche. Mais Amber croit voir quand même le coin de son œil intact se plisser un peu.

– Tu veux entrer? propose-t-il. J'étais en train de regarder un documentaire sur les céphalopodes.

C'est joli, chez lui. Joli comme dans les séries télé. On voit bien qu'une vraie famille habite là. Amber s'assoit sur le canapé, et il n'a même pas l'air de remarquer qu'elle s'est installée au milieu, tout près de lui.

– Où sont tes parents? demande-t-elle.

– Au boulot. C'est gentil d'être venue prendre de mes nouvelles.

– Je m'inquiétais pour toi.

Elle se rapproche de manière à ce que leurs jambes se touchent. Elle le regarde fixement, attendant que leurs regards se croisent pour lui décocher l'œillade fatale, mais il garde les yeux rivés sur la télé.

– Je n'avais jamais réalisé que c'était si passionnant, l'océan, dit-il. Mes centres d'intérêt ont toujours été l'histoire et l'actualité, comprendre pourquoi les gens font les choses, mais il faut croire que la science aussi, ça peut être assez fascinant.

– Ah oui ?

Les mecs adorent quand on fait semblant de s'intéresser à ce qu'ils racontent.

– Oui, par exemple, ce calmar de Humboldt, il est aussi intelligent qu'un chien, paraît-il. Alors qu'il n'a même pas de colonne vertébrale !

Otis n'est pas comme tout le monde, d'accord. Mais c'est quand même un garçon, et pour ce qu'en sait Amber, un garçon qui aime les filles. Il parle le langage des garçons. Un langage qu'elle connaît. C'est son domaine d'excellence.

Les gens se comportent comme si c'était quelque chose de honteux. Mais au fond, tout le monde joue aux mêmes jeux.

Amber se penche pour prendre la télécommande sur la petite table. Au passage, elle presse ses seins contre son torse, juste un instant, juste assez longtemps pour qu'il ait un hoquet étranglé. Elle éteint la télé. Pose une main douce sur sa joue indemne.

– Ça fait mal ? susurre-t-elle.

Il ouvre la bouche, mais aucun son n'en sort. Il a les yeux écarquillés. Il en est toujours à essayer de comprendre ce qu'elle fabrique. Amber se dit qu'il ne doit pas avoir l'habitude des filles comme elle, des filles qui parlent le langage de son corps à lui, des filles qui savent ce qu'il veut.

Elle se colle contre lui. Elle sent le cœur d'Otis battre contre le sien. Elle a les lèvres tout près de son oreille, la main sur son genou, sa cuisse, à l'intérieur, plus haut. Elle sait exactement ce que veulent les garçons. Ce que veulent les hommes. Ce sont eux qui le lui ont appris.

– Stop, dit-il, en se levant d'un bond si vif qu'elle retombe en arrière sur le canapé. Qu'est-ce qui te prend ?

– Tu me plais, Otis. Et moi, je ne te plais pas ?

Elle tend les doigts vers lui mais il recule.

– Comme amie. Je t'aime bien comme amie. C'est tout.

– Je peux être plus qu'une amie.

– Je ne suis pas intéressé, Amber.

– Il n'y a rien de grave, Otis. Tu n'as pas besoin de dire que je suis ta copine ni rien. On peut s'amuser un peu, c'est tout. Passer un bon moment.

Il essaie de reculer encore, mais ses mollets heurtent la table basse. Il est coincé.

– Je suis amoureux de quelqu'un d'autre. Je ne veux pas coucher avec toi.

Amber aperçoit quelque chose de sombre dans ses yeux. Il la regarde comme elle ne l'aurait jamais cru capable de le faire : avec pitié.

– Et qui est la petite veinarde ?

Elle sent qu'elle se durcit. Elle sent qu'elle se retourne comme une médaille. Qu'elle est en train de devenir l'autre Amber – la garce, celle que tout le monde déteste.

– Erin DeLillo, dit-il sans sourciller.

– Tu plaisantes !

Elle pouffe de rire.

– Je suis on ne peut plus sérieux.

– Alors c'est ça, ton truc ? Il y a des mecs qui kiffent les gros nichons, d'autres les blacks. Toi, c'est les débiles.

– Je t'interdis de l'appeler comme ça. Elle est plus brillante que toi et moi réunis.

– Non, mais c'est cool. Je comprends. Je ne suis pas ton style. Tu ne peux la lever que pour les débiles.

– Mais ça va pas, la tête ?

Son expression rappelle à Amber qui elle est, qui elle a toujours été, qui elle sera toujours. Elle s'est trompée sur lui. Il n'a rien d'exceptionnel. Il est exactement comme les autres.

– Va-t'en, dit-il. Je veux que tu t'en ailles, tout de suite.

Elle éprouve une satisfaction nauséeuse en s'éloignant, la présence confortable de l'inévitable qui s'installe au fond de son estomac. L'univers est en ordre. Elle l'a fait tomber de son piédestal. Ce n'est pas un prince charmant. Il n'a rien de différent des autres, si nombreux soient-ils. Un de plus qui lui dit : « Ça va pas, la tête ? », qui la regarde avec dégoût et lui dit de s'en aller.

Amber ne prend pas la peine de refermer derrière elle. Elle marche droit devant elle même si elle ne sait pas où elle va.

Elle n'en revient pas d'avoir été aussi stupide. Quelle bêtise de croire que les choses pouvaient changer, de croire qu'Otis pouvait l'aimer, qu'elle pourrait un jour être amie avec ces filles, qu'il y avait une place pour elle dans leur club secret à la con. Merde à la gouine mexicaine et merde à la grosse Grace qui se croit si intelligente. Merde à Grace pour l'avoir attirée à cette réunion par la ruse. Merde à ces pouffiasses pour avoir démarré cette histoire.

Si les choses étaient restées comme elles étaient, Amber ne se serait jamais humiliée devant Otis. Elle n'y aurait même pas pensé une minute. Elle aurait simplement continué comme avant. Ce n'était peut-être pas parfait, ce n'était peut-être pas une vie formidable, mais au moins elle n'y pensait pas, au moins personne ne lui mentait, ne prétendait qu'elle méritait mieux. Amber n'aurait jamais dû avoir la bêtise d'y croire.

C'est ça, le pire. Se faire piéger à espérer, et se faire voler cet espoir.

C'est la faute de ces filles. Amber veut qu'elles souffrent. Elle veut qu'elles souffrent autant qu'elle-même. Et elle sait exactement quoi faire.

Grace.

Grace n'a pratiquement pu soutirer aucune information à Erin pendant le déjeuner, avant que le vigile ne les sépare. Une histoire de conversation surprise par Otis entre Spencer et Eric au QuickStop. Une histoire de fille à Fir City qui a besoin de leur aide.

Avant même qu'elle sache tout cela, alors qu'elle n'avait que le message nocturne d'Erin, elle a prévenu sa mère qu'elle aurait besoin de sa voiture après les cours pour aller donner un coup de main à une amie. Cela aurait été facile de tout lui dire à ce moment-là, de tout avouer, mais cela aurait fait de sa mère une complice. Cela l'aurait mise dans une position intenable. Donc, Grace l'a regardée bien en face et lui a dit qu'elle ne pouvait pas révéler pourquoi elle avait besoin de la voiture. « J'ai besoin que tu me fasses confiance », a-t-elle affirmé.

Sa mère l'a observée quelques instants au fond des yeux, puis a hoché la tête. Elle n'a pas posé de questions. Qui sait ce qui se passait dans sa tête, ce qu'elle s'imaginait que Grace pouvait faire? Aider quelqu'un à déménager? Conduire une amie à la clinique pour un avortement? Qu'est-ce qui pouvait être assez grave pour nécessiter le secret, mais aussi sa permission?

Mon Dieu, prie-t-elle, *faites que je ne trahisse pas sa confiance. Faites que ça en vaille la peine.*

C'est le milieu de la sixième heure et Grace ne tient pas en place sur sa chaise. Elle a demandé à aller aux toilettes et erre dans les couloirs avec à la main le laissez-passer du prof d'espagnol – un poulet en caoutchouc de cinquante centimètres de long, marqué *¡El pase de pasillo del Señor Barry!* au marqueur bleu.

Lorsqu'elle tourne dans le couloir principal, elle voit deux policiers franchir les portes avec tout leur attirail : gilets pare-balles, talkies-walkies, matraques, Tasers, pistolets. Pétrifiée, elle les voit entrer dans le bureau de l'administration. Aussitôt qu'ils ont disparu, elle presse le pas pour se rapprocher. Elle se colle au mur à côté de la porte ouverte, de manière à apercevoir le bureau de l'accueil sans être vue.

– Mon Dieu mon Dieu, dit Mme Poole. En quoi puis-je vous aider, messieurs?

– Nous recherchons trois élèves, madame, répond l'un d'eux. Rosina Suarez, Erin DeLillo et Grace Salter. Pourriez-vous les convoquer rapidement?

Grace craint un instant de vomir.

– Bien sûr, répond Mme Poole. J'appelle Mme Slatterly, la proviseure. Je devine de quoi il s'agit.

– Je n'en doute pas.

Jamais de sa vie Grace n'a couru si vite. Soudain, elle pèse vingt kilos de moins ; elle n'est plus que vitesse pure, le temps d'atteindre le labo de chimie où se trouve Rosina. Elle prend un instant pour se ressaisir et reprendre son souffle, pour retrouver au mieux son physique de fille invisible, puis jette le poulet en caoutchouc par terre, frappe et ouvre.

– Bonjour, monsieur? dit-elle, avec cette interrogation dans la voix qui exaspère Erin. Euh, Mme Slatterly veut voir Rosina Suarez tout de suite?

– Pourquoi est-ce que ça ne m'étonne pas? soupire le professeur. Suarez, vous avez entendu. Vous êtes demandée à l'administration.

Rosina se lève en affichant son assurance habituelle, mais avec un regard interrogateur qui ne s'adresse qu'à Grace.

– Il vaut mieux que tu prennes ton sac, précise cette dernière.

– Qu'est-ce qui se passe? demande Rosina aussitôt la porte refermée derrière elles.

– Il faut qu'on aille chercher Erin. Tu sais où elle est?

– Oui. Mais tu vas me dire pourquoi?

– Pas le temps, lâche Grace en se mettant à trottiner.

– Attends. On va sécher les cours? Je ne peux plus sécher. Il ne reste plus qu'une heure. Ça ne peut pas attendre une heure?

– Non. Il faut qu'on se tire. Crois-moi.

Rosina s'arrête.

– Je ne peux plus m'attirer le moindre ennui.

Grace se retourne.

– Rosina, la police est là. Elle nous cherche. Je te jure que sécher est le moindre de tes problèmes, là.

Les yeux de Rosina s'agrandissent.

– Oh putain de bordel de merde.

Elles partent en courant.

Rosina va chercher Erin dans sa classe pendant que Grace se hâte de retourner en espagnol.

– Il faut que je parte, Señor, lâche-t-elle, pantelante, en prenant son sac à dos. C'est une urgence.

– *¡En español!* s'impatiente le prof.

– *¡Adíos!* lance-t-elle en filant vers la sortie.

Avant que la porte se referme, elle entend M. Barry demander *¿Dónde está mi pase de pasillo?*

– Je suis morte, dit Rosina lorsque Grace les retrouve, Erin et elle, dans le parking. C'est fini pour moi. À dater de maintenant, il y a toutes les chances pour que je sois SDF.

– Vous avez lu vos dossiers? demande Erin pendant qu'elles montent en voiture.

– Attends, dit cette dernière. D'abord, il faut que tu me dises exactement ce qui s'est passé.

Pendant qu'elles sortent de Prescott, Erin leur raconte, avec un luxe de détails exaspérant, la visite d'Otis chez elle, ce qu'il a dit avoir entendu, ce qu'Eric lui a fait. Ensuite, Rosina et Grace restent sans voix pendant un long moment. Ce qu'elles sont sur le point de faire leur apparaît peu à peu : elles sont parties pour aller essayer d'aider une fille que Spencer et Eric ont violée, une fille en chair et en os, qui est là en ce moment, qui souffre en ce moment. Pas Lucy. Pas quelqu'un qui est déjà loin. Pas quelqu'un d'hypothétique. Cette fois, c'est quelqu'un qu'elles vont devoir regarder dans les yeux, quelqu'un pour qui elles prennent une responsabilité. Si elles ne font pas ça bien, elles risquent de lui faire du mal, elles aussi.

– C'est trop, finit par dire Rosina. Je ne peux pas.

– Qu'est-ce que tu racontes ? demande Grace. C'est notre chance de coincer ces connards. On a enfin une preuve.

– Cette fille n'est pas une *preuve*. C'est une personne. Une personne qui vient d'être victime d'un viol, bon Dieu. Et si elle ne veut pas entendre parler de nous ? On ne peut pas l'obliger à parler aux flics. On ne la connaît même pas. Et si elle ne veut même pas de notre aide ?

– Mais si elle en veut ? intervient Erin d'une petite voix depuis la banquette arrière. Peut-être qu'elle est toute seule en ce moment. Peut-être qu'elle a peur et qu'elle croit qu'il n'y a personne pour l'aider. Peut-être qu'elle nous attend.

Le silence se fait dans la voiture. Au bout d'un moment, Rosina se retourne face à Erin. Grace ne voit pas ce qui se passe entre elles, mais elle le sent.

Finalement, Erin reprend la parole.

– Il faut au moins qu'on lui fasse savoir qu'on est là, qu'on lui dise qu'on la croit. Il faut qu'elle sache qu'il y a des gens de son côté. Ensuite, elle pourra décider de ce qu'elle veut faire.

Erin.

Il y a exactement quarante-deux minutes de route entre le lycée de Prescott et la ville de Cheyenne, Fir City, qui fait à peu près la moitié de la taille de Prescott.

– Nous v'là dans l'comté, crévindieu ! lance Rosina avec un faux accent péquenot.

Erin déteste quand elle fait ça.

Le ciel est gris et bas. Erin se rappelle avoir lu quelque part que la vallée de la Willamette était un des pires endroits au monde pour les gens qui souffrent de migraines chroniques, à cause de sa pression atmosphérique particulière. Elle aimerait en savoir davantage sur la pression atmosphérique. Elle se demande, si elle avait grandi là et non au bord de la mer, si elle se passionnerait pour la météo à la place de la biologie marine.

Rosina leur rappelle qu'elles entrent dans le pays des suprématistes blancs.

– C'est là que vivent tous les siphonnés survivalistes, prévient-elle. Avec leurs fusils automatiques.

Pendant le trajet, Erin soumet Rosina et Grace à une véritable interro sur les instructions qu'elle a préparées concernant la meilleure manière de s'adresser à une victime de viol. Elle leur fait moyennement confiance pour avoir bien intégré les principaux points – ne pas la pousser à partager quelque chose qui la gêne, ne pas la critiquer ni la juger, ne pas trop s'émouvoir, ne pas la toucher, ne pas essayer de la réparer, ne pas tout ramener à soi et à son propre vécu, ne pas lui dire quoi faire, ne pas la pousser à témoigner si elle ne le souhaite pas.

– Et si on en oublie un ? demande Rosina. Ça ne risque pas de la foutre en l'air à vie ? Le fait qu'on ne sache pas du tout ce qu'on fait ne va pas ajouter à son traumatisme ? Et si on aggrave sa situation ? Les filles, je me sens incapable de faire ça.

– Bien sûr que si, dit Grace.

– C'est pas toi, en principe, la courageuse ? demande Erin.

C'est toujours Rosina qui a du cran. C'est toujours elle qui sait exactement quoi faire.

– Mais non, dit-elle. C'est une façade. Ça a toujours été une façade.

Erin se demande ce qui lui prend, pourquoi elle se ressemble si peu ces derniers temps. Cette histoire de Filles de Nulle Part a tout bouleversé, les a transformées en leur contraire – Rosina se dégonfle, Grace s'enhardit, et Erin sèche les cours pour faire quelque chose de spontané et potentiellement dangereux sans que ça l'angoisse plus que ça. Elle n'a pas compté à rebours une seule fois de la journée.

– Mais c'est exactement ça, le courage, dit Grace. Faire quelque chose qui te fout la trouille.

– Ça a l'air facile quand tu en parles. Tu sais qu'il y a des gens par ici qui ont envie de me tirer une balle, hein ? Allô ? Je suis latina *et* lesbienne !

– On est presque arrivées.

Grace s'engage dans une impasse bordée de petites maisons basses.

– Ça devrait être sur la gauche. Là. La blanche.

Elle se gare devant la maison et coupe le moteur. Personne ne bouge.

– Et maintenant, qu'est-ce qu'on fait ? demande Rosina.

– Elle n'est sans doute pas encore rentrée du lycée, dit Grace. Est-ce qu'on attend ici jusqu'à ce qu'on la voie ?

– Ça fait bizarre, dit Rosina. Comme si on l'espionnait.

– Je crois qu'on est au-delà de ça, commente Erin.

Rosina se retourne pour la regarder.

– Comment ça se fait que tu sois aussi calme, toi ?

Erin hausse les épaules.

– Faut y aller maintenant, dit-elle. Au cas où Cheyenne serait déjà chez elle.

– Mais qu'est-ce qu'on va lui dire ?

– Mon ancien ergothérapeute conseillait de commencer par « bonjour ».

– Tu essaies de faire des blagues, Erin ? Ce n'est vraiment pas le moment.

– Je pense que Grace devrait parler en premier. Vu que c'est elle la plus gentille et que c'est elle qui a l'apparence la plus normale.

– D'accord, dit Grace en ouvrant la portière. Allons-y.

– Quoi ? fait Rosina. Tout de suite ? Mais on n'a rien prévu ! Grace, qu'est-ce que tu vas dire ?

– On s'est préparées autant qu'on pouvait. Maintenant, il n'y a plus qu'à espérer que les mots viendront tout seuls.

– C'est un de tes trucs religieux ? Parce que vraiment, je ne crois pas pouvoir gérer, là.

Sans répondre, Grace descend de voiture et referme la portière. Décidée. Sûre d'elle. Erin se dit qu'elle aime mieux cette nouvelle Grace que l'ancienne tout compte fait.

Les trois filles convergent vers le perron et, sans se consulter, se placent face à face.

– Vous savez que le triangle est la forme géométrique la plus solide de la nature ? demande Erin.

Elles se regardent dans les yeux, l'une après l'autre. Elles respirent. Déglutissent. Pivotent vers la porte. Grace appuie sur la sonnette. Elles attendent en retenant leur souffle.

Un bruit de pas. De verrous qui tournent. La porte qui s'entrouvre en grinçant, juste assez pour révéler une tête de fille.

– C'est pour quoi ? demande-t-elle.

Sa voix est tremblante. Elle a déjà peur.

– Cheyenne ? demande Grace avec douceur.

– Oui.

– Bonjour, je m'appelle Grace. Je suis venue avec mes amies Erin et Rosina. On est au lycée de Prescott.

La porte s'ouvre un peu plus. Cheyenne sort la tête – teint pâle et taches de rousseur, cheveux longs blond-roux, bouclés. Ses yeux bleus sont bordés de rouge. Hantés. Elle regarde longuement chacune des filles.

– Je ne sais pas bien comment te dire ça... continue Grace. On est venues parce que... euh...

– On s'est dit que tu aurais peut-être besoin de notre aide, enchaîne Rosina en s'avançant.

Soudain, une vague de compréhension passe dans les yeux de Cheyenne, puis elle a un frisson de surprise. Elle ouvre la porte encore un peu plus grand.

– Un de nos amis a surpris une conversation entre deux garçons, explique Grace. Des mecs dont on sait qu'ils ont déjà fait du mal à des filles. Ils ont mentionné ton nom. Ils parlaient d'une chose qu'ils ont faite. Une chose horrible.

Erin tâche de se cacher derrière Rosina. Son calme l'a abandonnée. D'un seul coup, elle a envie de courir se réfugier dans la voiture. Elle voudrait se rouler en boule sur la banquette arrière où elle se sentait protégée il y a encore quelques instants, verrouiller les portières et attendre que tout soit terminé.

Les yeux de Cheyenne passent rapidement de l'une à l'autre. Erin connaît ce regard. Elle connaît cette panique.

– On est désolées pour ce qui s'est passé, dit Grace. On veut t'aider. On veut te soutenir de toutes les manières possibles.

– Tout Prescott est au courant, alors ? demande la fille avec colère. Combien de personnes ?

– Rien que nous. Les mecs ne savent pas qu'on sait.

Cheyenne inspire profondément.

– C'est incroyable, cette histoire. (Elle ferme un instant les yeux.) Bah, autant vous laisser entrer, après tout.

– Tu n'es pas obligée, précise Grace.

Cheyenne la regarde dans les yeux.

– J'en ai envie, dit-elle tout bas, d'une voix presque inaudible.

Elle se retourne, et les autres la suivent à l'intérieur.

Erin trouve que le salon ressemble à un endroit où il n'arrive que des choses agréables. Pas ça.

– Bon, ben asseyez-vous, dit Cheyenne en se lovant dans un fauteuil déjà muni d'un plaid, avec une tasse et une assiette pleine de miettes sur la petite table à côté.

Grace et Rosina s'assoient sur le canapé et Erin prend l'autre fauteuil, dont les accoudoirs sont assez hauts pour que Cheyenne ne la voie pas se frotter les mains.

– Alors, comment est-ce que vous comptez m'aider ? demande Cheyenne.

– Ça dépend de toi, répond Grace. Déjà, on peut t'écouter. Tu n'es pas obligée de tout garder pour toi.

Cheyenne les observe tour à tour. Erin, très attentive, voit ses traits s'adoucir. Elle voit en direct l'instant où Cheyenne décide de leur accorder sa confiance.

– Ça s'est passé samedi soir. Je suis rentrée chez moi dimanche matin à l'aube, avant que mes parents se réveillent. Ils n'ont même pas su que j'avais dépassé ma permission de minuit. J'ai dormi presque toute la journée hier, et en me réveillant j'ai dit à ma mère que j'avais de la fièvre. Elle m'a permis de rester à la maison aujourd'hui.

– Tes parents ne sont pas au courant? demande Rosina.

Cheyenne fait non de la tête.

– Je voulais en parler à quelqu'un. À ma mère, ou à la psychologue scolaire, je ne sais pas. Mais je ne voyais pas comment m'y prendre. J'attendais d'avoir envie d'en parler. Mais ça n'est pas venu.

– Tu veux en parler maintenant? Avec nous? suggère Grace.

– Ben voyons! ajoute Rosina. Ça te dit de raconter quelque chose d'hyper intime et flippant à trois inconnues qui viennent de débarquer chez toi?

– Franchement, je crois que c'est plus facile. Parce que, je ne sais pas, je n'ai pas à m'inquiéter de vos réactions. Je n'ai pas à me demander comment ça va vous affecter.

À ce moment-là, un sourire plisse légèrement ses paupières.

– Et puis, vous êtes les Filles de Nulle Part, non? Donc je sais que je peux vous faire confiance.

– Comment tu sais ça? s'étonne Grace.

– Tu as entendu parler de nous? demande Rosina.

– Bien sûr. Tout le monde a entendu parler de vous. Vous êtes comme des super-héroïnes!

– Wouah, souffle Grace, et Erin voit bien qu'elle essaie de dissimuler son plaisir.

– Je ne connais même pas leurs noms, continue Cheyenne.

– Nous si, dit Rosina.

– Je ne veux pas savoir. Ne me dites rien, s'il vous plaît.

Erin se demande si Rosina avait raison : elles n'ont peut-être rien à faire là. Elles ne devraient peut-être pas inciter Cheyenne à parler. Ce n'est peut-être pas toujours une bonne idée. Tout le monde vous dit toujours : « Il faut en parler. » Mais si parler fait mal? Si ça fait plus de mal que de bien? Si ça vous fait juste revivre le moment, encore et toujours? Si ça alimente la douleur?

À moins qu'en parler épuise la peine, au contraire. C'est la théorie, en tout cas. Mais a-t-elle jamais été scientifiquement prouvée, cette théorie? Les souvenirs ont-ils une demi-vie, comme le carbone? Rétrécissent-ils avec le temps jusqu'à devenir minuscules, microscopiques? Peut-on se délester d'un poids en le partageant?

Erin ne connaît pas les réponses à ces questions. Et elle déteste ne pas savoir. Elle déteste voir cette fille en pleine souffrance et ne pas savoir comment arranger ça, mais aussi ne pas savoir comment fuir, comment cesser de s'en soucier. Elle est impuissante, et elle déteste ça.

Elle déteste cette impression d'être broyée par le monde. Elle déteste le fait que des métaphores soient le meilleur moyen de la décrire.

Cheyenne prend sa respiration.

– J'étais à une soirée. Invitée par une camarade de classe. Comme je viens d'emménager ici, je ne connais pas grand monde. J'y suis allée en me disant que ce serait un bon moyen de rencontrer des gens, de me faire des amis.

Ses traits se chiffonnent.

– L'ironie du sort, hein? Bref, il y avait du punch, et comme on ne sentait même pas le goût de l'alcool dedans, je n'avais aucune idée de la quantité que je buvais. Je suis restée dans un coin, sans parler à personne, comme une idiote avec mon gobelet en plastique, et je buvais parce que je n'avais rien d'autre à faire. J'étais super mal à l'aise. Et puis trois mecs trop mignons sont venus discuter avec moi. Ça m'a fait plaisir, vous voyez?

– Tu te rappelles ce qui s'est passé? demande Rosina.

– Bien sûr que je me rappelle. Je me souviens de tout. Je n'étais pas ivre *à ce point*, quand même. Malheureusement. Si c'était le cas, au moins j'aurais une excuse.

– Une excuse pour quoi? s'enquiert Grace.

– Pour n'avoir rien fait.

Sa main agrippe le bras de son fauteuil. Elle ferme les yeux, fort, et remonte ses genoux vers sa poitrine sous son plaid.

– Peut-être que j'aurais pu me défendre. Que j'aurais pu crier. Mais j'étais comme paralysée. Je suis restée allongée sans rien faire. Je ne pouvais pas bouger. J'ai tout vu. J'ai tout *senti*.

Elle tremble, à présent. Erin détourne les yeux et tâche de se concentrer sur le rythme de son balancement. Il lui semble qu'elle doit trembler aussi. Elle ne voit plus la limite entre les sentiments de Cheyenne et les siens.

Elle pense à Spot. Elle pense à ce qu'il fait quand elle tremble, quand elle se sent comme Cheyenne maintenant. Spot posant sa tête chaude et velue sur sa main. Son haleine sur ses doigts. Alors, elle se lève, traverse la pièce, s'agenouille par terre et pose la main sur celle de Cheyenne. Elle pense à ce qu'elle aurait voulu entendre si quelqu'un était venu à son aide.

– Respire, dit-elle.

Et Cheyenne respire. Et Erin respire avec elle. Leurs doigts s'entrelacent. Elles se tiennent par les mains. Erin sait qu'elle enfreint la règle de ne pas la toucher. Elles inspirent. Elles expirent. Erin se demande comment elle peut sentir les larmes de Cheyenne sur ses joues, mais se rend compte ensuite que ce sont les siennes.

– Ce n'est pas ta faute, dit-elle. Tu n'as rien fait de mal.

– Mais peut-être que j'aurais pu réagir, insiste Cheyenne. J'aurais pu les arrêter. Si je m'étais débattue. Je ne me suis même pas débattue.

– Tu n'avais pas à le faire, dit Rosina. On ne devrait jamais être mises en situation de se battre pour repousser quelqu'un.

– Merde, dit Cheyenne en se cachant la figure dans ses mains. Je les sens encore sur moi. Leur poids. Ils étaient tellement lourds ! Je sens aussi leur odeur. Leur sueur. La bière dans leur haleine. (Elle parle entre ses doigts.) Quand ils me soufflaient dans le cou, c'était mouillé.

Elle pose une main au creux de son cou, comme pour couvrir ce souvenir sur sa peau.

Erin s'appuie contre sa jambe. Tout son flanc droit est en contact avec un autre être humain, et elle ne panique pas pour autant. Elle ne pense plus du tout à elle-même.

Cheyenne laisse retomber ses mains sur ses genoux. Les lèvres serrées, elle se redresse un peu.

– Je savais que j'aurais dû aller directement chez les flics. C'est ce qu'ils disent toujours à la télé. Mais j'étais tellement crevée... Tout ce que je voulais, c'était prendre une douche. J'en avais besoin. Ça ne peut pas se décrire. Je me foutais de les dénoncer, je me foutais de la justice, de tout ça. Je me foutais complètement d'eux. Je voulais juste dormir. Je voulais juste que ça soit derrière moi. Je voulais juste que ça s'en aille. Je venais déjà d'y penser pendant tout le temps où ça s'était passé, alors là je ne voulais plus y penser. (Elle relève la tête.) Désolée. J'aurais dû prévenir quelqu'un. Je n'aurais pas dû attendre si longtemps.

– Tu n'as pas à t'excuser, répète Grace. Tu n'as rien fait de mal.

– Ils étaient tellement sympas, pendant la fête ! dit Cheyenne en secouant la tête. Ils m'ont posé plein de questions sur moi, comme si ça les intéressait et tout. Et puis quand je me suis rendu compte que j'avais trop bu, je l'ai dit. Je m'en souviens. J'ai fait : « Eh les mecs, je suis torchée!» en me marrant, et là ils se sont regardés, comme s'ils se donnaient un signal, comme si c'était exactement ce qu'ils attendaient. J'aurais dû comprendre, à ce moment-là. Je n'aurais pas dû les suivre dehors. Quelle idiote! Ils m'ont dit qu'ils me raccompagnaient à ma voiture et qu'ils allaient me reconduire chez moi parce que je n'étais pas en état de prendre le volant. J'ai trouvé ça super gentil. Je croyais qu'ils voulaient m'aider!

«J'ai compris trop tard qu'il y avait quelque chose qui ne tournait pas rond. On était dehors. J'ai tendu mes clés de voiture à l'un d'entre eux. Il a ouvert la portière arrière et m'a dit de monter. C'était le plus âgé, et c'était lui le chef, clairement. Sa voix n'était plus sympa du tout. Il a dit quoi faire aux autres.

– Tu veux faire une pause? lui demande Grace. Tu n'es pas obligée de tout nous raconter en détail, si c'est trop dur.

La manière de Cheyenne de secouer la tête rappelle à Erin la manière dont sa mère secoue le tapis de la cuisine. Comme pour en extirper toute la crasse.

– Finalement, ils n'ont été que deux à le faire. Le troisième s'est tiré. Celui qui avait un bouc, je me rappelle. Je l'ai entendu gerber dans les buissons pendant que ça se passait.

– Mon Dieu, souffle Rosina.

– Je n'ai pas touché à ma voiture depuis que je suis rentrée ce matin-là. Je ne veux plus y mettre les pieds. Oh non, il doit encore y avoir leurs foutues capotes par terre. Comment est-ce qu'on peut faire ça ? Violer quelqu'un avec une capote et la laisser traîner comme ça ? Soit ils sont complètement abrutis, soit ils sont tellement arrogants qu'ils sont sûrs de ne jamais se faire prendre.

Cheyenne se tait abruptement. Elle pâlit, son teint vire au grisâtre. Elle se couvre la bouche, rejette le plaid de ses genoux et se lève.

– Pardon, marmonne-t-elle avant de partir en courant s'enfermer dans une pièce au fond du couloir.

Erin se remet debout et regagne son fauteuil. Elle s'efforce de ne pas entendre Cheyenne vomir dans les toilettes.

Elle a les nerfs à vif. C'est douloureux à un point presque insoutenable – se soucier de l'autre, se rappeler. Lâcher prise. Laisser le monde repartir vers les endroits qu'on avait verrouillés à grand-peine.

– Les filles, chuchote Rosina. Qu'est-ce qu'on fait là ? Qu'est-ce qu'on est en train de lui faire, à cette pauvre fille ?

– Comment ça ? demande Grace. On l'aide !

– On l'aide tellement qu'elle est aux chiottes en train de dégobiller. Tu trouves que ça aide, ça ?

– C'est elle qui a choisi de nous parler, Rosina. On ne l'oblige à rien.

– Ça, on n'en sait rien. Elle a peut-être eu peur de nous dire non. Elle est peut-être tellement sous le choc qu'elle n'a pas les idées claires. Nous, ce qu'on veut, c'est coincer ces mecs, mais on ne pense pas à l'intérêt de Cheyenne. Peut-être qu'on est en train de profiter d'elle.

– Non, vous ne profitez pas de moi, lance Cheyenne depuis le couloir. Je veux parler. (Elle regagne son fauteuil et se rassoit.) Je veux choper ces mecs autant que vous.

– D'accord, dit Rosina.

– Ma voiture est pleine de preuves.

Quelque chose a changé chez elle. Tout à coup, on dirait qu'elle préside une réunion d'affaires, et pas qu'elle parle de son viol.

– Des empreintes digitales. Les capotes. De l'ADN en pagaille. (Elle marque une pause. Avale sa salive.) J'ai des bleus partout.

Personne ne dit rien. Erin sait que c'est parce qu'il y a trop de choses à ressentir et pas assez de mots pour les décrire. Le dégoût. L'horreur. Mais aussi le frémissement d'espoir que Cheyenne les aide à enfin faire coffrer les coupables.

– Tu crois que tu pourrais les identifier? demande Grace. Genre parmi d'autres types, au commissariat?

– Oui. Sans aucun doute.

Erin ouvre son sac à dos et en sort l'album souvenir du lycée, celui de l'an dernier, que sa mère a tenu à acheter alors qu'Erin savait bien qu'elle ne le ferait signer par personne. Elle l'ouvre à peu près au milieu : une demi-page consacrée à Spencer, Eric et Ennis, les trois rois du lycée, enlacés par les épaules et souriant comme si le monde leur appartenait. Elle retraverse la pièce à pas lents et prudents, l'album ouvert dans les mains, comme un cadeau, une offrande.

Cheyenne tressaille et détourne les yeux.

– C'est bon, tu peux le refermer.

– C'est bien eux ? demande Grace.

Elle fait oui de la tête, baisse les yeux vers ses genoux. Elle triture un accroc dans son plaid.

Puis tout à coup, elle relève la tête, les yeux écarquillés.

– Oh merde. Ce sont les mêmes qui ont violé cette fille, l'an dernier ?

– Oui.

– Évidemment. Purée, je n'en reviens pas que ça ne m'ait pas traversé l'esprit. C'est pas tordu, ça ? (Elle émet une sorte de rire, qui est aussi le contraire d'un rire.) J'ai supposé que c'étaient d'autres mecs, sans aucun rapport. Comme si tout le monde faisait ça. Comme si c'était courant.

– Ça l'est quand même, lâche Rosina. C'est bien trop courant.

– Il faut qu'on les empêche de recommencer, affirme Cheyenne. Il faut que *je* les empêche. Il faut que j'aille parler aux flics.

Elle se lève, repousse ses cheveux derrière ses oreilles.

– Tu es sûre ? demande Rosina. Ta vie va être complètement bouleversée. Les gens sauront. Tes parents, ton lycée. Ça passera sans doute aux infos.

– Mais qu'est-ce que tu veux que je fasse ? Que je reste les bras croisés, à essayer d'oublier ? Que je garde ça en moi toute ma vie, sans rien faire pour que ça ne se reproduise pas ? Si je ne fais rien, ils vont continuer à violer d'autres filles. Et il faudra que je vive à jamais avec ça. Il faut qu'ils finissent en taule !

– Mais il y a des chances pour qu'ils n'y aillent pas. Il y a des chances pour qu'ils s'en sortent sans être inquiétés, comme la dernière fois.

– Je sais, dit Cheyenne. Mais il faut au moins que j'essaie. Il faut que je me batte. Je veux prévenir les flics. Tout de suite.

– On va t'emmener, dit Erin, dont la voix résonne étrangement dans cette pièce qui l'a à peine entendue. On restera avec toi le temps qu'il faudra.

– Merci, dit Cheyenne en la regardant au fond des yeux. Merci.

Rosina.

Personne ne dit grand-chose sur le trajet vers le commissariat. Grace a demandé à Cheyenne si elle voulait appeler ses parents, mais celle-ci a répondu qu'elle ne voulait pas les impliquer avant d'avoir raconté son histoire aux flics. Grace doit trouver ça fou, mais Rosina comprend. Elle ne veut pas que la peur de ses parents barre la route à son courage.

Erin est à l'avant avec Grace. Rosina jette sans cesse des coups d'œil discrets à Cheyenne. Elle ne veut pas que la fille sache qu'elle la regarde. Cheyenne est tellement immobile, tellement détachée. Elles traversent des terres agricoles, un paysage entièrement plat et vide jusqu'au pied des montagnes, à des kilomètres au loin. Le ciel s'est dégagé et le soleil de la fin d'après-midi réchauffe la peau de Cheyenne d'une lueur orangée. Rosina se demande : si elle avait rencontré Cheyenne avant ces événements, remarquerait-elle quelque chose de changé? Elle se demande si le viol se voit sur la figure.

– Quelqu'un veut écouter de la musique? propose Grace.

– Pas la tienne, répond Rosina. Sans vouloir te vexer.

Grace a les pires goûts du monde en musique. À presque dix-sept ans, elle écoute encore des boys bands.

– Il y a un commissariat à Fir City? demande Erin.

– Non, répond Cheyenne d'une voix impassible. Il faut qu'on aille chez le shérif du comté. Le poste est un peu plus loin sur cette route, à environ trois kilomètres.

Elles roulent en silence. Les mains de Grace sont impeccablement placées à deux heures et dix heures sur le volant. Erin, le dos droit, regarde par la fenêtre, sans doute en pensant que tout ce paysage était sous l'eau autrefois, et qu'il y a des fossiles de coquillages et de poissons sous l'herbe et les bouses de vache.

– Je ne vais pas craquer, vous savez, annonce soudain Cheyenne. Je ne suis pas comme l'autre fille. On m'a raconté qu'elle avait pété les plombs, qu'elle avait dû quitter le lycée et tout. Il paraît qu'elle s'est complètement effondrée. Moi, je ne serai pas comme ça. Je ne les laisserai pas foutre ma vie en l'air.

– Lucy ne les a pas *laissés* foutre sa vie en l'air, objecte Rosina. Ils l'ont fait, c'est tout. Ça n'a pas été un choix de sa part.

Cela sort bien plus durement qu'elle ne l'aurait voulu.

– Je sais, dit Cheyenne. Mais je serai forte. Je ne vais même plus pleurer. C'est terminé. Ces enfoirés ne m'auront pas.

Elle regarde à travers la vitre, la mâchoire si serrée que Rosina voit des muscles bouger dans son cou.

– C'est vraiment super de votre part, d'être venues m'aider comme ça, reprend-elle. Ne le prenez pas mal, mais je ne pense pas que vous puissiez vraiment avoir un avis sur ce que je suis censée ressentir en ce moment. Je veux dire, vous avez déjà été violées, vous ?

Erin sursaute.

– Mes recherches sur la meilleure manière de s'adresser à une victime de viol montrent que ceux qui essaient d'aider ne doivent pas partager leur propre expérience, parce que ça vole la vedette à la victime et que ça rabaisse ce qu'elle a vécu.

– N'importe quoi, lâche Cheyenne. Je suis la victime et j'ai envie de savoir.

– Moi, ça ne m'est jamais arrivé, dit Grace à voix très basse.

Les jointures de ses doigts sont blanches sur le volant.

– À moi non plus, dit Rosina.

Erin reste muette. Rosina se sent comme éjectée de la voiture, comme si elle tombait, comme si tout son air était aspiré et qu'elle se retrouvait dans le vide, sans rien à respirer.

– Erin ? demande Cheyenne. Toi oui ?

Erin croise les bras.

– Je n'ai jamais pleuré là-dessus non plus. J'ai passé les trois dernières années à ne pas pleurer là-dessus.

Avec le recul, je ne suis pas sûre que ce soit la meilleure approche.

– Oh, Erin, souffle Grace.

Rosina entend les larmes qui montent déjà dans sa voix.

– Parfois, ne pas pleurer est pire que pleurer, ajoute Erin.

– Qu'est-ce qui s'est passé ? demande Grace.

Rosina sait qu'elle est déjà en larmes, même si elle ne la voit pas depuis la banquette arrière. Grace pleure assez pour elles toutes.

– Il ne faut pas pousser les victimes à donner des détails. Et surtout pas flipper encore plus qu'elles.

– C'est plus fort que moi ! clame Grace, qui sanglote carrément, maintenant.

Rosina, pour sa part, est contente qu'elle étale ainsi ses émotions. Cela détourne l'attention d'elle-même ; personne ne voit ses tics nerveux, ses lèvres qui se serrent.

– Ça va, Grace ? demande Cheyenne. Tu veux qu'on s'arrête ?

– Oh, Seigneur, renifle Grace. C'est toi qui me demandes comment je vais ? Mais *toi*, comment ça va ?

– Je n'ai pas envie de parler de moi, là. Je vais déjà le faire assez dans quelques minutes.

– Moi non plus, je ne veux pas parler de moi, précise Erin.

– Pardon, dit Grace. Je suis vraiment désolée.

Elle parvient à se ressaisir sur le dernier kilomètre.

– On y est presque, dit-elle lorsqu'un petit groupe de bâtiments apparaît un peu plus loin. Tu es prête, Cheyenne ?

– Autant que je peux l'être.

Le bureau du shérif du comté se trouve dans une ville encore plus petite que Fir City. La rue principale ne compte que quelques édifices. Grace se gare sur le gravier du parking presque désert. Elle coupe le moteur. Personne ne bouge.

– C'est bien réel, commente Cheyenne. Je vais vraiment le faire. Merde, les filles. J'ai la trouille.

– Et tu as raison, répond Erin en se retournant vers elle. Ça va être très dur.

– Euh, Erin ? fait Grace.

– Tu ne m'as pas laissée finir. Ce que j'allais dire, c'est que ça va être très dur, mais rien ne sera jamais aussi dur que cette nuit-là. Tu as déjà survécu à ça. Maintenant, tu peux survivre à tout.

Quelqu'un d'autre que Rosina, pleine d'amour pour son amie à cet instant-là, aurait sans doute envie de prendre Erin dans ses bras et de ne jamais la lâcher. Mais Rosina ne fait pas les choses ainsi. Elle regarde par la fenêtre et frotte son nez, qui est un peu mouillé, mais bien sûr ce ne sont pas des larmes.

– OK, dit Cheyenne. C'est parti.

À l'intérieur, le poste de police est presque identique au commissariat de Prescott : les mêmes murs beiges, la même poignée de bureaux pour la plupart inoccupés derrière un long comptoir.

– Bonjour jeunes filles ! leur lance le shérif adjoint à l'accueil. Qu'est-ce qu'on peut faire pour vous ?

– Euh, fait Cheyenne. Est-ce qu'il y a une policière à qui je pourrais parler ?

Les traits de l'adjoint s'adoucissent.

– Désolé, dit-il, visiblement sincère. Malheureusement, on n'a pas beaucoup d'effectifs féminins en ce moment. (Il leur lance un sourire chaleureux.) Et si vous parliez au shérif ? Il est dans son bureau. Je vous promets qu'il est très gentil. Il a des jumelles qui ont presque votre âge. Enfin, elles doivent avoir douze ans, maintenant. Il les aime plus que la vie elle-même.

C'est vers Erin que Cheyenne tourne maintenant les yeux. Une sorte de message muet passe entre elles deux. Erin hoche la tête. Cheyenne inspire un grand coup.

– D'accord. J'aimerais parler au shérif.

– On va rester là jusqu'à ce que tu aies fini, dit Grace.

– Vous n'êtes pas obligées, vous savez.

– Mais si, dit Rosina.

Erin, Grace et Rosina restent assises pendant ce qui leur paraît plusieurs heures, alors qu'il ne s'écoule que trois quarts d'heure. Erin en profite pour faire ses devoirs, Rosina évite plusieurs appels de sa mère, et Grace passe le plus clair de ce temps aux toilettes, sans doute pour leur épargner le reste de son craquage nerveux – c'est du moins ce que soupçonne Rosina.

– Vous savez quoi ? demande cette dernière. Ça va vous paraître affreux, mais je ne peux pas m'empêcher de me dire que c'est peut-être une bonne chose que

Cheyenne vienne d'emménager ici. Elle n'était pas là pour voir ce qui est arrivé à Lucy quand elle a signalé son viol. Elle n'a aucune raison de penser qu'on ne la croira pas.

– J'espère qu'elle a raison, murmure Grace. Je prie pour ça depuis qu'on est arrivées ici.

C'était donc ça, qu'elle faisait aux toilettes. Pour une fois, Rosina ne la prend pas pour une folle. Peut-être qu'elle s'est habituée à ses bizarreries religieuses. Ou peut-être que Grace essaie de la convertir en secret depuis le début, et que briser sa résistance fait partie du plan.

Ou peut-être que, tout au fond, Rosina aimerait croire en quelque chose. Peut-être qu'elle regrette de ne pas avoir un dieu à prier en ce moment, comme Grace.

– Et si on est en train de la mettre en position de devenir une nouvelle Lucy ? s'inquiète-t-elle. Une fois que ça se saura, est-ce que Cheyenne sera broyée comme elle ? Est-ce qu'on ne va pas lui gâcher la vie encore plus que ces enfoirés ?

– On est en train de bien agir, la rassure Grace. Cheyenne est en train de faire ce qu'il faut.

– Et depuis quand ça compte pour quelque chose ?

– Depuis qu'on a fait en sorte que ça compte, intervient Erin en relevant le nez de son livre.

Pitié, pense Rosina. *Aidez-la.*

Est-ce la même chose que prier ?

Je vous en prie, aidez-nous.

La porte du shérif se rouvre. Les filles se lèvent en voyant Cheyenne sortir. Son expression est indéchiffrable. Elle a l'air fatiguée, mais pas détruite. Elle sourit faiblement à ses amies tandis qu'un homme de grande taille aux épaules larges sort du bureau avec elle. Il ressemble à un papa. Un bon papa.

– Quand ta mère arrivera, dit-il avec douceur, il faudra qu'on parle tous ensemble de la suite, mais je suppose que tu as envie de prendre un peu l'air. Je sais que moi, oui.

Il sourit à Cheyenne. Petite fille, Rosina imaginait que son père lui sourirait ainsi, s'il était encore en vie. Quelque chose en elle se serre.

– Ce sont les amies qui t'ont aidée aujourd'hui? demande le shérif en les regardant.

Rosina se demande si elle doit s'inquiéter. Va-t-il parler au chef Delaney? Et celui-ci va-t-il lui révéler qu'elles sont en secret les meneuses des Filles de Nulle Part?

– Oui, répond Cheyenne. Je n'aurais jamais pu faire ça sans elles.

– C'est bien d'avoir de telles amies, commente-t-il.

Mais Rosina n'est pas entièrement sûre de le croire, même après que Cheyenne leur a abondamment assuré qu'elle voulait lui parler. Car chaque pas en avant qu'elles font les éloigne de l'époque où il ne s'était encore rien passé.

Rosina surprend Erin à la regarder de travers.

– Quoi?

– Arrête de t'inquiéter. Je vois bien que tu t'inquiètes.

Elle éclate de rire.

– C'est toi qui me dis ça ! C'est hilarant.

À ce moment-là, quelqu'un arrive. Une version plus âgée de Cheyenne entre dans le poste de police en tenue d'infirmière, repère sa fille derrière le comptoir de l'accueil, et elles se tombent dans les bras. Rosina est gênée d'assister à cette scène. Quelque chose d'aussi intime, d'aussi primal qu'une mère berçant son enfant blessée.

Son téléphone vibre : encore un appel de Mami.

Elle se demande : et si c'était elle ? Si la mère de Cheyenne était remplacée par la sienne ? Serait-elle ici, à la tenir ainsi dans ses bras ? Serait-ce sa première réaction à la nouvelle de l'agression de sa fille ? Câlinerait-elle Rosina ainsi, l'aimerait-elle ainsi, avant de poser la moindre question, quoi qu'il se soit passé, quelle que soit l'histoire ? Rosina pourrait-elle compter sur sa mère pour l'aimer ?

Mais pour l'instant, ce n'est pas l'important. Cheyenne regarde les filles, cachée dans les bras de sa mère. Elle articule en silence : « Merci. » Et pendant un bref instant, Rosina est saisie par une impression étrange, pas tout à fait une pensée mais pas tout à fait un sentiment, une bouffée soudaine de clarté, de certitude : ça va aller. Est-ce un peu comme ça, la foi de Grace ? Ressent-elle cela tout le temps ? Est-ce ainsi qu'elle sait que Dieu existe ?

La mère de Cheyenne rouvre ses bras. Elle suit le shérif dans son bureau sans même remarquer la présence des trois filles dans la zone d'attente.

Cheyenne reste un instant de plus avec elles.

– Vous pouvez rentrer chez vous. Je pense que c'est bon, là.

Elles ne bougent pas.

– Vraiment, les filles. Ça va aller pour moi.

– Tu as nos numéros, dit Grace. Tu nous appelleras ?

– Bien sûr. Et vous aussi.

– Pas moi, précise Erin. Je n'aime pas le téléphone. Mais je te parlerai par texto.

– D'accord.

– Cheyenne ! l'appelle sa mère depuis le bureau. Chérie, tu viens ?

Elle salue les filles de la main, tourne les talons et s'en va.

Rosina entend Grace inspirer et souffler à côté d'elle.

– Grace. Arrête de respirer si fort.

– Pardon.

– J'ai faim, dit Erin.

– Il est temps de rentrer, je suppose, dit Grace.

Erin et elle commencent à se diriger vers la porte, mais Rosina reste clouée sur place, les yeux rivés sur la porte du bureau. Le sentiment qu'elle avait il y a un instant s'est envolé aussitôt que Cheyenne a disparu, aussitôt qu'elle-même a pris conscience qu'il était temps de retourner à sa propre vie.

– Ça va bien se passer, dit Erin en la tirant par son tee-shirt. Allez, viens.

Mais ce n'est pas pour Cheyenne que Rosina s'inquiète.

Nous.

Pendant les trois quarts d'heure du trajet retour, personne ne parle. Grace, Erin et Rosina regardent par les fenêtres, chacune ayant un angle de vue légèrement différent. Le soleil ne va pas tarder à sombrer dans l'océan, à environ cent soixante kilomètres à l'ouest. La lumière quitte le ciel sans tambour ni trompette, comme si c'était un soir ordinaire.

Le crépuscule est là quand elles s'arrêtent devant chez Erin. Personne dans la voiture ne s'étonne de voir des véhicules de police.

– Qu'est-ce que tu vas leur dire? demande Rosina. Il faut que nos histoires correspondent.

– La vérité. Quoi d'autre?

Spot l'accueille aussitôt qu'elle entre, tournant autour de ses chevilles, la reniflant, lui léchant le bout des doigts, sortant toute la palette de ses outils magiques d'évaluation. Sa mère est assise sur le canapé, hagarde, les yeux rouges, en face d'un flic nerveux qui a l'air à peine plus vieux qu'Erin. Sa mère se lève d'un bond et se précipite vers elle, puis s'arrête juste avant de la serrer dans ses bras. Elle sait qu'elle ne peut pas faire ça, qu'elle n'a pas droit aux câlins, et à la place, elle fond en larmes. Elle reste debout, à une longueur des bras de sa fille, les épaules secouées par les sanglots.

– Qu'est-ce qui s'est passé ? larmoie-t-elle. Je ne comprends pas comment ça a pu arriver. Je croyais que ça s'arrangeait. Je croyais que tu allais mieux.

Spot quitte les chevilles d'Erin pour se frotter contre celles de sa mère.

– J'ai tout fait pour prendre soin de toi. J'ai tout essayé. Mais je n'ai pas été à la hauteur. J'ai laissé ça t'arriver. Si seulement...

Erin tend la main et lui touche l'épaule.

– N'aie pas peur, maman, dit-elle. Moi, je n'ai pas peur.

Aussitôt qu'elle retire sa main, sa mère porte ses doigts à sa propre épaule pour toucher l'espace vide. Elle renifle plusieurs fois, comme étonnée par sa propre absence de larmes.

– Ils veulent que tu ailles au commissariat tout de suite, dit-elle en s'essuyant les yeux.

– Alors allons-y.

– On ne devrait pas plutôt attendre que papa soit rentré ?

– Non, dit calmement Erin. On est très bien sans lui. Depuis longtemps.

– Mais...

– Maman, on n'a pas besoin de lui.

Erin ne regarde pas sa mère dans les yeux, mais elle n'a pas besoin de le faire. Sa mère étudie la surprenante immobilité de ses traits, alors qu'elle-même affiche un mélange d'inquiétude, de perplexité et d'amour féroce, ineffable, comme si elle ne reconnaissait pas la jeune femme qui se tient devant elle, comme si elle la voyait, l'entendait, pour la première fois.

– On n'a pas besoin de lui, répète Erin.

Relevant la tête, elle observe l'expression tendue et choquée de sa mère, puis son adoucissement progressif lorsque celle-ci semble comprendre enfin ce qu'elle dit, comme si elle ouvrait peut-être un peu la porte à cette idée, comme si elle commençait à goûter un petit début de quelque chose qui pourrait ressembler à la liberté.

*

Pendant ce temps-là, devant chez Rosina, les gyrophares tournent, projetant sur les façades des couleurs presque festives. Quelques badauds rôdent en attendant qu'il se passe quelque chose.

– Bon Dieu, je devrais faire payer l'entrée, dit-elle.

– Ça va aller, tu crois ? lui demande Grace.

– Aucune idée.

Tout ce qu'elle sait, c'est qu'elle ne peut pas passer sa vie à éviter les appels de sa mère. Elle ne peut pas continuer à fuir l'inévitable. Elle ne peut pas arrêter le temps. Ce qui lui arrivera en fin de compte ne sera peut-être pas juste. Ça ne sera peut-être pas bien, ni équitable, ni conforme à ce qui devrait être, mais c'est la réalité. Celle de Rosina, en tout cas. Et ce sera sa réalité tant qu'elle n'aura pas trouvé le moyen de la changer. Mais si elle est sûre d'une chose, c'est que ce n'est pas en fuyant qu'on change les choses. Elle descend de voiture et se prépare à ce qui l'attend.

*

Quand Grace arrive chez elle, une femme agent de police est assise sur le canapé avec ses parents, une tasse de café à la main.

– Gracie ! lance sa mère en la voyant entrer, mais personne n'ajoute un mot pendant qu'elle laisse tomber son sac à dos à côté de la porte et vient s'asseoir avec eux.

– Bonsoir, dit-elle à la policière.

– Grace, sais-tu pourquoi je suis ici ?

– Oui.

– Nous aimerions que tu viennes au commissariat répondre à des questions. Tu es accusée de crimes très graves.

– Oh, Seigneur, souffle sa mère.

Son père lui enlace les épaules. Grace n'arrive pas à les regarder, ne peut pas prendre le risque de voir la déception dans leurs yeux.

– Puis-je vous demander qui m'accuse ? demande-t-elle. Et quelles sont les accusations ?

L'agente consulte ses notes et les lit sans lever la tête.

– Une plainte a été déposée par Regina Slatterly au nom du rectorat du district de Prescott. Je vois ici : vol, recel d'informations confidentielles, piratage informatique, harcèlement, conspiration, incitation à la délinquance sur mineur... eh bien, c'est une sacrée liste.

Quel est cet étrange sentiment qui commence à frémir en Grace? Pourquoi est-elle si calme? Pourquoi sourit-elle?

– Devez-vous absolument l'emmener dans un véhicule de police? demande son père.

– Non, monsieur. Elle n'est pas encore en état d'arrestation. Vous pouvez la conduire.

– Mais si elle n'est pas en état d'arrestation, alors elle n'est pas obligée d'y aller, n'est-ce pas? Elle peut rester ici. Je pense que je devrais appeler un avocat. Je ne sais pas si je suis à l'aise avec l'idée que ma fille...

– Papa, le coupe Grace. Ne t'en fais pas. Je suis prête à leur parler.

Enfin, elle relève la tête pour regarder ses parents en face.

– Je n'ai pas de honte à avoir.

– Chérie, dit sa mère une fois qu'ils sont tous en voiture, Grace seule sur la banquette arrière. Que se passe-t-il?

Grace entend la peur dans sa voix.

– Ça ne te ressemble pas, ajoute son père. Tu n'es pas du genre à t'attirer des ennuis avec la police. Je ne comprends pas comment c'est possible.

– Je peux tout expliquer, répond-elle.

Elle se tait un instant, ferme les yeux, cherche en elle la zone solide, l'endroit d'où vient sa vraie voix.

– Je suis un des membres fondateurs des Filles de Nulle Part. Moi et mes amies Rosina et Erin. On a commencé parce qu'on voulait aider Lucy, la fille qui a été violée l'an dernier. On voulait aider toutes les filles. Le groupe a pris une vie autonome en grandissant.

Sa mère se retourne vers elle, mais Grace ne distingue pas ses yeux dans la nuit. Elle sent quand même l'amour qui en rayonne.

– On a peut-être enfreint quelques règles, des petites règles, mais on n'a fait de mal à personne. On a aidé des gens. Énormément de gens. (Sa voix se brise un peu.) Maman. C'est la meilleure chose que j'ai faite de ma vie.

Elle entend sa mère soupirer, voit ses parents se regarder comme ils le font quand elle sait qu'ils communiquent par télépathie. Plus un mot n'est prononcé jusqu'à l'arrivée au commissariat, mais une décision a été prise. Une sorte de paix a été déclarée en silence. Ils lui font confiance. Comme ils l'ont toujours fait.

*

Le silence règne aussi dans la voiture de la mère de Rosina, mais c'est un silence chargé, dense, qui semble pouvoir entrer en combustion à tout moment, comme si la voiture était une bombe à retardement.

Rosina pense qu'elle a dû rater l'accès de colère de sa mère, car depuis son arrivée celle-ci est d'une humeur bien pire, bien au-delà de la colère : elle est terrifiée. Elle n'a pratiquement pas prononcé un mot, rien dit pour faire honte à Rosina ni même pour intimider le policier qui se trouvait dans son salon. Elle est restée assise, presque effacée, pendant qu'il lui expliquait qu'il voulait qu'elle conduise Rosina au commissariat.

– Oui, monsieur.

C'est tout ce qu'elle a dit.

Et en ce moment elle conduit, les mains crispées sur le volant, le regard fixé droit devant elle, ses larmes reflétant le défilement des réverbères sur ses joues.

Rosina meurt d'envie de descendre, mais ni elle ni Mami ne font un geste quand elles se garent. Quelque chose doit être dit. Chacune pourrait attendre éternellement que l'autre le dise.

Rosina, à travers la vitre, voit Erin entrer la tête haute dans le commissariat, suivie de près par sa mère qui serre son sac à main sur sa poitrine. Malgré l'atmosphère oppressante de la voiture, elle ne peut réprimer un sourire en voyant son amie – un mouvement des lèvres étonnamment minuscule et précis pour exprimer quelque chose de tellement immense à l'intérieur ; un si petit geste pour révéler cette explosion d'amour et de fierté !

– Tu me fais peur, *hija*, lâche finalement sa mère.

Rosina, pivotant pour la regarder, s'étonne de ce qu'elle voit : une femme d'un certain âge, au mascara qui coule et aux cheveux grisonnants. Elle ne l'avait jamais considérée comme belle, mais jamais encore elle ne l'avait trouvée vieille.

– Toujours à te battre, dit Mami en brûlant Rosina de son regard suppliant. Tu te bats contre tout.

– Ce n'est pas vrai, répond-elle, mais doucement, sans conviction.

– Un de ces jours, tu perdras la bataille. Tu vas te faire mal.

– Peut-être. Mais quand ça m'arrivera, tu tiens vraiment à ce que ce soit toi qui me fasses mal?

Quelque chose se passe dans le silence qui suit sa question. Le poids semble s'équilibrer dans la voiture, s'égaliser. La peur et la rage se dissipent et il ne reste que deux femmes, à demi éclairées par les lampadaires du parking.

– Tout ce que j'ai toujours voulu, c'était te protéger, chuchote Mami.

– Je sais, répond Rosina, car soudain elle le comprend. Allez, il faut sortir, ajoute-t-elle quelques instants plus tard.

– Est-ce que tu as peur? demande sa mère.

Sans accuser, sans juger. Juste une question. Elle veut juste savoir ce que ressent sa fille.

– À fond, répond Rosina.

Pour n'importe qui d'autre, le hochement de tête de sa mère serait presque imperceptible, mais pour Rosina c'est comme une montagne qui bouge. Une petite étincelle de gratitude passe en elle, comme un unique battement de cœur, et c'est plus que suffisant. Leur amour est à cette échelle.

*

Erin est plus calme et posée que Rosina ne l'a jamais vue. Elle se frotte les mains comme toujours quand elle est nerveuse, mais c'est plus de l'impatience que de l'anxiété, presque de la joie. Sa mère est assise à côté d'elle sur le banc, plus près que d'habitude. Elle paraît plus perplexe que fâchée ou effrayée, comme si tout cela était une terrible erreur, comme si elle ne pouvait même pas imaginer que sa fille soit capable d'un acte qui les envoie au commissariat. Elle n'a aucune idée de ce dont Erin est capable.

Rosina va se tenir à côté d'elle pendant que Mami s'approche résolument de l'accueil pour chercher des réponses.

– Ils attendent que Grace arrive, dit Erin à Rosina. Ils veulent nous parler à toutes les trois ensemble.

– Ma fille est-elle en état d'arrestation ? demande Mami avec autorité, ayant retrouvé toute son énergie.

Rosina ne se serait jamais crue capable de plaindre un policier, mais il y a une première fois à tout. Elle sourit en voyant sa minuscule maman rudoyer un flic, et elle a un aperçu d'elle-même, de son propre courage. Cela éloigne sa peur, ne serait-ce qu'un peu.

La porte s'ouvre. Grace et ses parents entrent d'un bloc, unis, connectés les uns aux autres. La mère de Rosina se retourne et un regard passe entre les deux mères, si bref et subtil que Rosina le manque presque, et pendant un instant Mami n'est plus cruelle ni colérique ni même effrayée ; pendant un instant, Rosina ne voit que de l'amour.

L'agent de l'accueil passe un coup de fil. Le chef Delaney sort de son bureau, en essuyant des miettes sur sa bouche, du dos de la main.

– Bien, jeunes filles, dit-il. Expédions ça en vitesse. Vous êtes prêtes à me parler ?

Personne ne répond.

Il pousse un soupir.

– Comme vous êtes mineures, je suis tenu de vous dire que vous pouvez vous faire accompagner par vos parents.

Sans hésiter, les trois filles répondent non.

Elles n'en mènent pas large en entrant dans le bureau du chef, mais elles n'ont pas peur. Le monde est bien plus grand que cette pièce exiguë, et la justice est bien plus complexe que les caprices de ce petit bonhomme. Leur compréhension du système judiciaire est limitée, mais elles sont sûres, désormais, qu'il va se passer quelque chose. Elles savent que Delaney ne peut rien y faire. Elles savent que le shérif du comté les soutient. Elles ont des preuves. Elles détiennent la vérité. Il y a enfin des gens – des adultes – qui veulent bien les entendre. Les filles savent que, d'une certaine manière, à une échelle modeste, elles ont déjà gagné.

*

Ce qu'elles ignorent, en revanche, c'est que pendant que leurs parents les conduisaient ici, des policiers du comté arrivaient chez Spencer Klimpt, Eric Jordan et Ennis Calhoun. Des sirènes informaient des quartiers entiers de leur arrivée. Des voisins sortaient sur les trottoirs pour regarder les garçons se faire embarquer, menotter et pousser dans des voitures de police.

Enfermées avec le chef, elles n'ont aucune idée de ce qui se passe dans le reste du commissariat. Elles ignorent que, pendant qu'elles s'efforcent de raconter leur version de l'histoire au flic indifférent qui ne les écoute que d'une oreille, le shérif du comté est en train d'arriver. Elles ignorent qu'il a essayé toute la soirée de joindre le chef Delaney, depuis qu'il s'est entretenu avec Cheyenne. Elles ignorent que Delaney a pour habitude d'esquiver ses appels, qu'il lui en veut de lui compliquer la vie en insistant sur l'importance de la communication entre services. Et elles n'ont aucun moyen de savoir que le shérif déteste le chef presque autant qu'elles.

Les filles perçoivent-elles l'arrivée des garçons dans le bâtiment? À un certain niveau, ressentent-elles leur présence?

Les trois garçons sont envoyés dans des pièces séparées le temps d'attendre l'arrivée de leurs parents. S'ils étaient malins, ils ne diraient rien. Ils attendraient d'avoir des avocats. Ils joueraient le jeu. Mais la peur – ou peut-être autre chose – brouille leur raison. Un d'entre eux est déjà en train de parler. Peut-être que depuis le début il attendait désespérément de se purger de sa honte.

Dans deux pièces séparées, la vérité est en train d'être dite. Dans deux autres, des garçons se raccrochent au silence comme à une bouée de sauvetage.

Ni eux ni les filles ne savent que la zone d'attente est lentement en train de se remplir de camarades de classe. Les nouvelles vont vite dans les petites villes.

L'une après l'autre, elles arrivent : Melissa Sanderson, ex-pom-pom girl et amour de Rosina ; Elise Powell, athlète ; Sam Robeson, madame théâtre ; Margot Dillard, présidente du Bureau des élèves ; Lisa Sutter, capitaine des pom-pom girls ; Serina Barlow, désintoxiquée ; les pipelettes Connie Lancaster et Allison Norman ; Jenny et Lily, les vieilles copines de Lucy ; Krista et Trista, les troisièmes aux cheveux multicolores. Toutes ces filles qui en temps normal ne se seraient jamais mélangées. D'autres. D'autres encore. Tout le monde.

Les Filles de Nulle Part sont là. Elles sont partout.

Quand Rosina, Grace et Erin, un peu sonnées, sortent du bureau, un grand vacarme éclate dans le commissariat. Les trois filles s'efforcent de comprendre d'où vient tout ce bruit. Pourquoi ces acclamations ? Des voix rebondissent sur les murs, le plafond et le sol, gagnent en volume, prennent de la vitesse et s'entrechoquent violemment.

Au milieu de ce chaos, les yeux de Rosina se posent sur le seul petit espace de silence. Dans un coin de la zone d'attente, à l'écart de la foule déchaînée, se tiennent sa mère et Mme Salter, face à face, les yeux clos, les mains jointes. En train de prier. De chercher la paix, à leur manière à elles.

Une voix ivre de joie perce le brouhaha :

– Putain, les filles ! Ça grouille de journalistes, dehors !

Puis des portes s'ouvrent, l'une après l'autre, révélant, dans un timing parfait : Spencer, Eric, Ennis. Un silence encore plus assourdissant que les acclamations tombe sur le commissariat. C'est le calme avant la tempête – tous ces yeux curieux, toutes ces respirations retenues –, un instant avant la chute.

En sortant d'une des salles, Spencer voit Ennis sortir d'une autre, en face.

– Tu leur as dit quoi ? lance-t-il férocement à son ami, brisant le silence.

Ennis a la tête basse. Il ne la relève pas, ne répond pas, ne réagit à rien. Il est comme dégonflé, vidé. Il a dit, dans cette pièce, des choses qu'il ne pourra jamais retirer.

– T'as dit quoi, putain ? hurle Spencer.

Puis toute la salle sursaute quand il se rue sur Ennis.

Mais un agent le rattrape aussitôt, tire sans effort ses bras derrière son dos et lui passe les menottes.

– Aïe, fait Spencer avec un petit jappement faible et haut perché. Vous me faites mal.

Qui aurait cru qu'il était si facile à attraper ?

– Allez, on avance, dit l'agent en le poussant comme un objet, ce qui le fait trébucher et tomber à plat ventre, sans pouvoir se rattraper avec ses mains.

Personne ne fait un geste pour l'aider à se relever. Des petits rires fusent tandis qu'il se tortille pour se redresser. Il se débat, impuissant, et les gloussements tournent au rire franc, puis à tout autre chose, un bruit sans définition, une chose née de tant de semaines, de mois, d'années, de tant de vies de respiration retenue qui se relâche enfin, de tant de voix claires retrouvées, se nourrissant mutuellement, montant et grandissant jusqu'à ce que le commissariat éclate de cris joyeux, si forts que le silence n'a plus nulle part où se cacher.

Eric Jordan contemple la zone d'attente, le regard vide, indéchiffrable, parti. Il voit un mur de jeunes femmes, ses camarades de classe, les filles qu'il a draguées, sifflées et rabaissées pendant des années. Il les voit comme il ne les a jamais vues : un groupe compact, solide et puissant, et tellement plus grand que lui. Pas simplement des corps, pas uniquement de la peau douce, pas des jouets ou des créatures à dompter. Il ne les désire pas plus qu'il ne les hait. Il ne sait pas ce qu'il ressent. Il a grandi avec le privilège de ne pas être accoutumé à la peur.

Mais en cet instant, une étincelle de savoir vient se loger en lui, la prise de conscience soudaine que son monde est renversé, sens dessus dessous – que ces filles vont définir sa vie autant qu'il a déjà défini les leurs.

Les filles sont tellement nombreuses et serrées qu'il y a à peine la place de respirer, et d'autres arrivent encore. Les acclamations se muent en cris, en hurlements, en pleurs. Le bruit est assourdissant, primal. Il exprime tous les sentiments à la fois. Ce sont toutes les filles, toutes leurs voix, se faisant entendre le plus fort possible.

Elles flambent dans la pénombre. Elles marquent la nuit au fer rouge.

Cheyenne.

Sa mère lui a proposé de rester à la maison aujourd'hui si elle ne se sent pas prête, mais Cheyenne en a assez de se terrer chez elle, bien qu'elle n'ait pratiquement pas fermé l'œil de la nuit, bien qu'elle se sente encore meurtrie de partout – pas seulement sa peau mais ses yeux, sa bouche, ses poumons. Comme si toutes les parties de son corps étaient épuisées, comme si toutes ses molécules avaient été essorées, pétries et palpées pendant des heures et des heures, des jours et des jours.

Mais elle est lasse que sa vie soit coincée sur « pause ». Elle en a assez de se cacher. Et elle est juste assez privée de sommeil pour que l'adrénaline prenne le relais, juste assez inconsciente pour être courageuse.

Elle a une idée de ce qui va se passer quand elle arrivera au lycée. Elle sait comment ça se passe dans les petites villes. Elle sait comment les gens bavardent, comment les nouvelles circulent, qu'elles soient vraies ou non. En une nuit seulement, une histoire vraie peut être entièrement travestie. Et son sujet peut devenir tout autre chose qu'un humain au cœur battant.

Cheyenne n'est arrivée dans ce lycée qu'il y a un mois et demi, et elle ne s'est pas encore fait de vrais amis. Elle se dit qu'elle va passer sa journée à peu près comme avant, sans parler avec grand-monde. Les gens la regarderont peut-être un peu. Ils chuchoteront peut-être un peu. Mais elle n'a pas grand-chose à perdre.

Sa mère la conduit au lycée et se retient de pleurer en la regardant entrer dans le bâtiment, en la voyant disparaître entre les portes, s'enfoncer dans un monde où elle ne peut pas la protéger.

Les couloirs résonnent du vacarme habituel. Cheyenne marche la tête basse. Tout ce qu'elle veut, c'est arriver en classe sans croiser le regard de personne, sans avoir à absorber la pitié, la curiosité, le mépris. Mais elle entend le silence qui se fait autour d'elle. Elle sent les regards qui la transpercent. Elle perçoit du mouvement, mais s'efforce de ne pas y penser. *Avance, c'est tout*, se dit-elle. *Mets ça derrière toi.*

Ce dont elle ne se rend pas compte, c'est que le mouvement ne se fait pas au hasard. Il a un but. Une à une, les filles présentes dans le couloir se rapprochent d'elle. Tel un banc de poissons, elles communiquent entre elles sans se parler. Elles se déplacent ensemble, se placent en formation autour d'elle pendant qu'elle avance dans le couloir.

Finalement, Cheyenne relève les yeux. Elle voit les filles qui l'entourent. Elle croise leurs regards et ce n'est pas de la pitié qu'elle voit, pas du jugement, pas du mépris. Ce qu'elle voit, c'est du feu. Ce qu'elle voit, ce sont des pupilles pleines de flammes.

Elle sent un chatouillis sur les doigts de sa main droite, et prend conscience qu'une fille la tient par la main. Elle ressent la chaleur des corps autour d'elle, formant un bouclier contre tout ce qui pourrait s'interposer sur son chemin, la tenant debout, la guidant vers l'avant. Elles marchent ainsi jusqu'à sa classe. Elles occupent toute la largeur du couloir. La mer des autres élèves s'ouvre devant elles pour les laisser passer.

Parce qu'on n'arrête pas les filles. Elles sont une force. Elles ne forment qu'un seul corps.

Lucy.

Dans une autre ville, quelque part, une fille appelée Lucy Moynihan sait que ses parents reparlent à leur avocat. Elle sait que ses violeurs ont été arrêtés et que son dossier ira finalement devant les tribunaux. Elle sait que ses fantômes sont revenus dans l'actualité.

Bien sûr, toute cette attention se calmera aussitôt qu'une autre histoire prendra la place de celle-ci. Tout le monde oubliera les Filles de Nulle Part, et Prescott (Oregon), et les crimes choquants de trois garçons qui ont failli s'en sortir sans être inquiétés. En raison de son âge, son nom est protégé dans les médias. Malgré cela, elle sait que les gens parlent d'elle. Ils parlent d'une fille qu'aucun d'entre eux ne connaît.

Qui sait ce qui se passera, au bout du compte ? Qui sait même à quoi ressemble la justice ? Quel châtiment pourrait égaler le crime de ces garçons, la permanence de ce qu'ils ont fait ? Existe-t-il même une chose comme la justice ? Rien ne ramènera la fille qu'était Lucy. Rien ne pourra effacer ce qui est arrivé.

Elle essaie de ne pas se faire de faux espoirs. Malgré toutes les bonnes nouvelles, il y a encore eu le cas, il y a deux mois, d'un garçon surpris à violer une fille inconsciente dans la buanderie de son dortoir à la fac. Malgré les témoignages oculaires, malgré les preuves en vidéo, il n'a récolté que trois mois fermes. Parce qu'il était riche. Parce qu'il était blanc. Parce que quand le juge et les jurés le regardaient, ils ne voyaient pas quelqu'un qui est censé finir en prison. Lucy se rappelle avoir lu quelque part que seulement trois pour cent des violeurs passaient ne serait-ce qu'un jour derrière les barreaux. Ce n'est pas très prometteur.

Mais les choses sont peut-être en train de changer, se dit-elle aussi. Un tout petit peu, jour après jour, cela peut faire beaucoup, au bout d'un moment. Le monde est déjà différent de ce qu'il était au printemps dernier, quand l'existence des Filles de Nulle Part n'était pas encore imaginable.

Et pourtant les voilà, dans l'endroit impossible qu'elle a quitté, en train de réaliser l'impossible.

Lucy est assise dans la chambre qui est la sienne depuis quelques mois. Elle pense aux phrases désespérées qu'elle a gravées dans les murs de son ancienne chambre, quand elle voulait hurler mais ne pouvait pas, quand pleurer ne suffisait pas. Elle se demande si quelqu'un les a jamais trouvées.

Ressources

CFCV – Collectif féministe contre le viol

Le Collectif Féministe Contre le Viol s'est constitué en 1985 dans la région parisienne pour réagir contre les viols commis dans les lieux publics devant des témoins passifs. Le 8 mars 1986, grâce à l'appui financier du Ministère des Droits des Femmes, le CFCV a ouvert une permanence téléphonique : 0 800 05 95 95

Numéro vert, gratuit en France, DOM et TOM, depuis un poste fixe du lundi au vendredi, de 10 h à 19 h (heures Paris)

www.cfcv.asso.fr

MFPF - Mouvement français pour le planning familial

Le MFPF agit auprès des pouvoirs publics pour faire reconnaître les droits des femmes à la maîtrise de leur fécondité (contraception, avortement) et lutte pour l'élimination de la violence sexiste.

www.planning-familial.org

FNSF – Fédération nationale solidarité femmes

Solidarité Femmes lutte contre les violences faites aux femmes et s'inscrit dans le mouvement de transformation des relations femmes-hommes fondé sur l'égalité. Elle fédère 65 associations, partageant l'analyse socio-politique de la violence exercée à l'encontre des femmes, inspirée de la pensée féministe.

La FNSF a créé en 1992 le service national d'écoute téléphonique :

3919 – Violences Femmes Info (jusqu'à 50 000 appels traités par an).

www.solidaritefemmes.org

Fédération nationale GAMS

La Fédération nationale GAMS est engagée dans la lutte contre toutes les formes de violences faites aux femmes et aux filles et plus particulièrement : les mutilations sexuelles féminines, les mariages forcés et/ou précoces, les autres pratiques traditionnelles néfastes à la santé des femmes et des filles.

www.federationgams.org

Femmes solidaires

Fort d'un réseau de plus de 190 associations locales réparties sur toute la France, Femmes solidaires est un mouvement féministe d'éducation populaire qui défend les valeurs fondamentales de laïcité, de mixité, d'égalité pour les droits des femmes. Femmes solidaires informe, sensibilise sur les droits des femmes afin de contribuer à l'évolution des mentalités vers une société libérée des rapports de domination.

https://twitter.com/Femmessolidaire@femmessolidaire
www.femmes-solidaires.org

Remerciements

Tout d'abord, comme toujours, merci à mon infatigable pom-pom girl et agente, Amy Tipton.

À mon éditrice chez Simon Pulse, Liesa Abrams. Tu es l'âme sœur éditoriale de ce livre et je n'aurais pas pu avoir plus de chance. Ta passion et ton dévouement envers ce texte n'ont pas eu de limites. Merci d'avoir cru en Grace, Rosina et Erin. Et en moi.

À tout le monde chez Simon Pulse et Simon & Schuster, tous ces gens qui ont fait plus que le maximum et devancé l'appel pour défendre et soigner ce livre. Je sais que j'ai eu toute une armée qui s'est battue pour *Nous les Filles de Nulle Part*, et même si je ne connais pas tous vos noms, je suis reconnaissante à chacun d'entre vous.

À mon agente pour l'étranger, Taryn Fagerness, pour avoir fait traverser l'Atlantique à mes filles.

À la résidence d'auteurs du Weymouth Center for the Arts & Humanities, pour m'avoir offert un si magnifique espace où terminer mon premier jet.

À Trudy Hale, de la résidence d'écriture The Porches, en Virginie, pour m'avoir procuré ma seconde maison, et pour le silence.

Merci à ma ville d'Asheville, en Caroline du Nord, pour avoir inspiré certains aspects de la résistance présents dans ce livre. Les lecteurs ont peut-être entendu parler de ce qui s'est passé en septembre 2015, lorsqu'on a appris que les propriétaires de Waking Life, un *coffee shop* de mon quartier, étaient les auteurs d'une série de podcasts et de posts de blog misogynes, y compris une liste de conquêtes sexuelles détaillée et dégradante mettant en scène des femmes des environs. C'est ce qui a inspiré le blog *Les Vrais Mecs de Prescott* dans le roman. La population d'Asheville a immédiatement réagi en boycottant l'établissement, envoyant clairement le message que le sexisme flagrant et les abus commis sur les femmes ne seraient pas tolérés. Les entreprises locales ont cessé de distribuer leurs produits. Hommes et femmes ont manifesté ensemble devant leur boutique. En moins de deux semaines, les propriétaires en disgrâce ont quitté la ville. Asheville a affirmé clairement qu'elle soutiendrait les femmes, et qu'elle disait non à la misogynie et au sexisme. Je suis fière de ma petite ville montagnarde.

À Angelica Wind, directrice exécutive de Our VOICE, pour avoir lu un premier brouillon de ce livre, et pour son inlassable travail au service des survivantes d'agressions sexuelles dans l'ouest de la Caroline du Nord.

Ma gratitude est immense pour mes premiers lecteurs et cobayes : Emily Cashwell, Jennie Eagle, Kimberly Egget, Stefanie Kalem, Alison Knowles, Constance Lombardo, Natalie Ortega, Meagan Rivera, Michelle Santamaria, Kaylee Spencer, Nana Twumasi et Victoria Vertner. Un merci spécial à Stephanie Kuehnert, pour ses suggestions d'intrigue. Vous m'avez toutes aidée à insuffler du feu dans ce livre.

À Lyn Miller-Lachmann, pour son merveilleux livre *Rogue*, et pour m'avoir orientée dans la bonne direction. Pour ses précieux renseignements sur la vie avec l'autisme, et pour avoir écrit sur ce que c'est que de vivre avec l'autisme, merci à wrongplanet.net ; au blog de L. C. Mawson, lcmawson.com ; au blog de Tania Marshall, taniaannmarshall.wordpress.com ; aux blogs de Samantha Craft, everydaysapergers.com et everydaysapie.wordpress.com ; et à disabilityinkidslit.com, surtout les billets de Corinne Duyvis et d'Elizabeth Bartmess.

Ma gratitude la plus humble et profonde va à Jen Wilde et Meredith McGhan, pour la profondeur de leur générosité à partager leurs expériences avec moi, et pour leurs avis honnêtes (et parfois difficiles à entendre). Vous m'avez poussée à devenir une meilleure écrivaine, et une meilleure personne. Tout ce qui est réussi dans le personnage d'Erin, je le dois à l'aide de ces femmes farouches et brillantes. Tout ce qui ne l'est pas est entièrement de ma faute.

Merci à Brian, d'être mon chez-moi. Et à Elouise, d'être mon espoir. Vous êtes mes lumières dans le noir.

Toujours, par-dessus tout, merci à mes lecteurs et aux adolescents de partout, qui ne cessent de m'inspirer par leur courage et leur compassion. Continuez de résister. Continuez de dire votre vérité. Ce monde a besoin de vos voix, aujourd'hui plus que jamais.

D'autres livres
Albin Michel Jeunesse

Kwame ALEXANDER, *Frères*
Sherman ALEXIE, *Le premier qui pleure a perdu*
Jay ASHER, *13 Reasons Why*
Audren, *Wild Girl*
Jennifer BROWN, *Hate List*
Jennifer BROWN, *Say Something*
Jennifer BROWN, *Tornade*
Fabrice COLIN, *Le Pays qui te ressemble*
Fabrice COLIN, *Magnetic Island*
Natacha HENRY, *Marie et Bronia*
Rachael LUCAS, *La vie à mille décibels*
Jen MALONE, *Changement de cap*
Laurent MALOT, *Lucky Losers*
Joyce Carol OATES, *Un endroit où se cacher*
Joyce Carol OATES, *Ce que j'ai oublié de te dire*
Anabel PITCHER, *Je suis le tonnerre*
Ami POLONSKY, *Le Secret de Grayson*
Meg ROSOFF, *Maintenant, c'est ma vie*
Meg ROSOFF, *Au bout du voyage*
Caroline SOLÉ, *La petite romancière, la star et l'assassin*
N.M. ZIMMERMAN, *L'amour, le Japon, les sushis et moi*

Retrouvez-nous sur :

AMJ_romans amjromans

Composition IGS-CP
Impression CPI Bussière en février 2018
Éditions Albin Michel
22, rue Huyghens, 75014 Paris
ISBN : 978-2-226-40144-1
N° d'édition : 22821/01 – N° d'impression : 2032973
Dépôt légal : mars 2018
Loi n° 49-956 du 16 juillet 1949 sur les publications destinées à la jeunesse.
Imprimé en France.